LISA SCOTTOLINE

Rosen sind rot

Buch

Die Rechtsanwältin Grace Rossi hat schon einige Warnungen erhalten. Irgend jemand hat offensichtlich etwas dagegen, daß sie den Tod des Richters Armen Gregorian untersucht. Aber wie könnte sie ihn in Frieden ruhen lassen? Gerade noch hat sie am Berufungsgericht der Vereinigten Staaten in Philadelphia für ihn gearbeitet. Doch es geht um mehr, denn sie liebten sich. Und dann wird der Richter tot aufgefunden, ausgerechnet am Morgen nach ihrer ersten wunderbaren Liebesnacht. Alle Anzeichen sprechen für Selbstmord, aber damit gibt sich Grace nicht zufrieden.

Sie ermittelt auf eigene Faust – und stößt auf verwirrende Verbindungen zwischen Kollegen des Richters, Blumengroßhändlern und Mafia, auf Korruption und Vertuschungen. Doch erst als ihre sechsjährige Tochter von einem Unbekannten verfolgt wird, erkennt sie, in welche Gefahr sie sich begeben hat. Statt auf Antworten stößt sie auf immer neue Fragen: Kann sie dem verrückten Penner trauen, der behauptet, ein FBI-Agent zu sein und gegen Korruption am Bundesgericht zu ermitteln? Wer ist der Mann, der ihre Tochter auf dem Spielplatz beobachtet? Und warum wird sie das Gefühl nicht los, daß nicht nur in der Gegenwart, sondern auch in der Vergangenheit einige Rätsel gelöst werden müssen, wenn sie der Sache auf den Grund kommen will …

Autorin

Lisa Scottoline hat für das US-Berufungsgericht und in einer großen Anwaltskanzlei in Philadelphia gearbeitet. Bereits ihr Romandebüt *»Die Katze war noch da«* war ein großer Erfolg bei Kritik und Publikum. Für ihr zweites Buch *»Rosen sind rot«* wurde sie mit dem Edgar Allan Poe Award ausgezeichnet, dem begehrtesten Preis für Kriminalliteratur in Amerika. Lisa Scottoline lebt als freie Schriftstellerin in der Nähe von Philadelphia und zählt neben Sara Paretsky und Patricia Cornwell zu den hochgeschätzten amerikanischen »Queens of Crime«.

Von Lisa Scottoline außerdem im Goldmann Verlag erschienen:

Rudern ist kein Alibi. Roman (43918)
Freispruch für einen Mörder. Roman (43919)

LISA
SCOTTOLINE

Rosen sind rot

Roman

Aus dem Amerikanischen
von Dagmar Roth

GOLDMANN

Die Originalausgabe erschien 1994 unter dem Titel
»Final Appeal« bei Harper Collins Publisher, New York

Umwelthinweis:
Alle bedruckten Materialien dieses Taschenbuches
sind chlorfrei und umweltschonend.

Der Goldmann Verlag
ist ein Unternehmen der Verlagsgruppe Bertelsmann GmbH

Einmalige Sonderausgabe September 2000

Umschlaggestaltung: Design Team München
Umschlagfoto: Mauritius/SST
Druck: Elsnerdruck, Berlin
Made in Germany · Verlagsnummer: 44812

ISBN 3-442-44812-3
www.goldmann-verlag.de

Für alle meine Eltern und für Kiki

1

In Situationen wie diesen wird mir bewußt, daß ich zu alt bin, um von vorn anzufangen und mit Gerichtsreferendaren zusammenzuarbeiten. Ich besitze Strumpfhosen, die mehr Kilometer drauf haben und über ein besseres Urteilsvermögen verfügen als diese Jungs. So zanken sich zum Beispiel eben zwei unserer Referendare, Ben Safer und Artie Weiss, während einer öffentlichen Verhandlung; es ist ihnen egal, daß sie in einem ansonsten stillen Gerichtssaal vor den teuersten Mitgliedern der Anwaltskammer Philadelphias eine Szene machen.

»Keine Streitereien im Gerichtssaal«, sage ich zu ihnen im gleichen Ton, den ich gegenüber meiner Sechsjährigen anschlage. Die Wirkung ist in beiden Fällen gleich Null.

»Er hat angefangen, Grace«, behauptet Ben, der sich vor den entlang der Wand aufgereihten Lederstühlen aufgebaut hat, in einem überdeutlich artikulierten Bühnenflüstern. »Er hat versprochen, mir einen Platz zu reservieren, aber er hat es nicht gemacht. Jetzt ist nichts mehr frei.«

»Bewegst du bald mal deinen Arsch, Blödmann? Du stehst mir im Licht«, bemerkt Artie, ohne sich die Mühe zu machen, den Blick von der Sportseite seiner Zeitung zu heben. Er überanstrengt sich selten; bis zum heutigen Tag ist er lässig durchs Leben gebummelt und hat sich dabei voll und ganz auf sein von der Natur begünstigtes gutes Aussehen verlassen, seine angeborene Intelligenz und seinen traumhaften Sprungwurf beim Basketball. Er schlägt ein durchtrainiertes Bein über das andere und blättert in der festen Überzeugung, diese Verhandlung zu gewinnen, selbst wenn es in die Verlängerung gehen sollte, unbeeindruckt eine Seite um. Mit anderen Worten, Artie ist ein Siegertyp.

Auf seine Weise ist das auch Ben; er war die Nummer zwei an der juristischen Fakultät in Chicago, der härtesten Schule des Mittelwestens. »Du hast gesagt, du reservierst mir einen Platz, Weiss«, sagt er, »also schuldest du mir einen. Nämlich deinen. Erheb dich.«

»Leck mich«, antwortet Artie laut genug, um die Aufmerksamkeit der Anwälte auf sich zu lenken, die sich, in ihre Beratung vertieft, wie ein Bukett von Glatzköpfen um den Anwaltstisch drapiert haben. Ein anderer hätte sich böse Blicke von ihnen eingefangen, aber weil Artie für den Gerichtsvorsitzenden arbeitet, lassen sie ein unterwürfiges Lächeln aufblitzen; du weißt nie, welcher Mitarbeiter des Richters deinen Fall auf den Tisch kriegt.

»Steh auf. Los, Weiss.«

»Schluß jetzt, ihr zwei«, melde ich mich erneut zu Wort. »Ben, setzen Sie sich nach hinten. Jeden Moment beginnt die Beweisführung.«

»Kommt nicht in Frage. Ich setze mich nicht ins Publikum. Er hat versprochen, mir einen Platz zu reservieren, also ist er mir einen Platz schuldig.«

»Es handelt sich nicht um einen Vertrag«, gebe ich ihm einen juristischen Rat. Kostenlos.

»Das ist mir bekannt. Aber er muß sich woanders hinsetzen, nicht ich.« Er rückt seinen Krawattenknoten gerade, der so stramm sitzt wie eine Aderpresse; Krawatte und Schließmuskel schnüren den Jungen an beiden Enden ein wie das Einwickelpapier ein schmales Sahnebonbon. »Immerhin wird einer meiner Fälle verhandelt.«

»Einer von mir auch, Klugscheißer.« Artie blättert eine weitere Seite um.

Ich mag Artie, aber das Problem mit den Artie Weiss' dieser Welt besteht darin, daß sie ihre Grenzen nicht kennen. »Artie, haben Sie ihm versprochen, einen Platz für ihn freizuhalten?«

»Wie komme ich dazu? Dann müßte ich ja neben ihm sitzen.« Er zeigt Ben hinter der ausgebreiteten Zeitung den Stinkefinger.

Ich ziehe die Grenze. »Artie, lassen Sie das mit dem Finger.«

»Ooooh, schlagen Sie mich, Grace. Versohlen Sie mir richtig den Hintern. Ziehen Sie mein Höschen runter und legen Sie mich über Ihre prachtvollen Knie.«

»Das würden Sie nicht überstehen, Sie Angeber.«

»Probieren Sie's.« Mit einem breiten Grinsen beugt er sich herüber.

»Es ist mir Ernst, Artie. Sie sind gewarnt.« Er weiß nicht, daß ich seit dem Ende meiner Ehe vor drei Jahren keinen Sex hatte. Für eine alleinerziehende Mutter ist niemand auf dem Markt, nicht einmal für eine ganz passabel aussehende mit aufgepeppten braunen Haaren, echten blauen Augen und einer Figur, die, zur Zeit wenigstens noch, die Form hält.

»Komm schon, Süße«, sagt Artie und tätschelt meine Schultern. »Und ein Traum wird wahr.«

»Lassen Sie den Quatsch.«

»Wer A sagt, muß auch B sagen.«

Ich wende mich an Ben, um mir das Lachen zu verbeißen; es ist nicht gut, wenn man lacht, während man Grenzen zieht. »Ben, Sie sehen doch, er rührt sich nicht von der Stelle. Die Richter können jeden Moment herauskommen. Suchen Sie sich hinten einen Platz.«

Ben überfliegt mit einem Blick die hintere Reihe, in der die Gerichtsgroupies sitzen; es handelt sich um eine Phalanx von Rentnern, wahrhaft Unzurechnungsfähigen und Obdachlosen. Bens Augen wandern die Reihe entlang. Er macht keinerlei Anstalten, seinen Abscheu zu verbergen; man könnte meinen, er sei eben zu einem Nacktbad im Ganges aufgefordert worden. Fast verzweifelt wendet er sich an mich. »Überlassen Sie mir Ihren Platz, Grace. Ich mache die Notizen für Sie.«

»Nein.«

»Aber meine Notizen sind praktisch wörtliche Abschriften. Auf der Universität habe ich damit gehandelt.«

»Ich kann meine Notizen selbst machen, vielen Dank.« Nach zehn Jahren als Prozeßanwältin bin ich imstande, Notizen zu machen; und als Assistentin des Gerichtsvorsitzenden besteht meine Hauptarbeit im Notizenmachen. Ich mache

Notizen, während die richtigen Anwälte argumentieren, im Anschluß daran gehe ich in die Bibliothek und verfasse ein Rechtsgutachten, das die richtigen Anwälte in ihrer nächsten Argumentation zitieren. Aber ich will mich nicht beklagen. Ich habe diese Stellung angenommen, weil es sich um eine Teilzeitbeschäftigung handelt und ich keine so gute Zeitjongleurin bin wie Joan Lunden, Paula Zahn und andere Zirkusartistinnen.

»Wie steht's mit dir, Sarah?« fragt Ben die dritte des Referendargespanns, Sarah Whittemore, die an meiner anderen Seite sitzt. »Du hast heute morgen keinen Fall, der verhandelt wird. Also kannst du hinten sitzen.«

Herzlich wenig Aussicht. Sarah streicht sich eine widerspenstige blonde Haarsträhne aus dem Gesicht und enthüllt dabei im Profil eine so winzige Nase, daß man sich kaum vorstellen kann, wie sie es fertigbringt, mit diesem Organ auch nur die kleinste Prise Sauerstoff in ihre Lungen zu saugen. »Tut mir leid, ich brauche den Platz«, erklärt sie.

Das hätte ich ihm vorher sagen können. Sarah möchte die Unterdrückten vertreten und nicht eine von ihnen werden.

Nicht weit von der Richterbank entfernt öffnet sich eine getäfelte Tür, und der Gerichtsdiener, ein gedrungener Mann mit kompetentem Auftreten, nimmt in letzter Minute eine Überprüfung der Mikrophone auf Podest und Podium vor. Mit einem entsetzten Blick streift Ben die hinterste Zuschauerreihe. »Ich kann doch nicht dort sitzen, bei all diesen Leuten. Mein Gott, einer trägt sogar eine Plastikhaube.«

Artie schielt über den Rand seiner Zeitung. »Eine Plastikhaube? Wo sitzt der?«

»Da.« Ben stößt seinen Daumen in Richtung auf einen bärtigen Mann, der eine zerknitterte Plastikregenhaube trägt und sich in einen schwarzen, bis zum Hals zugeknöpften Regenmantel gehüllt hat. Allzeit bereit für die Monsunzeit, hat er den Mantelkragen hochgeschlagen, aber heute regnet es nicht im Gerichtssaal.

»Das ist Shake and Bake! Er ist tatsächlich gekommen!« Ein Leuchten geht über Arties Gesicht, und er winkt mit seiner

Zeitung zu dem Mann hinüber. »Los, setz dich zu ihm, Meister, er ist in Ordnung.«

»Sie kennen den Typ, Artie?« erkundige ich mich und richte mich ein wenig auf, um besser sehen zu können. Der bärtige Mann grinst irgendwie leicht behämmert auf das hinter dem Podium hängende massive Goldsiegel der Vereinigten Staaten. Dabei dreht er sein ungepflegtes Gesicht zu der funkelnden Scheibe wie eine Schwarzäugige Susanne ihr Köpfchen zur Sonne.

»Klar. Er hängt am Spielfeld rum, er spielt mit mir und Armen Basketball. Ihr solltet mal sehen, wie schnell er herumwirbelt, das ist echt ehrfurchtgebietend, wenn er nicht gerade daneben ist. Ich habe ihm gesagt, er soll doch mal vorbeischauen und dem Richter bei der Arbeit zusehen.«

Bens dunkle Augen weiten sich. »Du hast diesen Spinner zu einer Verhandlung *eingeladen?* Wie kommst du dazu?«

Ich halte den Mund, aber zum erstenmal bin ich mit Ben einer Meinung. Ich entwickle mich langsam zu einem Kotzbrocken, einem pensionsreifen Kotzbrocken.

»Warum sollte er nicht ins Gericht kommen?« fragt Artie. »Das ist schließlich ein freies Land. Er hat die gleichen Rechte wie alle anderen.« Er steht auf und winkt heftig, seine Manieren sind nicht besser als die eines Golden-Retriever-Welpen; Artie ist ein Eliteprodukt von Harvard, wo gesunder Menschenverstand offensichtlich nicht auf dem Lehrplan steht.

Die in den ersten drei Reihen im Gerichtssaal sitzenden Anwälte verrenken sich die Hälse nach ihm, und ich zerre an seiner derben Khakisportjacke. »Artie, bringen Sie mich nicht in Verlegenheit«, zische ich.

Sarah beugt sich herüber. »Artie, du bist noch verrückter als er. Setz dich.«

»Er ist nicht verrückt«, widerspricht Artie unentwegt winkend.

»Er ist über und über in Plastikfolie gehüllt«, kommentiere ich.

»Das ist er immer. Das ist Shake and Bake, Mensch. Man muß ihn einfach gern haben.«

»Schön«, sagt Ben. »Wenn du ihn so sehr magst, dann setz *du* dich doch zu ihm.«

»Denk dir nichts, ich tu's. Viel Spaß weiterhin, Meister.« Artie schlägt Ben auf den Rücken und marschiert auf die letzte Reihe zu.

»Bitte erheben Sie sich!« ruft der Gerichtsdiener, der nun hinter einem Pult neben dem Podium steht. »Die Ehrenwerten Richter des Berufungsgerichts des Third Circuit der Vereinigten Staaten.«

Links vom Podium öffnet sich eine versteckte Tür, und die Richter, prächtig anzusehen in ihren raschelnden schwarzen Roben, marschieren herein. In Berufungsfällen entscheiden die Bundesgerichte mit drei Richtern, was zwangsläufig den Vergleich mit den drei Weisen oder den drei Affen herausfordert, je nachdem, ob Sie in der Berufung gewinnen oder verlieren. Die Prozession führt der Ehrenwerte Phillip Galanter an, hochgewachsen, mager, ein Arier mit schlaffen Backen und blonden Haaren, die langsam ergrauen und schütter werden. Ihm folgt ein verhutzelter älterer Richter, der langsam daherschlurfende Ehrenwerte Morris Townsend, und schließlich erscheint der Sehr Ehrenwerte und Schrecklich Gutaussehende Vorsitzende Armen Gregorian, mein Chef.

»Armen sieht einfach toll aus da oben, was?« meint Sarah und schlägt die Beine unter dem Rock ihres schicken schiefergrauen Kostüms übereinander.

Das kann man wohl sagen. Die beiden anderen an Größe weit überragend, grinst Armen unbefangen auf die Menge herab. Sein Teint hat eine leichte Olivfärbung; die übergroßen Zähne erinnern mich an eine exotische Ausgabe von JFK. Im Rechtswesen arbeiten herzlich wenig erfreuliche Erscheinungen, und ein Chef, der aussieht wie ein Sultan, zählt zweifellos zu den Lichtblicken. Ich beuge mich dicht an Sarahs parfümierten Hals und flüstere: »Ich habe das Vorrecht auf ihn.«

»In Ihren Träumen.«

»Aber Sie sind zu jung für ihn.«

Sie feixt dämlich. »Zu jung? Gibt es so was überhaupt?«

»Miststück.« Ich verpasse ihr einen Ellenbogenstoß in den Eierstock.

»Hört! Hört!« ruft der Gerichtsdiener. »Jeder, der ein Anliegen vor dem Berufungsgericht des Third Circuit der Vereinigten Staaten vorzubringen hat, möge vortreten und sich äußern. Die Sitzung dieses Gerichts ist eröffnet. Gott schütze die Vereinigten Staaten und dieses Ehrenwerte Gericht. Nehmen Sie bitte Platz.«

Die Richter setzen sich, und die erste Revisionsverhandlung beginnt. Ben macht sich Notizen von der Argumentation des Klägeranwalts, dessen Mandant den Zivilprozeß vor dem Bezirksgericht zehn Stockwerke unter uns verloren hat. Dem jungen Rechtsanwalt sind zehn Minuten ohne Unterbrechung durch Fragen seitens der Richter eingeräumt worden, in denen er seine Beweisführung vortragen kann, aber er vergibt die Chance schnell. Armens Stirn verzieht sich unwirsch; er möchte Dampf machen, aber dieser arme Kerl steht immer noch in den Startlöchern.

»Eine Jungfrau vor dem Third Circuit«, bemerkt Ben und kichert so überheblich, wie das nur ein Mensch kann, der sich nie in einer solchen Situation befunden hat. Ich habe kein Verständnis für diese Art von Humor. Ich weiß, wie es ist, vor einem Richter zu stehen, wenn die Worte, die man sich eingeprägt hat, einfach nicht kommen wollen und die, die man herausbringt, nach hinten durch die Kehle zu rutschen und am falschen Ende herauszupurzeln scheinen.

»Ich glaube, meine Zeit ist um«, sagt der Anwalt, offensichtlich erleichtert, daß das Weihnachtsbaumbirnchen auf dem Podium über Gelb auf Rot umspringt. Er glaubt, er habe das Schlimmste hinter sich, aber da täuscht er sich gewaltig. Das Lämpchen leuchtet bereits wieder grün. *Weiter!*

»Wer stellt die erste Frage?« erkundigt sich Armen und blickt seine Kollegen an. Er schnippt eine seidige schwarze Stirnlocke aus den Augen; er hat ständig einen Haarschnitt nötig, das macht einen Teil seines Sex-Appeals aus. »Richter Galanter?«

»Herr Anwalt«, reagiert Richter Galanter prompt. »Ihre Revision gründet sich auf RICO, den Racketeer Influenced and Corrupt Organizations Act, auch Mafia-Gesetz genannt, aber ich frage mich, ob Sie begriffen haben, warum der Kongreß dieses Gesetz erlassen hat.«

»Es wurde zum Kampf gegen das organisierte Verbrechen verabschiedet, Euer Ehren.«

»Das Gesetz wird auf Erpresser, Mörder und Kredithaie angewandt. Auf die typischen Betätigungsfelder des organisierten Verbrechens, korrekt?«

Der junge Anwalt wirkt verwirrt. »Ja, Richter Galanter.«

»Es wird auf eine Reihe von Straftaten angewandt, die unter den Begriff des organisierten Gangstertums fallen, nicht wahr?«

»Ja, Sir.«

Armen rutscht auf seinem Stuhl mit der hohen Rückenlehne herum.

»Aber Ihr Mandant klagt nicht gegen Gangster, die unter dieses Gesetz fallen, oder, Herr Anwalt?« fragt Galanter.

»Bei allem gebührenden Respekt, Euer Ehren, ich glaube, dieser Berufung kommt nationale Bedeutung zu. Es geht um die Machenschaften der ...«

»Blumenhändler, stimmt's nicht, Herr Anwalt? Keine Gangster, keine Erpresser, keine Killer. Blumenhändler. Sie werben mit: *Für die Hochzeit oder Bar Mizwa nur das Beste.*« Er lacht leise, das Publikum ebenfalls. Die Leute müssen lachen bei einem solchen Richter, denn er ist ein Richter nach Artikel III der Verfassung; wenn du nicht lachst, erscheint das FBI auf deiner Türschwelle.

»Ja, die Beklagten sind Blumenverkäufer.«

Galanters dünne Lippen verziehen sich zu der Andeutung eines Lächelns. Er zieht eine blonde Augenbraue so hoch, daß sie fast nicht zu sehen ist. »Blumenverkäufer? Ist das ein Fachausdruck, Herr Anwalt?«

Erneut Gelächter im Zuschauerraum.

»Blumenhändler«, räumt der Anwalt ein.

»Danke. Ihr Mandant macht den Großteil seines Geschäftes mit Nelken, ist das korrekt?« Selbstsicher blättert Galanter im Anhang herum und liest laut vor. »Rosa Nelken, rote, sogar gefärbte, nach der unter Eid abgegebenen Erklärung Ihres Mandanten. Außerdem ersehe ich aus den Unterlagen, daß im Februar rosarote Moosröschen gut gegangen sind.« Er hält inne und wirft einen vielsagenden Blick auf Richter Townsend, aber Townsends Augen sind geschlossen; Gott weiß, wie er sich in diesem Fall verhalten wird. Er ist der festen Überzeugung, Leute schlichen sich ungebeten in seine Träume, um Sex mit ihm zu haben, deshalb kann man unmöglich mit Sicherheit sagen, ob er jetzt gerade über RICO nachgrübelt oder lesbischen Spielchen zusieht.

»Es handelt sich um eine Gruppe von Blumenhändlern. Um ein Netz von Blumenhändlern.«

»Oh, ich verstehe, ein Ring von Blumenhändlern. Glauben Sie, der Kongreß hätte bei diesem Gesetz gegen das organisierte Verbrechen auch einen Ring von Blumenhändlern im Auge?«

Armen beugt sich zu seinem Mikrophon. »Herr Anwalt, ist es tatsächlich von Belang, was die Leute verkaufen?«

»Los, mach sie fertig, Boß«, flüstere ich.

»Sir?« Der Anwalt umklammert die Kante des Podiums wie ein Kind, das sich als blinder Passagier auf ein sinkendes Schiff geschmuggelt hat und sich nun an die Reling klammert.

»Ein Rechtsstaatsprinzip, das von dem ausgeübten Beruf der Beklagten ausgeht, erscheint nicht sehr sinnvoll, oder?«

»Nein, Sir«, antwortet der Anwalt kopfschüttelnd.

Armen beugt sich vor, seine Augen sind so schwarz wie türkischer Mokka. »Tatsächlich hat das Oberste Bundesgericht im Fall Scheidler auch entschieden, daß sogar eine Interessengruppe von Abtreibungsgegnern unter RICO fallen kann, stimmt das nicht, Mr. Noble?«

Galanter wirft einen raschen Blick auf Armen wie ein Jockey auf einem Vollblutpferd, der gerade von seinem Konkurrenten überholt wird. »Aber der Gerichtsvorsitzende Rehnquist führte im Fall Scheidler auch aus, daß Erpressung zugrunde lag, ein Tatbestand, der unter die Bundesgesetze fällt. Inwiefern ist dieses Blumenkomplott eine Bundessache?

Blumenhändler, die drohend die Baumscheren schwingen? Geld her, oder ich schnipple die Orchidee ab?« Galanter erschaudert in übertriebener Komik, und die Zuschauer lachen aufs Stichwort.

»Aber sie sind eine Bedrohung für die Gesellschaft«, betont der Anwalt und tastet nach dem rettenden Tau. »Mr. Canavan hat einen Vertrag unterzeichnet, aber nie einen Auftrag erhalten. Die anderen wollten Canavan Flowers von vornherein in den Konkurs treiben. Diese Absicht bestand vorsätzlich.«

»Ihr Mandant hat Schutz nach Paragraph Elf beantragt, nicht wahr?« mischt sich Armen ein.

Plötzlich stößt Richter Townsend ein lautstarkes Schnauben aus.

Es hört sich an, als werde der tuckernde Motor eines alten Dampfbootes angeworfen. Als Richter Townsend seine schwerlidrigen Augen nicht ohne Anstrengung öffnet, sehen Armen und Galanter zu ihm hinüber. »Ich hätte da eine Frage.« Seine trockenen Lippen geben ein schmatzendes Geräusch von sich.

»Nur zu«, sagt Armen. Galanter setzt ein wohlerzogenes Lächeln auf.

»Danke, Herr Vorsitzender.« Richter Townsend nickt huldvoll. »Sagen Sie, Herr Anwalt, warum lassen Sie zu, daß Ihnen meine Kollegen derart zusetzen?«

Galanters Lächeln gefriert auf der Stelle. Das Publikum lacht unsicher.

»Sir?« sagt der Anwalt.

Richter Townsend schnaubt noch einmal und neigt sich dabei leicht nach Steuerbord. »Meiner Ansicht nach erhebt sich bei diesem neuen Gesetz stets die gleiche Frage.«

Ben flüstert: »Welches neue Gesetz? RICO wurde in den siebziger Jahren verabschiedet.«

»Die Frage lautet stets: Worin unterscheidet sich dieser Fall von einem x-beliebigen Betrugsfall? Welcher Unterschied besteht in der Zufügung geschäftlichen Schadens im Vergleich zu den Fällen, in denen wir nach gewöhnlichem Recht urteilen?« Richter Townsend fuchtelt mit seiner runzligen Hand herum und malt eine unregelmäßige Linie in die Luft. »Mit anderen Worten, haben Sie einen Präzedenzfall? Einen Fall, auf den Sie sich berufen können?«

Der Rechtsanwalt liest in seinen Aufzeichnungen. »Einen Augenblick, Euer Ehren.«

Richter Townsend blinzelt einmal, dann noch einmal. Galanter streicht die ihm noch verbliebenen, spärlichen Haare zurück. Die Anwälte im Zuschauerraum werfen einander vielsagende Blicke zu. Alle denken das gleiche: Niemand sagt zu diesem Gericht, es solle einen Augenblick warten. Es wird vorausgesetzt, daß jede Antwort aufs Stichwort kommt. Man muß alles, was den Fall betrifft, parat haben. Eher noch könnten Sie auf den Anwaltstisch pinkeln.

»Na bravo, Einstein«, kommentiert Ben.

»Ich weiß, ich habe den Fall irgendwo.« Nervös blättert der Anwalt in seinen Unterlagen. Er hat allen Grund zur Nervosität; dieses Gericht ist die letzte Instanz vor dem Obersten Bundesgericht, das jedes Jahr weniger Berufungen annimmt. Es kommt auf die mündlichen Verhandlungen an.

»Armen ist sauer«, flüstert Sarah. Ich folge ihrem Blick. Armen starrt auf das Podium hinunter, er sorgt sich um den Ausgang der Berufung. Das einzige Geräusch in dem spannungsgeladenen Gerichtssaal ist das hektische Geraschel, mit dem der Anwalt auf dem Podium in seinen Unterlagen wühlt. Eine gelbe Seite segelt auf den prachtvollen marineblauen Teppich.

Die Stille scheint noch intensiver zu werden.

Galanter starrt wütend auf den gesenkten Kopf des Rechtsanwalts.

Plötzlich bricht ein Geräusch hinten im Gerichtssaal die Stille – *ticktickticktickticktick.*

Die Zuschauer in den hinteren Reihen wenden die Köpfe. Das laute Geräusch ist unverwechselbar.

Ticktickticktickticktick.

Reihe für Reihe dreht sich erst ungläubig, aber zunehmend beunruhigt um.

Ticktickticktickticktick.

»Das ist eine Bombe!« ruft einer der Anwälte.

»Eine Bombe!« schreit ein älterer Anwalt. »Nein!«

Ticktickticktickticktick.

Im überfüllten Gerichtssaal bricht Chaos aus. Verwirrt und ängstlich springen die Zuschauer auf. Rechtsanwälte schnappen Aktentaschen und Prozeßunterlagen. Die Leute versuchen, durch einen der Ausgänge zu entkommen, und rempeln einander in Panik an.

»Nein!« ruft jemand. »Bleiben Sie ruhig!«

Verstört schaue ich nach hinten, wo Artie sitzen müßte. Ich kann ihn nirgendwo entdecken. Die Menschenmenge drängt und schiebt und schreit.

Ticktickticktickticktick.

Ben rennt mit anderen Referendaren zur Richtertür nicht weit von der Richterbank. Mein Herz beginnt zu hämmern. Die Zeit verlangsamt sich, dehnt sich aus.

»Artie ist da hinten!« rufe ich.

Sarah packt mich am Arm. »Armen!«

Ich blicke zum Podium. Armen steht oben, beschattet die Augen vor dem von der Decke herabfallenden Licht und starrt blinzelnd in die letzte Reihe. Richter Townsend sitzt wie angewachsen auf seinem Stuhl.

Galanter greift sich Armens Hammer und schlägt damit auf das Podium: *bum bum bum!* »Ordnung! Ordnung, sage ich!« bellt er mit hochrotem Kopf. Wieder und wieder schlägt er mit dem Hammer des Gerichtsvorsitzenden zu. »Ordnung!«

»O mein Gott«, sagt Armen, als er merkt, was vorgeht. »Das darf doch nicht wahr sein.«

2

»Wollen Sie damit sagen, es war Shake and Bake?« frage ich ungläubig.

»Ja. Ich bin fertig. Total kaputt.« Artie läßt sich auf einen Stuhl in der kleinen Bibliothek fallen, die den Referendaren als Büro dient. Armen und eine Abordnung von Bürokraten hatten ihn hinter verschlossener Tür ausgiebig in die Mangel genommen. »Der arme Kerl konnte erst nach einer Stunde aufhören zu weinen, so eine Heidenangst hatte er, er könnte Armen in Schwierigkeiten gebracht haben. Könnt ihr euch das vorstellen?«

»Ja«, bestätigt Ben und tippt dabei flott auf der Tastatur seines Computers.

»Ich habe das immer noch nicht begriffen«, werfe ich ein. »Hatte er denn nun eine Bombe?«

»Nein. Er hatte eine Wurfuhr.«

»Eine was?«

»Genauer gesagt, er war die Wurfuhr.«

»Ich begreife absolut nichts.«

»Ich auch nicht«, seufzt Sarah.

»Ich schon, aber es ist mir egal.« Ben schüttet seine dritte Tasse Kaffee hinunter. Er fängt um sieben damit an und pichelt dann das Zeug den ganzen Tag über wie ein durstiger Vampir. »Das Ganze ist absurd.«

»Nein, ist es nicht«, widerspricht Artie. »Nicht, wenn du so denkst wie Shake and Bake.«

»Wie ein paranoider Schizophrener?« frage ich.

»Seht mal, Shake and Bake hat die Verhandlung verfolgt. Er wußte, der Anwalt mußte auf eine bestimmte Frage antworten, und er dachte, die Zeit würde gezählt wie beim Basketball. Er glaubte, der Typ hätte noch vierundzwanzig Sekunden bis zum Wurf. In seinem Kopf ging alles durcheinander.«

Ich gebe mir Mühe, nicht laut herauszulachen. »Darum also hat er angefangen zu ticken.«

»Ja, er hat die Geräusche mit dem Mund gemacht. Er zählte die Zeit aus.« Artie zerrt den Knoten seiner Baumwollkrawatte hin und her, um ihn zu lockern.

»Das ist doch lächerlich«, meint Sarah.

»Nicht für einen paranoiden Schizophrenen, der Basketball über alles liebt«, bemerke ich, schnell von Begriff wie ich bin.

»Richtig, Grace.« Artie nickt und wirft seinen Schlips auf die kunterbunt über seinen Schreibtisch verteilten Schriftsätze.

»Habe ich ja gesagt. Absurd.« Ben füllt Kaffee nach.

»Ist er wirklich schizophren?« Sarah beugt sich über ihre Diätcola und die weiche Brezel, die sie als Frühstück zu sich nimmt. Diese Kinder essen nichts als Müll; ich bekomme jedesmal Zustände.

»Ich glaube nicht«, antwortet Artie und öffnet den Kragenknopf seines Arbeitshemdes. »Er ist wie ein kleines Kind. Völlig harmlos.«

Ich lächle. Ich habe ein kleines Kind. Kleine Kinder sind nicht harmlos.

»Wie kommst du dazu zu behaupten, er sei harmlos?« kritisiert Sarah. »Offensichtlich ist er nicht harmlos.«

»Na komm schon, Sar. Er ist in Ordnung. Shake and Bake ist nicht mal imstande, eine Waschmaschine zu bedienen. Glaubst du, er könnte ein Gebäude in die Luft sprengen?«

»Ich schon, Weiss«, sagt eine trockene Stimme von der Tür her.

Sie gehört Eletha Staples, der lebenslänglichen Sekretärin des Richters, einer gertenschlanken, eleganten Schwarzen. Mit ihrem Hang zur Theatralik verharrt Eletha in dramatischer Pose unter der Tür.

»Yo.«

»Richtig, Bruder. Yo.« Eletha verdreht die Augen. Sie tritt ins Zimmer, ein Hauch teuren Parfüms weht hinter ihr her. Ihr glänzendes Haar hat sie in ihrem schlanken Nacken zu einem festen Knoten zusammengefaßt. In dem schicken Kamelhaaranzug ähnelt sie mehr einer Richterin denn einer Sekretärin, und an dem Tag, an dem schwarze Frauen zur Bundesberufungsrichterin ernannt werden, wird man sie dafür halten. »Wen laden Sie als nächstes ein? Charlie Manson?«

»Das ist nicht komisch, El.«

Eletha bleibt mitten im Büro stehen und stemmt eine Hand in die Hüfte; ein Quintett krallenähnlicher, mit einem Punktmuster verzierter Fingernägel hebt sich von ihrem ansonsten klassischen Stil ab. »Es ist nicht komisch, Bruder?«

»Nein.«

»Es ist nicht komisch, wenn Sie einen *Verrückten* ins Gericht einladen? Es ist nicht komisch, daß irgendein *durchgedreh-*

ter Typ Armens Leben gefährdet? Unser *aller* Leben gefährdet?«

Artie spielt bedrückt mit seinem magischen Ball, einem der vielen Spielzeuge, die auf seinem Schreibtisch herumliegen. »Er würde nie einem von uns was tun, er verehrt Armen. Und er ist nicht durchgedreht.«

»Er tickt, Artie«, erinnere ich ihn.

Eletha sieht aus, als drehe sie gleich durch, aber sie dreht leicht durch. »Was erzählen Sie da? Er ist nicht durchgedreht? Der Mann hält sich für eine wandelnde Timex! Warum man ihn überhaupt ins Gerichtsgebäude gelassen hat, werde ich nie begreifen.«

»Man muß ihn reinlassen«, berichtigt Sarah. »Er hat das Recht auf Zutritt. Das steht in der Verfassung.«

»Zum Teufel damit«, knurrt Ben, ohne den Blick vom Monitor abzuwenden.

»Er ist nicht durchgedreht.« Artie schmollt.

Eletha legt eine Hand auf ihre Brust und beginnt mit Atemübungen nach Lamaze, um sich zu beruhigen. Als sie mit mir vor drei Monaten das Bewerbungsgespräch führen mußte, weil Armen in Washington aufgehalten worden war, wurde ich zum erstenmal Zeugin dieser Angewohnheit. Nachdem sie sich beruhigt hatte, tauschten wir eine Stunde lang Geschichten über Ex-Ehemänner aus. Ich berühre sie leicht am Arm. »El, weiteratmen. Nichts erzwingen, es ist noch zu früh.«

Sie sieht auf mich herab, ihr Gesicht ist plötzlich sehr ernst. »Das ist noch nicht das Schlimmste. Hast du es schon gehört?«

»Was gehört?«

»Heute morgen wurde eine Berufung in Sachen Todesstrafe eingereicht. Der Fall Hightower. Die Hinrichtung soll in einer Woche vollstreckt werden.« Ihre Worte schweben einen Augenblick in der Luft.

»O nein.« Ich verkrieche mich tiefer in den Ledersessel neben Arties Schreibtisch. Hoffentlich teilt man mir diesen Fall nicht zu. Ich bin eine berufstätige Mutter; ich habe genug Schuld für eine ganze Hemisphäre auf mich geladen.

»In einer Woche?« Ben schüttelt sein gepflegtes Haupt. »Natürlich hat Hightower bis zur letzten Minute gewartet. Gewartet bis zum bitteren Ende in der Hoffnung, die Hinrichtung würde ausgesetzt. Immer derselbe Trick.«

Sarah wirft ihm einen schärfen Blick zu. »Das ist seine erste Berufung.«

»Schön. Sorgen wir dafür, daß es auch seine letzte ist.«

»Ben, er hat versucht, sich umzubringen. Er dachte, er habe den Tod verdient.«

»Hat er auch.«

Elethas sanfte braune Augen ruhen auf Bens Gesicht, aber ihre Gedanken sind sichtlich woanders. »Dieser Fall ist wirklich scheußlich. Der Assistent wird die ganze Nacht auf sein, Armen wird die ganze Nacht auf sein, und ich werde die ganze Nacht auf sein. Das letzte Mal habe ich Malcolm nicht gesagt warum.« Malcolm ist Elethas Sohn, sein Foto steht auf ihrem Schreibtisch; ein intelligent aussehender Junge mit hellerer Haut und einer Brille. »Manche Dinge brauchen Kinder nicht zu wissen.«

Ich überlege, was ich Maddie in einem solchen Fall erzählen würde. Was sollte ich sagen? Liebling, Mommy arbeitet für einen Mann, der darüber entscheidet, ob ein anderer Mann leben oder sterben soll. Nein, Mommys Chef ist nicht der liebe Gott, er sieht nur so aus.

»War Armen häufig Richter in Fällen mit Todesstrafe?« fragt Sarah.

Eletha reibt sich die Stirn. »Zu oft.«

»Drei Mal«, erklärt Ben. »In allen urteilte er abweichend. Die sprichwörtliche Stimme in der Wüste.«

Eletha bedenkt ihn mit einem raschen Blick. »Die Fälle waren aus Delaware, glaube ich. Keiner aus Jersey. Und in Pennsylvania fand seit was weiß ich wann keine Hinrichtung mehr statt.«

»Seit ungefähr dreißig Jahren.« Ben drückt mit dem Zeigefinger auf die Sicherungstaste. »Elmo Smith, wegen Vergewaltigung und Mord an einem katholischen High-School-Mädchen. Aber ich kann mich nicht daran erinnern, auf welche Weise sie vollzogen wurde.« Er zögert nur eine Nanosekunde, sein Verstand arbeitet so schnell wie sein Mikroprozessor. »In Pennsylvania wird die Todesstrafe heute durch eine tödliche Injektion vollzogen, aber damals ...«

»Großer Gott, was macht das für einen Unterschied?« explodiert Sarah, die sich auf einem leeren Schreibtisch einen Tee zubereitet. »Zieh um nach Texas, dann kannst du dir das im Pay-TV anschauen.«

Ben schnippt mit den Fingern. »Der elektrische Stuhl, das ist es!«

»Die Todesstrafe mit zwanzig Jahren, Alex«, sagt Artie, und Eletha beginnt ein- und auszuatmen, ein- und auszuatmen.

»Die Todesstrafe ist nichts weiter als Rache unter dem Deckmantel von Gerechtigkeit.« Sarah ist nicht willens, von dem gräßlichen Thema abzulassen. Ich mag Sarah, aber so langsam begreife ich, daß es eine ihrer Lieblingsbeschäftigungen ist, sich immer in etwas zu verbeißen. Letzten November kam ihr diese Eigenschaft sehr zugute; sie arbeitete an der Wahlkampagne von Armens Frau mit, die für den Senat kandidierte. Die feministische Anwältin kam aus dem Hinterhalt und gewann um eine Stupsnasenlänge.

»Wenn wir von Gerechtigkeit sprechen«, doziert Ben, »drücken wir uns vor dem Denken in juristischen Kategorien.«

»Ich bin beeindruckt, Ben. Bist du da von ganz allein draufgekommen?«

»Nein. Das hat Oliver Wendell Holmes gesagt.«

Sarah macht ein verdutztes Gesicht.

»Der spielte für die New York Knicks«, sagt Artie. Er wirft den magischen Ball auf einer imaginären Flugbahn durch diesen unsichtbaren großen Korbring hoch oben in der Luft, den alle Männer vor sich sehen, wenn sie einen Ball werfen und keinen richtigen Basketball haben. Das Prinzip der Luftgitarre.

»In diesem Stadium ist der Ausgang ohnehin irrelevant«, meint Ben. »Der Fall geht zum Obersten Bundesgericht.«

»Und welche Auswirkungen hat das auf deine Chancen, Meister?« erkundigt sich Artie.

Ben drückt wortlos auf eine Taste.

»Chancen wofür?« frage ich.

»Wissen Sie das nicht, Grace? Ben wartet auf einen Anruf von Richter Scalia. Er steht knapp vor einem Referendariat am Obersten Bundesgericht.« Artie schielt auf seinen Zeigefinger und seinen Daumen, die er einen Zentimeter auseinanderhält. »Vielleicht sogar *so* knapp, habe ich recht, Ben? *So* knapp?« Seine Finger berühren sich.

»Frag den magischen Ball«, schlägt Sarah vor.

»Der magische Ball! Hervorragend!« Artie schüttelt das Ding und dreht es um, um den entsprechenden Ratschlag zu lesen. »O mein Gott, Ben«, stöhnt er in gespieltem Entsetzen. »Er sagt: *Es ist besser im Moment nichts zu sagen.* Sehr mysteriös.«

Ich schaue zu Ben hinüber, der einen Text auf seinem Bildschirm liest. »Ben, haben Sie wirklich ein Vorstellungsgespräch bei Scalia bekommen?«

»Ja«, antwortet Ben mit starrem Blick auf den Monitor.

»Aber, Grace, Ben hat ein großes Problem«, sagt Artie unheilvoll. »Wenn Armen im Fall Hightower anders entscheidet und der Typ nicht auf dem elektrischen Stuhl brät, geraten wir in Schwierigkeiten. In große Schwierigkeiten, stimmt's, Ben?«

Ben tippt in den Computer. »Natürlich nicht, Weiss. Ich habe immer noch meine Referenzen.«

»Du meinst, Referendar bei Armen, dem Armenier, zu sein? Dem Ehemann von Senator Susan, einer weiteren Zierde der Gesellschaft?« Verstohlen zwinkert Artie Sarah zu, und sie lächelt. Ich frage mich, ob die beiden miteinander schlafen, und wenn ja, wie Sarah das mit ihrem leidenschaftlichen Verlangen nach Armen auf die Reihe bringt. Ganz zu schweigen von ihrer angeblichen Loyalität gegenüber Armens Frau.

»Der Gerichtsvorsitzende hat schon andere seiner Referendare ans Oberste Bundesgericht gebracht«, sagt Ben. »Er genießt großes Ansehen bei den Richtern dort.«

»Bei den *konservativen* Richtern?«

»Hängt davon ab, was du unter konservativ verstehst.«

»Alle, die nicht für die Erhaltung des menschlichen Lebens sind.«

Bens Mund zuckt. Ich merke, daß Artie einen Nerv getroffen hat. Ich hebe die Hand wie ein Verkehrspolizist. »Das reicht jetzt, Weiss. Sonst komme ich gleich über Sie.«

»Welche Richter stehen im Fall Hightower noch auf der Liste?« fragt Sarah.

Eletha senkt den Blick auf das Papier, das sie in Händen hält. Im Gegensatz zu mir entgeht ihr, daß Ben das Papier verkehrt herum liest; Ben verbringt mehr Zeit damit, verkehrt herum als richtig herum zu lesen. »Hier steht es. Gregorian, Robbins und Galanter.«

»Schrecklich!« sagt Artie. »Das bedeutet, Hightower kommt davon. Armen schreibt das Gutachten, Robbins schließt sich dem an und Galanter drischt leeres Stroh. Zwei zu eins.«

Sarah sieht weniger sicher aus. »Galanter gehört zu den Föderalisten, aber Robbins, er kann sich so oder so entscheiden.«

»Was sind Föderalisten?« frage ich.

»Faschisten. Nazis.«

»Republikaner mit Webfehlern«, setzt Artie hinzu.

Ben räuspert sich. »Es handelt sich um eine konservative Organisation, Grace. Deren Funktionär ich auf der juristischen Fakultät war, objektiv angemerkt.«

Plötzlich öffnet sich die Tür von Armens Büro. Männer unterhalten sich in leisem, geschäftlichem Ton, während Armen sie zur Flurtür seiner Amtsräume geleitet. Artie strengt sich an, um ein paar Brocken aufzuschnappen, Ben führt sich den Rest seines Kaffees zu Gemüte. Eletha wendet sich gerade noch rechtzeitig um, um Bernice abzufangen.

»Wruff! Wruff!« Bernice, ein riesiger Berner Sennenhund, kommt hereingerannt. Jawohl, Armen bringt seinen zottigen schwarzen Wauwau mit zur Arbeit, und zwar sämtliche hundert Pfund. Er ist der Gerichtsvorsitzende, wer also sollte ihm sagen, daß das nicht geht? Ich? Sie? *»Wruff!«*

»Nein! Nicht hochspringen!« bellt Eletha zurück. Die scharfe Stimme bringt Bernice abrupt zum Stillstand. Ihr buschiger schwarzer Schwanz mit der weißen Spitze peitscht hin und her; sie niest mit der Urgewalt eines Zugpferdes.

»Sitz, Bernice. Sitz!« befiehlt Armen, der hinter seinem Hund auftaucht.

Als Antwort wackelt sie mit ihrem üppigen Hinterteil. Ihre Augen in der weißen Maske, die in einem rostfarbenen Muster auf der Schnauze endet, rollen hin und her. Die buschigen rostroten Augenbrauen geben ihrem Gesicht den Ausdruck ständiger Verwirrung; nicht immer trügt der Schein.

»Sie setzt sich doch nie, Armen«, seufzt Eletha. »Ich begreife nicht, warum Sie sich überhaupt noch die Mühe machen.«

»Sie hat es schon gemacht, sie hat es nur vergessen«, widerspricht Armen. »Stimmt's, mein Mädchen?« Er krault das zottige Fellbüschel hinter Bernices Ohren und sieht dabei Artie an. »Nun, Weiss, haben Sie sich fast in die Hosen gemacht?«

Artie legt den magischen Ball hin. »Kann man wohl sagen, Trainer. Es tut mir wirklich leid.«

»Können Sie nicht besser zu Kreuze kriechen? Sie enttäuschen mich.«

»*Ehrlich* leid, Trainer. Ich bin Ihrer unwürdig.« Artie neigt sich nach vorn und berührt mit der Stirn die Unterlagen auf seinem Schreibtisch. »Es wird nie wieder vorkommen«, sagt er mit gedämpfter Stimme.

Armen lächelt. »Gut, das reicht. Shake and Bake kann zum Basketball kommen, aber er soll sich vom Gericht fernhalten. Tut er das nicht, werden ihn die Sicherheitsleute erschießen, sobald er in Sichtweite kommt. Und da ich Sie als freien Mann aus dem Gefängnis herausgeholt habe, schulden Sie mir ein Bier.«

Artie hebt erleichtert den Blick. »Nach dem Spiel nächste Woche. Bei Keeton.«

»Schön.« Armens Blick fällt auf die Papiere in Elethas Hand. Sein Lächeln erlischt. »Ist das der Fall Hightower?«

»Ja.«

Er nimmt die Unterlagen und beginnt, die erste Seite zu lesen. Tiefe Falten graben sich in seine Stirn; mir fällt auf, daß die tiefen Ringe unter seinen Augen heute noch dunkler sind als sonst. Er neigt gelegentlich zu düsteren Stimmungen; irgend etwas setzt ihm zu und lastet einen Tag lang schwer auf ihm. In solchen Momenten möchte man ihn gerne trösten. Im Bett.

»Richter«, sagt Ben schneidend, »der Angeklagte hat zwei Schwestern umgebracht.«

Armen scheint ihn nicht zu hören. Seine breiten Schultern sacken beim Lesen ein wenig in sich zusammen.

»Eine der Schwestern war noch ein kleines Mädchen, die andere ein Teenager, beide waren sehr beliebt in der Stadt.«

Armen sieht von den Unterlagen auf, sein Blick trifft meinen. »Es ist Ihrer, Lady«, sagt er.

Ich ziehe hörbar die Luft ein. »Meiner?«

»Sie sind doch Grace Rossi, oder nicht? Da steht Ihr Name.«

»Ich, einen Fall mit Todesstrafe? Aber ich bin nur eine Teilzeitkraft.«

»Ich gebe Ihnen später frei, quengeln Sie nicht.«

»Aber ich will nichts damit zu tun haben«, jammere ich.

Er lächelt dünn. »Beschäftigen Sie sich damit. Das Leben eines Menschen steht auf dem Spiel.«

»Aber warum ich?«

»Weil ich in diesem Fall eine Anwältin brauche.«

Sarah sieht Armen wie erstarrt an. Fast glaube ich, das Quietschen eines Scharniergelenks zu hören, als ihr die perfekt geformte Kinnlade herunterfällt.

3

Auf der Platte von Armens Besprechungstisch stehen leere Kaffeetassen inmitten eines Durcheinanders von sich aufrollenden Faxen, Fotokopien von Fällen und Prozeßunterlagen des Hightower-Falles. Wir arbeiteten ohne Pause, auch während des Abendessens und bis in die Nacht hinein, lasen Fallberichte und sprachen über das Gutachten. Schließlich begann

Armen, auf seinem Laptop einen Entwurf aufzusetzen, und ich nahm mir zur Überprüfung der Fakten die Habeas-Petition vor.

Darin steht, daß Thomas Hightower siebzehn war, als er die Schule schwänzte und mit seiner Clique trinken ging. Die Jungs machten ihn betrunken und forderten ihn heraus, das hübscheste Mädchen der Schule zu küssen. Hightower ging zu der Farm, wo das Mädchen wohnte, und traf Sherri Gilpin im Schuppen an. Er lud sie ein, und sie lachte ihn aus. »Ich und mich mit einem Nigger verabreden?« sagte sie. Angeblich.

In aus der Trunkenheit resultierender Wut schlug Hightower sie, sie verlor das Gleichgewicht und krachte mit dem Schädel gegen einen Traktor. Er unternahm Wiederbelebungsversuche. In diesem Moment kam ihre kleine Schwester Sally herein und begann zu schreien. Hightower sagt, er geriet in Panik. Er durfte keine Zeugen zurücklassen; es hätte seine Mutter umgebracht. Deshalb erdrosselte er das Kind. Im Anschluß an die Tat ging er zu seinem Wagen und fuhr absichtlich gegen einen Baum. Und nun tritt der Staat Pennsylvania auf den Plan. Er rettete ihm das Leben und behielt sich damit die Ehre vor, ihm den Prozeß zu machen und ihn zu verurteilen. Zum Tode.

Hightower konnte sich keinen Rechtsanwalt leisten, ohnehin hätte ihn keiner aus der kleinen Bergarbeiterstadt vertreten. Der Bezirksrichter betraute einen Jungen mit dem Fall, der gerade die Abendschule absolviert hatte, und die Geschworenen verurteilten Hightower wegen Mordes. Als über das Strafmaß verhandelt wurde, eine Argumentation, in deren Anschluß die Geschworenen über Leben und Tod entscheiden, berief sich Hightowers Anwalt auf ein Gesetz, das bereits drei Jahre zuvor vom Obersten Gerichtshof Pennsylvanias als verfassungswidrig verworfen worden war. Irgendwie hatte er das nicht mitbekommen.

Dieses überholte Gesetz, das einzige, das den überwiegend weißen Geschworenen zur Kenntnis gebracht wurde, ließ die Möglichkeit außer acht, die Jugend Hightowers, seine aufgrund des Alkoholkonsums verminderte Zurechnungsfähigkeit, seine nicht vorhandenen Vorstrafen und die Reue, die er mit seinem Selbstmordversuch gezeigt hatte, als »mildernde Umstände« bei der Entscheidung über das Urteil, Todesstrafe ja oder nein, zu berücksichtigen. Die Geschworenen brauchten nur fünfzehn Minuten bis zu ihrem Urteil. Tod.

Ich lege die Papiere auf den Tisch und schaue aus den riesigen Fenstern, aus denen die vierte Wand des Zimmers besteht. Es ist mitten in der Nacht. Orangefarbene Straßenleuchten überspannen bandartig den Delaware. Weiße Lichter punktieren die Tragseile der Ben-Franklin-Brücke. Ampeln leuchten auf: rot, gelb, grün. In der dunklen Nacht blitzen die Lichter wie Edelsteine auf. Während das Funkeln draußen vor dem Fenster meinen Blick auf sich zieht, beschäftigt sich mein Verstand mit den juristischen Fakten.

Die Frage lautet, war Hightowers Anwalt derart inkompetent, daß der Prozeß nicht fair abgelaufen ist. Streng juristisch gesehen, verdient Hightower wohl einen neuen Prozeß; was er unter dem Gesichtspunkt Gerechtigkeit verdient, steht auf einem anderen Blatt. Aus diesem Grund praktiziere ich Handelsrecht. Da geht es nicht um Leben oder Tod; die Fragen, die sich dabei erheben, sind schwarz und weiß, und die richtige Antwort lautet stets grün.

»Tja«, murmelt Armen vor sich hin. »Tja, tja, tja.« Er hört auf zu tippen und liest die letzte Seite seines Entwurfs. Im Büro ist es still, seit Bernice ihr Schnarchen eingestellt hat. Ich habe das Gefühl, als seien wir die einzigen Menschen auf der Welt, die noch wach sind, hoch oben im nächtlichen Himmel über der glitzernden Stadt.

»Tja was?«

»Ich glaube, wir werden dem Jungen das Leben retten. Was meinen Sie?«

Die Frage bestürzt mich. »Ich weiß nicht. So denke ich nicht darüber.«

»Ich schon.« Er lächelt müde, die Krähenfüße, die ihn älter aussehen lassen, als er ist, kräuseln sich. »Ich würde dem nicht Einhalt gebieten können, wenn ich nicht so darüber denken würde.«

»War das Ihr Ziel?«

»Zwangsläufig. Sein Anwalt war inkompetent. Jeder andere hätte ihn lebend ins Gefängnis gebracht, statt dessen ist sein Tod beschlossene Sache. Man hat ihn reingelegt.« Er lehnt sich in seinem Sessel zurück. Die Übermüdung hat ihn verändert: vielleicht seine Abwehrhaltung gemildert, oder die berufsmäßige Distanz zwischen uns verringert. Er scheint mir gegenüber offen wie noch nie.

»Für mich geht es nicht darum, ihm das Leben zu retten. Ich betrachtete die Sache vielmehr unter streng juristischen Gesichtspunkten.«

»Ich weiß, Grace. Deshalb wollte ich, daß Sie an dem Fall arbeiten. Ihre Sicht beschränkt sich ungeachtet der Moral auf die rein rechtlichen Belange.«

Das tut weh. »Werfen Sie mir das vor? Schließlich handelt es sich um eine rechtliche Frage und nicht um eine moralische.«

»Wirklich? Wer sagt das?«

»Holmes.«

»Holmes kann mich mal«, antwortet er und streckt sich genüßlich in seinem blauen Oxfordhemd. Die Hemdsärmel hat er bis zu den Ellenbogen hochgekrempelt, die Krawatte gelockert. Er ist mir so nah, daß ich einen Hauch seines Aftershaves erhasche. »Es geht um beides, Grace, um Recht *und* Moral. Sie können Recht nicht von Gerechtigkeit trennen. Sie sollten das gar nicht wollen.«

»Aber dann ist das, was Sie als gerecht erachten, maßgeblich, und das ist subjektiv und unterscheidet sich zwangsläufig von Richter zu Richter.«

»Damit kann ich leben, das steht in meiner Arbeitsplatzbeschreibung. Von einem Richter wird erwartet, daß er richtet. Dem achten Zusatzartikel zur Verfassung entnehme ich, daß deren Verfasser der Meinung sind, die Regierung dürfe nicht foltern und nicht töten. Denn das ist das Böse in höchster Vollendung, nicht wahr, und es läßt sich unmöglich kontrollieren.« Sein Gesicht verdüstert sich.

»Ich verstehe nicht«, sage ich, aber teilweise verstehe ich schon. Armens Herkunft steht auf seinem olivfarbenen Gesicht geschrieben und zeigt sich ebenso unübersehbar in seinem Büro: in den gerahmten Urkunden mit den schnörkeligen Buchstaben an den Wänden, dem Bild vom Berg Ararat hinter seinem Schreibtischsessel, den mit seltsamen Mustern reich verzierten Lampenständern und Brokatkissen.

»Bei den Armeniern begann es ganz allmählich«, sagt er und beugt sich vor. »Unser Recht auf unsere eigene Sprache wurde uns genommen. Dann das Recht auf Ausübung unserer christlichen Religion. Etwa um 1915 raubten sie uns das Leben. Wir verhungerten, wurden aufgehängt und gefoltert. Zu Tode geprügelt, die meisten von uns damit.« Er deutet auf einen derben Holzknüppel, der über dem Bücherregal hängt.

»Das wußte ich nicht.«

»Das wissen viele nicht. Die Hälfte meines Volkes wurde umgebracht. Eine halbe Million Menschen, ausgelöscht von der türkischen Regierung. Meine ganze Familie, bis auf meine Mutter.« Aufflackernder Schmerz überschattet sein Gesicht.

»Das tut mir leid.«

Er achtet nicht darauf. »Der entscheidende Punkt ist, eine Regierung darf ihre Bürger nicht töten, nicht mit meiner Hilfe. Ich weiß, Hightower hat eine furchtbare Tat begangen. Er hat getötet, aber ich werde ihn nicht töten, um zu beweisen, daß Töten Unrecht ist. Er gehört für immer hinter Gitter, damit er nie wieder einem Kind Leid zufügen kann. Und dahin kommt er, wenn ich in dieser Sache irgend etwas zu sagen habe.« Mitten in seiner Rede bricht er plötzlich ab; seine Gesichtszüge werden weicher. »Deshalb danke ich Ihnen, daß Sie sich damit beschäftigt haben.«

»Hatte ich denn eine Wahl?«

»Nein.« Er entspannt sich in seinem Ledersessel. »Sie sind betroffen, das wissen Sie«, fügt er rasch hinzu.

Hinter ihm leuchten verschwommen die Lichter der Stadt, und ich fühle mehr, als daß ich verstehe, daß wir jetzt nicht mehr über den Fall sprechen. »Ich weiß nicht ...«

»Doch, Sie wissen es. Ich bin auch betroffen, Grace. Stark betroffen, ehrlich gesagt.«

Ich kann nicht glauben, was ich höre. Ich spüre, wie mein

Herz sacht zu hämmern beginnt. »Daran läßt sich nichts ändern.«

»Doch, läßt sich. Gib mir deine Hand.« Er streckt die Hand aus.

Sie schwebt zwischen uns in der Luft, Frage und Antwort zugleich. In dieser Situation sollte alles entweder schwarz oder weiß sein, aber die innersten Gefühle sind nicht so eindeutig.

»Hör auf zu denken. Nimm sie.«

Ich ergreife seine Hand, sie fühlt sich stark und warm an. Er zieht mich an sich, so selbstverständlich, als hätten wir das schon millionenfach getan, und im gleichen Moment liege ich in seinen Armen und spüre seinen Kuß sanft auf meinem Mund. Plötzlich höre ich draußen vor dem Büro ein Geräusch. Ich stemme mich von seiner Brust ab. »Hast du das gehört?«

»Was?«

»Da war ein Geräusch. Vielleicht die Tür?«

»Alles in Ordnung«, meint er. Wieder küßt er mich und verlagert sein Gewicht unter mir, aber ich schiebe ihn weg.

»Warte. Halt. Das geht nicht.«

»Warum nicht?«

Es gibt Regeln, oder nicht? »Du bist verheiratet, um mal damit anzufangen.«

Zärtlich streicht er mir die Haare aus der Stirn und betrachtet eingehend mein Gesicht. »Nicht mehr«, sagt er. »Meine Ehe ist zu Ende.«

Das ist ein Schock. »Was? Wieso?«

»Sie ist schon lange am Ende. Susan bat mich, bis nach der Wahl bei ihr zu bleiben, und das habe ich getan. Sie kommt am Vormittag, um die Papiere zu unterschreiben. Morgen reichen wir die Scheidung ein.«

»Die Scheidung?«

»Ja.«

»Das glaube ich nicht.«

»Es stimmt.« Er berührt mein Gesicht. »Dann liebst du mich also nicht? Habe ich mich geirrt?«

Soviel zum erfolgreichen Verbergen meiner Gefühle. »Ich weiß nicht. Ich meine, ich denke an dich, schon lange.«

»Wie lange?«

»Zu lange, um es zugeben zu können.«

»Das ist lange genug, findest du nicht.« Er küßt mich leidenschaftlich. Bevor ich protestieren kann, merke ich, wie ich seinen Kuß erwidere, und will nicht mehr protestieren. Ich verliere mich in seinem Kuß, in seiner Wärme. Seine Hände finden den Weg zu meinen Brüsten. Er liebkost sie, während wir uns küssen, und erregt mich. Er beginnt, meine Bluse aufzuknöpfen, und Scheu regt sich in mir, eine Art Scham.

»Bist du sicher, daß da draußen niemand ist? Draußen im Büro?« frage ich.

»Kein Mensch.« Er öffnet den Knopf über meinen Brüsten und enthüllt die Perlenkette, die ich unter der Bluse trage. Ich halte seine Hand fest. Verständnislos sieht er mir in die Augen. »Ich tue dir nicht weh, Grace«, sagt er sanft. »Laß mich. Laß mich dich ein bißchen liebhaben.«

»Aber ich ...«

»Schsch. Ich träume davon. Davon, dich zu lieben.«

»Armen ...«

»Laß mich. Du mußt.« Lächelnd nimmt er meine Hände und legt sie auf die Armlehnen seines schweren Sessels. »Da läßt du deine Hände. Wir machen ganz langsam.«

Mein Atem geht schwer, ich bin zugleich erregt und ängstlich. »Wir dürfen das nicht tun, nicht hier.«

»Pst.« Er öffnet einen Knopf nach dem anderen. »Sieh dich an, du bist wunderschön.«

Ich blicke hinab und sehe aufblitzende Perlen zwischen meinen Brüsten baumeln. Das bogenförmige Körbchen eines BHs. Mein Rock ist hochgezogen, über das blickdichte Elfenbein meiner Strumpfhose hinauf. Ich ertrage es nicht, mich in diesem aufgelösten Zustand zu sehen, deshalb wende ich den Blick ab und schaue aus dem Fenster. Aber statt des Nachthimmels sehe ich in der Wand aus Glas das Spiegelbild eines dunkelhaarigen Mannes und einer rittlings über ihm sitzenden Frau mit helleren Haaren. Seltsamerweise ist der Anblick so leichter zu ertragen. Wie in einem Spiegel. Ich kann hinsehen, als wäre es jemand anderer.

»Alles ist gut«, flüstert er.

Ich sehe zu, wie er mir die Seidenbluse von den Schultern streift, erst den einen Arm aus dem Ärmel zieht, dann den anderen, anschließend greift er um meinen Körper und hakt meinen BH auf. Ich kann kaum atmen. So langsam, als würde er etwas Kostbares und Reines enthüllen, nimmt er den BH ab, umschließt mit jeder Hand eine Brust und streichelt die Brustwarzen. Als sie unter seinen Daumen steif werden, spüre ich ein köstliches Prickeln. Ich umfasse seinen Kopf, diesen Kopf mit den zu langen Haaren, die mir so vertraut sind, und er vergräbt sein Gesicht glücklich zwischen meinen Brüsten, erst die eine, dann die andere liebkosend.

Ich höre mich stöhnen und schlinge meine Beine fester um ihn. Er reagiert, wiegt mich gegen die zunehmende Härte in seinem Schoß und saugt abwechselnd an meinen Brustwarzen. Ich fühle die Feuchtigkeit da, wo er saugte, und ein leichter Schauder überläuft mich, als er mich plötzlich hochhebt und in seinen Armen sacht auf den Tisch legt. Meine Beine umschließen seine Taille, und meine Hände greifen nach der Tischkante. Meine Perlen fallen zur Seite, die Hightower-Unterlagen flattern zu Boden, und Gott weiß, was sonst noch alles vom Schreibtisch rutscht.

Sein Körper scheint über mir zu schweben, doch plötzlich hält er inne. »Du siehst mich nicht an. Sieh mich an, Grace.«

Ich betrachte ihn im Spiegel der Glaswand. Ich kann nicht tun, worum er mich bittet.

Er dreht mein Gesicht zu sich, und in seiner Miene zeigen sich Besorgnis und Erregung gleichermaßen. »Warum siehst du mich nicht an?«

»Ist deine Ehe wirklich vorbei?«

»Ja.«

»Schwörst du es?«

»Bei meinem Leben.« Er beugt sich über mich, küßt mich zärtlich und drängt sich zwischen meine Beine. »Laß dich gehen, Grace. Laß dich gehen.«

Ich schließe die Augen. Erst reagiert mein Körper auf ihn. Und dann mein Herz.

4

Das Läuten des Telefons bricht in meinen tiefen, herrlichen Schlummer ein. Ich höre es, halb schlafend, halb wachend, unsicher, ob es wirklich ist.

Bbbrrrrr!

Ich öffne die Augen einen kleinen Spalt und schiele auf die Uhr. Die Digitalzahlen zeigen 7 Uhr 26; ich habe gerade zwei Stunden geschlafen. Mir bleiben noch vier ganze Minuten. Das Gebimmel ist ein böser Traum.

Bbbrrrrr!

Es ist Wirklichkeit, kein Traum. Wer, zum Teufel, ruft um diese Zeit an? Schlagartig fällt es mir ein: Armen. Wärme durchflutet mich, und ich taumele zur Kommode, fluchend, daß ich keinen Anschluß direkt am Bett habe, wie jeder andere in Amerika. Ich wünschte, ich bräuchte mich nur auf die Seite zu rollen und könnte seine Stimme hören.

»Liebling?« sagt die Stimme am anderen Ende der Leitung. Es ist nicht Armen, es ist meine Mutter. »Bist du auf?«

»Natürlich nicht. Du weißt, wie spät ich heimgekommen bin, du warst Babysitter. Was willst du?«

»Ich habe die Nachrichten im Fernsehen gesehen.« Ich sehe sie vor mir, wie sie vor ihrem altertümlichen Zenith-Gerät hockt, in der einen Hand einen Glasbecher mit Kaffee, in der anderen eine dünne Zigarette.

»Mom, es ist halb acht. Hast du angerufen, um mit mir zu plaudern?« Rückwärts lasse ich mich auf meine Steppdecke fallen.

»Ich habe Neuigkeiten.«

Davon bin ich überzeugt. Sie glauben nicht, was meine Mutter alles für erzählenswerte Neuigkeiten hält. Liz Taylor hat zugenommen. Liz Taylor hat abgenommen. »Was denn, Ma?«

»Dein Chef; dieser Richter Gregorian. Er beging heute morgen Selbstmord.«

Mit einem Ruck sitze ich kerzengerade. Mir ist, als hätte ich einen elektrischen Schlag bekommen. Ich bin sprachlos.

»Man hat ihn in seinem Stadthaus in Society Hill gefunden. Ich wußte gar nicht, daß er in Society Hill wohnt. In den Nachrichten sagten sie, sein Haus stünde unter Denkmalschutz.«

Ich bin wie betäubt.

»Er saß an seinem Schreibtisch und las die Unterlagen über diesen Todesstrafenfall.«

»Wie ...«

»Er hat sich erschossen.«

Nein. Ich schließe die Augen vor dem inneren Bild, das sich wie Krebs in meinem Gehirn ausbreitet.

»Er hat keinen Abschiedsbrief hinterlassen«, fährt sie fort. »Man rief einen Richter Galanter an, der in Rosemont wohnt. Dieser Galanter wird jetzt anscheinend der neue Vorsitzende, was?«

Ich schüttele den Kopf. Das muß ein Irrtum sein. »Mein Gott«, ist alles, was ich herausbringe.

»Richter Galanter sagte, das Gericht werde seine Arbeit wie gewohnt fortsetzen.«

Ich denke an Galanter, wie er den Vorsitz des Gerichts übernimmt. Dann an Armen, tot. Das kann nicht wahr sein.

»Dieser Galanter sagte auch, der Fall Hightower werde einem anderen Richter zugeteilt. War das nicht der Fall, wegen dem du gestern so lange im Büro geblieben bist?«

»Wer hat ihn gefunden?«

»Seine Frau, als sie aus Washington zurückkam. Sie hat auch die Polizei verständigt.«

»Susan hat ihn gefunden? Hat sie irgendwas gesagt? Wurde sie interviewt?«

Ihre Antwort besteht in einem jähen Auflachen; ich stelle mir vor, wie dabei eine dicke Rauchwolke aus ihrem Mund entweicht. »Sie hält heute vormittag eine Pressekonferenz ab.«

Susan. Eine Pressekonferenz. Was geht da vor? Warum sollte Armen so etwas tun? Ich schließe die Augen, atme ihn ein, fühle ihn immer noch. Erst vor ein paar Stunden war er bei mir. In mir.

»Bist du noch da?« fragt meine Mutter.

Am liebsten würde ich sagen, ich bin nicht sicher.
Ich bin nicht sicher, wo ich überhaupt bin.

5

In Rekordzeit verfrachte ich Maddie in die Schule und rase über die Schnellstraße Richtung Stadtmitte. Mein VW-Kombi rattert an weit schnelleren Wagen vorbei. Die Nachrichten von Radio-KYW bestätigen wieder und wieder Armens Selbstmord. Ich schlucke den aufsteigenden Schmerz hinunter und trete aufs Gaspedal.

Die Türen des Gerichtsgebäudes sind von Presseleuten blockiert, die bereits an Ort und Stelle sind und sich wie die Geier auf die Neuigkeit stürzen. Ich komme nicht hinein. Überall tummeln sich Reporter; die Fernsehleute, zurechtgemacht mit dickem aprikosenfarbenem Make-up, stehen wartend bereit. Kameramänner ziehen schwarze Kabel zwischen einer Gruppe von Demonstranten hindurch, die ebenfalls bereits auf dem Schauplatz erschienen ist. Es müssen vierzig Leute sein, die in schweigendem Protest im Kreis marschieren. Kein Wort kommt über ihre Lippen. Aber ihre Schilder schreien vor einem sengend blauen Himmel nach Gerechtigkeit: HIGHTOWER.

Ich muß unbedingt in das Gebäude hinein.

»Möchten Sie eins?« fragt mich ein älterer Mann in einem karierten, kurzärmeligen Hemd. In einer Hand, an der der Daumen fehlt, hält er ein rosa Flugblatt; sein Gesicht ist wettergegerbt wie das eines Farmers. »Steht was über meine Töchter drauf.«

»Ihre Töchter?« Überrascht blicke ich auf.

Er nickt. »Haben Sie Kinder?«

»Ja. Eine Tochter.«

»Wie alt?«

»Sechs.« Ich möchte nicht mit ihm reden. Ich kann jetzt nicht an Hightower denken. Ich möchte hinein.

»Mag sie Snoopy?«

»Nein, sie liebt Madeline. Ihre Puppe.«

Die tief um seine Augen eingegrabenen Falten mildern sich in einem Lächeln. »Wie meine Kleine, Sally. Sie mochte auch Puppen. Sie hatte eine Barbie und eine Schwester von Barbie. Wie hieß doch gleich diese Schwesterpuppe?« Er starrt auf ein Paar blitzblank funkelnde braune Schuhe hinunter und kratzt sich zwischen dem grauen Haarkranz am Kopf. »Meine Frau wüßte es«, sagt er mit leiser werdender Stimme.

»Skipper.«

»Richtig!« Er lacht. Es klingt belegt, ein Raucher.

Ich nutze die Gelegenheit. »Ich muß weiter.«

»Natürlich. Sie müssen arbeiten.« Er drückt mir das Flugblatt in die Hand. Von einem Schwarzweißfoto blicken mich zwei hübsche Mädchen an, die auf einem rissigen Holzgeländer sitzen. In Schreibmaschinenschrift steht darüber SHERRI UND SALLY GILPIN. Einen Moment lang bin ich wie betäubt. Ich wußte, wie sie gestorben waren, aber ich wußte nicht, wie sie gelebt hatten. Die Jüngere, Sally, hat wie Maddie einen unregelmäßig verlaufenden Wirbel in ihrem Haar, der unfreiwillig verrät, daß sie es haßte, gekämmt zu werden; sie wurde erwürgt, das Leben wurde aus ihr herausgepreßt. Was sagte Armen gestern abend? *Wir retten ein Leben.*

»Gehen Sie jetzt lieber, wir möchten nicht, daß Sie durch unsere Schuld entlassen werden«, sagt der Mann. »Gott schütze Sie.«

Aus der Fassung gebracht, nicke ich und bahne mir unter Schwierigkeiten den Weg durch die Menge. Einige der stumm protestierenden Frauen sehen mich an: derbe, kräftige Frauen mit unscheinbaren Gesichtern ohne Make-up. Ich weiche ihren Blicken aus und stoße die schweren Glastüren in die geschäftige Eingangshalle des Gerichtsgebäudes auf. Verstohlen stecke ich das Flugblatt in meine Handtasche und halte den Marshals hinter dem Überwachungspult vor den Aufzügen kurz meinen in Plastikfolie eingeschweißten Berechtigungsausweis hin. Zwei Minuten später öffne ich die schwere Tür in die Amtsräume.

Eletha sitzt an ihrem Schreibtisch und starrt auf einen blauen Monitor, auf dem die virtuelle Darstellung eines Gerichtsgebäudes, erstellt von einem der Kinder des Programmierers, aufleuchtet.

Unter dem Bild steht: ORDNUNG IM GERICHT! WILLKOMMEN IM TEXTVERARBEITUNGSSYSTEM DES THIRD CIRCUIT! Die Tür fällt hinter mir ins Schloß, Eletha scheint es nicht zu hören.

»El?«

Langsam dreht sie ihren Stuhl. Ihre Augen sind verschwollen, und sie schwankt beim Aufstehen. »Grace.«

Ich gehe zu ihr, und sie bricht in meinen Armen fast zusammen, ihr knochiger Körper sackt wie ein baufälliges Haus in sich zusammen. »Alles ist gut, Eletha. Es wird alles wieder gut«, sage ich, obwohl mir völlig anders zumute ist.

Ich reibe ihren Rücken. Ihr Körper bebt unter hohem, stoßweisem Schluchzen. »Nein, nein, nein«, ist alles, was sie herausbringt, wieder und wieder, und ich halte sie fest, während sie weint. Angesichts ihrer offen gezeigten Trauer fühle ich mich merkwürdig weit entfernt. Es überläuft mich eiskalt, als mir bewußt wird, daß ich mich verhalte wie meine Mutter, nachdem mein Vater verschwand; nichts hat sich geändert, reich mir das Salz.

Ich setze Eletha behutsam auf ihren Stuhl und ziehe ein paar Papiertücher aus einer geblümten Schachtel. »Hier.«

»Es ist furchtbar. Einfach furchtbar. Armen, mein Gott.« Sie betupft ihre tränennassen Augen mit einem Kleenex.

»Ich weiß.«

»Ich kann es nicht glauben.«

Ich auch nicht. Aber ich sage nichts.

»Ich wollte dich gleich anrufen, als ich heute morgen ins Büro kam, aber ich konnte es nicht.« Wieder füllen sich ihre Augen mit Tränen.

»Schon gut.«

»Susan rief mich an. Heute früh. Dann die Polizei. Und Galanter. Gott, wie ich diesen Mann hasse!«

»Susan hat Armen gefunden, stimmt das?«

»Sie kam aus Washington zurück, und da lag er.«

»Wann kam sie nach Hause, kurz vor Tagesanbruch?«

»Vermutlich. Ich weiß es nicht.« Sie schnaubt laut in das Papiertuch.

»Wer hat Galanter benachrichtigt?«

»Ich weiß nicht, warum?«

»Ich begreife es nicht. Ich war bis fünf Uhr mit Armen zusammen.«

»Dann habt ihr beide aber noch lange gearbeitet.«

»Richtig.« Ich weiche ihrem Blick aus; Eletha ging um zwei. Plötzlich fällt mir ein, daß ich ein Geräusch gehört oder zu hören geglaubt hatte. Um wieviel Uhr war das? »Eletha, bist du noch einmal ins Büro zurückgekommen, nachdem du heute nacht nach Hause gegangen bist?«

»Nein, warum?«

»Als ich mit Armen in seinem Büro war, dachte ich, ich hätte hier draußen jemanden gehört.«

»Wen denn?«

»Keine Ahnung.«

»Kam denn niemand in Armens Büro?«

»Nein. Ich habe jedenfalls niemanden gesehen.«

Sie schüttelt den Kopf; sie trägt heute kein Make-up. »Die Referendare, die Staatsanwälte, alle haben bei einer Revision, bei der es um die Todesstrafe geht, eine Menge zu tun. Vielleicht hat einer von ihnen Unterlagen vorbeigebracht.«

Genau in diesem Augenblick geht die Tür auf, und Sarah und Artie kommen herein. Beide sehen aus, als hätten sie geweint; Sarahs schmerzerfüllte Miene erinnert mich nur allzu deutlich an das Gesicht, das mir heute früh aus meinem Spiegel entgegenstarrte. Sie löst sich von Artie und stürmt in das Vorzimmer.

»Ist Ben da?« schreit sie und rennt so schnell an uns vorbei zum Referendarsbüro, daß ihre kurze Strickjacke fliegt. »Wo, zum Teufel, steckt Ben?«

»Ich weiß es nicht«, antworte ich. »Du, Eletha?«

»Er hat nicht angerufen.«

Mit der geballten Faust hämmert Sarah an den Türstock.

»Verdammt noch mal! Ich will ihn sehen, diesen kleinen Wichser!«

»Sar, hör auf«, sagt Artie. Wie betäubt geht er zu Eletha und legt den Arm um sie. »Das bringt Armen nicht zurück.«

Mit großen Schritten marschiert Sarah zum Telefon, das auf Elethas Schreibtisch steht, und gibt, ohne jemanden eines Blickes zu würdigen, sieben Zahlen ein. »Ich rufe dieses Arschloch schon den ganzen Morgen lang an. Nimm ab, du kleiner Wichser!«

»Immer mit der Ruhe, Sarah«, versuche ich sie zu besänftigen.

Ihre blauen Augen starren mich kalt an. »Was soll das heißen, immer mit der Ruhe?« Sie knallt den Hörer auf.

»Sehen Sie, es trifft uns alle schwer.«

»Ben nicht, er ist der Auslöser. Er setzte Armen wegen des Hightower-Falles unter Druck, damit er die verdammte Stelle am Obersten Bundesgericht bekommt. Er hat ihm sogar diesen Zeitungsartikel vorgehalten, den, in dem es um die Rechte des Opfers geht. Er wußte, Armen würde dadurch in Konflikt geraten. Es war ihm egal, wie sehr er ihn damit quälte.«

»Sie reden Unsinn«, stößt Eletha zwischen Schluchzern hervor.

Sarahs Blick wandert von ihr zu mir. »Grace, Sie waren heute nacht mit ihm zusammen. War er sehr durcheinander?«

»Nein.« Ich möchte das Thema wechseln. »Ich dachte, ich hätte ein Geräusch gehört ...«

»Was?« sagt Sarah. »Was für ein Geräusch?«

»Keine Ahnung, ein Geräusch eben. Als wäre jemand hier, vor seinem Büro. Ungefähr um drei oder kurz danach.«

»Haben Sie jemanden gesehen?«

»Nein.«

»Und was ändert's, wenn Sie ein Geräusch gehört haben?«

»Nichts«, antworte ich. »Sofern Sie es waren oder Artie. Wart ihr es?«

Artie schnaubt. »Um drei? Da haben wir geschlafen.« Er merkt es sofort. »O Scheiße.«

Sarah funkelt ihn an. »Sehr klug von dir, Weiss.«

Es stimmt also, die beiden haben was miteinander. Ich verstehe Sarah nicht; sie schläft mit Artie, dabei ist sie verrückt nach Armen. Und Artie und Armen stehen einander so nah. *Standen* einander so nah.

»Ach, was macht das jetzt noch für einen Unterschied?« Artie zuckt die Achseln. »Ist mir egal, wenn es alle wissen, es ist doch nichts dabei.« Er sieht mich und Eletha an, seine Augen sind voller Schmerz. »Ich liebe sie, okay? Wir bumsen wie die Karnickel, okay? Könnt ihr damit leben?«

»Bestimmt«, antworte ich. Eletha nickt unsicher.

»Na also, Sar, die Welt ist nicht untergegangen.«

Sarah ignoriert ihn und drückt auf die Wahlwiederholung. »Wichtig ist jetzt, Ben aufzutreiben.«

Ich verlasse die unter starker Anspannung stehende Gruppe, weil ich Armens Büro sehen möchte, bevor die anderen hineingehen. Allein. Ich verharre in der Tür und versuche, mich zusammenzureißen. Aber der Anblick versetzt mir einen heftigen Stich. Mein Blick wandert über die exotischen Brokatkissen, die fremdartigen Urkunden und die armenischen Bücher mit den abgewetzten Schutzumschlägen aus Papier. Das Zimmer riecht noch nach ihm; fast spüre ich seine Gegenwart. Ich kann nicht glauben, daß er sich umgebracht hat. Warum habe ich nichts bemerkt? Warum habe ich es nicht kommen sehen?

Ich gehe in das Zimmer hinein und berühre die Papiere auf dem Besprechungstisch. Alles ist so, wie ich es in Erinnerung habe, abgesehen von ein paar Unterlagen zum Fall Hightower, die er mit nach Hause genommen hat, um noch daran zu arbeiten. Die Papiere sind über den ganzen Tisch verteilt; der Laptop steht an der Tischkante. Sogar die Hundehaare auf dem Gebetsteppich sind noch dieselben. Sie erinnern mich an Bernice. Wo war sie letzte Nacht, als er sich umgebracht hat? Wo war ich? In tiefem Schlaf?

Plötzlich gibt es draußen im Vorzimmer einen Tumult, gefolgt von Geschrei. Ich eile durch die Tür und sehe Artie, der Ben gegen die Wand stößt und dabei ein Gruppenfoto von den Mitarbeitern des Berufungsgerichts in Gefahr bringt.

»Artie, aufhören!« schreie ich, aber Eletha ist bereits zur Stelle. Sie tritt vor Ben und schirmt ihn mit ihrem Körper ab.

»Er verdient es!« Arties Brust unter dem dicken Sweatshirt hebt und senkt sich schwer. Er steht über Ben gebeugt, der zu husten beginnt, *kack-kack-kack,* ein Altmännerhusten, und sich den Kopf an der Stelle reibt, die gegen die Wand schlug.

»Aufhören!« befiehlt Eletha mit autoritärer Stimme. Für einen Moment kehrt wieder Ordnung ein; Eletha hat die Befehlsgewalt übernommen, und wir befinden uns in den Amtsräumen eines Richters. Der König ist tot, lang lebe die Königin. Der Moment verstreicht.

»Wo warst du?« brüllt Sarah Ben an, der sich hochrappelt und fast lustspielreif hinter Eletha versteckt.

»Zum Teufel, Sarah. Man hat mir einen arbeitsintensiven Fall zugeteilt, ich mußte die ganze Nacht arbeiten, und irgendwann bin ich eingeschlafen. Brauche ich dazu deine Erlaubnis?«

»Du hast die ganze Nacht gearbeitet? Woran?«

»Am Fall Germantown Savings. Ich wollte ihn abschließen.«

»Du hast das Telefon nicht gehört?«

»Nein.«

»Zum Teufel, das ist doch gelogen!« Sarah macht ein Gesicht, als würde sie da weitermachen, wo Artie aufgehört hat, und Eletha sieht aus, als würde sie gleich schlappmachen, ihre Kraft ist verbraucht.

»Okay, Sarah«, sage ich entschlossen, »bremsen Sie sich. Sie wollen mit Ben reden. Warten Sie damit, bis Sie ruhiger geworden sind.«

Ihre Augen blitzen vor Wut. »Spielen Sie wieder mal die Mami?«

»Ja, das kommt ganz von selbst durch. Gehen Sie jetzt in Ihr Zimmer. Auszeit bis zur Pressekonferenz.« Ich zeige auf das Referendarsbüro.

»Pressekonferenz?« fragt Eletha. »Wer hält eine Pressekonferenz ab?«

Ich werfe einen Blick auf die Uhr über der Bürotür. »Susan. In fünfzehn Minuten.«

Elethas Augen drohen erneut überzufließen. »Wie kann sie das tun? Armen ist noch nicht mal kalt.«

»Es fällt ihr auch nicht leicht«, hebt Sarah zur Verteidigung an, »aber sie ist der Meinung, sie müßte eine Erklärung abgeben. Sie glaubt, die Öffentlichkeit hätte ein Anrecht darauf.«

Ich spüre, wie mein Herz schneller schlägt. »Sie will erklären, warum er Selbstmord beging?«

»Das hat sie mir jedenfalls am Telefon gesagt.«

»Das ist seine Sache, das geht die Öffentlichkeit nichts an«, bemerkt Ben und streicht seine Krawatte glatt.

Eletha sieht ebenso überrascht aus wie ich. »Und woher weiß sie es? Er hat keinen Abschiedsbrief hinterlassen.«

»Sie ist seine *Frau,* Eletha«, sagt Sarah betont.

Seine Frau. Das Wort trifft mich im Innersten. Wäre er nicht gestorben, hätten sie die Scheidung eingereicht. Heute.

Wir versammeln uns um das alte Fernsehgerät mit dem Plastikgehäuse im Referendarsbüro und sehen Senator Susan Waterman, wie sie ihren Platz auf dem Podium einnimmt. Ich unterdrücke einen Anflug von Eifersucht und suche in ihrem Gesicht nach einem Hinweis auf das, was sie gleich sagen wird. Ihre gleichmütige Miene verrät nichts. Sie wirkt wie ein müder Abklatsch ihres intellektuellen Images; ihre altmodisch langen, glatten dunkelblonden Haare sind zu einem lockeren Haarknoten zusammengefaßt, ihr kleines, ebenmäßiges Gesicht ist blaß und bildet einen telegenen Kontrast zu ihrem pechschwarzen Strickkostüm.

»Meine Damen und Herren«, beginnt sie. Unbeeindruckt von dem Sperrfeuer der elektronischen Blitzlichter, hebt sie flüchtig den Blick vom Podium. »Mein Mann, Armen Gregorian, Vorsitzender des Berufungsgerichts des Third Circuit, starb heute morgen hier in Philadelphia durch eigene Hand. Er liebte diese Stadt, auch wenn sie sich ihm gegenüber nicht immer freundlich verhalten hat. Auch wenn sich die Presse ihm gegenüber nicht immer freundlich verhalten hat, besonders nicht in letzter Zeit.« Ihr funkelnder Blick trifft die gesamte Presse, die für diese Spezialität während ihrer Wahlkampagne die nicht sehr schmeichelhafte Bezeichnung »Susans strenger Blick« aufbrachte.

»Das sind alles Wichser«, schimpft Sarah, aber selbst ihre Stimme klingt matt.

Susan trinkt einen Schluck Wasser. »Mein Mann hinterließ keinen Abschiedsbrief; um seine Handlung zu erklären, aber mir ist sie kein Rätsel. Es kursieren bereits Gerüchte, Grund sei die Kritik in der Presse an seinen liberalen Ansichten gewesen, aber ich versichere Ihnen, das ist nicht wahr. Armen war aus härterem Holz.« Sie bringt ein verkniffenes Lächeln zustande, mit dem sie die Presseleute in dem überfüllten Saal zugleich rügt und freispricht.

»Ferner geht die Behauptung um, Ursache sei dieser Fall, in dem er über Leben und Tod zu richten hatte. Der dadurch ausgelöste Streß und die Belastung seien zu groß gewesen. Jeden anderen hätte das gebrochen, aber nicht Armen Gregorian. Er war aus härterem Holz.« In schweigender Huldigung hebt sie den Kopf. Eletha, die neben mir sitzt, drückt meine Hand.

»Oberflächlich betrachtet, hatte mein Mann alles, was man sich im Leben nur wünschen kann«, fährt Susan fort. »Er war Vorsitzender des Gerichts, und wir führten eine wunderbare, glückliche Ehe, die uns beiden stets Trost und Unterstützung bot.«

Was redet sie da? Die beiden standen kurz vor der Scheidung.

»Aber mein Mann war Armenier. Den Völkermord an den Armeniern bezeichnet man als den vergessenen Genozid. Fast seine gesamte Familie wurde umgebracht. Seine Mutter überlebte, beging aber später Selbstmord. In diesem Monat – im April – gedenken die Armenier ihrer tragischen Geschichte.« Sie blickt über den Saal hinweg. »Wie die Überlebenden des Holocaust, die später durch eigene Hand starben, war auch mein Mann ein Opfer des Hasses. Lassen Sie uns einen Augenblick innehalten und schweigend Armen Gregorians gedenken und uns daran erinnern, daß uns die Macht des Hasses vernichten kann, wenn wir nicht dagegen ankämpfen.« Die Kamera verweilt auf ihrem gesenkten Kopf.

Sarah beginnt zu schluchzen, und Artie nimmt sie fest in den Arm.

Ich lehne mich in meinem Stuhl zurück; mir ist, als würde mich ein gigantisches Gewicht nach hinten drücken. Armen sprach mit mir über den Völkermord, wenn auch nicht über seine Mutter. Trotzdem, würde er aus diesem Grund Selbstmord begehen? In dieser Nacht? Er beschäftigte sich in Gedanken nicht nur mit dem Völkermord, sondern auch mit dem Fall Hightower. Und mit mir. Mir ist nach Weinen zumute, aber die Tränen kommen nicht.

Auch Ben weint nicht. Mit einem wissend-sachlichen Blick betrachtet er Sarah und Artie, die sich aneinander schmiegen.

Seine dunklen Augen sind staubtrocken.

6

Richter Galanters Atem riecht streng nach Binaca. In der feinen Wolle seines zweireihigen Anzugs hängt Zigarrenrauch. Seine Bewegungen sind bedachtsam, und seine Sprechweise ist formell, als versuche er, jede Silbe zu kontrollieren. So sicher, wie er, ein wenig rot im Gesicht, vor Armens Schreibtisch vor uns steht, weiß ich, daß Galanter getrunken hat. Das weckt wieder einmal eine quälende, blitzartig auftauchende Erinnerung an meinen Vater.

»Sie, die Referendare, können noch ein, zwei Wochen bleiben«, verkündet er.

»Wir hatten noch keine Zeit, darüber nachzudenken«, entgegnet Artie bissig von der Tür her.

»Ich führe diesen Ausbruch auf Ihre extreme emotionale Verfassung zurück, Mr. Weiss.«

Artie wendet den Blick von Galanter ab und schaut aus dem Fenster. Die Fahne des Gerichtsgebäudes weht auf Halbmast und flattert im Wind, der vom Delaware herüberweht.

»Schließen Sie die Fälle ab, an denen Sie gerade arbeiten. Fassen Sie die Berichte für den Richter ab wie vorher auch, und übergeben Sie sie mir. Verhandlungen, deren Beweisführung abgeschlossen ist, müssen neu verhandelt werden.« Galanter zieht einen funkelnden Montblanc-Füller aus der Brusttasche und macht einen Haken in einem ledernen Filofax. Er hält es in den Händen wie ein Meßbuch. Ich kann mir vorstellen, was darin steht.

Zu erledigen: Übernahme. Vor Mittag.

»Nächster Punkt der Tagesordnung. Das Büro muß geräumt werden. Wie lange brauchen Sie dazu, Eletha?«

Kochend vor Wut sitzt Eletha am Kopfende des Besprechungstisches. »Darüber muß ich erst mit Susan sprechen«, antwortet sie und kreuzt die schlanken Arme vor der Brust.

»Mit Senator Waterman? Schon erledigt. Sie sagte, es liege bei Ihnen. Packen Sie das Zeug zusammen, und lassen Sie es ihr nach Hause schicken, sie sieht die Sachen dort durch. Wie lange werden Sie dafür brauchen? Ich muß meinen eigenen Umzug organisieren.«

»Soll das heißen, Sie übernehmen dieses Büro?« erkundigt sich Eletha.

Galanter hebt so ruckartig das Kinn, als hätten sich die Falten seines Truthahnhalses in seinem Hemdkragen verklemmt. »Natürlich, das ist schließlich das Büro des Vorsitzenden. Ich möchte es in zwei Wochen bezogen haben. Übrigens, ich hörte, die Staatsanwälte benötigen eine zusätzliche Sekretärin, für Sie ist also ein Platz frei. Sprechen Sie mit Peter darüber.« Er macht ein weiteres Häkchen in sein Filofax, und Eletha atmet ein und aus, ein und aus.

»Richter«, werfe ich ein. »Ich hätte da eine Frage ...«

»Natürlich. Sie habe ich ganz vergessen. Vielleicht wird unten noch eine zusätzliche Anwältin gebraucht. Bewerben Sie sich. Teilzeit wird allerdings ein Problem sein, Sie werden wohl eine normale Ganztagsarbeit annehmen müssen.«

»Nein. Ich hätte eine Frage bezüglich des Hightower-Falls.«

Er schürzt die schmalen Lippen. »Ich habe ihn neu zugeteilt. Das Todesurteil wird nicht vor Montag vollstreckt, bis dahin haben wir längst entschieden.«

»Wem wurde der Fall zugeteilt?«

»Diese Information ist streng vertraulich. Erwähnte ich bereits die Trauerfeier?« Er wirft einen fragenden Blick auf Ben, der an den Bücherregalen lehnt. Ben schüttelt dezent den Kopf.

»Ist nicht so vordringlich«, bemerkt Artie spitz.

Galanter deutet mit seinem Füller auf Artie. »Stellen Sie mich nicht auf die Probe, junger Mann. Mir ist Ihr Mangel an Respekt bereits aufgefallen.«

»Respekt?« Artie explodiert. »Wer sind Sie, daß Sie es wagen, von Respekt zu reden? Armen ist gerade gestorben, und Sie können es nicht abwarten, sein Büro zu übernehmen. Sie können nicht warten!«

»Artie!« sagt Sarah nervös.

»Hören Sie mal.« Galanter hebt die Stimme. »Dieses Gericht muß weiterarbeiten. Wir haben eine Verpflichtung der Öffentlichkeit gegenüber.«

»Zum Teufel mit Ihnen!« schreit Artie fast unter Tränen. Er stürmt aus dem Zimmer in sein Büro und schlägt heftig die Tür zu.

»Noch nie habe ich einen Rechtsreferendar mit einem solchen Benehmen erlebt! Noch nie!« sagt Galanter höchst aufgebracht.

»Richter Galanter.« Fast reflexartig hebe ich zu sprechen an. »Artie und Armen standen sich sehr nahe. Es ist sehr schwer für ihn. Für uns alle.« Meine Stimme gerät unfreiwillig ins Stocken, aber Galanters Blick ist starr auf die Tür zum Referendarsbüro geheftet. Tief, sehr tief in meinen Innern packt mich kalte Angst, aber ich verdränge das Gefühl. »Richter, Sie wollten eben über die Trauerfeier sprechen.«

Galanter, immer noch Gefangener seiner Wut, blickt auf mich herab. »Was sagten Sie?«

»Die Trauerfeier.«

»Die Trauerfeier? O ja.« Er atmet heftig aus und erlangt wieder die Kontrolle über sich. Er steckt den Füller in seine Brusttasche zurück. »Die Trauerfeier. Übermorgen, am Donnerstag. Im Festsaal des Gerichts. Die Uhrzeit steht noch nicht fest.«

»Haben Sie etwas über den Ablauf der Beerdigung erfahren?«

»Nein, keine Ahnung. Senator Waterman sagte, sie würde in dieser Sache noch anrufen. Eletha, geben Sie mir die Aktennotiz, die ich Ihnen geschickt habe.«

Eletha rührt keinen Muskel. »Aktennotiz? Welche Aktennotiz, Richter?«

Soviel hat Galanter nicht getrunken, daß ihm das Herausfordernde in ihrem Benehmen entgeht. Er neigt den Kopf leicht schräg. »Die über den neuen Sitzungsplan. Ich habe sie heute morgen per E-mail verschickt.«

»Ich war heute morgen sehr beschäftigt.«

»Ich auch. Holen Sie sie«, sagt er in abgehacktem Ton.

Eletha verläßt den Raum. Gleich darauf hört man, wie sie unnötigerweise mit den Schubladen ihres Schreibtisches knallt.

Galanter reicht mir ein paar Papiere. »Kopieren Sie das für mich, und kommen Sie anschließend gleich zurück.«

Ich nehme die Blätter und verlasse das Büro. Als ich die Tür zum Flur öffne, sehe ich, wie Eletha der Wand gerade den Stinkefinger zeigt.

Auf dem Weg zum Kopiergerät lese ich die Unterlagen durch. Es ist ein komplett neuer Sitzungsplan, in dem Armens Initialen neben seinen Fällen ausgestrichen sind, dafür wurden die Namen anderer Richter eingetragen. Armens sämtliche Fälle wurden so schnell neu zugeteilt, daß einem schwindlig werden könnte.

KOPIERBEREIT, blinkt die Kopiermaschine. Ich öffne den schweren Deckel, klatsche das Blatt auf das Glas und drücke auf den Knopf. Kalkweiß huscht das Licht der Maschine über mein Gesicht.

Selbstmord? Ich begreife es einfach nicht. Sie waren dabei, die Scheidung einzureichen, wenn Armen die Wahrheit gesagt hat. Plötzlich befallen mich Zweifel; ob Armen gelogen hat? Natürlich nicht. Wir haben hinterher in liebevoller Umarmung auf der Couch lange miteinander gesprochen. Er war ehrlich, ein wunderbarer Mann.

KOPIERBEREIT. Ich drücke den Knopf. Man bringt sich nicht um, nur weil man Armenier ist. Armen war ein Überlebender. Und er haßte Waffen, er wollte keine im Haus haben. Woher hatte er die Waffe?

KOPIERBEREIT, blinkt die Maschine erneut, aber ich bin nicht kopierbereit. Es ist soviel passiert. In einer einzigen Nacht haben wir einander gefunden und verloren. Ich starre auf das Glas über den schemenhaft sichtbaren Innereien der Maschine; ich sehe nur mein eigenes undeutliches Spiegelbild. Was war das für ein Geräusch gestern nacht, und spielt es irgendeine Rolle?

Ich wende mich um und schaue den Flur hinunter, aber er ist leer. Auf dem ganzen Stockwerk werden lediglich zwei Amtsräume von Richtern benutzt, unserer und der von Galanter; die anderen stehen leer. Es handelt sich um die Amtsräume der Richter, die ihre Büros näher an ihrem jeweiligen Wohnsitz in Wilmington und im nördlichen New Jersey haben. Auf dem gesamten Stockwerk arbeiten nur elf Menschen.

Jetzt nur noch zehn.

Ein sperriger Aktenschrank steht neben den Richteraufzügen an der Wand. Ein paar Schritte weiter nach links befindet sich die Tür zum Büro der Referendare. Rechts den Flur hinunter gelangt man zu Galanters Amtsräumen.

Alles sieht genauso aus wie immer.

Ich trete einen Schritt vom Kopiergerät zurück und spähe konzentriert auf den für die Regierung typischen braunen Teppich. Da ist nichts, keine Spur von irgendwas. Ich richte mich auf und komme mir blöd vor. Wonach suche ich? Nach schmutzigen Fußabdrücken? Nach Kleidungsfasern? Was geht mir bloß durch den Kopf? Kopfschüttelnd beschäftige ich mich wieder mit dem Kopierer.

PAPIER NACHFÜLLEN, signalisiert er. Die Worte blinken rot auf wie bei alten Flippern, wenn sie Tilt anzeigen.

Verdammt. Warum bin ich hier die einzige, die dieses Ding nachfüllt? Ich schaue in dem neben dem Apparat stehenden Schränkchen nach neuem Papier, aber es ist leer bis auf das aufgerissene Einwickelpapier des alten Päckchens. Nie legen die Referendare neues Papier in das Schränkchen, wenn sie das letzte herausgenommen haben. Heftig schlage ich die Schranktür zu und marschiere den Flur hinunter in Richtung Büro.

Bbbzzzzzz surrt die Sicherheitskamera, während ich wütend an ihr vorbeistapfe.

Die Erkenntnis trifft mich wie ein Schlag. Ich mache auf dem Absatz kehrt und schaue zu der Kamera hinauf. Das schwarze, eckige Gerät starrt wie ein mechanischer, hoch über dem Richteraufzug hockender Geier zu mir herab.

Die Kamera ist ständig eingeschaltet, und die Flure werden von den Sicherheitsleuten der Regierung über Monitore überwacht. Sie sah alles, was letzte Nacht auf diesem Flur passierte, und hat vermutlich alles aufgezeichnet wie die Kameras bei den Geldautomaten.

Sie weiß, ob jemand die Amtsräume betreten und mich und Armen zusammen gesehen hat. Und sie weiß, wer es war.

7

Auf seiner Brusttasche prangt über dem funkelnden fünfzackigen Marshalstern eine Plastikplakette mit seinem Namen, R. ARRINGTON. Der Oberkörper in der offiziellen blauen Uniformjacke ist muskulös, die dunkle Haut sieht aus der Nähe betrachtet leicht pockennarbig aus. »Mittagspause!« sage ich zu ihm und lasse ein reichlich belegtes Thunfischsandwich mit einer gekühlten Flasche Snapple-Limonade Cha-Cha tanzen. »Das alles kann Ihnen gehören.«

Es scheint ihn nicht sehr zu beeindrucken. »Geht nicht, Grace.«

Das Sandwich und die Limonade hüpfen frustriert auf und nieder. »Ich will doch bloß zwei Minuten. Ich guck auf die Monitore, und schon bin ich wieder draußen.«

»Es sind zwanzig Monitore, Grace.« Er seufzt tief. Maryellen, die Kassiererin im Imbißladen des Gebäudes neigt den

Kopf in unsere Richtung. Sie mag blind sein, aber sie ist nicht taub. Ich beschließe, leiser zu reden.

»Ach, kommen Sie, Ray. Sie sagten, nur ein Monitor würde unser Stockwerk aufnehmen. Wie lange kann das denn schon dauern, auf einen Monitor zu gucken?«

Er verschränkt die kräftigen Arme. »Na ja, vielleicht. Wenn Sie mir sagen, was dahintersteckt.«

Ich schiele kurz zu den Geschworenen hinüber, die hinter uns Zeitungen, Kaugummi und Sodagetränke kaufen. Die Eismaschine spuckt Riesenstücke in einen großen Pappbecher, und einer der Geschworenen spielt eifrig »Such den Deckel«, um den Deckel in der passenden Größe aufzuspüren. Er wird ihn nie finden; mir gelingt das auch nie, und ich habe ein Juraexamen. »Sagen wir so. Ich möchte die Sicherheitsvorkehrungen kontrollieren.«

»Gestehen Sie, Rossi.«

Ich überlege. Ray zählt zu den wenigen Marshals, die Armen mochte; er ist einer der wenigen Afro-Amerikaner, was meines Erachtens kein Zufall ist. »Ich sage Ihnen was. Bringen Sie mich rein. Wenn es was bringt, sage ich Ihnen warum.«

»Und was soll ich Ihrer Meinung nach den Marshals erzählen?«

»Welchen Marshals? Sie sind der Marshal.«

»Ich bin, korrekt gesagt, nur Sicherheitsbeamter. Zuständig ausschließlich hier am Gericht. Ich meine die Marshals, die die Monitore überwachen.«

»Sagen Sie, ich wäre die Verwaltungschefin des Gerichtsvorsitzenden und würde die Sicherheitsmaßnahmen kontrollieren.«

»Grace.« Seine düstere Miene ruft mir wieder schmerzlich ins Gedächtnis, woran ich lieber nicht denken will. Armen ist tot.

»Vergessen Sie es, ich erzähle denen schon irgendwas. Ich komme schon klar damit. Bringen Sie mich einfach da rein, ich zeige mich dann erkenntlich. Was immer Sie wollen.«

Plötzlich schnippt er mit den Fingern. »Da wüßte ich was.«

»Alles, was Sie wollen.«

»Sie könnten mich Ihrer reizenden Freundin vorstellen, der schönen Eletha Staples.«

»Eletha? Kennen Sie sie denn nicht?«

»Ich arbeite so lange hier wie sie, aber sie grüßt mich nicht einmal. Hat sie jemand?«

Ich denke an Leon, Elethas Freund, mit dem sie nichts als Ärger hat. »Nein.«

»Klasse!« Er reibt sich die Hände; es hört sich trocken und papieren an. »Mittagessen. Jetzt fange ich erst mal mit dem Mittagessen an, alles hübsch der Reihe nach. Regeln Sie das?«

»Abgemacht.« Ich stelle das Thunfischsandwich und die Limonade auf die Theke vor Maryellen. In der letzten Minute hat Ray zwei Schokoriegel in sich hineingestopft.

»Was möchten Sie heute, Grace?« fragt Maryellen. Ihre trüben Augen wandern ziellos durch den Raum.

»Ein Festtagsmenü«, antworte ich, und sie lacht.

Später, nachdem wir die Snackbar verlassen haben, führt mich Ray durch ein Labyrinth aus Korridoren in das Herz des Sicherheitstrakts des Gerichtsgebäudes. Hier hätte ich mich niemals allein zurechtgefunden, und als ich vor einem vergitterten Eingang stehe, wird mir klar warum.

Es ist ein Gefängnis.

Sechzehn Stockwerke von meinem Arbeitsplatz entfernt im gleichen Gebäude. Eine Gänsehaut überläuft mich. Ein Schild an der Gittertür verkündet: NUR ANWÄLTEN IST DER BESUCH VON GEFANGENEN GESTATTET.

Wir gehen einen weiteren Flur entlang, durchqueren einen Raum mit leeren Schreibtischen und öffnen eine Tür, die in ein kleines, von Leuchtstofflampen an der Decke hell erleuchtetes Zimmer führt. Eine fast nur aus Bildschirmen bestehende Wand dominiert den Raum und verleiht ihm eine futuristische Note. Es müssen an die fünfundzwanzig Schwarzweißmonitore sein, die das ganze Gerichtsgebäude im Visier haben.

Die Monitore in der linken Reihe überwachen die Treppenhäuser und Flure auf jedem Stockwerk des Gebäudes, und die großen Bildschirme in der Mitte gewähren stetig wechselnde

Einblicke in die Gerichtssäle. In Saal 12 A weint eine junge Frau im Zeugenstand. In 13 A wird ein älterer Mann verurteilt. In 14 A sagt ein kleiner Junge als Zeuge aus.

»Das ist wie 'ne Seifenoper, was, Worrell?« sagt Ray freundlich zu dem hartgesichtigen Marshal, der die Bildschirme beobachtet. Der untersetzte Mann mittleren Alters trägt ein schwarzes T-Shirt mit der Aufschrift US SICHERHEITSDIENST. Mich erinnert es eher an den Aufzug der Hell's Angels, aber ich hüte mich, das laut zu sagen.

»Aha«, macht der Mann und wendet seine Aufmerksamkeit den Fernsehbildern ganz rechts zu, die eine Übertragung aus den Gefängniszellen bringen. Jede Zelle ist numeriert und von einem Mann in Straßenkleidung besetzt, der vermutlich auf seinen Prozeß wartet. Zusammengesunken oder dösend hocken die Leute in den Zellen; ein schwarzer Teenager in einem übergroßen Sweatshirt ist auch darunter, fast noch ein Kind. Ich muß an Hightower denken.

»Das ist Grace Rossi, Worrell. Sie ist Anwältin, arbeitet für das Berufungsgericht. Sie möchte gerne ...«

»Ich möchte die Monitore sehen«, sage ich mit gespielter Autorität. »Es handelt sich um eine Sicherheitsüberprüfung im Auftrag des neuen Vorsitzenden.«

Worrell lacht über einen der Gefangenen, einen Muslim, der sich zum Gebet niederkauert. »Sag's laut, Bruder. Du kannst es brauchen.« Ray schielt seitwärts auf den Monitor.

»Welcher Bildschirm zeigt den siebzehnten Stock?« erkundige ich mich.

»Der da.« Er deutet auf einen der Bildschirme. Aber unten am Monitor steht 15 B. Im gestochen scharfen Bild bleibt gerade eine junge Sekretärin stehen, um ihren Slip hochzuziehen. Worrell kichert. »Die Leute vergessen immer, daß der Große Bruder sie beobachtet.«

Natürlich vergessen sie es; ich habe es auch vergessen. Und wer immer unsere Amtsräume betreten hat, falls überhaupt jemand hineinging, hat es ebenfalls vergessen. Ich beobachte, wie das Bild auf 16 B flimmert. Der Flur vor dem Richteraufzug im sechzehnten Stock erscheint. An der Wand hängt eine imitierte Pergamentkopie der Verfassung. Jetzt kommt unser Stockwerk.

»Halleluja!« johlt Ray, sobald sich die Szenerie ändert, denn da steht Eletha, den Rücken der Kamera zugewandt, am Kopiergerät. Ihr Rock folgt geschmeidig den Kurven ihres Körpers, und ihrem Rücken sieht man nicht an, wie mitgenommen sie heute ist. »Mann, ist das nicht Spitze?« sagt er in dem Tonfall, den Männer gewöhnlich bei einem geglückten Paß im Football und bei heißen Corvettes draufhaben.

Worrell grunzt. »Ganz okay.«

Ray verpaßt ihm einen kräftigen Stoß. »Hör mal, ›ganz okay‹. Scheiße, Mann! Sie ist mehr als okay, sie ist absolut *klasse*. Und sie gehört mir, mir allein. Stimmt's, Grace? Grace?«

»Stimmt«, bestätige ich, völlig vertieft in den Anblick auf dem Bildschirm. Die Szene zeigt Eletha, wie sie den Flur entlanggeht und in unseren Büros verschwindet. Bingo. Die Kamera muß gesehen haben, wer gestern nacht in die Amtsräume ging, von wo auch immer er kam. »Wo ist das Band?«

Worrell sieht mich verständnislos an. »Welches Band?«

»Na das Band. Das Band, das die Kamera gestern aufgezeichnet hat.«

»Wir zeichnen nicht auf.«

»Was?«

»Es gibt kein Band, Lady.«

»Das verstehe ich nicht.« Bestätigung heischend sehe ich Ray an.

»Das hätte ich Ihnen gleich sagen können, Grace«, meint er trocken.

Ich kann es nicht glauben. »Überall wird aufgezeichnet. Sogar im Supermarkt.«

»Die haben das nötige Geld dafür. Hier aber ist die amerikanische Regierung zuständig. Sie können froh sein, daß wir die verdammten Richter kriegen.«

Ray verzieht verlegen das Gesicht. »Unten zeichnen wir auf. Die Monitore am Überwachungspult zeichnen das Treppenhaus und die Tiefgarage der Richter auf. Nur hier wird nicht aufgezeichnet.«

»Aber irgend jemand behält doch die Monitore bei Nacht im Auge, oder nicht?«

Hochgradig amüsiert, lehnt sich Worrell in seinem knarrenden Stuhl zurück. »Na, nun raten Sie mal.«

»Wir sollten besser gehen«, drängt Ray.

»Immer mit der Ruhe. Es gibt keine Nachtschicht?« Meine Stimme klingt wie die einer empörten Kundin.

»Wir haben einen Typ, der die Flure abklappert«, antwortet Worrell, »damit hat sich's. Einen Marshal. Die Regierung hat kein Geld für einen Typen, der die ganze Nacht nur Fernsehen guckt.« Als er sich wieder den Monitoren zuwendet, entspannt sich sein Gesicht.

»Na gut. Wer hat gestern nacht die Flure kontrolliert?«

»McLean, glaube ich.«

»McLean? Ist das der Große mit dem Schnurrbart?« Der Böse von den beiden Marshals, die die Stereotypen des bösen und des guten Bullen verkörpern, mit denen ich jeden Morgen konfrontiert werde.

Worrell nickt. »Habt ihr eigentlich sonst nichts zu tun?«

»Gehen wir, Grace.«

»Klar. Vielen Dank.« Ich bin enttäuscht. Soviel zur schnellen Aufklärung. Wir marschieren gerade zur Tür, da bricht Worrell unvermutet in heiseres Gelächter aus.

»Ach du Scheiße, das ist vielleicht eine Nummer.«

Ray wirft einen raschen Blick auf den Bildschirm, und sofort verfinstert sich sein Gesicht. »Den Kerl würde ich mir gerne mal vorknöpfen. Er ist nicht verrückt, er weiß genau, was er tut. Er verarscht uns.«

Ich wende mich um. Einer der Gefangenen macht mitten in Zelle sieben einen Kopfstand. »Du lieber Gott.«

»Was ist das für ein Land«, sagt Worrell. »Dieser Idiot kriegt ein weiches Bett für die Nacht, und wissen Sie, wer das berappt? Sie und ich. Die Steuerzahler. Für ihn schmeißen sie Geld raus. Für uns haben sie nichts übrig. Sprechen Sie darüber mal mit Ihrem Chef, ja, Lady?«

Ich antworte nicht. Ich kenne den Mann in der Zelle. »Ray, gehen wir.«

8

»Shake and Bake sitzt im Gefängnis?« Artie ist erschüttert. »Zeigen Sie mir wo, Grace.«

»Sie können nicht zu ihm.«

»Was soll das heißen, ich kann nicht zu ihm?«

Erschöpft sieht Eletha zu uns herüber. Sie lehnt restlos fertig am Bücherregal im Referendarsbüro. »Dieser Irre sollte wirklich das letzte sein, was Ihnen heute Kopfzerbrechen macht.«

»Grace«, ruft Sarah von ihrem Schreibtisch, »was haben Sie eigentlich im Sicherheitsbüro gemacht?«

»Ich wollte die Kameras sehen.«

»Welche Kameras?«

»Sie wissen schon, die auf den Fluren. Ich wollte mal sehen, wer auf der anderen Seite sitzt.«

»Warum?«

»Ich war einfach neugierig. Ich wollte wissen, ob sie irgendwas Außergewöhnliches aufgenommen haben.«

»Sie meinen wegen des Geräuschs?« fragt Sarah.

Ben hebt den Blick von den Zeitungsberichten, die sich mit Armens Tod beschäftigen. »Welches Geräusch?«

»Ich hörte gestern nacht ein Geräusch, deshalb wollte ich die Bänder sehen, nur ...«

»Bänder? Sie meinen die Aufzeichnungen der Kameras?« Sarah errötet leicht, und mir kommt da so eine Ahnung.

»Ja. Aus Sicherheitsgründen zeichnen sie alles auf. Wie im Supermarkt.«

»Ehrlich?«

»Selbstverständlich.« Ich sehe Eletha an. »Stimmt's, El? Die Kameras machen Aufzeichnungen.«

»Wenn du das sagst.« Eletha spielt mit. »Bewahren sie die Bänder auf?«

Danke, El. »Ja, in einer Stahlkammer. Sie wollen sie mir morgen zeigen.«

Ben drückt eine Taste auf seinem Computer. Das Modem singt ein Computerlied, während er Lexis aufruft, die Recherchedatenbank. »Es überrascht mich, daß die Regierung das Geld dafür hat.«

»Meister, was, zum Teufel, treibst du da?« fragt Artie. »Arbeitest du? *Heute?*«

»Ich rufe Lexis auf, erlaubst du das?«

»Was ist Lexis?« erkundigt sich Eletha. Sarah veranstaltet plötzlich eine Teezeremonie mit allen Schikanen, und das wunderbarerweise mit einem simplen Teebeutel. Sie muß es sein, die ich gestern nacht gehört habe. Sie sollte besser nie Poker spielen.

»Gibt mir irgend jemand eine Antwort? Was ist Lexis?«

Eletha läßt sich auf einen Stuhl plumpsen wie eine schwergewichtige Frau und stützt das Kinn in die Hand. »Vergeßt es. Ist doch scheißegal.«

»Lexis ist eine Datenbank für Zeitungen«, antworte ich rasch. »Für Zeitschriften, Zeitungen, Nachrichtenagenturen. Darin sind alle vertreten.«

»Wie gefällt euch das?« Versunken in seiner eigenen Welt, starrt Ben auf den Monitor. »Wir stehen unter HOTTOP. Der Fall Hightower und der Vorsitzende.«

»Du lieber Himmel, Meister!« Artie ist beeindruckt.

»Das muß mir einer übersetzen«, sagt Eletha.

»HOTTOP steht für brandheiße Schlagzeilen.« Die Worte hinterlassen einen bitteren Geschmack in meinem Mund. Ohne es mir zweimal zu überlegen, gehe ich zu Bens Computer und drücke den AUS-Knopf. Die leistungsstarke Anlage knistert protestierend, bevor sie erlischt. »Ein bißchen Respekt, Ben. Ein Mann ist tot.« Ich spüre einen schmerzhaften Stich in der Brust und kehre Bens überraschtem Gesicht den Rücken zu.

»Bravo, Grace!« Artie bricht in Applaus aus.

»Sie hat recht«, bekräftigt Eletha. Sie steht auf und streicht ihren Rock glatt. »Ich weiß nicht einmal, was wir hier noch machen. Wir sollten alle nach Hause gehen. Die Packerei kann warten.«

»Ich kann nicht glauben, daß er tot ist«, sagt Sarah, die an der Kaffeemaschine steht. Als einziges Geräusch ist das Blubbern des heißen Wassers zu hören, das in die Glaskanne tropft. Sarah nimmt die Kanne ein bißchen zu früh weg, und die letzten Tropfen vollführen einen zischenden Veitstanz auf der heißen Platte.

»Wir wollen doch bitte nicht gefühlsduselig werden«, sagt Ben.

Artie sieht aus, als würde er gleich ausrasten, aber plötzlich scheint ihm etwas einzufallen. Seine Miene verändert sich, beunruhigt runzelt er die Stirn. »Einen Augenblick. Grace, weiß Shake and Bake das von Armen?«

»Keine Ahnung.«

»O Scheiße. Ich muß zu ihm. Weiß der Himmel, was er tut, wenn er es erfährt. Wo ist das Gefängnis?«

»Im ersten Stock, aber man wird Sie nicht reinlassen.«

»Verdammt, sie werden. Er hat das Recht auf einen Anwalt, oder nicht? Ich bin Anwalt.« Artie hastet zum Garderobenständer und reißt Bens Sakko von einem hölzernen Kleiderbügel, der anschließend leer hin- und herschwingt.

»Das ist mein bestes Jackett, Weiss«, begehrt Ben auf.

»Ich weiß, Fatzke. Danke.« Er rafft das Sakko vor der Brust zusammen. »Sar, leih mir deine Aktentasche.«

»Willst du das wirklich tun?« Sarah reicht ihm eine geblümte Segeltuchtasche, aber Artie schiebt sie ihr wieder zu.

»Gib mir lieber einen Block. Wo, haben Sie gesagt, bringt man ihn hin, Grace?«

»In den Gerichtssaal 14 A, zu Katzmann. Sie versuchen, ihn dranzukriegen, weil er widerrechtlich Regierungsbesitz betreten hat.«

Artie schüttelt den Kopf. »Diese Kinder heutzutage, ständig in Schwierigkeiten. Was hab ich falsch gemacht, Mom?«

»Frag mich nicht, Kumpel.«

»Alles habe ich für ihn getan. Die Sommer in Montauk, die Winter in Miami Beach.« Heftig zerrt er an dem Sakko herum, und Ben zuckt zusammen.

»Bleib wenigstens ruhig, ja?« bittet Ben.

Eletha hält sich die Augen zu. »Ich habe nichts gesehen. Das alles passiert nicht.«

»Wie seh ich aus, Mom?« Artie wendet sich an mich. Er streckt die Arme seitlich aus, und die Ärmel rutschen ihm bis zu den Ellenbogen hinauf. »Geil?«

»Oberaffengeil.«

»Hervorragend.« Er klemmt sich einen Block unter den Arm und läuft aus dem Büro. Ich höre seine schweren Schritte, als er auf die Tür zum Flur zueilt. Mein Blick trifft Sarahs, aber sie wendet rasch die Augen ab und starrt in ihre dampfende Teetasse.

»Alles in Ordnung mit Ihnen, Sar?« frage ich. Bluff sie, spiel sie aus. Gehen nicht genau so Kriminalbeamte vor?

»Klar.« Ohne mich anzusehen, trinkt sie hastig einen Schluck Tee. »Wem wurde der Fall Hightower zugeteilt, Ben?« fragt sie.

»Wie kommst du darauf, daß ich das weiß?«

»Du kennst doch Galanters Referendare. Das ganze überkandidelte Pack.«

Das Telefon auf Elethas Schreibtisch läutet. »Scheiße«, stöhnt sie.

»Da kann passieren, was will, es läutet.« Bevor ich anbieten kann, für sie abzunehmen, schleudert sie ihre Pumps von den Füßen und trottet zu ihrem Schreibtisch.

Ben schaltet den Computer wieder ein. »Grace, hassen Sie mich, wenn Sie nicht anders können, aber ich logge mich wieder ein.«

»Sag uns, wer den Hightower-Fall gekriegt hat, Meister«, wiederholt Sarah, aber ich halte meine Hand hoch.

»Sarah, denken Sie mal eine Minute nach. Wer ist noch konservativer als Galanter?«

»Adolf Hitler.«

»Hier am Gericht, meine ich.«

»Richter Foudy.«

»Stimmt. Und jetzt, wo Armen tot ist, sucht Galanter bestimmt einen aus, der in seinem Sinn abstimmt. Er will die Karten neu mischen, auf Nummer Sicher gehen. Das Ergebnis umdrehen.«

Sie blinzelt. »Kann er das denn?«

»Sicher. Er ist der Vorsitzende. Und wenn Not am Mann ist, wählt er die verantwortlichen Richter sehr sorgfältig aus.«

Ben tippt in die Tasten. »Ich kann das weder bestätigen noch bestreiten.«

Das braucht er auch nicht. Ich weiß es. Galanter hat die Mehrheit zu seinen Gunsten manipuliert, der Fall Hightower ist gelaufen. Egal, wie Robbins sich entscheidet, es endet hundertprozentig mit zwei Stimmen gegen eine für die Todesstrafe. Bedauernswerter Armen; letztendlich konnte er Hightower nicht das Leben retten. Ich stehe auf. Plötzlich verspüre ich den starken Wunsch, allein zu sein.

»Seht euch das an.« Bens Stimme trieft vor Sarkasmus. »Welch nette Geste von Senator Susan, und wie typisch für einen Demokraten.«

»Was ist denn?« fragt Sarah. Ich bleibe in der Tür stehen.

»Stammt von der *Washington Post.* In dem Artikel steht, Susan habe versucht, Bernice einer Gruppe zu stiften, die Hunde für Behinderte sucht. Ich kann fast hören, wie die Rollstühle ineinanderrasseln, ihr nicht?« Er lacht so sehr, daß er hustet: *kack-kack-kack.*

»Sehr lustig«, bemerkt Sarah.

»Bernice ist weg?« Es überrascht mich, daß es mir innerlich weh tut.

»Weg, aber nicht vergessen«, sagt Ben, der sich inzwischen soweit erholt hat, daß er wieder Tasten drücken kann. »Offensichtlich wollten sie sie nicht haben. Sie nehmen nur junge Hunde.«

»Und wo ist sie jetzt?« frage ich von der Tür her, obwohl ich mir nicht sicher bin, ob ich es wirklich wissen möchte.

Ben drückt wieder eine Taste. »Das steht da nicht.«

»Ich weiß es«, antwortet Eletha, die eben ins Zimmer zurückkommt. Ein gelber Nachrichtenzettel klebt an ihrem Finger. »Von dort hat man gerade angerufen.«

»Von wo?«

Sie hält mir den Zettel unter die Nase. Die Telefonnummer, die darauf steht, ist mir unbekannt. »Ich habe bei der Wahl für Susan gestimmt, das verzeihe ich mir nie.«

9

»Sie ist zu groß, Mom.« Maddie schaudert in ihrem Nachthemd. »Sieh doch bloß mal ihre *Zähne*.«

Bernice kämpft gegen ihr rotes Halsband an, auf dem immer noch A. GREGORIAN steht; sie wedelt mit dem Schwanz und hämmert ihn bei jedem Schlag gegen meine Hüfte.

»Aber ich halte sie doch fest, Schätzchen. Sie tut dir nichts, sie kann dir nichts tun. Komm her und laß dich von ihr beschnüffeln. Sie ist jetzt ganz sauber.« Ich habe Bernice gleich nach Maddie gebadet und dabei ein grünes Flohshampoo benutzt, das man mir im Tierheim zusammen mit einer Leine, zwei Stahlnäpfen und einer Dreißig-Dollar-Kelle zum Aufschaufeln von einer Megatonne Hundekacke mitgegeben hat.

»Rrrononononr«, brummt Bernice. Bei diesem kehligen Laut weiten sich Maddies Augen vor Angst.

»Was ist das?«

»Sie spricht mit dir, Schätzchen. Sie möchte, daß du sie liebhast.«

»Aber ich habe sie nicht lieb. Ich kann sie nicht mal leiden.« Ängstlich zerrt Maddie an einer ihrer feuchten Haarsträhnen; wenn ihre Haare feucht sind, sehen sie braun aus, eher rostbraun wie die ursprüngliche Haarfarbe meiner Mutter, und nicht so flammend rot wie sonst.

»Ach, willst du sie nicht mal kurz am Kopf tätscheln? Sie hat doch frischgewaschene Haare.« Ich kraule Bernices frisch frisierten Scheitel, und sie läßt die Zunge heraushängen und sieht mich dankbar an. »Siehst du? Siehst du, wie froh sie ist, bei uns zu sein?«

»Aber warum mußten *wir* sie nehmen?«

»Weil sie sonst niemand nehmen konnte. Sie haben alle Wohnungen, in denen keine Haustiere erlaubt sind. Wir sind die einzigen mit einem Haus, die ein Haustier halten dürfen.«

»Die können doch umziehen.«

»Nein. Jetzt komm schon her.«

Sie rührt sich nicht von der Stelle. »Warum hast du sie nicht einfach dort gelassen? Im Tierheim.«

»Du weißt, was dort mit ihr passiert. Das hast du doch im Fernsehen gesehen.«

»Das machen sie aber nicht gleich, Mom. Sie warten damit ungefahr fünf oder sechs Wochen.«

»Nein, so lange warten sie nicht.«

»Vielleicht hätte jemand anders sie genommen.«

»Ich glaube nicht. Du hättest sie in diesem Käfig sehen sollen.« Mir schießt das Bild aus dem Tierheim durch den Kopf; die wie rasend bellende Bernice, eingesperrt neben einem straßenerprobten Pitbull. »Niemand hätte sie genommen, Maddie. Die meisten Leute mögen kleine Hündchen, keine richtigen Hunde.«

»Ich mag junge Hunde. Kleine, junge Hunde.«

Ich seufze. Während ich Bernice wusch, bekam ich neuen Elan, aber nun holen mich die schrecklichen Ereignisse dieses Tages und meine daraus resultierende Erschöpfung ein.

»Es ist nicht *meine* Schuld, Mom.« Maddie schmollt. »Sie ist unheimlich.«

»Ich weiß, wie tapfer du bist. Wie wär's, wenn du jetzt ins Bett gehst? Du siehst müde aus.«

»Ich bin nicht müde. Immer sagst du, ich sei müde, wenn ich gar nicht müde bin.«

»Gut, du bist nicht müde, aber ich. Geh rauf ins Bett, ich komme gleich nach.«

Sie macht einen großen Bogen um Bernice, bevor sie die Treppe hinaufjagt. Ich bringe den enttäuschten Hund in die Küche und sperre ihn hinter ein altes Babygitter aus Plastik. Er winselt hinter dem Pferch, aber ich drehe mich nicht um. Maddie hat gerade das Licht ausgemacht und hüpft ins Bett, als ich ihr Zimmer betrete. »Sie ist so groß, Mom.« Ihre Stimme klingt kleinlaut in der Dunkelheit.

Ich setze mich auf den Rand ihres schmalen Betts, und die Müdigkeit überfällt mich. Ich streiche Maddies feuchtes Pony über den Wirbel in ihren Haaren zurück, der mich an Sally Gilpin erinnert, und bin dankbar, daß ich meine Tochter bei mir habe, auch wenn sie noch so entsetzliche Angst vor großen Hunden hat. Soviel ist genehmigt. »Ich verstehe, Kleines.«

»Wo schläft sie denn?« erkundigt sich Maddie und stochert mit dem Finger im Mund an einem lockeren Zahn herum.

Eine gute Frage. Nur eine von hundert, auf die ich keine Antwort weiß. »Ich habe alles geregelt.«

»Mom, sieh mal«, sagt sie unter Schwierigkeiten, weil ihre Faust im Mund steckt. Im dämmrigen Licht, das aus dem Flur hereinfällt, funkeln ihre Augen. Große runde Augen, wie Sams; meine Farbe, aber seine Form. Auf ihrem Nasenrücken tummeln sich winzige Sommersprossen, aber sie sind zu hell, um sie in der Dunkelheit erkennen zu können.

»Was sehen?«

»Sieh doch.« Sie nimmt die Hand aus dem Mund und zeigt auf einen ihrer Vorderzähne, der sich beträchtlich nach links neigt.

»Pfui, Maddie. Der ist noch nicht soweit. Bring ihn wieder in seine ursprüngliche Lage, bitte.«

»Alle anderen haben die Zähne draußen. Meine ganze Klasse.«

»Aber du bist jünger, hast du das vergessen? Du weißt doch, wann du Geburtstag hast.«

»*Klaro,* Mom.«

»*Klaro,* Mads.«

Sie schiebt den Zahn mit einem rotlackierten Fingernagel zurück an seinen Platz. »Es tut nicht mal weh, wenn ich das mache. Ich schiebe richtig gern die Zunge oben drunter.«

Und genau mit dieser Übung macht sie weiter.

»Hör auf, Maddie.«

»Weißt du, wie das ist, da unter den Zähnen? Daß man die Zunge drunter schieben kann und damit herumwackeln?«

»So ungefähr.«

»Also, ich schiebe die Zunge drunter, und dann steht der Zahn vor.«

»Phantastisch. Tu das aber nur mit der Zunge, nie mit dem Finger, ja? Und führ mir das nicht vor, sonst wird mir schlecht.«

»Warum darf ich das nicht mit dem Finger machen? Das funktioniert viel besser.«

»Weil du dann eine Infektion kriegst.«

»Nein, krieg ich nicht.«

»Schön. Gib mir nicht die Schuld, wenn dein Mund explodiert.«

Sie kichert.

»Du findest das komisch?«

Sie nickt und kichert wieder. Ich greife unter die Bettdecke und kitzele sie. »Nein. Nicht kitzeln!« kräht sie.

»Aber du magst es, wenn man dich kitzelt.«

»Nein, ich hasse es. Madeline mag es. Die kannst du kitzeln.« Sie angelt unter der dünnen Decke herum, bringt ihre Puppe Madeline zum Vorschein und drückt sie mir an die Brust. »Kitzel sie.«

Ich betrachte die weiche Stoffpuppe mit dem breitkrempigen gelben Filzhut. Madelines Gesicht ist platt wie ein Eßteller, hat weit auseinander liegende schwarze Punkte als Augen und ein mit ungeschickten roten Stichen aufgesticktes Lächeln. Ihr Haar aus orangefarbenem Garn besitzt die gleiche Farbe wie das von Maddie, aber Maddie bekam ihren Namen nicht nach den Büchern von Ludwig Bemelman, sondern nach Sams Großmutter. Ich schenkte Maddie die Puppe, als sie drei Jahre alt war, und die beiden wurden unzertrennlich. »Du siehst wirklich aus wie Madeline, weißt du das?« sage ich. »Abgesehen von dem Hut.«

»Nein, stimmt nicht. Sie sieht aus wie ich. Ich sehe aus wie ich.«

Ich lache. »Du hast recht.« Ich beuge mich vor und gebe ihr einen flüchtigen Kuß. Ihr Atem riecht nach Erdnußbutter. »Hast du dir die Zähne geputzt?« frage ich, ganz zweitklassiger Spürhund, der ich bin.

»Ich muß sie nicht putzen, wenn ich keine Lust dazu habe.«

»O wirklich? Wer sagt das?«

»Daddy. Er hat gesagt, es sei *meine Entscheidung.*« Ihre Stimme nimmt die spöttische pubertäre Affektiertheit an, die sechsjährige Mädchen vorzeitig beherrschen.

»Sei nicht vorlaut.«

»Sei nicht vorlaut. Sei nicht vorlaut. Daddy sagt, manchmal darf man gegen die Regeln verstoßen.«

»So? Sagt er das? Sagt er das tatsächlich?« Kein Problem für Sam. Nach seinem ersten Regelbruch, seinen in den Steuererklärungen angegebenen, höchst fadenscheinigen Spenden für wohltätige Zwecke, brach er als zweite Regel die Treue. Sam, ein dynamischer Anwalt, verlor ungefähr zur gleichen Zeit das Interesse an mir, als ich Mutter wurde und selbst keine dynamische Anwältin mehr war; ironischerweise dachte ich damals, daß ich gerade interessant zu werden begänne.

»Gretchen sagt, wenn man den Zahn zu schnell verliert, muß man ewig warten, bis ein neuer Zahn nachwächst.« Sie wickelt einen Strang von Madelines Garnhaaren um ihren Finger.

»Geht Gretchen in deine Klasse?«

»Gretchen kennt sich gut aus mit Insekten und Wüstenmäusen. Sie weiß genau, warum einer Hamster und keine Wüstenmaus ist. Sie hat drei Zähne draußen. Madeline mag sie.«

»Dann muß sie ja nett sein.«

»Ist sie auch. Sie hat lange Haare, richtig lange. Bis da hin.« Sie schlägt auf ihren Oberarm. »Sie trägt einen Trägerrock.«

Wie Madeline. »Sitzt du beim Mittagessen neben ihr?«

»Manchmal. Meistens nicht. Meistens esse ich alleine.«

»Warum?«

»Ich kenn da doch kaum jemand, deshalb sitzt niemand neben mir.«

Ich versuche, mich zu erinnern, was ich in dem Elternratgeber gelesen habe. Sprich, damit dein Kind zuhört, hör zu, damit dein Kind spricht; eine eingängige Regel, die aber in der Praxis keine großen Erfolge zeitigt. »Was können wir dagegen tun?«

»Keine Ahnung.« Sie zuckt die Achseln.

Ich habe vergessen, was sie in dem Buch raten, wenn Kinder die Achseln zucken. »Möchtest du, daß Gretchen mal zu uns kommt? Vielleicht, wenn ich frei habe und nicht arbeiten muß?«

»Die kommt nicht.«

»Das weißt du erst, wenn du sie gefragt hast.«

»Aber ich kenne sie nicht so wie eine beste Freundin, okay?«

»Aber Schätzchen, nur so lernst du jemanden kennen.«

»Mom, ich hab's dir schon mal gesagt!« Sie wendet sich ab.

Ich weiß nicht mehr, was ich machen soll. Es gibt kein Kapitel mit einem Patentrezept, was man macht, wenn das eigene Kind keine Freunde hat. Letzten Monat habe ich sogar in der Pause hinter ihr her spioniert, nachdem ich Lebensmittel einkaufen war. Die anderen Erstkläßler turnten an Klettergerüsten herum und spielten Fangen; Maddie spielte für sich allein. Sie grub mit einem Stock im harten Boden herum. Ihre Puppe Madeline saß in der Nähe gegen einen Baum gelehnt. Ich ertappte mich bei dem Gedanken: Wenn sie ein Grab für ihre Puppe gräbt, ziehe ich einen Psychiater zu Rate. Statt dessen telefonierte ich an jenem Abend mit ihrer Lehrerin.

»Ihr fehlt nichts«, sagte diese. »Lassen Sie ihr Zeit.«

»Aber es ist bereits März. Ich tue, was ich kann. Ich habe im Klassenzimmer ausgeholfen. Ich habe beim Pflanzenverkauf mitgemacht und beim Kuchenverkauf.«

»Haben Sie Verabredungen zum Spielen für sie vereinbart?«

»Jedesmal, wenn ich das vorschlage, bricht sie in Tränen aus.«

»Lassen Sie nicht nach.«

»Kann ich denn sonst nichts tun?«

»Lassen Sie der Sache ihren Lauf. Sie ist noch jung.«

»Aber letztes Jahr im Kindergarten hatte sie keinerlei Probleme. Da war sie sogar noch jünger.«

»Waren Sie damals nicht noch zu Hause?«

Autsch. Danach erhielt ich keine Unterhaltszahlungen mehr, und meine Ersparnisse waren auch fast aufgebraucht; mit dem Unterhalt, den ich für das Kind noch bekomme, komme ich mit der Teilzeitarbeit gerade zurecht. »Ja, aber ich arbeite nur drei Tage die Woche, und am Nachmittag ist sie bei ihrer Großmutter. Es ist nicht so, daß sie bei Fremden wäre.«

»Sie hat nur ein paar Anpassungsschwierigkeiten.«

Klaro, dachte ich.

Aber ich sagte es nicht.

An der Haustür ertönt ein leises Klopfen. Bernice spitzt kurz die Ohren und rennt bellend los, ihre Hinterpfoten rutschen auf dem Hartholzboden. Ein Schlüssel stochert im Schloß; das muß Ricki Steinmetz sein, meine beste Freundin. Sie ist die einzige außer meiner Mutter, die einen Schlüssel besitzt.

»Rick, warte!« rufe ich, aber zu spät.

Die Tür geht auf, und Bernice springt mit einem Satz bis zu Rickis Schultern hinauf. *»Aaaiieee!«* kreischt Ricki überrascht.

»Bernice, nein!« Heftig zerre ich den Hund von Rickis beigem Leinenanzug weg. Auf den Schulterpolstern prangen deutlich sichtbare Spuren. Ich schiebe Ricki und Bernice ins Haus, bevor meine Nachbarn den Vermieter anrufen.

»Ist das ein *Hund?*« Ricki weicht zurück.

Ich lege einen Finger an die Lippen und lausche die Treppe hinauf, ob Bernices Gebell Maddie aufgeweckt hat. Ricki begreift und schweigt, den Mund zu einem mißbilligenden Strich aus burgunderrotem Lippenstift verzogen. Aus Maddies Zimmer dringt kein Laut. Bernice schnaubt heftig auf Rickis Slipper aus feinstem Leder.

Ricki schnappt nach Luft. »Hast du das gesehen? Sie hat auf meine Schuhe gespuckt!«

»Sie hat nur geniest.«

»Das sind Joan-and-David-Schuhe!«

»Komm in die Küche, ja?« Ich packe Bernice am Halsband und zerre sie bucklig wie Quasimodo in die Küche. »Was machst du hier? Es ist fast neun.«

Ricki reißt eine Papierserviette aus dem Spender auf dem Eßtisch und folgt mir in die Küche. »Hat dir deine Mutter nicht gesagt, daß ich angerufen habe? Ich wollte rüberkommen und sehen, wie es dir geht, nach allem, was heute passiert ist.« Sie wischt über ihre Schuhe. Ricki ist Familientherapeutin und nimmt Kleidung so ernst wie Co-Abhängigkeit. Selbst nach einem Tag voller Kliententermine ist sie immer noch wie aus dem Ei gepellt; ihr weißes Seiden-T-Shirt ist faltenlos, ihre Lippen sind makellos geschminkt. Sie sähe absolut perfekt aus, wären da nicht diese Pfotenspuren auf ihren Schultern und dieser klebrige Schleim auf ihren Schuhen.

»Es wird schon trocknen.«

»Ekelhaft.« Sie zieht den einen Schuh wieder an. »Das ist der Hund des Richters, stimmt's?«

»Ja.«

»Sag mir, daß du ihn ins Tierheim bringst.«

»Nein. Er gehört mir. Vielmehr sie.«

Sie verharrt regungslos. »Du nimmst mich auf den Arm.«

»Fang nicht mit dem Hund an. Ich habe es schon von meiner Mutter gehört, ich habe es von meiner Tochter gehört. Du bist hergekommen, um mir zu helfen, also fang damit an.« Ich setze mich auf einen der Hocker aus Kiefernholz an der Theke meiner provisorischen Eßküche, und Bernice steht schwanzwedelnd neben mir. Ich kraule ihren Kopf.

»Entschuldige. Willst du Kaffee?«

»Ich mach schon welchen.« Ich mache Anstalten aufzustehen, aber Ricki drückt mich mit fester Hand wieder auf den Hocker.

»Sitz!« befiehlt sie.

Sofort läßt sich Bernice auf ihr von lockigem Fell verhülltes Hinterteil plumpsen.

»Wow.« Ich bin erstaunt. »Ich habe noch nie gesehen, daß sie das macht.«

Bernice schnauft selig und entrollt ihre lange Zunge wie einen Teppich.

»Niedlich«, sagt Ricki.

»Und reinrassig obendrein. Wann soll ich sie dir bringen?«

»Gar nicht.« Sie öffnet den Tiefkühlschrank.

»Aber du hast mehr Platz als ich. Du brauchst unbedingt einen großen Hütehund. Denk doch an die Jungs, wenn die im Einkaufszentrum verlorengehen.«

»Ich ignoriere dich.« Sie stöbert zwischen den Gefäßen mit eingefrorenem Gemüse herum. »Wo ist der Kaffee?«

»In der Tür.« Ich gebe auf und beobachte meine neue Hündin, die zu Füßen meines Hockers liegt, hin und her rückt und von einer Seite auf die andere rutscht, bis sie endlich bequem auf dem Fliesenboden liegt. Sie braucht einen Hundekorb, aber ich will verdammt sein, wenn ich den auch noch kaufe.

»Was ist aus dem koffeinfreien Cappuccino geworden, den ich dir gegeben habe?« ruft Ricki, die halb im Tiefkühlschrank steckt.

Eisige Wolken umwogen ihre kräftigen braunen Haare mit dem schicken Kurzhaarschnitt.

»Er ist aus. Nimm den mit den guten Bohnen.«

»Hast du keinen aromatisierten?«

»Ich habe welchen mit Kaffeegeschmack. Jetzt mach die Tür zu.«

Sie nimmt eine Dose und schließt die Tür. »Ich habe Verständnis für deine miserable Laune, du hast schließlich ein Recht dazu. Du hast wirklich allen Grund, dich miserabel zu fühlen.«

»Kommt jetzt der Teil mit der moralischen Unterstützung?«

»Ja. Ich stelle dir eine Bescheinigung für dein Verhalten aus.«

»Wie beim Parken? Du stempelst mein Ticket?«

»Genau so.« Sie stemmt den Plastikdeckel von der Dose und füllt mit dem Löffel Kaffee in den Filter, anschließend schüttet sie Wasser in die Kaffeemaschine. Ich sehe ihr zu, als würde ich diese Verrichtung zum erstenmal sehen. Mein Hirn verharrt in Stagnation. Das rote Licht des Krups-Geräts leuchtet auf: eine sehr zuverlässige und berechenbare Maschine. Menschen sind keine Maschinen und folglich unberechenbar. Ihr Verhalten schlägt wie ein Blitz aus heiterem Himmel auf einen ein und trifft, wo immer man sich gerade befindet.

»Alles in Ordnung?« erkundigt sich Ricki.

Ich sehe zu, wie der Kaffee in die Glaskanne tropft. »Ich kann es immer noch nicht glauben.«

»Ich weiß.« Ricki legt ihren Arm um mich, aber ich spüre ihre Berührung nicht wirklich. Draußen tobt ein Frühlingssturm und rüttelt an den lockeren Sturmfenstern. Alles um mich herum scheint einfach zu geschehen, aber nicht wirklich etwas mit mir zu tun zu haben. »Es ist ein Schock«, sagt sie.

Ich denke an Armen. An seine Hand in meinen Haaren. Mit welcher Leichtigkeit er mich auf die Couch gehoben hat. An das Gewicht seines Körpers, an seine Kraft. Er war schön. »Es ist einfach nicht möglich.«

»Ich weiß.« Sie streicht mir übers Haar.

Er war glücklich. Ich weiß es. »Er besaß nicht einmal eine Waffe.«

»Ich habe gelesen, sie sei auf den Namen seiner Frau registriert gewesen.«

Susan. Sie hat ihn gefunden. Er wollte ihr von uns erzählen. »Sie hat Bernice in ein *Tierheim* gegeben, Rick. Was ist denn das für eine Frau, die dem Tier ihres Mannes so etwas antut?«

Ricki wirft einen zögernden Blick auf die apathisch auf dem Boden liegende Bernice. »Kann ich verstehen.«

»Sie führten eine schreckliche Ehe, egal, was sie sagt. Sie standen vor der Scheidung.«

»Woher weißt du das alles?«

»Er hat es mir gesagt.«

»Er hat mit dir über seine Ehe gesprochen? Seit wann denn das?«

»Und Sarah, eine von den Referendaren, arbeitete bei Susans Wahlkampagne mit. Ich glaube, sie kam spät nachts ins Büro. Sie wurde nervös, als ich ihr von den Bändern erzählte.«

»Von welchen Bändern?«

»Es war ein Bluff, aber er hat funktioniert.« Ich merke selbst, daß alles ein bißchen hysterisch klingt. »Und dann Galanter.«

»Gala*wer*?« Beunruhigt weicht Ricki einen Schritt zurück.

»Richter Galanter, der jetzt für die nächsten sieben Jahre Vorsitzender des Gerichts wird. Er wäre nie Vorsitzender geworden, wenn Armen nicht gestorben wäre. Er wäre zu alt gewesen, um dafür in Frage zu kommen, über fünfundsechzig. Ich frage mich, ob er trinkt.«

»Ein Richter, der trinkt? Ein Richter an einem Bundesberufungsgericht?«

»Was soll das heißen? Glaubst du, ausschließlich Geschäftsleute trinken?« Wieder durchzuckt mich eine Erinnerung: ein Streit, die Fäuste einer Frau, die sinnlos gegen die massigen Schultern eines Mannes hämmern. Meine Mutter und mein Vater. An mehr kann ich mich nicht erinnern. Ich war sechs, als er ging.

»Grace, du verrennst dich.« Sie sieht mich an, als sei ich nicht ganz bei Trost, und vielleicht stimmt das. Und da fühle ich es. Tief in mir wächst eine Gewißheit.

»Ist es möglich, daß er gar nicht Selbstmord beging? Ist es möglich, daß er umgebracht wurde?«

»Was?« fragt sie.

Ich erzähle ihr die ganze Geschichte, alles von Armen und mir. Als ich fertig bin, sieht sie zwar etwas mitgenommen aus, wirkt aber immer noch teilnahmsvoll. Ich kann mir gut vorstellen, daß sie nach einer Sitzung mit einem ihrer Klienten ebenso aussieht wie jetzt. Mit einer entschiedenen Geste stellt sie ihre Kaffeetasse auf den Tresen. »Ich mache mir Sorgen um dich, Grace. Du hast einen Mann verloren, den du gern hattest, und das nicht zum erstenmal. Da war Sam.«

»Was hat Sam damit zu tun?«

»Es handelt sich beide Male um einen Verlust.«

»Nein, handelt es sich nicht. Es ist kein Verlust, wenn man jemanden verliert, der einen nicht haben will. Es bedeutet, glücklich bis in alle Ewigkeit, nur nicht zusammen.«

Ricki verschränkt die Arme. »Das ist nicht dein Ernst.«

»Aber sicher. Mag sein, du findest mein Leben seit der Trennung nicht so toll, aber ich schon. Mir geht es prima. Zumindest, bis das heute passiert ist.«

»Vielleicht bringt Armens Tod wieder Verschüttetes zum Vorschein.«

»Was für Verschüttetes?«

»Verlassenwerden. Verlust. Denk an deinen Vater.«

»An meinen Vater?« Fast hätte ich herausgelacht. Ich hasse es, wenn sie sich in einen Psychiater verwandelt. »Wie stellen du und deinesgleichen bloß diese Verbindungen her? Mein Vater war ein Säufer. Armen war wunderbar.«

»Aber beide haben dich verlassen. Es scheint naheliegend, daß du Probleme damit hast, diese Tatsache zu akzeptieren.«

Er hat dich verlassen. Es schmerzt, sie das sagen zu hören; soviel ist richtig. »Ich glaube nicht, daß es das ist. Ich kann akzeptieren, daß er gestorben ist, Ricki. Was ich momentan nicht akzeptieren kann, ist, daß er sich umgebracht hat. Zumindest kann ich es nicht einfach so hinnehmen wie alle anderen. Ich verstehe es nicht, okay? Zumindest jetzt noch nicht.«

Sie hebt zwei makellos manikürte Hände. »Okay. Okay. Ich bin schon still. Schließlich bist du hier der Bulle.«

»Was redest du da?«

»Du hast mich verstanden.«

Sie hat recht. Ich habe sie verstanden, und das bringt mich auf eine Idee.

10

CHEFPARKPLATZ steht auf dem Schild an den im Eigenbau gefertigten Stahlgestellen. Es ist das einzige Anzeichen von Humor in dem düsteren Polizeirevier, angefangen von dem alternden, in der Vorhalle schlafenden Alkoholiker bis hin zu der kriegsschiffgrauen, von den groben Steinwänden abblätternden Farbe. Detective Ruscinjki, graue Haare und graue Augen, fügt sich nahtlos in die Umgebung ein. Er sitzt in dem geschäftigen Großraumbüro mit verschränkten Armen hinter einer altertümlichen Schreibmaschine und schielt zu mir herauf. »Sind Sie sicher, daß Sie nichts mit den Medien zu tun haben?« fragt er.

»Ja.«

Ein schwarzer Detective in Hemdsärmeln und mit Schulterhalfter geht vorbei, ohne uns zu beachten.

Er scheint nicht überzeugt. »Im Zusammenhang mit diesem Fall bekamen wir jede Menge Anrufe von der Presse. Von Zeitungen und Zeitschriften. Vom Fernsehen. Die Leute behaupten weiß Gott was, nur um an Interna heranzukommen, lügen das Blaue vom Himmel herunter, um blutrünstige Details zu erfahren.«

»Ich bin keine Reporterin. Wie ich Ihnen bereits sagte, habe ich für Richter Gregorian gearbeitet. Ich habe einen Ausweis vom Gericht dabei, wenn Sie ihn sehen möchten.«

Er lehnt sich auf dem Stuhl hinter dem langen Tisch im Mannschaftsraum zurück. »Schön, Miß Rossi, Sie haben nichts mit den Medien zu tun. Sie sind weder seine Anwältin noch eine Familienangehörige. Das heißt, Sie bekommen von mir die Auskunft, die ich auch den Reportern gegeben habe. Der Fall ist abgeschlossen. Wir haben keinen Anlaß, den Tod des Richters nicht für Selbstmord zu halten.« Hinter ihm reihen sich stark in Mitleidenschaft gezogene Aktenordner auf und bilden eine so massive und unüberwindliche Wand wie die imaginäre Mauer, die er zu meinem Vorteil vor sich aufgebaut hat. Oder zu meinem Nachteil.

»Ich frage mich nur, wie Sie so sicher sein können. Haben Sie dafür eindeutige Beweise?«

»Ich habe nicht die Absicht, mit Ihnen darüber zu diskutieren. Vertrauen Sie mir, es war Selbstmord. Es war nicht zu übersehen.«

Mir bleibt der Mund offenstehen. »Wie bitte? Sie haben Armen *gesehen?*«

Er runzelt die Stirn und scheint einen Augenblick lang ein wenig verwirrt. »Den Richter? Ich hatte Montag nacht Dienst und habe den Anruf entgegengenommen. Deshalb haben Sie doch den diensthabenden Beamten nach mir gefragt, oder nicht?«

»Ich habe niemanden nach Ihnen gefragt. Ich sagte nur, ich müsse mit einem der Detectives über Richter Gregorian sprechen.«

Er wirft mir einen seltsamen Blick zu. Er scheint zu spüren, daß zwischen Armen und mir eine besondere Beziehung bestanden hat; nicht umsonst ist er Detective. »Tut mir leid«, sagt er mit höflicherer Stimme. »Setzen Sie sich.«

Ich lasse mich auf einem ihm schräg gegenüber stehenden harten Metallstuhl nieder.

»Hören Sie.« Er beugt sich über die Schreibmaschine. »Ich bin jetzt seit neun Jahren Detective, davor war ich zwölf Jahre bei der Streife. Ich behaupte nicht, es war Selbstmord, wenn ich mir nicht hundertprozentig sicher bin. In diesem Fall waren es hundert Prozent. Auch nach Ansicht des Arztes.«

»Des Arztes?«

»Des Gerichtsmediziners. Er war in diesem Fall persönlich am Schauplatz, weil der Richter eine bekannte Persönlichkeit war, mit der Senatorin verheiratet und so weiter. In einem Monat liegt der Bericht der toxikologischen Untersuchung und der Autopsie vor. Aber ich kann Ihnen jetzt schon sagen, wir waren am Tatort einer Meinung, er und ich.«

Ein Gerichtsmediziner; eine Autopsie. Ich darf nicht einmal daran denken, zumindest nicht jetzt. »Welche Beweise hatten Sie?«

Er schüttelt den Kopf. »Das kann ich Ihnen nicht sagen, selbst wenn ich wollte.«

»Ich habe viel darüber in den Zeitungen gelesen. Anscheinend verfügt die Presse über interne Informationen.«

»Ein bedeutender Mann, ein Fall wie dieser, dahinter sind die Zeitungen her. Mag sein, bei uns gibt es ein oder zwei Lecks, dagegen bin ich machtlos. Aber von mir kommt nichts.«

»Ich las in der Zeitung, die Schußwunde befinde sich in der rechten Schläfe. Armen – der Richter – war Rechtshänder. Ist das ein Hinweis, aus dem Sie auf Selbstmord schließen?«

»Einer unter anderen.«

»Ferner stand in den Zeitungen, die Waffe habe seiner Frau gehört.«

»Sie bewahrte sie im Schreibtisch auf. Sie litt sehr darunter, daß er sie zu diesem Zweck benutzt hat. Ihre Tränen flossen in Strömen.«

»Die Zeitungen berichteten außerdem, Türen und Fenster seien verschlossen gewesen. Solche Dinge ziehen Sie ebenfalls in Betracht, ja? Als Beweis für einen Selbstmord.«

»Ja. Im allgemeinen.«

»In der *Daily News* stand, es war eine Kontaktwunde. Was bedeutet das? Wie Sie sagten, *im allgemeinen?*«

»Miß Rossi, ich werde Ihnen keine Einzelheiten über diesen Fall erzählen. Ich kann es nicht.«

»Nur ganz allgemein, bedeutet das, die Wunde entstand durch direkte Berührung der Waffe?«

Ruscinjki schürzt die Lippen; sein Mund ist so ausdruckslos wie seine Gesichtszüge. Über seinem zurückweichenden Haaransatz rollt sich das graue Haar wie eine sanfte Welle nach hinten.

»Woher wissen Sie, daß die Waffe direkt auf die Haut aufgesetzt wurde?«

»Ich darf es Ihnen nicht ...«

»Ich stelle Ihnen nur eine generelle Frage. Nicht speziell auf diesen Fall gemünzt. Rein hypothetisch.«

»Rein hypothetisch?« Er lächelt leicht.

»Ja. Wenn ich Sie fragen würde, woher wissen Sie, daß es sich um eine Kontaktwunde handelt, was würden Sie dann antworten?«

»Aufgrund der Pulverrückstände. Bei einem Kontaktschuß verteilt sich das Pulver wie ein kleiner Stern. Bei einem Schuß aus einigen Zentimetern Entfernung sind die Pulverspuren weiter gestreut.«

Ich versuche, nicht an den Pulverstern zu denken. »Okay. Was sonst finden Sie bei einem typischen Selbstmord vor? Klären Sie mich auf.« Ich stelle mir vor, ich würde einen widerspenstigen Zeugen vernehmen, und damit liege ich nicht mal so falsch.

»Schmauchspuren an den Händen, Spuren des Rückstoßes.«

»Spuren des Rückstoßes?«

»Blut an der Hand, die die Waffe hielt. Auch Blut an der Waffe.«

Ich gebe mir Mühe, keine Regung zu zeigen. »Okay. Was noch?«

»Leichenkrämpfe.«

»Und was heißt das?«

»Die Reaktion des Körpers auf den durch die Detonation ausgelösten Schmerz, den unmittelbar darauffolgenden Schock.«

»Wie reagiert der Körper? Im allgemeinen?«

»Die Hand hält die Waffe fest umklammert und verharrt so. Nach dem Tod.«

»Noch etwas?«

»Nein. Das ist im großen und ganzen alles.«

»Verstehe. Gut. Wenn Sie nicht auf diese Anzeichen stoßen, auf die von Ihnen gerade erwähnten drei Merkmale, ist der Fall für Sie nicht hundertprozentig. Stimmt das?«

»Richtig. Wenn kein Abschiedsbrief gefunden wird.«

Das hätte ich fast vergessen. »Ist es nicht seltsam, daß kein Abschiedsbrief da war? Ich meine, finden Sie bei einem typischen Selbstmordfall normalerweise einen Abschiedsbrief vor?«

»Meistens. Die meisten Selbstmorde in letzter Zeit begingen Menschen, die an AIDS litten, Menschen, die wußten, daß sie sterben müssen. Sie hinterlassen einen Brief. Sie bereiten sich vor.«

»Wenn also kein Brief hinterlassen wird, schließen Sie daraus, daß es sich nicht um Selbstmord handelt?«

»Keineswegs. Ich ziehe keinerlei Rückschlüsse daraus, weder so noch so. Viele Selbstmörder hinterlassen ihre Abschiedsbriefe sozusagen schon vor der Tat – Depressionen, Schwermut, Isolation.« Sein Tonfall wird zunehmend einfühlsamer, freier; er spricht lieber über Psychologie als über Pathologie. Ich übrigens auch.

»Aber Richter Gregorian hatte keine Depressionen.«

»Nach Aussage seiner Sekretärin litt er zu dieser Zeit alljährlich an Depressionen. Hatte mit seiner armenischen Herkunft zu tun.« Er wischt Staub von den Schreibmaschinentasten. »Die Presse war hinter ihm her, wegen der Berufung in der Todesstrafe. Nicht, daß ich über den konkreten Fall spreche.« Das verstohlene Lächeln blitzt wieder auf, verschwindet jedoch rasch.

»Er schien aber gut damit zurechtzukommen.«

»Die Senatorin sagte, seine Mutter habe Selbstmord begangen. Es liegt in der Familie, wissen Sie.«

»Aber es ist nicht erblich.«

»Es bringt sie auf den Gedanken. Urplötzlich liegt es im Bereich des Möglichen. Es ist wie bei den Kindern auf der High School, die kommen auch gruppenweise.« Einen Augenblick lang sieht er traurig aus. »Menschen töten sich zu allen Zeiten selbst, aus den verschiedensten Gründen, die wir nicht verstehen. Wer könnte so eine Tat auch verstehen?«

Ich ziehe das in Betracht und schweige. Die Vorstellung von Armen, wie er zusammengesunken halb auf seinem Schreibtisch liegt und das lebensnotwendige Blut aus seinem Körper strömt, macht mich krank. Der todbringende schwarze Stern an der Schläfe. Das eigene Blut über seine Hand verspritzt.

»Außerdem hatte der Richter einen Hund. Einen guten Wachhund.«

Bernice. »Was war mit seinem Hund? Haben Sie ihn in jener Nacht gesehen?«

Er lacht. »Das kann man wohl sagen, er hat versucht, mir den Arm abzureißen. Wir mußten ihn ins Badezimmer sperren, er ließ uns nicht an den Mann ran. Ich habe gelesen, die Frau hat ihn irgendeinem Jugendverein gestiftet.«

Soviel zu seiner Detektivarbeit; Bernice sitzt draußen in meinem Kombi. Sie war so aufgeregt, daß ich beschloß, sie mit ins Büro zu nehmen. »Auch das bezogen Sie also mit in Ihre Schlußfolgerungen ein, richtig? Daß der Hund einen Fremden angegriffen hätte.«

»Ja. Sicher.«

»Aber nicht jemanden, den er kannte.«

Er zuckt die Achseln. »Und?«

»Wenn der Richter umgebracht wurde, muß er den Mörder gekannt haben.«

»Er wurde nicht umgebracht. Sämtliche Hinweise sprechen eindeutig für Selbstmord.«

»Fest steht nur, daß er sich eine Pistole an die rechte Schläfe hielt. Was, wenn ihn jemand dazu gezwungen hat?«

Er schüttelt den Kopf. »Dann hätte es Anzeichen eines Kampfes oder eines gewaltsamen Eindringens gegeben, und die gab es nicht.«

»Aber möglich wäre es.«

»Ich bezweifle es.«

»Aber es wäre möglich? Rein hypothetisch?« Mit einem hörbaren Seufzer erhebt er sich. Beim Aufstehen stützt er sich auf die Oberschenkel wie ein alter Mann. »Wie Sie wissen, gibt es Selbsthilfegruppen.«

Selbsthilfegruppen. Therapie. Er redet wie Ricki.

»Hören Sie, Miß Rossi. Vielleicht werden Sie es nie verstehen. Aber das heißt nicht, daß es nicht geschehen ist.«

Ich begegne seinem kühlen Blick. Er ist Detective, ein erfahrener Detective. Vielleicht hat er recht, was Armen angeht. Vielleicht aber auch nicht.

Ich verlasse das Polizeirevier und gehe zu meinem Kombi an der Parkuhr auf der anderen Straßenseite. Bernice ist aus der Ladefläche entwischt und sitzt höchst offiziell und gemütlich hinter dem Lenkrad. Sie sieht mich nicht kommen, ihre Aufmerksamkeit gilt ausschließlich einem untersetzten Mann, der in einen ein Stück weiter vorn parkenden großen schwarzen Wagen einsteigt.

Merkwürdig. Er erinnert mich an jemanden, den ich erst gestern in der Nähe meines Hauses gesehen habe.

Ich beobachte, wie der Wagen rasch davonfährt. Ein neuer Wagen, amerikanisches Fabrikat. Zugelassen in Virginia.

Merkwürdig.

»*Wruff!*« Bernice schreckt mich aus meinen Gedanken.

»Nach hinten mit dir, du Untier«, pfeife ich sie durchs Wagenfenster an.

Mit dir ist es nicht gerade lustig, sagen ihre Augen.

Du lieber Himmel. Ich fummele in den Taschen meines Blazers nach den Autoschlüsseln und ziehe sie zusammen mit einem gefalteten Stück Papier heraus. Ich halte es für eine alte Einkaufsliste, bis ich es auseinanderfalte:

Grace,
das ist erst der Anfang für uns. Ich liebe dich.
Armen
PS. Ich hoffe, du findest das vor dem Mann in der Reinigung.

Fassungslos betrachte ich den Zettel. Ich lese ihn noch einmal. Armen.

Ich liebe dich. Mein Gott. Meine Brust krampft sich schmerzhaft zusammen.

Es ist seine Handschrift; sie sah stets aus, als würde er armenisch schreiben, auch wenn er es gar nicht tat. Wie kam der Zettel in meine Jackentasche? Wann schrieb er diese Zeilen?

Natürlich.

Das letzte Mal trug ich diese Jacke am Montag, in der Nacht, als wir zusammen waren. Sie hing über der Lehne meines Stuhles.

Ich sehe in den anderen Taschen nach. Sie sind leer. Wann steckte mir Armen diesen Zettel in die Tasche? Ich erinnere mich. Bevor wir gingen, benutzte ich seinen Waschraum. Meine Jacke lag auf dem Besprechungstisch.

Das ist erst der Anfang für uns.

Ich schüttele den Kopf. Das sind nicht die Gefühle eines Mannes, der vorhat, sich umzubringen. Ganz und gar nicht.

»Wruff!« Bernice bellt wieder und versucht, sich auf den Sitz zu stellen. Mit ihrem Gesabber hat sie das Fenster vollgeschmiert.

Ich werfe einen Blick über die Schulter auf das Polizeirevier und überlege, ob ich noch einmal hineingehen soll. Nein. Dann müßte ich dem Detective alles erzählen, und trotzdem würde er meinen Verdacht unter irgendwelchen Begründungen abtun. Er ist ein Hundertprozentiger, wie er sagte.

Ich betrachte den Zettel in meiner Hand. Kummer überschwemmt mich und fegt die letzten Zweifel fort. Armen hat sich nicht umgebracht. Er wurde ermordet. Ich weiß es. Jetzt habe ich den definitiven Beweis. Beweisstück A.

Unerklärlicherweise kommt mir plötzlich der schwarze Wagen wieder in den Sinn. Ich blicke die Straße hinunter, aber er ist längst weg.

Das Leben eines Menschen steht auf dem Spiel, hatte Armen gesagt. *Beschäftige dich damit.*

Ich schiebe den Zettel wieder in die Tasche und stecke den Schlüssel in die Wagentür. Es muß eine Ermittlung geben, und ich selbst muß sie machen. Weil ich darin verwickelt bin, werde ich mich ab sofort damit beschäftigen.

Sobald ich auf den Fahrersitz komme.

Die Hausleitung meines Telefons summt in dem Moment, als ich an meinen Schreibtisch trete im nur von mir genutzten Mitarbeiterbüro des Richters, der in New Jersey sein Büro hat. Akten und Gesetzbücher säumen die Wände des Zimmers. Es ist billig, nach rein praktischen Aspekten möbliert, mit einem Schreibtisch aus Holz, einem Schreibmaschinentisch und einem Stuhl. »Ja?«

»Grace? Ich habe erst bei Ihnen zu Hause angerufen, weil doch heute Ihr freier Tag ist, nicht wahr?« Es ist Sarah. Mein Herz macht einen kleinen Sprung.

»Ja, aber in der nächsten Zeit komme ich täglich, und heute muß ich mir doch die Bänder der Überwachungskamera ansehen.«

»Darüber wollte ich mit Ihnen sprechen. Ich komme gleich rüber.«

Mein Herz hämmert, als ich auflege. Gott im Himmel, will sie mir einen Mord gestehen? Was soll ich machen? Ich öffne meine Schreibtischschublade. Aus einem Haufen Bleistifte funkelt mich eine glänzende Schere an. Ich lege die Schere so auf die Tischplatte, daß ich sie leicht mit der rechten Hand erreichen kann, und komme mir vor wie eine Idiotin, weil ich mich gegen eine Babyanwältin aus Yale bewaffne.

»Klopf, klopf«, sagt Sarah. Selbstbewußt lehnt sie am Türrahmen. Ein duftiger Rock bauscht sich um ihre sommersprossigen Knöchel; der melonenfarbene Pullover schmeichelt ihren Haaren.

»Das ging ja schnell.«

»Wir müssen miteinander reden, Sie und ich.«

Meine Hand verweilt nahe bei der Schere. »Ich höre.«

Geschmeidig setzt sie sich auf den harten Lederstuhl auf der anderen Seite meines Schreibtischs und schlägt die langen Beine unter dem dekorativen Rock übereinander. »Sagen Sie es ruhig. Sie wissen, daß ich auf dem Band bin.«

»Ich habe es bis jetzt noch nicht gesehen, folglich weiß ich es nicht. Warum erzählen Sie mir nicht, was ich sehen werde?«

Sie wirft die Haare zurück. »Ich habe eine bessere Idee. Warum erzählen Sie mir nicht, was ich in jener Nacht in Armens Büro gesehen habe? Auf dem Besprechungstisch und auf der Couch, wenn ich mich recht erinnere.«

Mir bleibt die Luft weg. *Ich liebe dich.* »Das geht Sie nichts an. Sie haben herumspioniert.«

»Sie haben Ihren Vorgesetzten gebumst.«

Unwillkürlich stehe ich auf. »Was hatten Sie dort zu suchen?«

Sie zuckt mit keiner Wimper. »Was kommt es darauf an, was *ich* dort gemacht habe? Sie haben ihn *gebumst,* Grace.«

Der Kleinen gehört der Mund gestopft. »Sagen Sie das nicht noch mal.«

»Ihr beide hattet eine Affäre, ich wußte es die ganze Zeit. Darum hat er Ihnen den Fall Hightower übertragen. Als er sich weigerte, Sie zu heiraten, drohten Sie ihm mit Erpressung. Sie drohten, die Zeitungen zu informieren, seinen Ruf zu ruinieren. Sie und Ben, ihr habt solchen Druck auf ihn ausgeübt, daß er sich noch in der gleichen Nacht umgebracht hat.«

Bestürzt sehe ich sie an. »Das ist lächerlich, vollkommen lächerlich. Woher haben Sie *das* bloß?«

»Ich habe logische Schlüsse gezogen.«

Typisch Yale-Absolvent; total theoretisch – oder clever genug, um zu wissen, daß ein guter Angriff die beste Verteidigung ist. »Das ist komplett verrückt.«

»Sie sollten sich schämen.« Ihre Stimme wird laut vor Zorn, aber ich kann nicht einschätzen, ob er gespielt oder echt ist.

»Eine Sekunde mal, Sarah. Was hatten Sie mitten in der Nacht im Gericht zu suchen? Angeblich lagen Sie mit Artie im Bett.«

»Ich wußte, daß Armen lange arbeitet. Ich wollte ihm ein Sandwich bringen.«

»Sie haben Artie allein gelassen, um einem anderen Mann etwas zu essen zu bringen?«

»Artie stört das nicht. Er mag Armen.«

»Sie haben es ihm also gesagt?«

Ihr Blick wird unsicher. »Nicht direkt.«

»Natürlich nicht. Es war Ihnen egal, ob Armen Hunger hatte, Sarah, Sie wußten, daß ich bis spät in der Nacht mit ihm arbeiten würde, und Sie wollten wissen, ob etwas passiert, was nicht passieren sollte. Ob er Susan betrügt, Ihre Freundin.«

»Machen Sie Witze?« Unvermittelt lacht sie auf. »Ich wußte, daß ihre Ehe am Ende war.«

Das zumindest ist wahr, und es erstaunt mich. »Woher wissen Sie das?«

»Ich habe praktisch ihre Kampagne geleitet, haben Sie das vergessen? Sobald ich diesen Job hier hinter mir habe, werde ich ihre Chefassistentin. Sie erzählt mir alles.«

»Warum haben Sie sich dann so viele Gedanken wegen der Bänder gemacht?«

»Weil ich wußte, daß ich darauf zu sehen bin.«

Das paßt nicht zusammen. »Und wo ist das Problem, wenn Sie nichts zu verbergen haben? Ein Band von Ihnen mit einem Sandwich, was soll's?«

Ihre blauen Augen werden eisig. »Sie wissen nicht, wovon Sie reden. Wessen beschuldigen Sie mich?«

Das weiß ich selbst nicht, aber sie wird zunehmend wütender, deshalb spinne ich aus den dürftigen Fakten, die ich gesammelt habe, ein plausibel klingendes Argument und bastle wie jeder gute Anwalt aus nichts etwas zusammen. »Gut, wie wär's damit? Sie kommen ins Büro und sehen Armen und mich auf der Couch. Sie sind dermaßen sauer, daß Sie nicht schlafen können. Sie gehen zu seinem Haus, und er läßt Sie rein. Sogar Bernice freut sich über Ihren Besuch und macht kein Theater.«

»Lächerlich.«

Meine Hand bewegt sich millimeterweise auf die Schere zu. »Sie haben ihn angeschrien und die Kontrolle verloren, wie gestern vormittag bei Ben. Er sagt Ihnen, er liebe mich, und da drehen Sie völlig durch.«

»Warum sollte ich das alles tun?«

»Weil Sie in ihn verliebt sind.«

Sarahs Mund öffnet sich, und bevor ich sie aufhalten kann, stürzt sie sich auf mich. Ich spüre einen heftigen Schlag, meine Wange brennt, und ich taumele rückwärts. Die Schere entgleitet meiner Hand. Noch einmal fällt sie über mich her, unkontrollierbare Wut verzerrt ihr Gesicht. Ich kenne diesen Gesichtsausdruck, ich habe ihn früher schon einmal gesehen. Zum erstenmal in meinem Leben wird mir bewußt, daß ich als Kind mit gleicher Gewalt geschlagen worden bin. Ich gehe vor dem Bücherregal zu Boden, und starke Arme fangen mich auf. Die Arme meines Vaters. Sarahs Arme.

»Grace!« kreischt Sarah. »O Gott, ist alles in Ordnung?«

Grace, ist alles in Ordnung? Alles in Ordnung?

Das Zimmer dreht sich, kalte Angst überwältigt mich. »Nein, nein«, höre ich mich sagen.

»Großer Gott, Grace, es tut mir so leid! Eine Sekunde, warten Sie«, höre ich Sarahs Stimme wie durch einen Nebel. Das nächste, was ich spüre, ist ein warmer Guß auf meinem Gesicht. Etwas Feuchtes läuft über meine Wangen auf meine Bluse. Ich sehe Sarah nur verschwommen, aber ein vertrauter Geruch bringt mich wieder zu mir. »Sind Sie in Ordnung? Sind Sie bei Bewußtsein?« fragt sie.

Ich wische mir über das Gesicht und rieche anschließend an meiner feuchten Hand. »Ist das *Kaffee?*«

»Ja. Kommen Sie, setzen Sie sich auf.« Sie hilft mir auf, lehnt mich mit dem Rücken gegen das Bücherregal und kniet sich neben mich auf den Teppich.

»Warum haben Sie mich mit Kaffee begossen?« Immer noch etwas benommen, sehe ich zu, wie sich der Inhalt einer ganzen Tasse Kaffee wie ein brauner Rorschach-Fleck auf meiner weißen Bluse ausbreitet.

»Ich dachte, Sie werden ohnmächtig. Sonst war nichts da. Nicht, daß Sie es nicht verdient hätten«, fügt sie mit einer hörbaren Spur Zorn in der Stimme hinzu.

»Ich habe es verdient?«

»Sie hätten nicht sagen dürfen, daß ich in ihn verliebt bin.«

»Aber es stimmt doch, oder etwa nicht?« Ich wische mir mit dem Ärmel über die Wangen; die Bluse ist sowieso ruiniert.

»Sagen Sie das nicht, es würde Artie sehr weh tun. Und was Sie noch gesagt haben, daß ich Armen umgebracht habe und das alles, das war furchtbar.«

»Ich habe nicht behauptet, Sie hätten ihn umgebracht.«

»Sie waren kurz davor.« Ihre Augen füllen sich so schnell mit Tränen wie Maddies. Trotz ihres herausfordernden Benehmens ist sie tief innerlich noch ein Kind. Ein behütetes, verwöhntes Kind. »Ich hätte Armen nie umbringen können. Ich könnte überhaupt niemanden umbringen. Unvorstellbar.«

Ich ziehe das in Betracht. »Ich glaube, Armen wurde ermordet«, sage ich und lasse die laut ausgesprochenen Worte auch auf mich wirken; sie klingen wahr und schrecklich zugleich.

»Glauben Sie das wirklich?« Sie blinzelt unter Tränen.

»Sie kennen Susan gut, stimmt's? Könnte es sein, daß sie ihn, als sie aus Washington zurückkam und er ihr von mir erzählte, in einem Anfall von Eifersucht umbrachte? Ein Verbrechen aus Leidenschaft?«

»Nie. Nicht in einer Million Jahre. Sie ist nicht so, nicht so emotional.« Sie schüttelt den Kopf.

»Ich möchte mit ihr reden.«

»Sie ist Mitglied einer Untersuchungskommission und reist bald ab.«

»Einer Untersuchungskommission? Wann reist sie?«

»Dieser Tage, sie weiß es noch nicht genau.«

»Wohin?«

»Nach Osteuropa, nach Bosnien. Eine Untersuchung im Zusammenhang mit dem Völkermord, der dort geschieht.«

Völkermord scheint das Hobby dieser Frau zu sein. »Finden Sie es nicht eigenartig, daß sie gerade jetzt das Land verläßt?«

»Nein. Ich glaube, es tut ihr gut. Sie muß weg.«

Plötzlich höre ich Bernice laut bellen, ein böses, bedrohliches Bellen, wie ich es noch nie von ihr gehört habe. Jemand schreit auf dem Korridor; gleich darauf brüllt eine noch lautere Stimme, Elethas Stimme: »Nein! Nein!«

»Was ist da los?« fragt Sarah alarmiert.

»Jede Menge Ärger.« Ich rapple mich hoch. Sarah auf den Fersen, stürme ich in Richtung unserer Amtsräume.

11

»Bernice, nein!« schreie ich, aber sie hört noch weniger auf mich als sonst. Dem Instinkt gehorchend, heften sich ihre braunen Augen unverwandt auf ihre Beute, deren nadelgestreifter Rücken sich verzweifelt gegen die Wand preßt.

»Nimmt endlich jemand dieses Tier da weg!« kläfft Galanter. Seine Backen beben, die Arme hat er ausgebreitet wie der Antichrist. Zwischen seinen Fingern glüht eine halbgerauchte Zigarre.

»Bernice, nein!« schreie ich noch einmal, aber ihre glänzenden schwarzen Lippen ziehen sich zurück und entblößen, nur einen knappen Meter von Galanters Gürtelschnalle entfernt, eine Reihe tödlich scharfer Fangzähne. Sie knurrt. Mich packt die Angst. Sie besitzt die Kraft, ihn zu zerfetzen, und anscheinend hat sie einen guten Grund dazu.

»Rossi, nehmen Sie den Hund weg! Sofort!« zischt Galanter mit hochrotem Gesicht.

»Ganz ruhig bleiben, Richter«, sage ich und nähere mich Bernice langsam von hinten. Ich habe keine Ahnung, ob sie mich beißen wird, wenn ich versuche, sie zurückzuhalten.

Leise rufe ich ihren Namen, aber sie knurrt erneut und senkt den Kopf auf Galanters Schritthöhe. Galanters blaue Augen weiten sich vor Angst, und Artie fängt an zu lachen.

»Schön stillhalten, Sie Fatzke«, höhnt er. »Sie haben doch nichts zu verlieren. Sie würde ihn nicht mal finden.«

»Sie sind entlassen, Mister!« stößt Galanter hervor.

»Was Sie nicht sagen«, erwidert Artie. »Grace, paß auf.«

»Bernice tut mir nichts. Nicht wahr, Bernice? Du würdest deinem Frauchen nie was tun.« Mit den Fingerspitzen berühre ich sacht das glänzende Fell ihres Hinterteils und bewege die Hand vorsichtig ihren Rücken hinauf bis zum Halsband.

Wieder knurrt sie und zieht die Lefzen weiter über die Eckzähne zurück.

»Gleich springt sie!« schreit Galanter.

»Nein, tut sie nicht.« Zentimeterweise nähert sich meine

Hand Bernices Hals. Endlich halte ich das rote Lederhalsband fest in der Hand. »Jetzt nicht bewegen, Richter.«

»Halten Sie sie fest!« kreischt Galanter, schlüpft vorne an Bernice vorbei und läuft los.

»Nein, bleiben Sie stehen!« brülle ich, aber Bernice setzt sich bereits mit einem heftigen Ruck in Bewegung. Sie will hinter dem fliehenden Richter her und reißt mir dabei fast die Arme aus den Schultergelenken. Meine Absätze rutschen über den Teppich, und Sarah schlingt die Arme um meine Taille. Bernice windet sich in meinem Griff, verzweifelt wirft sie ihren gewaltigen Körper nach links und nach rechts. Ihr rasendes Gebell hallt in dem engen Flur wider. Ich vergrabe mein Gesicht in einem Gebirge aus Fell und halte sie fest, als ginge es um Leben oder Tod.

»Superman naht!« ruft Artie. Er packt die hochsteigende Bernice halb in der Luft, und sie jault vor Schmerz und Enttäuschung laut auf.

Mit wehenden Hosenbeinen rennt Galanter über den Flur. Er erreicht seine Amtsräume und schlägt die Tür zu.

Ich lockere meinen Griff am Halsband, und auch Artie und Sarah lösen ihre Umklammerung ein wenig. Förmlich explodierend, befreit sich Bernice aus dem wilden Handgemenge, rast zu Galanters Büro und springt unter heftigem Gebell an der geschlossenen Tür hoch.

»Großer Gott.« Neben Sarah und Artie, die beide flach auf dem Rücken auf dem Teppich liegen, breche ich zusammen. Ich bin völlig außer Puste; der Kaffeefleck auf meiner Bluse hebt und senkt sich schwer. Noch nie hat sich Bernice so verhalten, und man muß nicht Oliver Wendell Holmes heißen, um begreifen zu können, warum sie sich dermaßen aufregt.

»Das gibt's doch gar nicht.« Eletha schüttelt den Kopf.

»Es muß an seinem Rasierwasser liegen«, meint Artie. »Oder an seinem Charakter.«

Sarah rollt sich herum und sieht mich finster an. »Was denken Sie, Grace?«

Ja, was denke ich? Ich denke, ich werde, was Susan betrifft, mit meinen Ermittlungen im Moment wohl nicht weiterkommen, aber ich weiß, wie ich an Galanter rankomme. Ich denke, der neue Gerichtsvorsitzende wird eine Assistentin brauchen. Eine mit Erfahrung.

»Woher wissen Sie das alles?« frage ich Ben gegen Abend in Armens dunkler werdendem Büro.

»Das habe ich mich auch gerade gefragt«, sagt Eletha, ohne von den Akten, die sie gerade ordnet, aufzublicken. Auf dem Pappkarton steht ERLEDIGTE AKTEN. »Warum erfährt unser großer Meister alles und jedes vor mir?«

»Einer von Richter Galanters Referendaren hat es mir gesagt, der einzige unter ihnen, der seit der Sache mit Bernice noch mit uns spricht.« Ben wirft einen kalten Blick auf den Hund, der geräuschvoll da schläft, wo Armens Brücke gelegen hat.

»Aber wie kann man im Fall Hightower eine Verhandlung per Telefon führen?« frage ich. »Man benutzt das Telefon vielleicht für Konferenzen über die Rechtslage, mehr oder weniger für Belanglosigkeiten. Aber doch nicht für eine Argumentation in einem Fall, bei dem es um die Todesstrafe geht.«

»Warum denn nicht?« Er verschränkt die Arme vor seinem blütenweißen Oxford-Hemd.

»Weil es ein Unterschied ist, wenn es um den Tod geht, darum nicht.«

Forschend schaut er zu den in die Decke eingelassenen Lampen hinauf wie andere Menschen zu den Sternen. »Wo habe ich das schon mal gehört?«

»Anthony Amsterdam, im Fall Gregg gegen Georgia vor dem Obersten Bundesgericht«, erläutert Eletha. »Der Tod ist endgültig. Der Tod ist unwiderruflich. Der Tod ist jenseits menschlicher Erkenntnis; er geht über diese Welt hinaus.«

»Woher kennen Sie das, Eletha?« fragt Ben ohne merkliche Überraschung.

»O, ich tu schon 'ne Weile arbeiten in dem großen Haus, Mr. Ben.« Sie lacht ungezogen. »Es stand in einem von Armens Artikeln. Ich habe ihn abgetippt und werde die Worte nie vergessen.« Ihr Lächeln erlischt, sie wendet sich wieder dem Karton zu. »Gib mir doch mal die Aktendeckel da drüben, Grace, die, die da vor dir liegen.«

Ich schiebe die Akten über die glatte Tischplatte. »Ben, wann soll denn diese Verhandlung per Telefon stattfinden?«

»Heute abend um sieben.« Er sieht auf seine Uhr. »In anderthalb Stunden.«

»Nach Dienstschluß?« Es wird immer seltsamer.

»Es muß heute abend sein, damit dem Obersten Bundesgericht Zeit für die Entscheidung über die Berufung bleibt. Es ist Hightowers Schuld. Er hat bis zur letzten Minute gewartet.«

Jetzt begreife ich. »Es hat gar nichts mit den Terminen oder mit dem Obersten Bundesgericht zu tun. Galanter will die Verhandlung nicht während der üblichen Dienststunden abhalten, damit sie nicht öffentlich stattfindet.«

»Nicht unbedingt.«

»Nein? Glauben Sie, die Zeitungen würden die Richter unter Ausschluß der Öffentlichkeit verhandeln lassen? Im ersten Fall hier seit *Jahrzehnten,* in dem die Todesstrafe verhängt wurde? Die wären schon da mit Anträgen, bevor Sie ›erster Zusatzartikel‹ sagen können.«

»Das ist die routinemäßige Vorgehensweise der Presse, aber ...«

»Galanter will das nicht, deshalb beruft er eine Telefonkonferenz ein, wenn die Abendnachrichten vorbei sind. Wenn die Zeitungen bereits ausgeliefert sind. Gott und die Welt wird im Fernsehen die Sendung mit Tips zur Verschönerung des Heims angucken.«

»Sie werden so langsam zur Zynikerin, Grace.« Ben rollt einen Hemdsärmel herab und macht fachmännisch den Manschettenknopf zu. »Außerdem ist mir heute etwas höchst Verwunderliches über Sie zu Ohren gekommen.«

»Was denn?«

»Es ist so absurd, daß ich es kaum zu wiederholen wage.« Er beginnt am anderen Hemdsärmel herumzufummeln und rollt systematisch einen drei Zentimeter breiten Streifen des Ärmels nach dem anderen herunter. »Anscheinend glauben Sie, der Gerichtsvorsitzende sei ermordet worden.«

Eletha sieht mich überrascht an.

»Stimmt, tue ich. Bezeichnen Sie mich ruhig als verrückt.«

»Du bist verrückt«, sagt Eletha. Sie läßt die Akten in den Karton gleiten, wo sie mit einem *Plopp* aufschlagen.

»Ich hätte Sie für klüger gehalten.« Ben schließt den zweiten Manschettenknopf; streckt beide Arme von sich und begutachtet sein Werk. »Ich muß jetzt weg. Ich überlasse euch euren Verschwörungstheorien.«

»Ich sagte nichts von einer Verschwörung.«

Ben stöhnt theatralisch auf. »Aber vielleicht ist es eine. Vielleicht sind sämtliche Bundesrichter daran beteiligt. Vielleicht haben sie sich alle verschworen, ihn umzubringen, weil er ... hochgewachsen war!« Lachend dreht er sich auf dem Absatz um und verläßt den Raum. Ich sehe ihm nach, wie er in das Referendarsbüro geht und erst seinen Computer und anschließend die Lichter ausmacht. Ich lausche, bis ich höre, wie sich die Tür hinter ihm schließt. Ich kenne Eletha gut genug, um zu wissen, daß sie ebenfalls bis zu seinem Abgang wartet.

»Was, zum Teufel, tust du?« legt sie los, kaum daß die Bürotür ins Schloß gefallen ist.

»Tu dir keinen Zwang an, Eletha.«

»Ist es dir ernst damit?«

»Ja.«

»Ging es darum gestern bei dieser Geschichte mit den Bändern?«

»Ja.«

»Sie zeichnen doch nicht auf, oder?«

»Nein.«

Sie schüttelt den Kopf. »Also, was hast du vor?«

»Daß er sich umgebracht haben soll, ergibt einfach keinen Sinn.«

»Was redest du?«

Also erzähle ich es ihr, lasse aber den wichtigsten Teil aus, das von Armen und mir. Als ich ende, lehnt sie sich an den Karton mit den Akten und schaut mir direkt ins Gesicht. »Sieh mal, Grace, ich wußte, daß er in dich verliebt war. Ich wußte es, bevor du es wußtest. Er hat es mir gesagt.«

Ich spüre, wie ich rot werde. »Du wußtest es? Er hat es dir gesagt?«

»Mm-hm.« Sie nickt. »Ich muß zugeben, ich habe ihm abgeraten, weil ihr beide zusammenarbeitet. Weißt du, was er darauf sagte? Er sagte, das sei ihm scheißegal.«

Ich lächle. Mir wird warm ums Herz.

»Deshalb weiß ich, warum du denkst, was du denkst.«

»Warum bezeichnest du mich dann als verrückt?«

»Weil Ben dabei war.«

»Du bist eine großartige Lügnerin. Du meine Güte, Eletha.«

»Vielen Dank, vielen Dank.« Sie macht einen reizenden Knicks, richtet sich wieder auf und reibt sich den Rücken. »Aua. Verdammt, ich werde alt.«

»Und was denkst du? Du kanntest ihn länger als wir alle. Kannst du dir vorstellen, daß er sich umgebracht hat?«

Sie seufzt. »Ich habe dreizehn Jahre für Armen gearbeitet, aber ich weiß es einfach nicht. Es ist schwer zu glauben, daß ich nichts bemerkt haben soll. Irgendein Anzeichen.«

»Aber die Polizei sagt, du hättest gesagt ...«

»Woher weißt du, was die Polizei sagt?«

»Ich war heute morgen dort. Sie sind sicher, daß es Selbstmord war. Der Detective hat dich zitiert, Dinge, die du gesagt hast.«

Eine Zornesfalte gräbt sich in ihr Gesicht. »Sie haben mir nicht zugehört. War das dieser weiße Bulle, der, der mir die Fragen gestellt hat? Er war von vornherein von seiner vorgefaßten Meinung überzeugt und wollte nichts anderes hören.«

»Ich wollte sie nach Susan fragen. Schließlich war es ihre Waffe.«

»Ich komme gar nicht darüber weg, was sie Bernice angetan hat. Verdammt, ist diese Frau kalt!«

»Glaubst du, sie würde ...«

»Möglich. Möglich ist alles. Ich traue ihr das glatt zu.« Sie nickt.

»Und heute das mit Galanter, das war stark.«

»Du meinst Bernice? Sie hätte ihm sein Ding abbeißen sollen. Ich hätte es höchstpersönlich in den Mülleimer getragen.«

Ich lächle. »Hat sich Bernice schon einmal so verhalten?«

»Machst du Witze? Dieser Hund ist ein ganz lieber Kerl.« Sie schüttelt den Kopf. »Dann arbeitest du also mit der Polizei zusammen oder so was in der Art? Rollen sie den Fall wieder auf?«

»Nein. Ich arbeite allein. Alleinerziehende Mutter AG.«

»Du sprichst von Mord? Beschuldigst eine Senatorin? Galanter? Scheiße, Grace.«

»Ich beschuldige niemanden, ich stelle lediglich Fragen. Entwickle Theorien. Was eine Anwältin eben so macht.«

Sie seufzt und streckt sich mit einem leichten Stöhnen nach hinten. »O mein Rücken.«

»Alles in Ordnung?«

»Es schmerzt. Die Schlepperei tut nicht gerade gut.«

Ich fühle mich ein wenig schuldig. Sie hat nach Armens Tod ganz allein gepackt; das Büro ist vollgestopft mit Kartons, manche sind bereits zugeklebt, manche noch offen. Papiere, die sich ein Leben lang angesammelt haben, alle weggepackt; seine ganze Karriere. Es macht mich traurig, und auch für sie muß es schwer sein. »Ich hätte dir helfen sollen. Entschuldige.«

»Nein, schon gut. Aber es ist eine Menge Zeug. Er hat alles aufgehoben, das schwöre ich dir.« Sie deutet auf den langen, halbhohen Mahagonischrank hinter Armens Schreibtisch. »Das ganze persönliche Zeug, die Artikel und so, werden dort aufbewahrt. Das akademische Zeug und alte Akten sind da drüben.«

»Warum gehst du nicht nach Hause? Ich mache den Karton fertig.«

»Warum schmeißt du mich raus, meine Liebe? Willst du ein bißchen herumschnüffeln?«

»Daran habe ich gar nicht gedacht, aber es ist eine gute Idee.«

Sie zieht ihren Pullover von der Rückenlehne eines Stuhles. »Gut, aber bleib nicht zu lange. Bis morgen, Kleines.« Sie klopft laut auf die Holzplatte des Schreibtischs. Bernice wacht auf und bellt schlaftrunken. Wir lachen beide.

»Der Hund, der fast einen Richter fraß«, sage ich.
»Das Klügste, was sie je getan hat.«
»Das Zweitklügste.«
Sie verharrt unter der Tür und lächelt versonnen. Sie weiß, was Punkt eins ist: Armen zu lieben. Ich achte nicht weiter auf den Schmerz, den mir dieser Gedanke versetzt, sondern höre zu, wie sie ihren Schreibtisch abschließt und ihre Handtasche und die Zeitung einsammelt.
»Ach, übrigens, El, ich habe einen Mann für dich«, rufe ich hinter ihr her.
»Wie du weißt, habe ich Leon.«
»Zeit für einen Wechsel«, sage ich, aber sie ist schon aus der Tür. Die Tür fällt laut ins Schloß, und dieses Geräusch betont die Stille in dem schlagartig leeren Büro.
Ich sehe mich um und betrachte die im Zimmer gestapelten Kartons und Akten. Die Brokatdecken sind ordentlich zusammengelegt und liegen packbereit übereinander auf einem Stuhl. Ich habe Armen nie gefragt, woher er sie hat oder welche Bewandtnis sie haben. Die meisten anderen armenischen Gegenstände sind in Papier eingewickelt. Ich schlängle mich zwischen den Kartons durch zu seinem Schreibtisch und ertappe mich dabei, wie ich mit einem Finger über die Tischplatte streiche. Staub wirbelt auf, und mein Finger hinterläßt eine Spur wie in Pulverschnee. Ich lache leise. Ein wunderbarer, aber kein ordentlicher Mann.
Ich betrachte Armens Sessel und versuche mir vorzustellen, wie er darin sitzt. Es fällt mir so schwer zu begreifen, daß er tot ist. Ermordet. Es zerreißt mich innerlich. Vielleicht finde ich hier ein paar Anhaltspunkte. Etwas. Alles.
Mein Blick wandert vom Sessel zum Schrank. Sämtliche Türen sind geschlossen; mit den Sachen hat Eletha noch nicht angefangen. Was, sagte sie, wird darin aufbewahrt? Das persönliche Zeug. Ich gehe um den Schreibtisch herum und knie mich vor dem Schrank auf den Teppich.
Du hast eine bessere Erziehung genossen, mahnt die Stimme meiner Mutter, und meine Hand verharrt auf dem vergoldeten Griff.

»Nein, habe ich nicht«, sage ich laut. Ich schiebe die nicht sehr stabile Tür auf und nehme das erstbeste Blatt in die Hand. Das Schriftbild ist verblaßt und altmodisch, es stammt noch aus der Zeit der Smith-Coronas.

WEGE ZU EINER ARMENISCHEN IDENTITÄT
von Armen Gregorian

Ich wische den Staub weg. Damals war er noch nicht Richter; es gibt keinen Vermerk, ob der Text veröffentlicht wurde. Ich setze mich und überfliege den kurzen Artikel. Gut geschrieben, von Herzen. Ich greife nach dem nächsten Blatt. Als ich es aus dem Schrank ziehe, fällt ein Bündel alter, von einem schmuddeligen Gummiband zusammengehaltener Scheckbelege auf den Teppich.

Ich ziehe einen heraus und überfliege die Einträge: Food Fare 33.00 Dollar, Harvard Coop 11.27 Dollar, Haig 6.00 Dollar (für chinesisches Essen). Angesichts der Summen muß das recht lange zurückliegen, aber Armen hat sich nicht die Mühe gemacht, die Einträge zu datieren oder eine ordentliche Buchhaltung zu führen. Typisch. Es hätte mich im Laufe der Zeit wahnsinnig gemacht, aber Zeit hatten wir keine. Die Zeit wurde uns gestohlen. Ihm gestohlen.

In meiner Kehle bildet sich ein Kloß. Ich schiebe den Beleg hastig wieder zwischen das Gummiband und stopfe sie neben ein Scheckbuch. Es sieht neuer aus als die anderen Unterlagen im Schrank, deshalb ziehe ich es heraus.

An der unteren rechten Ecke des kastanienbraunen Plastikumschlags aus Krokodillederimitat steht in goldgeprägten Buchstaben PHILADELPHIA CASH RESERVE. Es sieht brandneu aus. Ich öffne es. Ohne zu wissen warum, bekomme ich Angst.

Das Guthaben ist umwerfend: 650 000 Dollar. Es trifft mich wie ein Schlag. Ich starre auf den Namen und die Adresse und höre mich keuchen.

Greg Armen. Als Adresse ist eine Wohnung in West-Philadelphia angegeben.

Was ist das für eine Wohnung? Armen wohnte in Society Hill, in einem Stadthaus, das ihm und Susan gehörte. Wieder starre ich auf den auf den Seiten aufgedruckten Namen. Greg Armen. Offensichtlich ein Deckname. Aber warum?

Im Kopf höre ich die Stimme meiner Mutter: Na komm schon, Mädchen. Ein Richter mit einem geheimen Bankkonto? Mit einer falschen Adresse? Einem Decknamen?

Bestechung.

Unmöglich. Ich bringe die Stimme zum Schweigen und blättere das Scheckbuch durch. Es enthält weiter keine Einträge außer dem ersten, und der ist undatiert.

War Armen in irgendeine krumme Sache verwickelt? Hat es etwas mit seinem Tod zu tun?

Ich schlucke schwer und überlege zweimal, ob ich Diebstahl begehe. Na ja, vielleicht auch nur einmal. Ich nehme das Büchlein an mich und schließe die Schranktür.

12

Nur eine Stunde später habe ich die Schwelle zu einer anderen Welt überschritten. In eine duftende, heitere Welt, in der es nur dezente Pastellfarben gibt und die Luft nach Primeln riecht. Bin ich im Himmel? In gewisser Weise. Es ist das Laura-Ashley-Geschäft in der King-of-Prussia-Mall. Ich rief Ricki an, weil ich mit ihr über Armens Konto sprechen wollte. Sie war dazu bereit, wollte sich aber unbedingt hier mit mir treffen. Zögernd schleiche ich hinter ihr in den Laden, vollgepackt mit ihren Taschen und Tüten wie ein Packesel. »Also, was denkst du?«

»Ich habe dir gesagt, was ich denke. Ich denke, du solltest geradewegs zur Polizei gehen. Und den Polizisten den Zettel von Armen zeigen und das Scheckbuch.« Sie nimmt eine Rüschenbluse vom Ständer und hält sie sich vor die Brust. »Gefällt sie dir?«

»Für dich oder für mich?«

»Ich brauche keine Blusen, du schon. Fürwahr, dieser Kaffeefleck ist ausgesprochen attraktiv«

Ich ziehe meinen Blazer über dem braunen Fleck zusammen. »Ich habe genug Blusen.«

»Nein, hast du nicht. Du hast die gelbe, die du andauernd trägst, und dann die blaue.« Sie hängt die Bluse zurück auf den Kleiderständer. »Eine Menge Geld.«

»Die Bluse oder das Konto?«

»Die Bluse.«

»Das Konto auch.«

»Ich frage mich, ob er es in seiner Steuererklärung angegeben hat, der Gauner.«

»Rede nicht so.« Ich sehe mich in der kleinen Boutique um, aber sie ist leer. Niemand kann sich dieses Zeug leisten, nicht einmal in dieser Einkaufsmeile. »Er ist kein Gauner.«

»Man könnte glauben, es spricht Richard Nixon.«

Ich stelle die Taschen neben den Kleiderständer. »Ich wette, es hängt mit seiner Ermordung zusammen.«

»Mit seiner Ermordung? Du verrennst dich, Grace. Ich sagte es dir bereits. Das Konto bedeutet nicht, daß er umgebracht wurde. Vielleicht brachte er sich um, weil er bereut hat, sich auf Bestechung eingelassen zu haben.« Sie zieht eine Bluse vom Ständer, und in ihre haselnußbraunen Augen kommt Leben; die Bluse ist gebrochen weiß, hat gebauschte Ärmel und einen Peter-Pan-Kragen. Stolz hält sie sie hoch. »Die ist absolut perfekt.«

»Wofür? Für eine Kahnfahrt auf der Themse?«

Ricki hängt die Bluse wieder auf den Ständer. »Du hast eine negative Einstellung, weißt du das?«

»Aber wir wissen nicht mal, ob es Bestechungsgeld ist, Rick. Wir wissen lediglich, daß es sich um ein Girokonto handelt.«

»Eine Wagenladung Geld unter einem Decknamen? Komm schon.« Wie ein Laserstrahl richtet sich ihre geballte Konzentration auf die nächste gerüschte Bluse. Sie nimmt sie in die Hand und taxiert sie. »Die ist hübsch.«

»Was ist mit dem Zettel?«

»Was ist mit der Bluse?«

»Wo soll ich die denn anziehen, Rick? Auf Tara?«

Sie knallt sie wieder auf den Ständer. »Vielleicht haben wir bei den Kleidern mehr Glück.« Mit einer geschickten Bewegung wendet sie sich ab und steuert auf eine Reihe Kleider zu, deren Röcke so ausladend sind, daß sie sich bauschen wie Fallschirme.

Ricki fischt mit in langer Übung erworbener Sachkenntnis einen Fummel heraus und wedelt damit quer durch den Laden zu mir herüber. »Genau das richtige, findest du nicht?« ruft sie.

Ich nehme die Taschen und Tüten und trabe zu ihr. »Keine Federn? Ich möchte was mit Federn. Und mit einem Kopfschmuck.«

Eine junge Verkäuferin, fast noch ein Kind, späht hinter einem mit Duftkarten und Papierwaren über und über bedeckten Ladentisch hervor. Mit dem schwarzen Samtstirnband und in ihrem weißen Trägerkleid sieht sie aus wie Alice im Wunderland. »Das ist mit unser beliebtester Stil«, piepst sie.

»Ich hasse es«, flüstere ich.

Ricki durchbohrt mich mit Blicken. »Probier's mal, Sherlock.«

»Nein.«

Die Gesichtszüge der jungen Verkäuferin entgleisen.

Wütend hängt Ricki das Kleid zurück. »Du bist so stur. So furchtbar stur.«

»Rick, hör doch.«

»Du hast gesagt, ich soll dir helfen.«

»Das habe ich damit nicht gemeint.«

»Worüber ärgere ich mich eigentlich? Du hast mich angerufen, und ich bin gekommen. Mein einziger Abend ohne Klienten, und hier bin ich. Ich hätte Lebensmittel einkaufen müssen. Es ist keine Milch mehr im Haus.« Sie stemmt die Hände in die Hüften und funkelt mich an.

Es ist keine Milch mehr im Haus. Die hauptamtlich anerkannte Grenzmarke für eine gute Mutter.

Ich stemme ebenfalls meine Hände in die Hüften. Einander an den entgegengesetzten Enden des Kleiderständers gegenüberstehend, lassen wir es auf eine Kraftprobe ankommen, auf ein Highnoon der Mütter. Keine Milch mehr im Haus, und das Ricki, der bestorganisierten aller Frauen; es muß an ihrem Gewissen nagen wie ein nicht rechtzeitig zurückgegebenes Buch aus der Bibliothek. In mir rührt sich Schuldgefühl, und das heißt, sie war schneller am Abzug. »Gib mir das verdammte Kleid«, zische ich.

»Gut.« Sie reißt es vom Ständer und reicht es mir.

»Ich verspreche nichts.«

»Schön.«

Die junge Verkäuferin tritt zu uns. »Kann ich Ihnen helfen?« fragt sie strahlend. Zu strahlend für einen Mindestlohn.

»Ja«, antwortet Ricki. »Meine Freundin braucht ein Kleid. Ich finde, zu ihren Augen wäre Königsblau sehr hübsch.«

»Rick, ich bin hier. Ich kann reden.«

Das Mädchen blickt von Ricki zu mir.

»Ich möchte nichts Überkandideltes«, erkläre ich.

»Nichts Überkandideltes?« Die junge Verkäuferin scheint nicht zu wissen, was sie davon halten soll; sie verkaufen nur Überkandideltes. Sie haben ein Monopol für Überkandideltes.

»Sie meint es nicht so«, beschwichtigt Ricki. »Sie meint, nichts Überladenes.«

»Nein, ich meine Überkandideltes. So Empireschnitt, Saum bis zum Boden. Ich bin zu alt für Puffärmelchen.«

»Überladenes«, wiederholt Ricki.

Die junge Verkäuferin sieht wieder erst Ricki, dann mich an. Das arme Kind wird völlig konfus. Ich reiche ihr das Kleid, damit sie nicht vollends aus dem Gleichgewicht gerät.

»Wo sind die Busineßkleider?« erkundigt sich Ricki.

»Ich habe keinen Job mehr, Rick.«

»Dann brauchst du was für Vorstellungsgespräche.«

»Folgen Sie mir bitte«, sagt die zu junge Verkäuferin. Sie trottet in Ballettschuhen zu einem Kleiderständer und nimmt drei Kleider heraus. Jedes wäre genau richtig für meine Krönungsfeier, aber Ricki läßt mir keine Ruhe, bis ich eins anprobiere. Wir quetschen uns zusammen in die geblümte Umkleidekabine. Ricki zwängt sich immer mit mir in Umkleidekabinen; es ist ihr nicht bewußt, daß das vielleicht normal ist, solange man auf die High-School geht, aber inzwischen sind wir fast vierzig, und da scheint es doch eher ein bißchen merkwürdig.

»Amüsieren wir uns jetzt?« murmele ich, während ich in das bauschige Kleid steige.

»Laß mich den Reißverschluß zumachen«, befiehlt Ricki.

»Das ist das mindeste, was du tun kannst.«

Sie zieht den Reißverschluß energischer als notwendig zu, und ich betrachte mich im Spiegel. In dem Kleid sehe ich groß und schlank aus, das muß irgendeine optische Täuschung sein. Trotzdem, was ich sehe, ist nur, daß meine Augen zu klein sind und meine Nase zu groß ist; das sizilianische Blut meines Vaters, auf ewig in mein Gesicht geätzt. Ich sehe schrecklich aus.

»Du siehst überwältigend aus!« staunt Ricki hinter mir.

»Zum Fürchten. Dachte ich gerade.«

»Der Ausschnitt ist so hübsch.«

Ich schiele auf meine Brust hinunter und erhasche einen Blick auf den bogenförmigen Rand des BH, den das Kleid kaum verdeckt. Der Anblick erinnert mich an Armen, an jene Nacht. *Das ist erst der Anfang für uns. Ich liebe dich.* »Was ist mit dem Zettel, den er mir geschrieben hat, Rick?«

Aber sie ist vollauf damit beschäftigt, mir einen geblümten Schal um den Hals zu schlingen. Sie muß bei ihrem ersten Einkauf einen ähnlichen Schaden fürs Leben abbekommen haben wie ein Steinzeitmensch, der nach dem Erlegen seiner ersten Beute immer weiter nach Blut gierte. Nach dem Motto, sie findet das richtige Kleid, dann hat das ganze Dorf zu essen. »Da, wenn dir der Ausschnitt nicht gefällt.«

»Rick, was hältst du von diesem Zettel?«

»Welchem Zettel?« Sie drapiert den Schal etwas mehr nach links, rümpft aber gleich die Nase.

»Den ich in meiner Tasche gefunden habe.«

Sie arrangiert den Schal neu. »Sind wir jetzt wieder beim Thema?«

»Ja.«

»Ich wollte dich ablenken von deinen Polizeipflichten, aber du läßt es nicht zu.«

»Sag mir einfach, wie dieser Zettel da hineinpaßt, ha? Verhält sich so ein Mann, der sich ein paar Stunden später umbringt? Du bist Psychologin, sag du es mir. Du mußt doch in deiner Praxis mit Selbstmördern zu tun gehabt haben.«

»Nur ein Mal, Gott sei Dank.« Sie bekreuzigt sich rasch, obwohl sie Jüdin ist.

»Aber mit depressiven Menschen, stimmt's? Du mußt massenhaft mit depressiven Menschen zu tun gehabt haben.«

»O, sie karren sie haufenweise ran.«

»Rick, willst du mir nun helfen oder nicht? Könnte wirklich sein, daß du mir in diesem Fall weiterhelfen kannst.«

»Wie schön, danke.«

»Du weißt, was ich meine.«

Sie wickelt mir den Schal um den Hals. »Okay, du ziehst mich also zu Rate? Beruflich?«

»Ja.«

Sie tätschelt den Knoten, tritt einen Schritt zurück und begutachtet meinen Aufzug so kritisch wie ein Filmregisseur. »Ich halte deinen Freund, den Richter, für eine sehr interessante Persönlichkeit. Und ich glaube, sein Verhalten steht völlig im Einklang mit Selbstmord. Sogar der Zettel.«

»Aber warum?«

»Ich möchte dir eine Frage stellen. Wie gut kanntest du diesen Mann?«

»Armen? Ich kannte ihn gut.«

»Du hast drei Monate für ihn gearbeitet. Teilzeit.«

»Wir haben eng zusammengearbeitet. Ich kannte ihn gut.«

»Überleg doch mal«, fährt sie unbeeindruckt fort. »Du wußtest nicht, daß er dich liebt. Du wußtest nicht, daß er auf einem Haufen Geld sitzt. Du wußtest nicht, daß er eine Wohnung hat.«

»Aber das, was zählt, wußte ich. Ich wußte, was für ein Mensch er war. Alle wußten das. Was hat das denn mit Psychologie zu tun?«

»Alles. Er war ein sehr bedeutender Richter, ein mächtiger

Richter, und Ehemann einer Senatorin der Vereinigten Staaten. Und zu allem Überfluß war er noch ein *Macher* in der armenischen Gemeinde. Ein Held, stimmt's?«

»Ja.« Ich habe das vage Gefühl, als fahre man mich gegen meinen Willen in die völlig falsche Richtung.

»Solche Menschen stehen ständig unter Druck, weil sie sehr hohen Maßstäben gerecht werden müssen. Den Maßstäben anderer, der Öffentlichkeit. Es ist sehr schwer, diese Fassade makellos aufrechtzuerhalten, sozusagen stets den Schein zu wahren. Irgendwann haben diese Menschen Geheimnisse, so wie er, und dann entfernt sich ihr eigenes Selbstbild sehr bald weiter und weiter von dem, was andere in ihnen sehen. Treten dann bestimmte Umstände ein, fällt ein solcher Mensch in Stücke. Die Fassade stürzt ein, und er bricht zusammen.«

»Aber es war keine Fassade. Er war wirklich ...«

»Perfekt?«

Ich fühle es in meinem Innern. »Ja. In gewisser Weise. Er stand hinter seinen Überzeugungen. Sie waren ihm wichtig, wirklich wichtig, und er kämpfte mit vollem Einsatz.«

»Findest du nicht, daß du ihn idealisierst, Grace?«

»Nein, ich idealisiere ihn nicht.« Meine Kehle ist plötzlich wie zugeschnürt, aber vielleicht liegt das an diesem Schal. »Nimm dieses verdammte Ding weg. Ich komme mir vor wie ein Pfadfinder in Frauenkleidung.«

Sie weicht meinem Blick aus und bindet den Schal auf. »Du hast nur kurz für ihn gearbeitet. Du hattest eine rein berufliche Beziehung zu ihm, abgesehen von einer einzigen Nacht. Und jetzt schnüffelst du herum, gehst zur Polizei, durchwühlst sein Büro nach Anhaltspunkten.«

»Ich habe nicht gewühlt.«

»Du benimmst dich, als hättest du eine mindestens fünfzehn Jahre lange Beziehung zu ihm gehabt, als wäre er dein Mann gewesen. Aber das war er nicht. Er war der Mann einer anderen Frau.«

Treffer. »Darauf kommt es nicht an. Der Mann wurde ermordet, Ricki.«

»Das weißt du doch nicht. Es ist nicht dein Job, das zu untersuchen, auch dann nicht, wenn es wirklich wahr sein *sollte*. Wärst du meine Klientin, würde ich dich fragen, warum du das tust. Was würde passieren, wenn du es nicht tätest?«

»Dann würde der Mörder nicht gefaßt.«

»Und, was soll's?«

Verstört wende ich mich in der plüschigen Umkleidekabine um. »Was das soll? Es ist Mord! Zunächst mal zeugt das von sehr schlechtem Benehmen.«

»Spar dir den Spott, ich meine es ernst.«

»Aber was ist das für eine Frage, was soll's, ist ja nur Mord?« Meine Stimme wird lauter.

»Nein, die Frage lautet, was soll's, wenn der Mörder nicht gefaßt wird?«

Ich verkneife mir eine weitere höhnische Bemerkung. »Es ist furchtbar. Es ist *unfair*.«

»Die Ungerechtigkeit daran macht dir also zu schaffen.«

»Ja, natürlich.«

Sie schürzt die Lippen. »Du bist ein Mensch, der unfair behandelt wurde. Zuerst von deinem Vater, dann von Sam. Du hattest ein Baby, er wollte weg. Er wurde vertragsbrüchig.«

Ihre Worte wühlen mich auf. »Ja, und?«

»Dann kämpfst du vielleicht gar nicht gegen *diese* Unfairneß, sondern vielleicht gegen die Unfairneß in deiner Vergangenheit. Gegen die du nicht das geringste tun konntest.«

»O bitte, Ricki.«

»Denk darüber nach. Ganz unvoreingenommen.«

»Der Mann ist tot, Rick. Soll ich das einfach ignorieren?«

Seelenruhig verschränkt sie die Arme. Das macht sie immer, wenn ich mich aufrege. Therapeuten haben keine Emotionen; darum möchten sie über unsere reden. »Wie lange kennen wir uns jetzt?« fragt sie.

Ich schäume. »Viel zu lange.«

»Wirklich sehr freundlich.«

»Wenn du mich nicht bei jeder Gelegenheit analysieren würdest...«

»Du hast mich darum gebeten.«

»Ich bat dich, *ihn* zu analysieren, nicht mich.«

»Warum soll ich ihn für dich analysieren, wo du ihn doch so verdammt gut kennst? Hmm?«

Darauf habe ich keine Antwort parat. *Einfach klein beigeben,* geht mir spontan durch den Kopf; und ich halte den Mund.

»Nun?« Ein triumphierendes Lächeln huscht über ihr Gesicht. »Ich hätte Rechtsanwältin werden sollen, stimmt's?«

Stimmt. Oder hauptberufliche Boutiquenkundin.

Die rotleuchtenden Digitalzahlen auf dem Radiowecker zeigen 4 Uhr 13; die einzelnen Ziffern sind seltsam unterbrochen, so daß sie aussehen wie hintereinandergelegte Zahnstocher. Sie springen weiter auf 4 Uhr 14.

Das Haus schläft ruhig. Die Geschirrspülmaschine stellte um 1 Uhr 10 den Betrieb ein. Blieb nur der Trockner im Keller. Eine nasse Badematte schlug dumpf gegen die Trommel und hielt mich bis 2 Uhr 23 wach. Seitdem habe ich keine Entschuldigung mehr für meinen Zustand, außer meinen Gefühlen. In mir geht alles drunter und drüber, rotiert wie der Vorleger im Trockner. Wut, Kummer, das ganze Programm an Durcheinander: Es folgt gleich nach dem Trockenschleudern.

Maddie ist im Zimmer nebenan. Ihre Tür ist geschlossen, damit Bernice nicht hinein kann. Bernice schläft zusammengerollt zu meinen Füßen in meinem Bett und begrenzt es wie ein Gebirge. Darum heißen diese Hunde nach den Schweizer Bergen. Ich versuche, sie wegzuschieben, aber sie rührt sich nicht von der Stelle. Meine Gedanken kreisen beständig um Armen.

Er sagte, er liebe mich, aber offensichtlich hat er mir vieles andere nicht gesagt. Ein geheimes Bankkonto. Ein Deckname. Ich setze mich auf und schüttele zwei Aspirintabletten aus dem Fläschchen, die ich mit etwas abgestandenem Selters aus der Flasche auf meinem Nachttisch schlucke. Ich lasse mich auf das Bett zurückfallen, starre an die weiße Decke mit der rissigen Farbe hinauf und versuche abzuschalten.

Aber ich habe damit weniger Erfolg als sonst. Die Angst legt sich wie eine Klammer um meine Brust. Beiläufig denke ich darüber nach, ob es dagegen wohl auch eine Arznei gibt, und mir fällt ein, ja, auch dafür wurde gesorgt.

Alkohol.

Schon der Gedanke wärmt mich wie Brandy. Ich werfe die Decken zurück, schlüpfe in einen Frottierbademantel und schleiche auf Zehenspitzen die knarrende Treppe hinunter. Bernice hebt kurz den Kopf, folgt mir aber nicht; sie geht nicht mehr gern in die Küche, man muß sie regelrecht hineinzerren.

Ich mache das Licht in der Küche an und dimme es, bevor ich den großen, vor sechzig Jahren in die Wand eingebauten Küchenschrank öffne. Mein Vermieter erlaubte mir, die alte Farbe zu entfernen, und darunter kam schönes echtes Kiefernholz zum Vorschein, das ich gründlich säuberte und weiß beizte. Ich liebe diesen Schrank, einen richtig altmodischen Vorratsschrank. Die fünf Regalbretter bieten sämtlichen Lebensmitteln Platz, die ich brauche. Die alkoholischen Getränke stehen auf dem obersten Brett. Dort thronen sie wie im Penthouse über den Etagen mit Familienpackungen Getreideflocken, Suppendosen und Baked Beans.

Ich hole einen Hocker, klettere hinauf und nehme ein dickes Schnapsglas heraus, eines von den unglaublich vielen Gläsern, die mir meine Mutter vor langer Zeit gegeben hat. Die Hälfte warf ich weg, die andere Hälfte verwahrte ich im Keller, bis Maddie sie entdeckte. Ich mußte sie irgendwann heimlich beiseite schaffen, weil ich es recht unschicklich fand, daß der Tee bei einer Kinderparty in Schnapsgläsern und in einem stählernen Cocktailshaker serviert wurde. Ich versteckte sie im Schrank, wo sie in einer Reihe stehen wie die Bauern auf dem Schachbrett und die Schnapsflaschen vor Zugriff schützen.

Ich mustere die staubigen Flaschen und lasse mir Zeit beim Auswählen. Was soll ich mir genehmigen? Es sind alles Restbestände von meiner Hochzeit, als ich zum letzten Mal mehr als zwei Drinks nahm. Alkohol steigt mir direkt in den Kopf, aber genau das wünsche ich mir jetzt.

Wie der König hinter den Bauern steht eine Flasche Crown Royal hinter den Gläsern. Das ins Glas der Flasche eingearbeitete Gittermuster fängt sogar das nur schummrige Licht ein.

Ich greife nach der Plastikkrone der Flasche und steige herunter.

Ich werde mich betrinken. Mit einem Mal erscheint mir das wie ein kühnes, großartiges Vorhaben, wie eine heroische männliche Tat. Ich genehmige mir einen Drink, jawohl, Sir, ich gieße mir einen hinter die Binde. Ich stelle die Flasche auf die Küchentheke und knacke den etwas verklebten Verschluß. Die Flasche ist fast noch voll. Ich schnuppere daran.

Duftend. Süß. Scharf. Stark.

Ich erinnere mich an diesen Geruch. Blitzartig schießt mir eine Erinnerung durch den Kopf. Meine Eltern streiten wieder, sie schreien. Mein Vater, der aus der Tür torkelt. Meine Mutter, die weinend allein zurückbleibt. Mitten auf dem Küchentisch, auf Augenhöhe mit mir, steht eine Flasche Crown Royal: Sie ist so majestätisch, goldglänzend. Ein königlicher Leuchtturm in einer Welt, aus der Daddy fortgegangen ist und in der die Zukunft im dunkeln liegt.

Ich gieße mir einen Schluck ein.

13

Mir brummt der Schädel vom Alkohol der vergangenen Nacht; mein Magen gluckert wie ein verunreinigter Fluß. Sich zu betrinken ist nicht ganz so wunderbar männlich, wie ich geglaubt habe. Zumindest nicht am nächsten Morgen.

Man braucht allerdings keinen Kater, um doppelt zu sehen. Oder sogar dreifach. Überall im großen Festsaal Richter: Bundesrichter, Bezirksrichter, Konkursrichter, Richter des erstinstanzlichen Gerichts für Straf- und Zivilsachen. Wie Raben in ebenholzschwarzen Roben drängen sie sich in dem für sie reservierten Bereich zu beiden Seiten des Podiums und davor. Zwanzig repräsentativ ausgewählte Richter des Bundes- und Bezirksgerichts sitzen wie Krähen auf Überlandleitungen in zwei Reihen auf dem Podium.

Die gewöhnlichen Besucher wurden auf die hinteren Reihen verwiesen, für sie gibt es nur Stehplätze. Der Gerichtssaal ist überfüllt mit Anwälten, Angehörigen der Universität und Reportern. Ganz hinten stehen ältere Männer in schäbigen Mänteln, die Gerichtssaaljunkies, die sich feingemacht haben. Shake and Bake ist nicht dabei, aber einer in einem dunklen Mantel kommt mir bekannt vor. Er hat die stämmige, untersetzte Figur eines Schlägers. Ich überlege, wo ich ihn schon einmal gesehen haben könnte.

Vor dem Polizeirevier? Vielleicht der Mann in dem schwarzen Wagen mit dem Kennzeichen aus Virginia?

Ich recke den Hals, um ihn besser sehen zu können, aber er verschwindet hinter einer Gruppe von Armens besten Freunden, den Armeniern aus seinem Dinnerclub; die Männer mit der olivfarbenen Haut sind in der Minderheit und bilden eine eigene Gruppe. Susan hat ihr Möglichstes getan, um sie und alle anderen auf Abstand zu halten, und ließ Armens Leichnam mit dem Flugzeug nach Washington bringen, wo morgen das Begräbnis stattfindet. Jetzt sitzt sie mit trockenen Augen in der ersten Reihe, spricht kein Wort und zieht gerade dadurch sämtliche Aufmerksamkeit auf sich wie ein Magnet.

Weiß sie von Greg Armen?

Mir wird richtig schlecht. Von allem, was hier abläuft.

Ben hat sich gleich Galanters Referendaren angeschlossen. Artie sitzt neben Eletha und tröstet sie vor der eigentlichen Trauerfeier, dabei sieht er aus, als brauche er selbst dringend Trost. Mit den ungekämmten Haaren und der zerknitterten Krawatte wirkt er ungepflegter als sonst. Sarah sitzt neben mir in der Reihe hinter den beiden; sie und Artie haben noch kein Wort miteinander gewechselt, seit sie im Saal sind. Gibt es Ärger im Paradies? Ich habe nicht darauf geachtet.

Der Gerichtsvorsitzende Galanter eröffnet die Trauerfeier vom begehrten Platz in der Mitte aus. Er hat seine Rede brutal allgemein abgefaßt, und sie ist, kaum angefangen, schon wieder zu Ende. Einige der anderen Richter halten ebenfalls kurze Reden, aber ihre Worte kommen unsicher, ihre Sätze zögernd. Sie trauern, aber es ist eine besondere Form der Trauer, die hauptsächlich von Bestürzung gekennzeichnet ist. Einer von ihnen, und Selbstmord. Nur Richter Robbins, dessen Augen hinter der randlosen Brille rotgerändert sind, spricht dieses Wort aus. Ich schalte bis zum Ende der Feier ab und hoffe, daß das Gehämmere in meinem Kopf bald aufhört.

Als alles vorbei ist, begeben sich die Richter in den Ankleideraum. Einige von Armens armenischen Freunden bleiben in der Nähe des Podiums und warten auf eine Gelegenheit, um mit Susan zu sprechen. Am Rand der Menge lungern Reporter herum, die die gleiche Absicht haben. Aber Susan scheint nicht gewillt, mit irgend jemand zu reden. Sie vergießt nicht eine Träne bei der Trauerfeier ihres Ehemannes. Was sagte der Detective? *Ihre Tränen flossen in Strömen?*

Ein Reporter mit wilder Mähne und Bartstoppeln nähert sich ihr und spricht sie an: »Senator, erklären Sie mir nur eines. Senator, hier bin ich.«

Sie sieht auf, und ihr Lächeln erlischt schlagartig. Sie scheint ihn zu kennen. »Eine Frage, Sandy. Mehr nicht.«

»Stimmt es, daß Sie und der Richter Eheprobleme hatten?«

Geschockt drehen sich die Kondolierenden um und starren ihn an.

Susans Lippen pressen sich zu einem schmalen Strich zusammen. »Es geht mir gut. Danke der Nachfrage.« Sofort ergreift ein großer Berater mit sichtlich teurer Brille, der aussieht wie ein Abiturient, ihren Ellenbogen und führt sie rasch durch die Menge zur Tür des Ankleidezimmers.

»Haben Sie doch ein bißchen Anstand!« rügt ein älterer Anwalt den Reporter, der sich hinter Susan durch die Menge schiebt. Zwei Marshals, der Gute und der Böse, heften sich an seine Fersen; McLean, der größere von beiden, übernimmt die Führung.

»So ein Arschloch«, sagt Sarah, aber ich beobachte den Reporter, bis ich ihn in der Menge aus den Augen verliere. »Gehen wir.«

Sarah und ich drängen uns durch die Menschenmenge zu den Saaltüren. Ich flüstere ihr zu: »Was glauben Sie, woher er das weiß?«

»Reiner Zufallstreffer. Er hechelt seit der Wahlkampagne

hinter allem her. Er will unbedingt eine feste Anstellung bei einer Zeitung.«

Ich versuche, diese Information zu verarbeiten, aber mein Kopf schmerzt beim Denken. Ich sehe ständig das Scheckbuch vor mir, das mittlerweile versteckt in der Schublade zwischen meiner Unterwäsche liegt.

Die Menge strömt durch die Türen des Gerichtssaals auf den marmornen Gang hinaus, der den Nordflügel des Gebäudes mit diesem Bereich des Gerichts verbindet. Ich lasse mich von der Menge durch das rechter Hand liegende begrünte Atrium schieben, in dem die Angestellten ihre Rauchpausen einzulegen pflegen. Ein buckliger Mann fegt die weggeworfenen Zigarettenkippen zusammen.

»Wahrscheinlich sind Sie der Ansicht, wir hätten Besseres zu tun«, sagt plötzlich eine Männerstimme neben Sarah. Der Reporter mit der wilden Mähne. Aus der Nähe sieht er verschwitzt aus, und bei seinen Locken hat eine Dauerwelle nachgeholfen. »Erinnern Sie sich an mich, Miß Whittemore?«

»Wo sind die Marshals geblieben?« erwidert Sarah und beschleunigt ihren Schritt.

»Mein Name ist Sandy Faber. Ich schreibe für zahlreiche Zeitungen in der Stadt.«

»Was fällt Ihnen ein, eine solche Frage zu stellen?« fährt Sarah ihn an und stürmt los.

Der Reporter nimmt ihren schnellen Schritt auf. »Habe ich Ihre Klientin verstimmt, Miß Whittemore?«

»Ich habe keine Klienten, und Sie täuschen mich nicht eine Sekunde. Sie haben diesen Artikel über die Rechte der Opfer geschrieben. Darin bezeichneten Sie Armen als Mörder.«

»Ich habe ihn nicht als Mörder bezeichnet, ich zitierte lediglich ...«

»Ich will nichts hören.«

Der Reporter drängt sich neben mich und packt mich am Arm. »Ms. Rossi, nur eine Minute. Ich weiß, Sie mochten den Richter.«

»Wir alle mochten ihn«, antworte ich und entreiße ihm meinen Arm.

»Irgend jemand nicht. Nämlich die Person, die ihn umgebracht hat.«

Es haut mich fast um, und ich gerate ins Stolpern, aber Sarah reagiert blitzschnell. »Wie können Sie es wagen!« empört sie sich. »Wollen Sie, daß ich die Marshals rufe?«

»Sehen Sie sich Ihre Kollegin an, Miß Whittemore. Sie ist sich ebenfalls nicht so sicher, daß es Selbstmord war.«

Ich kämpfe mit einem Brechreiz, und daran ist nur zum Teil der Alkohol schuld. Über die Menge hinweg halte ich Ausschau nach einer Toilette und entdecke eine am Ende der funkelnden Halle. »Ich muß gehen.«

»Grace, alles in Ordnung?« fragt Sarah.

Ich gebe ihr ein Handzeichen. »Ich sehe Sie oben.«

»Ms. Rossi?« ruft der Reporter. Er eilt hinter mir her und zückt im Gehen seinen dünnen Stenoblock. »Sie standen Richter Gregorian nahe, nicht wahr?«

Hat er irgendeinen Verdacht bezüglich Armen und mir? Ich laufe durch die Menge. Vom schnellen Gehen werde ich seekrank. Ich trinke nie wieder; ich weiß nicht, wie mein Vater das ausgehalten hat.

»Wußten Sie, daß der Richter Eheprobleme hatte?«

Ich versuche, ihn zu ignorieren, und bahne mir den Weg durch die Menge zur Toilette. Ich schlage einen Haken nach links, gleich darauf einen nach rechts, wie ein Hase auf der Flucht.

»Können Sie ein wenig Licht in die Sache bringen, Ms. Rossi? Ms. Rossi?«

Ich erreiche die Tür und ziehe mit aller Kraft an der stählernen Klinke, aber der Reporter drückt gegen die Tür. Er atmet heftig; er riecht nach Zigaretten.

»Grace, wollen Sie, daß ein Mörder ungeschoren davonkommt?«

Ich sehe in sein Gesicht, das von einem feinen Schweißfilm überzogen ist. Ich weiß nicht mehr, was ich denken soll. Mir wird übel. Heftig zerre ich an der Tür. »Ich muß da rein.«

»Soll es so laufen? Wirklich?« ruft er mir noch nach, als sich die schwere Tür endlich zwischen uns schließt.

Ich taumle in eine leere Kabine und sinke auf den Sitz. Ich warte, bis die Welle der Übelkeit vorübergeht. Mit gesenktem Kopf betrachte ich die Einsprengsel in den Bodenfliesen; graue, schwarze und weiße Splitter, alles wild durcheinander wie in einem Kaleidoskop. Zwischen jeder Fliese befindet sich eine mit Mörtel verfüllte Stahlfuge, die Fugenreihen verlaufen aber stellenweise nicht geradlinig. Ich richte mich auf und kämpfe mit dem übergroßen Spender um ein Blatt Toilettenpapier.

Wollen Sie, daß ein Mörder ungeschoren davonkommt?

Ich fahre mir mit dem dünnen Papierblatt übers Gesicht und beschließe, hier sitzenzubleiben, bis das Erdbeben vorbei ist. Ich höre, wie andere Frauen die Spülung betätigen, sich die Hände waschen und hinausgehen. Ich werde warten, bis sämtliche Hände gewaschen und sämtliche Frauen gegangen sind. Nach einiger Zeit läßt das Stimmengewirr draußen im Waschraum nach, schließlich verstummen die Stimmen völlig.

Ich denke an das Konto. Ich denke an Armen. Ich bin mir nicht sicher, ob ich mich nicht bewegen kann oder ob ich nicht will. Lange, lange bleibe ich im Erdgeschoß des großen, glitzernden Gerichtsgebäudes, sitze still auf dem Klo und denke an meinen ermordeten Geliebten. Den Richter mit dem Decknamen.

Was weiß der Reporter?

Ich höre, wie die Tür zum Waschraum geöffnet wird.

Scheiße. Wer wagt es, in meinen Waschraum zu kommen? Ich fühle mich gestört. Ich hasse es, einen öffentlichen Waschraum mit der Öffentlichkeit teilen zu müssen, besonders, wenn sich mein Magen rebellisch anstellt.

Wer immer die Frau ist, sie geht weiter zu den Toiletten. Kein Klappern von Pumps auf den Fliesen; sie muß flache Schuhe tragen. Ich beuge mich vor und luge durch den Schlitz am Türpfosten, aber ich sehe niemand.

Ich weiß, daß jemand da ist, aber niemand betritt eine Kabine. Niemand dreht den Wasserhahn auf oder zündet ein Streichholz für eine verbotene Zigarette an. Vielleicht will sie nur ihr Make-up erneuern oder sich kämmen. Ich lausche nach den vertrauten Geräuschen, aber niemand kramt in einer Handtasche.

Trotzdem, da ist jemand. Ich habe die Tür gehört. Ich spüre die Gegenwart eines Menschen. Wieder luge ich durch den Schlitz, aber nichts zu sehen.

Plötzlich höre ich ein ganz schwaches Geräusch. Das Geräusch menschlichen Atems.

Jemand steht vor meiner Tür.

Panik erfaßt mich. Unwillkürlich stehe ich auf.

Draußen vor der Kabine erklingt ein Schlurfen. Der Mensch muß mich gehört haben und nähert sich noch weiter. Ich lehne mich neben die Tür. Jeden Nerv angespannt, horche ich angestrengt. Wieder höre ich den Atem, lauter jetzt.

Ich blicke unter der Tür meiner Kabine durch.

Da stehen ein paar große schwarze Schuhe.

Die Schuhe eines Mannes.

14

»Wer ist da?« rufe ich zu Tode erschrocken.

»Alles in Ordnung da drin?« fragt der Mann. Besorgt, professionell. »Sie sind schon eine ganze Weile da drin.«

»Sind Sie das, Faber?«

»Nein, ich bin Special Agent des FBI.«

»Auf der Damentoilette?« Meine Stimme hallt von den Fliesenwänden wider. »Verschwinden Sie, oder ich schreie. Ehrlich! Sofort!«

»Warten Sie, immer mit der Ruhe. Ich schwöre Ihnen, ich *bin* FBI-Agent. Unsere Dienststelle befindet sich hier im Haus. Im sechsten Stock.«

»Das zu wissen, ist keine Kunst. Das steht auf der Hinweistafel.«

»Ich bin jetzt seit zehn Jahren beim FBI. Ich wurde in Quantico ausgebildet. Achtzehn Monate, die berufliche Fortbildung nicht mitgerechnet.«

»In Quantico, Virginia?« Ich denke an den Mann auf der Trauerfeier, an das Auto mit dem Kennzeichen aus Virginia.

»Ja. Hören Sie, ich habe nicht viel Zeit. Hier ist mein Ausweis.« Eine Hand, die eine Plastikbrieftasche in Kreditkartengröße hält, nimmt über seinen Schuhen Gestalt an.

Ich will gerade danach greifen, weiche aber noch rechtzeitig erschrocken zurück. Was, wenn er mein Handgelenk packt? »Lassen Sie sie fallen. Neben die Toilette. Jetzt.« Es klingt lächerlich, selbst in meinen Ohren.

»Schon gut, schon gut.« Er wirft die Plastikhülle wie ein Frisbee in die Kabine; sie segelt auf die Toilette zu und fällt zu meinen Füßen nieder. Ich befinde mich nicht so dicht an der Tür, daß er nach mir greifen könnte, deshalb bücke ich mich. Meine Hände zittern nicht mehr. Auch mein Magen hat sich beruhigt. Ich klappe die Brieftasche auf wie ein winziges Buch. In einer Klappe steckt ein Foto von Tom Cruise, in der anderen ein in Pennsylvania ausgestellter Führerschein.

»Was soll das? Ist das ein Scherz? Wo ist Ihre FBI-Marke?«

»Ich kann meine Ausweise nicht mit mir rumtragen, ich bin Undercover-Agent.«

»Aber sicher. Bestimmt sind Sie auch ein Freund von Tom?«

»Das hängt mit meiner Deckung zusammen. Sehen Sie sich den Führerschein an. Darauf sehen Sie zumindest, wer ich bin.«

Ich betrachte den Führerschein. Sein Gesicht auf dem staatlich anerkannten Porträt ist kaum zu erkennen, und ansonsten besagt das Dokument lediglich, daß er einsfünfundachtzig groß ist und 185 Pfund wiegt. Seine Haare sind dunkelbraun, die Augen blau. Es könnte der Mann mit dem Kennzeichen aus Virginia sein, aber ich habe ihn nur flüchtig gesehen. »Wie heißen Sie?« frage ich.

»Das steht im Führerschein.«

»Vielleicht haben Sie ihn gestohlen. Wie heißen Sie?«

»O, ein Test. Ich habe begriffen. Abraham Lincoln.«

»Halten Sie das für komisch? Sie haben mich in Angst und Schrecken versetzt. Wenn das die übliche Vorgehensweise des FBI ist ...«

»Ist es nicht, glauben Sie mir. Ich wäre nicht hier, wenn ich nicht absolut in Bedrängnis wäre.«

Es klingt ehrlich. »Wie also lautet Ihr Name, Bedrängter?«

»Thaddeus Colwin.«

Ich entziffere mit Mühe den Namen auf dem Führerschein. Thaddeus Colwin III. »Thaddeus?«

»Das ist ein Quäker-Name.«

»Ein Quäker-Bulle?«

»Ein guter Bulle, ein schlechter Quäker. Nennen Sie mich Winn. Thaddeus ist mein Vater.«

»Warten Sie eine Sekunde. Wenn Sie verdeckter Ermittler sind, warum tragen Sie dann Ihren richtigen Führerschein bei sich?«

»Ich wußte, daß ich nach der Trauerfeier mit Ihnen Kontakt aufnehmen würde, und ich wußte, daß Sie ein Dokument sehen wollen.«

»Woher wußten Sie das?«

»Weil Sie Anwältin sind. Klaro.«

Hmmm. »Haben Sie Kinder?«

»Nein, und meine Lieblingsfarbe ist Gelb. Das wird jetzt doch etwas sehr persönlich, nicht wahr? Wir haben uns eben erst kennengelernt.«

Ein Komiker. »Wie lautet Ihre Adresse?«

Er seufzt. »Einundzwanzig dreiunddreißig Adams Street, Philadelphia. Pennsylvania.«

»Die Sozialversicherungsnummer?«

»Was?«

»Sagen Sie mir Ihre Sozialversicherungsnummer, oder ich schreie.«

»Was ist bloß los mit Ihnen?« Er wirkt nicht mehr länger amüsiert.

»Ich bin Mutter eines Kindes, das ist los mit mir. Wenn Sie mich umbringen, hat meine Tochter einen Hund am Hals. Als Vaterersatz.«

»166-28-2810.«

Das stimmt mit dem Führerschein überein. Vielleicht *ist* er echt? »Was wollen Sie überhaupt?«

»Können Sie mal da rauskommen? Ich muß mit Ihnen reden. Ich habe nicht viel Zeit. Vielleicht hat mich jemand hier reingehen sehen.«

»Warum soll ich rauskommen? Warum können wir uns nicht durch die Tür unterhalten?«

Ein gewaltiger Seufzer. »Artie sagte mir, daß Sie so sind.«

»Artie? Welcher Artie?«

»Weiss. Der Referendar.«

»Sie kennen Artie? Woher?«

»Wir spielen zusammen Basketball.«

»Wo?«

»Im Club. Jetzt habe ich nur noch drei Minuten. Würden Sie bitte die verdammte Tür aufmachen?«

»Wo hat Artie studiert? Sie kennen ihn ja angeblich so gut.«

»Das ist keine sehr intelligente Frage, das ist das erste, was er jedem erzählt. Jetzt öffnen Sie die Tür, ich trete zurück an die Wand. Sehen Sie?«

Ich äuge durch den Schlitz, sehe aber nur die dunkle Kante eines Mantels. »Gehen Sie rüber zum Waschbecken und machen Sie das Wasser an. Drücken Sie ständig auf den Wasserhahn, damit ich weiß, daß Sie sich am anderen Ende des Raumes aufhalten und nicht an der Tür.«

»Sehr schlau. Waren Sie auch in Harvard?« Ich höre das Geräusch von Schritten, dann das fließende Wasser.

»Drücken Sie immer noch auf den Hahn?«

»Was?« schreit er. »Ich verstehe Sie nicht, wenn das Wasser läuft.«

So langsam hasse ich diesen Typ. Vorsichtig öffne ich den Drehriegel und spähe aus der Tür. Ich erstarre. Ich traue meinen Augen nicht.

Es ist Shake and Bake. Komplett ausstaffiert mit Bart, Plastikregenhaube und schwarzem Regenmantel steht er am Wasserhahn auf der Damentoilette.

Großer Gott. Ein paranoider Schizophrener. Entsetzt schlage ich die Tür zu und verriegele sie. Er muß den Führerschein gestohlen haben. »Raus hier! Sie dürfen das Gerichtsgebäude gar nicht betreten! Ich schreie!«

»Verdammt!« höre ich ihn rufen. Ich luge durch den Spalt und beobachte, wie er verärgert den Wasserhahn losläßt und mit der Hand darauf schlägt. »Verdammter Scheißdreck!«

»Sie dürfen gar nicht hier rein!«

Er wendet sich der geschlossenen Tür zu. »Ich *bin* ich, ich bin beim FBI.« Seine Stimme klingt so kultiviert wie die eines Mannes, der Thaddeus Colwin III heißt. »Ich habe das Wasser laufen lassen, ja? Würde ein verrückter Mörder so was machen? Öffnen Sie die Tür. Bitte.«

»Sie? Shake and Bake? Ein Bundesagent?« Unablässig beobachte ich ihn durch den Spalt.

»Öffnen Sie die Tür«, wiederholt er. Er zieht die Regenhaube rückwärts vom Kopf wie ein Baseballspieler seine Kappe nach einer Niederlage. »Bitte.«

»Wenn Sie FBI-Agent sind, warum haben Sie dann bei der Verhandlung diese Schau mit der Bombe abgezogen?«

»Das war Bestandteil meines genialen Plans.«

Ich weiß nicht, ob er mich auf den Arm nimmt. »Was für ein Plan?«

»Vertrauen Sie mir. Ich bin klüger, als ich aussehe.«

»Klug? Wenn man Sie aus dem Gericht verbannt?«

»Aber das brachte mir Punkte bei den Reportern, und das ist für mich zur Zeit sehr nützlich. Bitte kommen Sie raus. Wir haben nicht viel Zeit.«

»Wir?«

»Bitte.«

Ich öffne die Tür einen Spaltbreit. »Also sind Sie entweder ein Bundesagent oder ein Schizophrener in Gestalt eines Quäkers.«

Sein Gesicht hinter dem ungepflegten Bart nimmt eine berufliche Miene an. »Sie standen Armen nahe, nicht wahr?«

Ich kriege diese gepflegte Stimme, die auf eine gute Ausbildung schließen läßt, einfach nicht mit dem Penner auf die Reihe, der vor mir steht. »Das hat mich eben erst ein Reporter gefragt.«

»Standen Sie ihm nahe?«

»Warten Sie, weiß Artie über Sie Bescheid?«

»Nein. Niemand, außer Ihnen.«
»Warum ausgerechnet ich?«
»Weil ich Sie brauche.«
»Wofür?«
In dem grellen Deckenlicht sehen seine Augen leicht blutunterlaufen aus. »Das ist vertraulich. Alles.«
»Schön. Und was?«
»Werden Sie für Richter Galanter arbeiten?«
»Möglich. Woher wissen Sie das?«
»Sie sagten es Sarah, Sarah sagte es Artie, Artie sagte es mir.«
»Das bringen sie euch in Quantico bei? Stille Post?«
»He, alles gilt, was funktioniert. So lautet die einzige Regel in diesem Spiel.« Er verzieht den Mund zu einem schiefen Grinsen, aber mir mißfällt seine Unbekümmertheit. Oder seine miesen Zähne.
»Sie wissen, Artie hat Sie wirklich gern. Er hat sich Sorgen gemacht, als er hörte, daß Sie im Gefängnis sitzen.«
»Ich weiß.«
»Er hat seine Karriere aufs Spiel gesetzt, als er sich als Ihr Anwalt ausgab.«
Er schürzt die authentisch aufgesprungenen Lippen. »Kümmern Sie sich nicht um Artie und mich, okay? Ich habe einen Job zu erledigen. Er wird dafür Verständnis haben.«
»Oh, ich begreife. Wahre Supermänner, ihr zwei. Also, was liegt an?«
»Ich bin als Undercover-Agent mit einer Ermittlung beschäftigt, die direkt vom Justizministerium angeordnet wurde. Ich kann Ihnen nicht sämtliche Einzelheiten enthüllen, ich sollte mich nicht einmal persönlich mit Ihnen treffen. Alles, was ich Ihnen sagen kann, ist, daß es um Korruption geht.«
Erneut erfaßt mich eine Welle der Übelkeit. »Korruption?«
»In der Richterschaft.«
Ich denke an das Scheckbuch, das zu Hause gemütlich zwischen meiner Carter-Unterwäsche liegt. Armens Scheckbuch. »Welche Art von Korruption?«
»Bestechung, Verdunkelung.«

O Gott. »Betrifft es einen Bundesrichter am Berufungsgericht? Dann handelt es sich um Amtsanklagen.«

»Es handelt sich auch um Verbrechen, deshalb kann ich keine Rücksicht darauf nehmen, ob Artie seinen Job verliert. Ich brauche Ihre Hilfe, weil ich eindeutige Beweise brauche.«

»Wie wär's mit einem Durchsuchungsbefehl?«

»Dazu fehlt ein hinreichender Tatverdacht. Den habe ich nicht. Noch nicht.« Sein Gesicht wirkt plötzlich angespannt. »Wie spät ist es eigentlich? Ich kann bei diesem Job keine Uhr tragen.«

Ich schiele auf mein Handgelenk. »Genau Mittag.«

»Scheiße. Ich muß ins Asyl, sonst sind die Sandwichs aus, bis ich hinkomme. Wenn Sie früher aus der verdammten Kabine gekommen wären ...«

»Von welcher Art von Beweisen sprechen Sie?« frage ich, aber er ist damit beschäftigt, am Saum seines verlotterten T-Shirts herumzuzupfen, bis er es endlich geschafft hat, daß es unter dem verblichenen WHITE WATER KINGDOM-Sweatshirt heraushängt.

»Sehe ich genügend mitleiderregend aus? Gestern habe ich nur sieben Mäuse eingesackt. Wegen diesem ganzen Mist von wegen uns nicht unterstützen und so.«

»Erzählen Sie mir mehr über diese Ermittlung. Ist Galanter der einzige Verdächtige?«

»Nein, und mehr brauchen Sie nicht zu wissen. Sagen Sie niemandem, daß wir miteinander gesprochen haben. Und geben Sie mir Tom Cruise zurück.« Er setzt seine Regenhaube auf und bindet sie wie eine Babuschka unter dem Kinn zusammen. »Immerhin bin ich Rain Man.«

»Ich hab's begriffen.« Ich reiche ihm die kleine Brieftasche aus Plastik, und er steckt sie in eine in die Falten seiner Hose genähte Tasche. »Und wenn ich Sie anrufen möchte?«

»Das geht nicht. Ich bin obdachlos, erinnern Sie sich?« Er zieht die Hosen über die Hüften und macht Anstalten, den Waschraum zu verlassen. »Ich muß weg. Ich erkläre Ihnen alles später.«

»Glauben Sie, Armen wurde ermordet?«

Sein Gesicht hinter der Pennermaske verändert sich schlagartig. »Warum fragen Sie?«

»Warum antworten Sie nicht?«

»Vielleicht.«

Mein Herz hämmert. »Glauben Sie, es hängt mit Ihrer Ermittlung zusammen?«

»Vielleicht.«

Ich denke an Armen, wie er mit dem Gesicht nach unten auf seinem Schreibtisch liegt. Nahm er wirklich Geld für einen Fall? Es bleiben so viele offene Fragen. Nur eines ist klar. Es tut innerlich weh.

»Mir fehlt er auch«, sagt der Agent, bevor er die Tür der Damentoilette öffnet und hinausschlurft.

15

Nachdem Maddie zum Spielen rausgegangen ist, reicht mir meine Mutter ihren Teller zum Abspülen. Das Kind hat mehr Erbsen übriggelassen, als ich gedacht hatte. Wie wild purzeln die mittlerweile verschrumpelten Dinger auf dem Teller herum. »Reden wir über Dad«, sage ich, während ich den Teller nehme.

»Lieber nicht«, antwortet meine Mutter. Ohne mich eines Blickes zu würdigen, geht sie wieder ins Eßzimmer. Ich schaue ihr nach. Sie gerät etwas aus dem Leim, ihre Figur verliert an Kontur und sieht in dem rosa Jogginganzug aus Acryl unförmig aus. Auf dem Rücken steht BESTE OMA VON ALLEN. Sie hat ihn selbst gekauft.

»Warum nicht?« rufe ich ihr nach.

»Das ist die falsche Zeit im Jahr.«

Wenigstens ist sie gut gelaunt. »Wie meinst du das?« Ich bugsiere Maddies Teller in den Drahtkorb der Spülmaschine. Bernice, die an ihrem inzwischen gewohnten Stammplatz neben der Spülmaschinentür steht, beschnüffelt neugierig den Teller und ist enttäuscht, weil er bereits sauber ist.

»Du bist zu früh dran«, erklärt meine Mutter, die mit meinem schmutzigen Teller voll mit weichem Kartoffelpüree zurückkommt. »Vor Weihnachten kommst du normalerweise nicht mit diesen Fragen.« Ihr Mund lächelt angespannt; Falten gehen wie winzige Narben von ihren Mundwinkeln aus.

»Könnte auch sein, ich bin zu spät dran, hast du es schon mal von dieser Warte aus betrachtet? Ich meine, ist das Glas halb leer oder halb voll?« Ich nehme ihr den Teller ab, sie dreht sich schweigend auf dem Absatz um. »Das hängt nur von der jeweiligen Betrachtungsweise ab, Ma, stimmt's?« Ich sehe zu, wie das Wasser ohne großen Druck von einem pappigen Kartoffelbreiberg abläuft, verstaue den Teller im Gestell und überlasse Bernice die Vollendung der Arbeit.

Meine Mutter kommt zurück, als Bernice gerade geräuschvoll den Teller leerschlabbert. »Das darfst du dem Hund nicht erlauben, Grace! Es ist unhygienisch. Wir essen von diesen Tellern. Sch, sch!« Laut knallt sie ein Glas auf die Küchentheke und schlägt nach Bernice, die verwirrt zurückweicht.

»Ist schon gut, Ma. Das kommt doch alles in die Spülmaschine.«

»Das sind noch nicht mal billige Teller, das sind teure. Das ist ungesund. Denk mal an die Bazillen.«

»Das heiße Wasser tötet die Bazillen ab.«

Ihr Gesicht verfinstert sich. Sie starrt Bernice, die sich arglos die Schnauze leckt, grimmig an. »Wenn ich an deinem Tisch sitze, möchte ich mich nicht fragen müssen, ob ich gerade von einem Hundeteller esse.«

»Ihr Futter bekommt sie ja nicht vom Teller.«

»Das ist doch gehupft wie gesprungen. Du kannst von Glück sagen, daß meine Mutter das nicht sieht. Weißt du, was sie tun würde? Sie würde dir den Hundenapf auf deinen Platz am Tisch stellen.«

Sie spricht sonst nie über ihre Kindheit. »Das würde deine Mutter tun?«

»Darauf kannst du dich verlassen. Meine Mutter war boshaft. Sie würde es dir auf diese Weise klarmachen. Wenn dein Teller gut genug ist, um das Tier darauf zu füttern, dann darf es dir auch nichts ausmachen, aus dem Hundenapf zu essen. Glaub mir, Grace, sie würde das tun.« Kopfschüttelnd geht sie wieder ins Eßzimmer. »Es ist so gewöhnlich.«

Ich könnte sie daran erinnern, daß wir gewöhnlich sind, daß sie Nägel manikürt hat, um uns durchzubringen, aber diese Epoche ist längst zu einer geschönten Familienlegende aufbereitet worden; sie erzählt den Leuten, sie hätte in der Schönheitsbranche gearbeitet, was immer das sein mag. »Ist der Tisch abgeräumt, Ma?« Bernice trottet wieder zur Spülmaschine, aber ich scheuche sie weg.

»Noch ein Teller.« Sie kommt zurück und reicht mir ihren eigenen. Diesen Teller braucht man nicht vorzuspülen; kein Mensch käme auf die Idee, daß jemand davon gegessen hat.

»Erzähl mir von meinem Vater.«

Ein zynisches Lächeln löst die Mißbilligung auf ihrem Gesicht ab. »Was willst du wissen? Er hatte dunkle Haare, die er glatt nach hinten gekämmt trug. Er war Sizilianer, also hätte er genausogut schwarz sein können. Er war jünger als ich, also hätte ich es wissen müssen. Ende der Geschichte.«

»Hat er dir je gefehlt?«

Das schwache Lächeln löst sich in Nichts auf. »Nein.«

»Warst du je glücklich?«

»Nein.«

»Nicht einmal, bevor er angefangen hat zu trinken?«

»Er hat immer getrunken. Er trank von Anfang an.«

»Dann sag mir ...«

»Da gibt es nichts zu sagen.«

»Erzähl mir von seiner Trinkerei. Ich kann mich kaum daran erinnern.«

»Schön. Das ist auch besser so.« Sie macht eine Kehrtwendung und marschiert aus der Küche. Als sie mit einem Glas zurückkommt, nehme ich all meinen Mut zusammen.

»Ich kann mich erinnern, daß er Crown Royal trank.«

Ihr Gesicht rötet sich, aber ihre Miene bleibt unbeweglich. »Er trank alles. Bier. Wein. Whiskey. Hustensaft.« Sie schiebt eine metallisch gefärbte Locke zurück. »Du weißt das alles. Warum müssen wir wieder und wieder darüber reden?«

»Mir ist was im Zusammenhang mit Crown Royal eingefallen. Es gab ihn in einem purpurroten Beutel mit goldenen Buchstaben.«

Ihre Augenlider flattern. »Das ist heute noch so. Du weißt das, weil das heute so ist, nicht von früher.«

»Er gab mir die Beutel als Handtaschen«, fahre ich fort. Der Satz kommt mir wie von selbst über die Lippen, eine Erinnerung, die mich schlagartig überfällt. Nie zuvor habe ich daran gedacht. »Wenn ich feine Dame gespielt habe.« Auf Bestätigung hoffend, sehe ich sie scharf an, aber in ihrem Gesicht regt sich nichts. »Erinnerst du dich?«

»Nein.«

»An diese Beutel? Mit der Goldborte an der Seite?«

»Nein.«

»Da war eine Zugschnur dran.«

Sie wendet sich zum Gehen, aber ich ergreife ihren Arm. Mein Griff fällt härter aus als beabsichtigt, und sie dreht sich kurz um. In diesem Bruchteil einer Sekunde erhasche ich einen flüchtigen Ausdruck auf ihrem Gesicht. Diesen Ausdruck kenne ich: Angst. Sie hat Angst, ich würde sie schlagen. Plötzlich begreife ich.

»Hat er dich geschlagen, Mom?« frage ich entsetzt. Empört.

»Warum tust du das?« Ihre Stirn legt sich in ängstliche Falten. Sie versucht, mir ihren Arm zu entziehen, aber beinahe gegen meinen Willen halte ich sie noch fester.

»Ich muß es wissen. Hat er dich geschlagen?«

»Das ist *meine Sache.*« Sie entreißt mir ihren Arm und weicht unsicher vor mir zurück Richtung Kühlschranktür. Hinter ihr hängen in einem wilden Durcheinander mit Buntstiften gemalte Regenbogen und Sonnen mit lächelnden Gesichtern. Maddies Zeichnungen. »*Meine* Sache.«

»Es ist auch meine Sache!«

»Nein, ist es nicht.«

»Mom, das ist keine Schande. Es ist nicht deine Schuld.«

»Das geht dich alles gar nichts an.«

»Ich weiß, er hat uns verlassen, aber ich wußte nie warum. Ist das der Grund? Hast du ihn rausgeworfen, weil er dich geschlagen hat? Ich gebe dir nicht die Schuld, ich will es nur wissen.«

»Hör auf! Hör sofort auf!« Sie hält ihre rotgeäderte Hand hoch, über deren Ballen sich Falten krümmen, die an die Zinken eines Handrechens erinnern. Jahrelang Nikotin, lautete der Kommentar ihres Arztes.

»Ma ...«

»Laß mich in Ruhe!« Sie eilt hinaus, aber fast in Panik folge ich ihr. Um es wiedergutzumachen, um es noch schlimmer zu machen, ich weiß es nicht.

»Ma, ich habe mich doch nur gefragt ...«

Sie wirbelt herum und ihr gekrümmter Zeigefinger bringt mich zum Schweigen. Noch nie habe ich sie so gesehen. Zum ersten Mal ist ihr Gesicht schmerzgepeinigt, sie ringt um Fassung. »Hör auf. Was passiert ist, ist passiert. Immer wieder darauf herumzureiten, ist nicht gut für mich, ist für keinen gut.«

»Hat er *mich* auch geschlagen, Ma?«

»Wovon redest du?«

»Gestern ist im Büro etwas vorgefallen, dadurch kehrte die Erinnerung zurück.«

Ihre Brust unter dem albernen Sweatshirt hebt und senkt sich so schwer wie die eines Boxers. »Grace Deasey ...«

»Grace Deasey *Rossi*, Mom. Ich hatte einen Vater, und ich möchte wissen, was er mir angetan hat. Das *ist* meine Sache.«

Sie schnappt sich ihre Tasche vom Stuhl und rennt fast zur Vordertür. »Du bist nicht bei Verstand. Und du bringst mich noch um den meinen, wenn ich es zulasse. Aber ich werde es nicht zulassen.«

»Ma ...«

»Nein«, sagt sie nur und geht hinaus.

BESTE OMA VON ALLEN blitzt es mich an, als die Tür hinter ihr zuschlägt.

16

»Da müssen wir durch«, sagt Eletha grimmig, als wir an der Mauer der äußeren Eingangshalle des Gerichtsgebäudes auf die erste Welle der Reporter treffen.

»Grace! Grace Rossi!« ruft einer.

Entgeistert drehe ich mich nach der Stimme um. Es ist der Reporter von gestern. Er trägt noch immer das gleiche Sportsakko, aber die Stoppeln in seinem Gesicht haben sich vervielfältigt. »Erinnern Sie sich an meine Worte, Ms. Rossi?«

»Für welchen Richter arbeitet sie?« fragt eine Reporterin. Er ignoriert sie, und sie wendet sich an mich: »Für wen arbeiten Sie, Ms. Rossi? Geben Sie einen Kommentar zum Fall Hightower ab? Warum dauert es so lange, bis wir das Protokoll der Verhandlung bekommen?«

»Verdammte Scheiße«, höre ich Eletha neben mir murmeln.

Ich dränge vorwärts, will weg von den Reportern, aber die Menge, die zur Mittagszeit aus dem Gerichtsgebäude wogt, schiebt sich nur grüppchenweise durch die engen Türen nach draußen.

»Los, Ms. Rossi!« ruft Faber. »Reden Sie mit mir? Na, kommen Sie. Geben Sie mir mal eine Chance.«

Drei weitere Reporter drehen ihre Köpfe in meine Richtung. Ich spüre Elethas Hand auf meinem Unterarm.

»Für wen arbeiten Sie? Richter Meyerson? Richter Redd?« schreit die Frau mir zu. »Ich finde es heraus, das wissen Sie.«

»Kein Kommentar«, entgegne ich.

»Ah«, sagt die Frau, »sagen Sie mir nur, für wen Sie arbeiten. Es ist Simmons, richtig? Ist er es? Simmons?«

Ich spüre, wie sich Elethas Krallen in meinen Arm bohren; sie scheint recht mitgenommen. Ich drängle weiter, reihe mich dann aber ordentlich ein. Zum erstenmal in meinem Leben verhalte ich mich wie ein wohlerzogenes Mädchen. Es funktioniert. Mit der vorwärtsdrängenden Menge quetschen Eletha und ich uns durch die Tür und befinden uns sogleich in dem vor dem Gerichtsgebäude herrschenden Gewühl.

»Alles in Ordnung?« frage ich Eletha, aber sie kann mich nicht verstehen, die Sprechchöre der Hightower-Demonstranten zu unserer Linken übertönen mich. *»Keine Gerechtigkeit, kein Frieden!«* rufen sie. Auf ihren Schildern steht:

TODESSTRAFE = VÖLKERMORD AN AFRO-AMERIKANERN!
TODESSTRAFE ABSCHAFFEN! DAS OBERSTE BUNDESGERICHT
GIBT ZU: »KEINE GLEICHBEHANDLUNG DER RASSEN!«

»Machen wir, daß wir hier wegkommen«, sagt Eletha atemlos.

»Ich versuch's ja, Eletha.« Auf einem Schild ist das Foto eines schwarzen Teenagers mit glatter, makelloser Haut und einem schüchternen Lächeln zu sehen. Er trägt ein rotes Foottballtrikot. Hightower. Die Sprechchöre dröhnen in meinem Kopf.

In vorderster Linie der stetig größer werdenden Hightower-Anhängerschaft stehen ein prominenter schwarzer Stadtrat und Angehörige der schwarzen Geistlichkeit. Eine ältere schwarze Frau neben einem der Geistlichen erregt meine Aufmerksamkeit; sie ist stämmig, strahlt aber in ihrem altmodischen Baumwollkleid Würde aus. Sie wirkt wie das Auge im Zentrum eines Medienhurrikans. Ich kenne sie aus dem Fernsehen: Hightowers Mutter, Mrs. Stevens.

»Überrascht Sie die große Unterstützung für Ihren Sohn?« fragt sie ein Reporter und rammt ihr ein Mikrophon mit einem Gummikopf vor das Gesicht.

Mrs. Stevens scheint erschrocken, aber der schwarze Stadtrat beugt sich sofort zum Mikrophon und versperrt die Sicht auf sie. »Aus Protest gegen die Todesstrafe halten wir rund um die Uhr eine Mahnwache ab. Wir weisen darauf hin, daß in diesem Land immer rassistisch geurteilt wurde«, sagt der Stadtrat. »Die Baldus-Studie zeigt, daß Afro-Amerikaner mit größerer Wahrscheinlichkeit als Weiße mit der Todesstrafe rechnen müssen.«

»Los weiter, Grace«, drängt Eletha.

»Okay, okay.« Ich schiebe mich an dem Mann vor mir vorbei und stehe plötzlich Auge in Auge mit Mr. Gilpin, der mir den Weg versperrt. Sogar inmitten des Tumults lächelt er mir entspannt zu.

»Oh, hallo, Sie, meine Liebe.« Seine Stimme ist laut genug, um den Lärm zu übertönen. »Ist diese reizende Dame eine Freundin von Ihnen?«

Ein großer Schwarzer mit einer riesigen Baseballmütze, hinter dem der Fernsehreporter und der schwarze Stadtrat stehen, schreit aufgebracht über Gilpins Schulter. Aber Gilpin verhält sich, als ginge ihn das alles nichts an, als handele es sich lediglich um eine kleine Meinungsverschiedenheit über einen Vorstadtgartenzaun hinweg und nicht um einen beginnenden Rassenkampf.

»Mr. Gilpin, das ist Eletha Staples«, stelle ich vor.

Zögernd streckt Eletha die Hand aus. »Hallo, Mr. Gilpin.«

»Sagen Sie Bill zu mir, Eletha. Geht ihr Mädels zum Mittagessen?«

»Keine Gerechtigkeit, kein Frieden!« dröhnt eine klare Stimme hinter ihm. Die Menge gerät in Bewegung und stößt mich beiseite.

»Wir gehen jetzt besser, wir stehen im Weg«, sage ich. Ich quetsche mich weiter durch, aber Eletha ist hoffnungslos zwischen einem Hightower-Demonstranten und einem Fernsehtechniker eingekeilt.

Gilpin packt sie am Arm und befreit sie mit Leichtigkeit. »Ist Ihnen etwas passiert?« erkundigt er sich.

»Bringen Sie mich hier raus, bitte. Ich hasse Menschenansammlungen.« Sie legt eine Hand auf die Brust und atmet ein und aus.

Ich habe Angst, sie könnte hyperventilieren, und auch Gilpin muß das befürchtet haben, denn blitzschnell packt er uns an den Ellenbogen und stürmt mit uns durch den Mob. Am Straßenrand stellt er uns ab und streicht sich eine pomadisierte Haarsträhne aus dem Gesicht. »Ich habe in der High-School Football gespielt«, erklärt er.

Eletha zieht ein Taschentuch aus dem Ärmel ihres Pullovers und betupft sich damit die Stirn. »Vielen, vielen Dank.«

Traurig gleiten Gilpins Augen über die Menge. »Wir haben damit angefangen, ich weiß. Aber es wird bald vorbei sein.«

Da dämmert es mir. Die politische Einstellung der neuen Richter, die über den Fall Hightower entscheiden, steht in allen Zeitungen; Galanter und Foudy sind keine heimlichen Konservativen. Gilpin muß klar sein, daß Hightower dabei ist zu verlieren und daß er den Mord an seinen Töchtern bald gerächt sehen wird. Ich frage mich, ob Gilpin über Armens Tod froh ist. Schlagartig ist er mir weniger sympathisch. »Wir gehen jetzt besser«, sage ich rasch.

Er nickt. »Selbstverständlich.«

»Nochmals vielen Dank«, sagt Eletha, die sich etwas erholt hat.

Wir überqueren die Market Street, und die Sprechchöre verlieren sich im Lärm des Mittagsverkehrs. Erst jetzt fällt mir Elethas beharrliches Schweigen auf. Sie rauscht wie eine Lokomotive auf Schienen den Gehweg entlang. Ich verkrampfe mich, denn ich habe das Gefühl, als wäre zwischen uns ein Vorhang gefallen: Weiß auf der einen, Schwarz auf der anderen Seite. Nebeneinander stehen wir an der Ecke Sixth und Chestnut, und sie schielt zur Ampel hinauf. Ein Mann, Typ Angestellter, taxiert erst sie gründlich, dann starrt er ungeniert auf meine Brüste. Meine aufgestaute Spannung macht sich Luft. »Es ist ein B-Körbchen, okay?« gifte ich ihn an. »Noch weitere Fragen?«

Der Mann hastet an uns vorbei, und Eletha bricht in verblüfftes Gelächter aus. »Das faß ich nicht. Das hast du nicht wirklich gesagt!«

»Ich kann's auch kaum glauben. War ein tolles Gefühl. Absolut toll.« Ich lache. Plötzlich ist mir leicht ums Herz. »Das habe ich mir schon mein Leben lang gewünscht.«

»Ich auch.«

Ich sehe ihr in die Augen. »Bist du sauer auf mich, meine Liebe?«

Immer noch lächelnd, schüttelt sie den Kopf. »Ich komme darüber hinweg.« Die Ampel schaltet um auf Grün, und wir überqueren die Chestnut.

»Es ist nicht meine Schuld, daß ich weiß bin.«

Wieder lacht sie. »Darum geht es nicht. Ich kann nur nicht glauben, daß du dich mit Gilpin einläßt. So dumm wirst du doch nicht sein.«

»Ich lasse mich nicht mit ihm ein. Er hat mich neulich angesprochen.«

»Du hättest weitergehen sollen.«

»Ich konnte ihn doch nicht einfach stehenlassen, er ist auch ein Mensch.«

Sie hebt eine Hand. »Ich will nicht wissen, daß er auch ein Mensch ist, ich will nicht wissen, daß Hightower auch ein Mensch ist. Das sind Namen in einer Akte, keine Menschen. Wenn du anfängst sie als Menschen zu betrachten, bist du nicht mehr fähig, deine Arbeit zu machen. Du weißt doch, was mit Armen passiert ist.«

»Was?« Vor Meyer's Deli, dem einzigen Ort, wo sie etwas ißt, bleiben wir stehen; Eletha ist keine Jüdin, aber sie hält sich praktisch an die koscheren Regeln. »Was willst du damit sagen, mit dieser Bemerkung über Armen?«

Argwöhnisch mustert sie die vielen Menschen, die sich zur Mittagspause in den Straßen drängen. »Reden wir drinnen weiter, ja?«

Wir betreten das lärmerfüllte Deli mit dem altmodischen, mit achteckigen Fliesen belegten Boden und dem gehämmerten Blechdach. Meyer's ist immer überfüllt, aber die Warteschlange kommt rasch voran, weil jeder sein Essen hinunterschlingt; die Kundschaft besteht fast ausschließlich aus hyperaktiven Prozeßanwälten. Die Platzanweiserin nähert sich uns an der Tür und hetzt mit uns zu einer orangefarbenen Plastiksitzgruppe an der Wand. Wie aus dem Nichts taucht unsere Kellnerin, Marlene, an unserem Tisch auf. »Sie nehmen Thunfisch?« sagt sie zu mir und schreibt bereits Nr. 12 auf ihren Block.

»Nur wenn Sie ›Schätzchen‹ zu mir sagen«, erwidere ich. »Ich möchte, daß jemand ›Schätzchen‹ zu mir sagt, und nicht nur wegen meines Körpers.«

Eletha lächelt. »Tun Sie, was sie sagt, Mar. Sie hat auf der Straße bereits einen Mann angegriffen.«

»Okay, Schätzchen«, sagt Marlene ohne jede Fröhlichkeit. Sie reißt den Essensbeleg ab und legt ihn mit der Oberseite nach unten auf den Tisch, als befänden wir uns im Ritz-Carlton. »Sie nehmen Weißfisch auf Bagel, Eletha?« Sie kritzelt bereits auf ihren Bestellblock.

»Ja«, bestätigt Eletha.

»Was ist los vor dem Gericht, Mädchen?« fragt Marlene. Sie trennt Elethas Beleg vom Block und knallt ihn mit der Oberseite nach unten auf den Tisch. »Wird dieser Junge umgebracht?«

Großer Gott. »Kein Kommentar von uns«, antworte ich.

Mit finsterem Gesicht schiebt Marlene den Kugelschreiber in ihre Schürzentasche. »Mir wird von der ganzen Sache sowieso übel«, sagt sie und verschwindet.

Eletha beugt sich vor. »Also. Ich habe über das nachgedacht, was du über Armen gesagt hast. Daß er ermordet wurde.«

»Was?«

»Akzeptiere einfach, daß er tot ist, Grace. Das ist schwer genug. Alles andere ist Zeitverschwendung.«

»Ich verstehe nicht. Glaubst du nicht, daß er ermordet wurde?«

»Ich bin nicht so sicher.«

Jetzt verstehe ich gar nichts mehr. »Seit wann das denn? Gestern hast du das noch nicht gesagt.«

»Ich weiß, was ich gesagt habe. Aber gestern abend wollte ich mich von der Schule abmelden, und da sagte man mir, Armen habe bereits im voraus bezahlt.«

»Wovon redest du? Du gehst zur Schule?«

»Auf die Abendschule, am staatlichen College. Ich habe noch zwei Jahre, und mir stand es bis hier.« Sie zieht mit der Hand einen Strich über ihre Kehle.

Marlene erscheint mit unserem Essen. »Guten Appetit«, bellt sie und verschwindet wieder.

»Eletha, ich hatte keine Ahnung, daß du zur Schule gehst.«

»Ich dachte, Armen hätte es dir gesagt.« Sie nimmt eine Bagelhälfte und häuft Weißfischsalat darauf.

»Hat er nicht, aber warum hast du es mir nicht gesagt?«

»Es ist ein Geheimnis.« Sie beißt in ihr Sandwich, aber ich bin zu überrascht, ich kann noch nicht essen. »Für den Fall, daß ich durchraßle.«

»Du rasselst nicht durch.«

»Kann man nie wissen. Die ganze verdammte Sache war Armens Idee. Jetzt ist er tot.«

»Aber ich halte das für eine tolle Sache, Eletha.«

»Du mußt es ja nicht machen, Mädchen. Drei Abende in der Woche komme ich erst um elf Uhr heim. Ich muß zwei Busse nehmen, dann in die U-Bahn umsteigen. Malcolm liegt bereits im Bett, ich sehe ihn nicht einmal mehr. Wenn ich Glück habe, bleibt mir noch eine Stunde, um mit Leon zu streiten. Ich habe mir ausgemalt, wenn ich den Abschluß schaffe, könnte ich vielleicht weitermachen und aufs College gehen. Und dann, wer weiß.«

»Vielleicht ein Jurastudium?«

Sie lächelt. »Vielleicht?«

»Klingt großartig. Ich finde es jedenfalls großartig.«

Sie legt ihr Sandwich hin. »Nein, es war ein Hirngespinst. Ich habe nur wegen Armen nicht aufgehört. Er hat mich immer unterstützt, wie auch damals, als ich mit dem Rauchen aufhörte. Der Mann war zu gut. Er bezahlte den Unterricht für die gesamte Dauer der Ausbildung.«

»Aber warum hat er überhaupt bezahlt, wenn ich fragen darf?«

»Ich konnte es mir nicht leisten, deshalb trafen wir eine Vereinbarung. Er leiht mir das Geld, und ich bezahle es in Raten zurück. Als man mir gestern sagte, es sei bereits alles bezahlt, begann ich nachzudenken. Vielleicht *war* es Selbstmord. Vielleicht hat er alles geregelt, damit ich nach seinem Tod nicht aufhören muß.«

Das kann nicht wahr sein. »Vielleicht wollte er nur, daß du dir deswegen keine Sorgen zu machen brauchst.«

Sie schüttelt den Kopf. »Ich möchte trotzdem aufhören.«

»Tu das nicht. Er würde es nicht wollen.«

»Das weiß ich.« Sie beißt in ihr Sandwich.

»El, darf ich dich was fragen?«

Sie nickt mit vollem Mund.

»Über wieviel Geld reden wir eigentlich, was deinen Unterricht anbetrifft?«

»Ein paar tausend pro Semester.«

»Woher könnte Armen das Geld haben?«

»Er hat gut verdient, hundertdreißigtausend im Jahr, und er hat gespart wie der Teufel. Der Mann hat jeden Groschen zweimal umgedreht.«

Das ergibt keinen Sinn. Warum sollte Armen sparen, wenn er über eine halbe Million Dollar besitzt? »Er war sehr sparsam?«

»Und wie. Er war knickerig, das sind sie alle.«

»Wer, sie? Die Richter?«

»Die Armenier. Das hättest du sehen sollen; wenn sie zusammen gegessen haben, durfte ich hinterher die Münzen auf meinem Schreibtisch auseinanderklauben. Wer hatte den Eistee, wer den Wein. Das ist mein Ernst.«

»Das ist rassistisch, El.«

»Ich weiß. Aber es stimmt.« Sie lacht.

»Hatte seine Familie Geld?«

»Nein. Susans Familie, aber seine nicht.«

»Wieviel könnte er gespart haben, was glaubst du?«

»Vielleicht fünfzig- bis sechzigtausend. Er sagte mir, ich solle mir keine Gedanken machen, er würde sich auch um Malcolms College kümmern. Ich machte mir allerdings eine Menge Gedanken, aber ich verdiene nicht genug, um irgendwas zu sparen. Warum?«

Ich senke den Blick auf ein halbaufgegessenes Stück Pickle. »Reine Neugierde.«

Nach dem Mittagessen trennen wir uns, weil Eletha noch eine Besorgung machen muß; sie verspricht mir, durch den Hintereingang ins Gericht zu gehen, weil sich dort keine Demonstranten aufhalten. Als ich vor dem Gericht ankomme, erwäge ich das ebenfalls, denn die Menge ist noch größer geworden. Die Menschen drängen über die Bordsteinkante auf die Straße und schieben sich in die Lücken zwischen den Fernsehübertragungswagen und Streifenwagen. Die Polizei kreist die

Menge ein und versucht vergeblich, sie aus der Market Street herauszuhalten.

Obwohl die Ampel Rot zeigt, gehe ich über die Straße, aber das Rotlicht hat ohnehin nur beratende Funktion, denn die Schaulustigen bringen den Verkehr in beiden Richtungen zum Stillstand. Als ich mich dem Gerichtsgebäude nähere, merke ich, daß etwas im Gange ist. Unvermittelt hören die Sprechchöre auf; der tosende Lärm der Menge wächst. Reporter und Kameraleute rennen zur Tür. Ich beschleunige meine Schritte. Es sieht nach entscheidenden Neuigkeiten aus, vielleicht das Urteil der Richter. Mein Puls beschleunigt sich. Als ich den Rand der Menschenmenge erreiche, halte ich Ausschau nach den tollen orangefarbenen Kegeln, die sonst den Weg zum Gerichtsgebäude markieren, aber die Dinger sind überall verstreut.

»Was geht da vor?« frage ich den neben mir Stehenden, aber jemand schubst mich in die Frau vor mir. Ich drehe mich um, weil ich sehen möchte, wer da drängelt. Da stehen ein Kameramann und ein Anwalt mit einer Tasche.

»Tut mir leid«, sagt der Anwalt, der unter seiner Hornbrille stark schwitzt. »Das war der hinter mir.«

»Nein!« schreit jemand vorne in der Menge. Die Folge ist noch größeres Geschrei und Geschiebe. Der Mob gerät außer Kontrolle. Ich spüre einen spitzen Ellenbogen in meinem Rücken, der mich aus dem Gleichgewicht bringt.

»Die Entscheidung ist da!« ruft jemand; das Gebrüll steigert sich. Schrilles Gekreische ertönt. Als die Menge sich auf die Tür zu schiebt und mich mit sich reißt, steigt Panik in mir auf. Meine Füße berühren kaum noch den Boden.

Plötzlich bekomme ich einen schmerzhaften Schlag auf den Hinterkopf. Ich bin benommen, mir ist schwindlig. Alles verschwimmt vor meinen Augen. Auf der Suche nach irgendeinem Halt schlagen meine Arme hilflos um sich.

Schüsse dröhnen wie entfernte Feuerwerkskörper. Erneutes Schreien und Brüllen erklingt. Es scheint ebenfalls sehr weit weg. Kräftige Hände packen mich von hinten, und eine Stimme flüstert in mein Ohr: »Das ist eine Warnung. Lassen Sie den Richter in Frieden ruhen.«

Die Worte und der Schmerz verschmelzen.
Und gleiten über mich hinweg.

17

Auf einer grünen Plastikcouch in einem mir völlig fremden Zimmer komme ich zu mir. Mein Kopf schmerzt, aber ich kann alle Versammelten deutlich sehen. Da stehen Eletha und die Referendare. Hinter ihnen lungern ein paar Marshals herum. Auch der große mit dem Schnurrbart, Al McLean, der Diensthabende in der Nacht, als Armen umgebracht wurde, mit dem ich hatte sprechen wollen, ist anwesend. Sein mickriger Kumpel, der Gute von den beiden, sitzt schweigend auf einem Stuhl.

»Tantchen Em, Tantchen Em«, sagt Artie, aber niemand lacht.

»He, Baby«, sagt Eletha sanft. Sie setzt sich neben mich auf die Couch.

»Was ist passiert?«

»Du bist mitten in einen Aufruhr geraten, Kindchen. Ich hätte mit dir zurückgehen sollen.«

»Fünfzehn Menschen wurden verletzt«, erläutert Ben über Elethas Schulter hinweg. »Es gab keine Krankenwagen mehr, deshalb sind Sie hier.«

»Wo bin ich?«

»In unserem Aufenthaltsraum«, antwortet McLean, und das erklärt den Geruch nach abgestandenem Zigarettenrauch.

»Ich bin immer noch der Meinung, sie sollte in ein Krankenhaus.« Eletha spricht sehr laut in McLeans Richtung. In nur einer Sekunde kann ich mir bei diesem Tonfall vorstellen, welchen Aufstand sie gemacht haben muß, bevor ich zu mir kam.

»Jemand hatte eine Waffe«, mischt sich Sarah ein. »Zwei Menschen wurden getroffen. Demonstranten.«

Die Schüsse, die ich gehört hatte. »Wie geht es ihnen? Oder sind sie tot?«

»Ich weiß es nicht. Niemand weiß es.«

Da fällt mir die Warnung ein, die ich, kurz bevor ich ohnmächtig wurde, erhielt; eine Gänsehaut überläuft mich. War die Person, die mich warnte, auch der Schütze? »Haben Sie den geschnappt, der geschossen hat?«

»Nein. Es gibt auch keine Verdächtigen. Man weiß nicht, ob es ein Demonstrant oder einfach irgendein Irrer war.«

»Und Hightower, haben die Richter das Urteil bestätigt?«

»Nur Namen in einer Akte, Grace«, erinnert mich Eletha.

Mein Kopf beginnt, dumpf zu hämmern. »Das heißt, Hightower muß sterben.«

»Nicht so schnell«, beschwichtigt Sarah. »Robbins wich in seinem Urteil ab. Es geht weiter an das Oberste Bundesgericht.«

»Finis est.« Bens Stimme trieft vor Befriedigung. »Sie müssen nur noch eine Vene finden.«

»Ben, hör auf«, braust Sarah auf.

Eletha hilft mir, mich aufzusetzen. »Du solltest einen Arzt konsultieren, Schätzchen.«

Sarah, die hinter ihr steht, fährt Ben an: »Sei doch nicht so verdammt großspurig. Ich fand nicht, daß es eine so tolle Stellungnahme war. Galanter verwarf den Punkt mit der Unfähigkeit des Anwalts. Nichts, was Hightowers Anwalt zu der Jury sagte, hätte gegen diese Fehleinschätzung ...«

»Bitte, ihr zwei!« mahnt Eletha und dreht sich halb zu den beiden um. »Grace ist verletzt, und euch fällt nichts Besseres ein, als zu streiten!«

Ich drücke ihren Arm, um sie beruhigen. »Mir geht's gut, El. Ich hab nur einen Schlag abbekommen, das ist alles.« Mit den Fingerspitzen wühle ich in meinen Haaren nach dem Osterei auf der rechten Kopfseite. *Lassen Sie den Richter in Frieden ruhen.* Ich muß auf der richtigen Spur sein, wenn jemand meinetwegen unruhig wird. Aber wer? Ich erkannte die Stimme nicht. Sie klang wie die eines Mannes, aber genausogut könnte es eine leise sprechende Frau gewesen sein.

»Du könntest eine Gehirnerschütterung haben«, meint Eletha besorgt.

»Mir geht's prima.« Ich bemühe mich, aufrecht zu sitzen.

»Ich sagte Ihnen ja, sie muß nicht ins Krankenhaus«, wirft McLean ein. Der Gute beobachtet das Geschehen schweigend von seinem Stuhl aus.

»Du solltest nicht aufrecht sitzen«, schimpft Eletha.

»Gut. Dann stehe ich eben.« Ich stehe auf, damit sie endlich aufhört, sich Sorgen zu machen. Eine Minute lang dreht sich das Zimmer um mich, und Artie muß mich mit seinem starken Arm stützen.

»Grace!« schreit Eletha auf.

»Eletha, bitte. Du verursachst mir Kopfschmerzen.« Ich halte mir die Ohren zu, und Artie lacht.

»Sie ist in Ordnung, El«, beruhigt er sie. »Ich halte sie.«

»Da draußen hat mich jemand gewarnt«, sage ich leicht benebelt.

»Was wollen Sie damit sagen?« fragt Artie.

Ich bremse mich; ich sollte den Mund halten, im Moment jedenfalls. »Ich dachte, ich hätte gehört, wie mich jemand warnt und sagt, ich solle vorsichtig sein. Wahrscheinlich wegen der Menge.«

»Haben Sie ihn gesehen?«

»Nein.« Ich schüttle den Kopf. Es fällt mir nicht schwer, die Benebelte zu spielen. »Wahrscheinlich war gar nichts.«

Eletha greift nach meinem anderen Arm. »Du solltest ins Krankenhaus. Du siehst ganz weiß aus.«

»Ich bin weiß.«

»Hervorragend!« Artie lacht. Es gelingt mir, Eletha davon zu überzeugen, daß ich noch mal mit dem Leben davonkomme, wenn sie mich aus dem Aufenthaltsraum der Marshals herausbringt. Ich fühle mich von Haus aus nicht recht wohl in Gegenwart von McLean und dem Guten.

Die Eingangshalle des Gerichts ist fast leer. Alles ist wie vor dem Hightower-Fall. Keine Reporter und keine Provinzler in Sicht, nur eine Handvoll Anwälte und Zeugen unter den wachsamen Augen eines Großaufgebots an Marshals. »Wo sind denn alle die Reporter?« frage ich, während wir durch die Halle gehen.

»Man ließ das Gebäude räumen«, antwortet Ben.

»Das hat sie inzwischen mitbekommen, Mann, deshalb fragt sie ja«, entgegnet Artie. »Der Bürgermeister hat eine einstweilige Verfügung beantragt. Um die Presse draußen vom Gerichtsgebäude fernzuhalten. Das Justizministerium stellte den Antrag auch für das Innere des Gebäudes.«

»Damit kommen sie nicht durch«, meint Sarah.

»O doch«, widerspricht Ben. »Das fällt unter den Schutz der Öffentlichkeit gegen Übergriffe von einzelnen. Sie kriegen die Verfügung wegen der Schießereien.«

Vor den Aufzügen schicken uns die Sicherheitsleute durch die Metalldetektoren, obwohl ihnen Eletha dafür lautstark den Tod an den Hals wünscht. Oder vielleicht gerade deshalb. »Alles in Ordnung?« erkundigt sich Ray, als ich auf der anderen Seite wieder auftauche.

»Sicher. Danke.«

»Gut.« Er wirkt erleichtert. Immerhin erleichtert genug, um Eletha zuzuwinken.

Schweigend fahren wir im Fahrstuhl nach oben. Die Referendare scheinen nervös zu sein, und mich schüchtert die über mir schwebende Gefahr gehörig ein. Es wurde auf Menschen geschossen; das kann, muß aber nicht mit der Warnung zusammenhängen. Aber die Warnung war real; sie kam von einem Mörder, vielleicht von Armens Mörder.

»Du gehst besser nach Hause, wenn du schon nicht in ein Krankenhaus willst«, rät Eletha, als wir aus dem Aufzug treten.

»Vielleicht tue ich das wirklich«, antworte ich. Ben hat zuerst seinen Schlüssel zur Hand und schließt die äußere Tür auf.

Eletha nimmt meinen Arm, und gemeinsam marschieren wir den Flur hinunter. »Als erstes tun wir etwas Eis auf die Beule. Das hat die Krankenschwester gesagt«, erklärt sie. Wir stoßen die Tür zu den Amtsräumen auf und verharren abrupt, denn mitten im Zimmer steht Senator Susan Waterman.

Ich blinzle einmal, zweimal. Sie steht immer noch da.

Bernice, der Hund, der meinen Kombi gefahren hat, ist mir untreu und steht neben ihr.

»Was machen Sie hier?« ruft Sarah und stößt einen Freudenschrei aus, der schmerzlich in meinem Schädel dröhnt. Sie eilt auf Susan zu und umarmt sie herzlich. »Ich dachte, Sie wären in Bosnien!«

»Ich habe die Reise verschoben. Wir fahren heute abend.«

Ben strafft seine Krawatte. »Senator Waterman.« Steif streckt er die Hand aus. »Ich möchte Ihnen mein Beileid aussprechen.«

Susan befreit sich aus dem Clinch mit Sarah. »Vielen Dank. Freut mich, Sie endlich kennenzulernen«, sagt sie zu Ben und schüttelt seine Hand so heftig, daß ihre silbernen Armreifen klirren. Im Bann der diese Frau umgebenden Aura der Macht scheint Ben einen Moment lang zu vergessen, daß er Republikaner ist. Trotz der lässigen Art, mit der sie damit umgeht, ist diese Aura unbestreitbar vorhanden. »Mein Mann hat viel von Ihnen erzählt, Jim.«

Ben zieht seine Hand zurück. »Ich bin Ben. Ben Safer, Senator.«

Ihre klaren blauen Augen richten sich auf Artie. Die winzigen Falten, die wie Klammern ihre Mundwinkel umrahmen, vertiefen sich zu einem Lächeln. »Dann müssen *Sie* Jim sein«, meint sie, kaum merklich aus dem Gleichgewicht gebracht.

»Artie Weiss, Senator. Tut mir leid, das mit Armen.« Er bringt es kaum heraus; er leidet immer noch sehr.

»Großer Gott, zwei zu null gegen mich.« Sie lacht kurz auf. »Warten Sie, ich weiß. Sie sind der Basketballer.«

»Stimmt. Ich glaube, einer der Referendare, die letztes Jahr hier waren, hieß Jim«, sagt Artie verlegen.

»Natürlich.« Sie schüttelt seine Hand, anschließend wendet sie sich Eletha zu. »Sie sehen wundervoll aus, Eletha. Wie geht es Ihnen?« Sie hält ihr die Hand hin.

Sichtlich alles andere als überwältigt, ergreift Eletha die Hand. Sie beschwerte sich den ganzen Vormittag über die Anordnungen für die Beerdigung oder vielmehr über die nicht vorhandenen.

»Gut«, antwortet sie spitz. »Wie war die Beerdigung?«

Kurz zeigt sich Schmerz auf Susans Gesicht; das erste Anzeichen von Trauer, das ich seither sehe. »Wunderschön. Tut mir leid, daß Sie nicht dabeisein konnten, El.« Ihr Blick, direkt und fest, fällt auf mich. »Sie müssen Grace sein. Mein Mann sprach ständig von Ihnen.«

Da könnte ich wetten. Hast du ihn deshalb umgebracht? »Ich möchte Ihnen mein Beileid ...«

»Vielen Dank.« Sie quetscht meine Hand; ich drücke dagegen, so fest ich kann. Damit haben wir beide unsere Männlichkeit unter Beweis gestellt. »Und danke, daß Sie Bernice adoptiert haben. Es hat mich so überrascht, sie hier zu sehen, daß ich im Tierasyl angerufen habe, dort sagte man mir Bescheid. Ich konnte sie auf keinen Fall behalten, bei meinem Terminkalender.«

Na klar. »Ihr gefällt es bei mir.«

»Grace hat in dem Tumult da draußen etwas abgekriegt«, erklärt Eletha. »Einen Schlag auf den Kopf. Ich sage schon dauernd zu ihr, sie soll nach Hause gehen.«

»Aber unter allen Umständen. Ich borge Ihnen Michael, er soll Sie in ein Taxi setzen.« Sie fuchtelt hinüber zu dem hochgewachsenen Berater mit der teuren Brille, der neben Elethas Schreibtisch steht. Er ist mir schon bei der Trauerfeier aufgefallen.

»Mir fehlt nichts, wirklich nicht.«

»Unsinn.« Sie führt mich zu Elethas Stuhl und läßt mich vor dem Monitor niederplumpsen. »El, würden Sie uns bitte etwas Eis für die Beule besorgen?«

»Ich war gerade dabei.«

Bernice trottet zu mir und schiebt ihre Schnauze unter meine Hand. Sie versucht, ihre Wankelmütigkeit wiedergutzumachen, und rollt die braunen Augen, als seien es Murmeln. »Guter Hund«, sage ich, lasse mich erweichen und tätschele ihren Kopf.

Eletha kommt mit etwas Eis zurück, das sie in ein Papierhandtuch gewickelt hat, und reicht das Päckchen Susan, die es so drohend schwingt wie Schwester Ratchett. »Wo ist die Beule?« erkundigt sich Susan.

»Am Hinterkopf.«

»Wissen Sie noch, damals, als Malcolm vom Fahrrad gestürzt ist, Eletha?« fragt Susan. Mit ihrer großen Hand tastet sie meinen Kopf ab und drückt mir das Eis auf den Schädel – nicht unbedingt so sanft wie eine Mutter. »Er mußte genäht werden, stimmt's?«

»Mit zwölf Stichen.«

»Zwölf Stiche, können Sie sich das vorstellen? Der arme Junge. Er war vier, stimmt's?«

»Fünf«, berichtigt Eletha.

»Ich glaube, das ist jetzt genug Eis«, wage ich einzuwenden.

»Seien Sie still«, antwortet sie nur. Am liebsten hätte ich ihr eine runtergehauen.

»Haben Sie gehört, was draußen passiert ist?« fragt Sarah. »Von den beiden Schießereien? Sie waren nicht draußen, oder doch?«

»Natürlich nicht.« Susan spricht über meinen Kopf hinweg. »Ich war hier oben und habe auf Sie gewartet.«

»Ich wußte ja nicht, daß Sie kommen.«

»Ich hätte anrufen sollen, aber ich war unterwegs, und die Fahrt war eine einzige Katastrophe. Ich bin hier, weil ich ein paar Kartons mitnehmen möchte. Sind das alle Kartons, Eletha, die da im Büro stehen?«

»Zum größten Teil. Ich habe noch nicht alle Akten zusammengepackt.«

»Ich suchte nach ein paar älteren Sachen, ein paar von seinen persönlichen Sachen, aber ich konnte sie nicht finden.«

»Was für Sachen?« fragt Eletha. »Die persönlichen Sachen sind immer noch im Schrank.«

Ich denke an das Scheckbuch; ich fand es im Schrank. Sucht Susan danach?

»Ich habe nachgesehen, aber da befanden sich nur Unterlagen von der Universität«, erwidert Susan.

»Ich glaube, jetzt reicht es wirklich mit dem Eis, Susan.« Ich nehme ihre Hand und schiebe sie weg. »Was genau suchen Sie denn? Vielleicht habe ich es gesehen.« Ich lasse ihr Gesicht nicht aus den Augen.

Gelinde überrascht sieht sie auf mich herab. »O ja, natürlich, vielleicht. Nach Andenken hauptsächlich. Fotos von unserer Hochzeitsreise, solchen Sachen. Unersetzliche, persönliche Dinge. Die haben Sie vermutlich nicht gesehen.«

Soll das eine verschlüsselte Anspielung sein? »Nein, unersetzliche Dinge habe ich nicht gesehen. Auch nichts Persönliches.«

Sie beugt sich wieder mit den eingewickelten Eiswürfeln über mich. »Noch etwas Eis?« Wir wissen schon, wie wir dich zum Sprechen bringen.

»Nein, danke.« Ich nehme ihr das Eis aus der Hand und werfe das Päckchen in den Papierkorb. Unsicher stehe ich auf. Über meine Schulter hinweg spüre ich die lauernde Gegenwart ihres Beraters. Hat er mir den Schlag verpaßt? Ich wüßte gerne, wie sich seine Stimme anhört.

»Sind Sie sicher, daß Sie stehen können?« fragt Susan.

Junge, ist die gut. Ich weiß nicht, ob sich unter ihrer aalglatten Oberfläche Bösartigkeit verbirgt oder nur seelenlose, routinierte Anpassungsfähigkeit. »Bestimmt. Danke.«

»Nun, ich mache mich besser fertig. Ich gebe vor meiner Abreise noch eine Pressekonferenz.«

»Eine Pressekonferenz?« Sarah scheint erstaunt.

»Bedenken Sie doch, was alles passiert ist, seit ich in der Stadt bin. Anschließend machen wir uns auf den Weg. In zwei Stunden, stimmt's, Michael.«

Der Berater blickt auf seine Rolex und nickt. Anscheinend ist er stumm, zumindest in meiner Gegenwart. Ich muß seine Stimme hören, also sage ich: »Sie kommen mir bekannt vor, Michael. Waren Sie auf dem Penn?«

Er schüttelt den Kopf, schweigt aber hartnäckig. Ein Mann, der nicht viele Worte macht.

»Wo haben Sie denn studiert?«

»Brown«, antwortet er einsilbig. Zu einsilbig, als daß ich seine Stimme richtig hören könnte.

»Woher kommen Sie? Vielleicht kenne ich Sie von dort?«

»Maine.«

»Oh? Von wo in Maine? Mein Exmann war im Sommer immer besonders gern in Blue Hill.«

»Bath.«

Das reicht immer noch nicht. »Oh. Wie lautet denn Ihr Nachname? Wirklich, Sie sehen jemandem so ähnlich ...«

»Robb.«

Eletha bedenkt mich mit einem komischen Blick, und ich gebe auf; mir sind die Fragen ausgegangen und Michael die Silben.

»Wahrscheinlich habe ich Sie mit jemandem verwechselt.«

»Wahrscheinlich.« Susan lächelt leicht.

18

Bernice hat ihr Kinn auf das Törchen gelegt und späht darüber wie Kilroy über den Zaun. Meine Mutter schiebt den Eisbeutel auf meinem Kopf hin und her. »Wie ist das?« erkundigt sie sich.

»Ma, willst du wohl aufhören? Mir fehlt nichts.«

»Und ob dir was fehlt«, sagt sie fast zischend. Ihr Atem riecht nach einer Mischung aus Gebißreiniger und abgestandenen Zigaretten. Unsere Auseinandersetzung von gestern abend hat sie mit keinem Wort erwähnt; wir tun beide so, als hätte sie nie stattgefunden. »Du hättest gar nicht dort sein dürfen.«

»Ich mußte was essen, Ma. Hätte ich nichts gegessen, hättest du gezetert: ›Warum ißt du nichts?‹« Natürlich erzähle ich ihr nichts von der Warnung. Ich lebe seitdem in Angst und Schrecken, kann mich aber immer noch nicht an mehr erinnern als gleich nach dem Vorfall. Nach den Lokalnachrichten zu schließen, haben die Schüsse mit den Hightower-Demonstrationen zu tun. Demnach war die Person, die mich gewarnt hat, nicht der Schütze. Hoffe ich jedenfalls.

»Jetzt kommt die Dame«, verkündet Maddie. Ihre Augen sind unverwandt auf den tragbaren Fernseher auf dem Kiefernschränkchen gerichtet. Die überregionalen Nachrichten sind dran, und mit der ersten Meldung erscheint auf dem Bildschirm rechts oben neben Tom Brokaw, der auch immer mehr ergraut, ein kleinformatiges Porträt von Susan. »Sie sieht aus wie ein Filmstar, Mom. Sie ist hübsch.«

»Ich habe gehört, in Wirklichkeit sei sie häßlich«, meint meine Mutter.

»Stimmt nicht.« Besonders nicht für eine Mörderin. Aber jetzt sitzt sie bereits im Flugzeug und befindet sich in der Luft. Zusammen mit dem einsilbigen Michael hat sie sich meiner Gerichtsbarkeit entzogen.

»Sieh mal, Mom«, kräht Maddie. »Jetzt spricht sie wieder.« Sie deutet auf das Fernsehgerät, und ich konzentriere mich auf den Bildschirm. Die Nachrichten bringen einen Auszug aus Susans Rede.

»Was heute in Philadelphia vorgefallen ist, nur eine Straße von der Independence Hall entfernt, ist ein Hohn auf die Verfassung. Die Unterzeichner der Verfassung wollten mit dem ersten Zusatzartikel für offene, freie und klare Meinungsäußerung sorgen. Sie konnten nicht ahnen, daß Worte durch Schüsse ersetzt und Überzeugungen in menschlichem Blut ertränkt würden.«

»Der Teil gefällt mir nicht«, betont Maddie feierlich.

»Mir auch nicht«, pflichte ich ihr bei. Susans winziges Bild nimmt mich völlig in Anspruch. Ihr Stern geht auf, der Tod ihres Mannes hat ihrer Karriere Auftrieb verliehen. Ständig erwähnen die Zeitungen, wie stark sie selbst unter Beschuß ist; sie hat das Zeug zum Präsidenten, steht in der *New York Times*.

»Ich freue mich, mitteilen zu können, daß der Zustand der beiden angeschossenen Opfer inzwischen stabil ist. Wir sollten jedoch diese Beinahe-Tragödie zum Anlaß nehmen, darüber nachzudenken, wie wir, Bürger eines freien und demokratischen Landes, mit friedlichen Mitteln und ohne Gewalttätigkeiten einen offenen Meinungsaustausch pflegen können.«

»Was sagt sie da, Mom?«

»Nichts.«

Meine Mutter lacht. »Ich bitte dich, und wenn schon? Sie ist Politikerin.«

Als der Eisbeutel auf meinem Kopf ins Rutschen gerät, nutze ich die Gelegenheit und nehme ihn hastig runter. »Mir geht's jetzt prima, danke. Setz dich bitte wieder hin.«

»Ich möchte dir doch nur helfen.«

»Ich weiß. Ich sagte bereits danke.« Ich lasse den schmelzenden Eisbeutel neben die Spaghettischüssel fallen.

»Sch!« macht Maddie und starrt gebannt auf Susan.

»Ist das ein Chanel-Kostüm, das sie da anhat?« fragt meine Mutter und setzt sich wieder auf ihren Stuhl am Eßtisch.

Das Fernsehen schwenkt auf Szenen vor dem Gerichtsgebäude: Mrs. Gilpin, die in den Armen einer Freundin weint; ihr erleichterter, strahlender Ehemann steht daneben und sagt zu einer Reporterin: »Jetzt wissen wir, daß der Gerechtigkeit Genüge getan wird. Jetzt können wir das Buch schließen.«

Im Hintergrund ist Mrs. Stevens neben dem schwarzen Stadtrat zu sehen, aber Gilpin scheint die Tatsache nicht zu berühren, daß sie in Kürze den gleichen Schmerz erleiden muß wie er. Die Kamera fängt sie ein. »Wie fühlen Sie sich, Mrs. Stevens?« fragt der Reporter wie aus der Pistole geschossen.

»Was glaubst du wohl, wie sie sich fühlt, du Trottel?« blaffe ich den Fernseher an.

»Ich verstehe das nicht, Mom«, plappert Maddie, aber ich lege einen Finger an die Lippen.

Mrs. Stevens schluckt sichtlich. »Ich glaube, mein Junge hat etwas Furchtbares getan, aber ich glaube nicht, daß er verdient zu sterben. Er ist noch jung, und die jungen ...«

»Hier wurde nicht der Gerechtigkeit gedient!« unterbricht sie der Stadtrat. »Thomas bekam keinen fairen Prozeß! Wir werden unverzüglich Berufung beim Obersten Bundesgericht einlegen, uns läuft die Zeit davon. Mittlerweile wurden hier und heute zwei Afro-Amerikaner angeschossen, die für ihren jungen Bruder demonstriert haben ...«

Die Kamera zeigt Mrs. Stevens' erstarrte Miene in Großaufnahme, gleich darauf folgt ein Werbespot für ein Fertiggericht mit Reis und Makkaroni.

»Senator Waterman steht also im Mittelpunkt der überregionalen Nachrichten.« Meine Mutter zieht eine ihrer ausgezupften, mit einem grauen Augenbrauenstift nachgestrichelten Augenbrauen hoch.

»Sie nennt das Pressekonferenz, aber sie erlaubt nie Fragen.« Steif erhebe ich mich und schalte den Fernseher aus.

»Ach Mensch, warum läßt du ihn nicht an?« mault Maddie.

»Nein, Schätzchen, nicht beim Essen.«

»Aber wir haben auch schon beim Essen ferngesehen.«

»Das war eine Ausnahme.« Ich setze mich.

»Ich begreife nicht, wieso das so ein Riesenproblem sein soll«, murmelt meine Mutter halb zu sich selbst.

Natürlich nicht. Als ich noch ein Kind war, saßen wir abends vor der Fernsehtruhe und aßen von langen, schmalen Tabletts. »Wir haben das schon ausdiskutiert, Mom.«

Maddie setzt sich wieder mürrisch auf das Donnelly-Branchenverzeichnis. »Bei Grandma darf ich beim Essen fernsehen.«

»Ich glaube, es war ein Chanel-Kostüm«, sagt meine Mutter hastig und zerhackt ihre Spaghetti zu mundgerechten Stücken. Sie weigert sich, sie zu wickeln: zu italienisch. »Hast du sie gesehen?«

»Wen gesehen?«

»Die Knöpfe. Daran erkennt man Chanel.«

»Ich habe sie nicht gesehen.«

»Was macht dein Kopf?«

»Steckt voller bedeutender Gedanken.«

Sie runzelt die Stirn. »Ich bin nach wie vor der Meinung, du solltest den Vorfall melden. Schließlich wurdest du angegriffen.«

»Das bringt nichts.«

Maddie rutscht auf ihrem Telefonbuch herum. »Kriegen sie den Kerl, der das gemacht hat, Mom?«

»Ich glaube nicht, Kleines.«

»Warum nicht?«

»Weil sie nicht wissen, wer es war.«

»Geschieht denen ganz recht.« Meine Mutter schnaubt verächtlich. »Die sind doch diejenigen, die dauernd mit ihren Waffen rumballern …«

»Moment mal. Jetzt reicht's«, falle ich ihr ins Wort, und sie hält den Mund; wir haben eine spezielle Vereinbarung. Ich erlaubte erst, daß sie auf Maddie aufpaßt, nachdem sie versprochen hatte, auf ihre beiden Lieblingsbeschäftigungen zu verzichten: rassistisches Geschwätz und Rauchen.

»Was ist, Mom?« fragt Maddie verwirrt. »Was hat der Kerl dann gemacht?«

»Sie glauben, er ist weggelaufen, Schätzchen.«

»Wohin denn?«

»Irgendwohin in die Stadt. Bestimmt nicht hierher in unsere Gegend.«

Maddie nickt wissend und sticht in ihren Salat. »Es ist gefährlich da draußen.«

»Was?« Ich lache. »Woher hast du denn das?«

»Weißt du das denn nicht?« fragt sie, den Mund voller Eisbergsalat.

»Mach den Mund leer, bevor du sprichst, okay?«

Sie kaut den Salat wie ein kleiner Hamster.

»Das darfst du ihr nicht durchgehen lassen«, meckert meine Mutter, aber ich winke ab.

»Was macht der Zahn? Alles bereit für die Zahnfee?«

Maddie schluckt den Salat hinunter. »Ja, fast. Er hängt bloß noch an einem von diesen Fadendingern. Willst du sehen?«

»Nein. Danke.«

Ihr Gesicht wird ernst. »Es gibt schlechte Menschen, Mom, wußtest du das nicht?«

»Wirklich?«

»Ah-ha.«

»Was guckst du dir nachmittags bloß für Sendungen an?«

»Rate mal!« Maddie grinst meine Mutter an. Meine Mutter zwinkert zurück, und ich beschließe, den beiden ihre Geheimnisse zu lassen.

»Na gut, erzähl mir, wie es in der Schule war.«

»Okay.« Sie zuckt mit den knochigen Schultern, die in der weißen Bluse wie knorrige Bettpfosten aussehen.

»Hattest du heute Kunst?«
»Mhm.«
»Ja, heißt das. Habt ihr was Besonderes gemacht?«
»Ja.«
»Was hast du gemacht?«
»Ein Bild gemalt.«
»Was soll das, muß ich eine Zeugenvernehmung machen? Was war auf dem Bild?«
Sie hebt den Kopf ein wenig. »Bäume. Man steckt kleine Schwämme in die Farbe und tupft sie dann auf das Papier. Damit macht man falsche Blätter für die Bäume. Das ist Kulisse. Für unser Stück.«
»Du spielst in einem Stück mit?«
Maddie nickt. Sie trinkt einen Schluck Milch und hinterläßt ihren Lippenabdruck mit Tomatensauce am Glas, auf ihrer Oberlippe bleibt ein Milchschnurrbart zurück. Anschließend greift sie elegant nach ihrer Serviette und wischt sich den Mund ab.
»Worum geht's in dem Stück?«
»Um den Frühling.«
»Klingt hübsch. Ist es ein Musical?«
Sie verdreht die Augen. »Nein, Mom. So was gab's früher. So was Doofes machen wir nicht.«
»Da bin ich aber froh. Du meine Güte.«
Maddie schielt mich an, um zu sehen, ob ich sie auf den Arm nehme. Ich schiele zurück, und eine Minute lang schielen wir einander an wie Maulwürfe.
»Maddie hat mir heute gute Neuigkeiten erzählt, Grace«, sagt meine Mutter. Sie wendet sich an Maddie. »Erzähl deiner Mutter von der neuen Freundschaft.«
»Du hast Freundschaft geschlossen?« Das ist zuviel. Ich wage es nicht zu hoffen.
Maddie strahlt. »In der Pause.«
»Wunderbar!« Mein Herz macht einen Sprung. »Ich bringe einen Toast aus. Auf Maddie und ihre neue Freundin.« Ich erhebe mein Glas, und meine Mutter folgt meinem Beispiel. Die schweren Wassergläser klirren laut.

»Sie wollte mir aber nicht mehr darüber sagen«, fährt meine Mutter fort. »Sie sagt, sie dürfe es nur dir sagen.«

»Oh, ein Geheimnis! Hast du mit deiner neuen Freundin in der Pause gespielt? Was habt ihr denn gespielt?«

»Graben.«

»Wie mit Madeline?« Ich sehe sie wieder vor mir, wie sie allein am Rand des Spielplatzes hockte.

»Ja. Er mag Madeline.«

»Oh, es ist ein Junge, ha? Ist er süß?«

Sie kräuselt die Nase. »Irgendwie schon. Er ist groß.«

»Wie groß? Einer aus der zweiten Klasse?«

»Nein, größer. Fast so groß wie Daddy.«

Meine Mutter lacht. »Das heißt, ein Fünftkläßler.«

»Wie heißt er denn?«

»Das ist ein Geheimnis. Er ist mein heimlicher Freund.«

Langsam frage ich mich, ob er überhaupt existiert. »Aber es gibt ihn, ja? Nicht so wie Madeline. Es ist ein richtiger Junge.«

Sie sieht mich verwirrt an. »Er ist ein Mann, Mommy, kein Junge. Er hat uns geholfen, ein Loch zu graben.«

»Was? Ein Mann?«

Überrascht legt meine Mutter ihre Gabel hin. »Doch nicht etwa ein Fremder!«

»Maddie weiß, daß sie nicht mit Fremden sprechen soll.« Ich wende mich an Maddie. »Stimmt's nicht, Schätzchen? Es ist kein Fremder, nicht wahr?«

Ihr Gesicht läuft dunkelrot an. »Er *kennt* dich, deshalb ist er kein Fremder.«

»Wer ist er?«

»Er sagte, das ist ein Geheimnis. Das habe ich dir gesagt. Er kennt dich und weiß, was du arbeitest. Er kennt deinen Richter und die Dame aus dem Fernsehen. Er ist kein *Fremder.*«

»Wie sieht er denn aus, Maddie?« Die Stimme meiner Mutter bebt vor Angst. »Sag es deiner Grandma.«

Zunehmend unsicher werdend, blickt Maddie zwischen meiner Mutter und mir hin und her. »Ich habe nichts Schlimmes gemacht, Mom. Er hat gesagt, er ist mein Freund, und du hast gesagt, ich soll mich mit jemand anfreunden.«

»Natürlich hast du nichts Schlimmes gemacht«, sage ich so ruhig wie möglich. »In welcher Pause hat er mit dir gespielt, Mads? Vormittags oder nach dem Mittagessen?«

»Er weiß viele Sachen. Er sagte, man muß vorsichtig sein, genau wie du auch immer sagst. Er hat gesagt, sag das auch deiner Mommy.«

Mein Magen verkrampft sich. »Du sollst mir ausrichten, ich soll vorsichtig sein?«

»Maddie, wovon sprichst du?« fragt meine Mutter. »Wie kannst du ...«

»Ma!« blaffe ich sie an. »Laß mich mit ihr reden.«

Mein Zornausbruch führt dazu, daß Maddie die Unterlippe zwischen die Zähne klemmt. »Mom, ich habe nichts Falsches gemacht.« Ihre Augen füllen sich mit Tränen.

»Schon gut, Kleines«, beruhige ich sie. Ich hebe sie von ihrem Hochsitz, und sie vergräbt den Kopf an meinem Hals. Bei dem Gedanken an den Mann überläuft es mich eiskalt. Stimmt die Geschichte, und hängt sie vielleicht mit den Vorkommnissen am heutigen Nachmittag zusammen? »Weißt du noch, wie er aussieht, Maddie?«

»Nein«, schluchzt sie.

»Schon okay. Jetzt ist alles in Ordnung.« Ich drücke Maddie fest an mich und erhasche über das zerzauste rote Haar meiner Tochter hinweg einen Blick auf meine Mutter. Ihr Gesicht ist grau geworden, Angst spiegelt sich darin; als sie die Hand nach ihrem Wasserglas ausstreckt, zittern ihre knotigen Finger. »Ist was, Ma?« frage ich sie.

Erschrocken sieht sie mich an. »Nein.«

Später, nachdem wir aufgeräumt haben und Maddie sicher in ihrem Bett liegt, kocht meine Mutter schweigend Kaffee, während ich den Rektor von Maddies Schule anrufe und ihm berichte, was während einer angeblich beaufsichtigten Pause vorgefallen ist. Er erinnert mich daran, wie weitläufig das rückwärtige Pausengelände sei, daß er nur zwei Aufsichtspersonen für 350 Kinder habe und Maddie ganz am anderen Ende gespielt habe. Ich schlage ihm höflich vor, er möge doch ein paar Aufsichtspersonen mehr einstellen, und liefere ihm anschließend den Beweis für meine gute Erziehung, indem ich ihm nicht mit schwerer Körperverletzung drohe, lasse aber durchblicken, ein Prozeß sei immer eine interessante Alternative. Im Anschluß an dieses Gespräch telefoniere ich mit Maddies Lehrerin, die mir was von Maddies lebhafter Phantasie erzählt. So lebhaft nun auch wieder nicht, sage ich zu ihr, bevor ich einhänge.

Gleich darauf rufe ich die für meinen kleinen Bezirk zuständige Polizei an und erstatte Bericht über den Vorfall; die Leute scheinen froh, ihr Damespiel unterbrechen zu können und richtige Polizeiarbeit zu leisten wie im Fernsehen. Sie kommen gleich. Einer trägt sogar eine Zahnspange. Meine Mutter besticht sie mit heißem Kaffee und ich mit kostenlosen juristischen Ratschlägen. So geschmiert, versprechen sie, heute nacht um das Haus zu fahren und morgen und übermorgen um den Spielplatz. Ich beschließe, ihnen nichts von Armens Mörder oder meinem Erlebnis vor dem Gerichtsgebäude zu erzählen; das übersteigt entschieden ihre Vorstadtklasse.

Aber ich habe die Botschaft des Mörders erhalten, klar und deutlich. Jemand setzt alles Menschenmögliche ein – sogar meine Sechsjährige –, um mich einzuschüchtern. Aber die Rechnung geht nicht auf. Dadurch erwacht in mir nur der Wunsch, noch härter zurückzuschlagen. Wie kommen die dazu, mein Kind zu bedrohen? Sie bekamen anscheinend noch nie die Wut einer alleinerziehenden Mutter zu spüren. Besonders einer alleinerziehenden Mutter, die keinen Unterhalt mehr bekommt.

19

Kaum ist die Polizei gegangen, läutet das Telefon. »Grace.« Die Stimme eines Mannes, fast nur ein Flüstern. »Ich bin's, Winn.«

»Wer?«

»Winn. Shake and Bake. Kommen Sie schnell.«

»Was? Es ist elf Uhr in der Nacht.«

»Bitte. Ich kann nicht lange reden.«

»Hören Sie mal, jemand hat heute versucht, meine Tochter zu schnappen. Und mir hat man von hinten eins übergezogen.«

»Wie geht es Ihnen?« Er klingt angeschlagen, aber längst nicht so angeschlagen wie ich und nur halb so angeschlagen wie meine Mutter.

»Es geht ihr gut, uns beiden geht's gut.«

»Wurde sie verletzt?«

»Nein, aber nur, weil sie in der Schule war. Ich kann das nicht brauchen, Winn.«

»Ich werde sie beschützen. Ich werde jemanden auf sie ansetzen.«

»Wen, einen Kindergartencop?«

»Ich sorge dafür, daß er sich als Lehrer ausgibt. Oder als Hausmeister.«

»Das ist nicht der Punkt.«

»Ich kann jetzt nicht reden, kommen Sie endlich her. Es geht um Artie. Er braucht Hilfe.«

»Artie? Wo ist er?«

»In Northern Liberties.«

Nicht gerade eines von Philadelphias Vorzeigevierteln. »Was machen Sie denn dort?«

»Wir sind bei Keeton's. An der Ecke der Third. Es gibt 'ne Neonreklame.«

»Was ist mit Artie? Ist er in Gefahr?«

»Nichts dergleichen, aber kommen Sie endlich.« Er hängt ein.

Langsam lege ich den Hörer auf, ohne den Blick vom Telefon zu wenden. Nach allem, was vorgefallen ist, lasse ich Maddie heute nacht nur ungern allein, und nach allem, was mir passiert ist, bin ich auch nicht unbedingt wild auf eine nächtliche Spazierfahrt. Andererseits hilft mir ein Gespräch mit Winn vielleicht weiter, und Artie steckt schließlich in Schwierigkeiten. Und ein paar unter Koffein stehende Bullen ziehen Kreise um mein Haus, und eine Bulldogge von Großmutter wacht wutschnaubend mit Schaum vor dem Mund im Wohnzimmer; meine Tochter war nie sicherer. Ich beschließe zu gehen und murmle meiner Mutter irgendeine fadenscheinige Entschuldigung zu wie zu High-School-Zeiten.

Ich fahre in die Stadt, mit einem Auge immer den Rückspiegel beobachtend. Niemand scheint mir zu folgen. In einer halben Stunde bin ich im Lagerhausbezirk. Hier sind die Straßen breiter als sonst in Philadelphia, aber fast verlassen. Abfall verschandelt die Gehsteige, und Obdachlose betteln die Autofahrer auf der Zufahrt zur Schnellstraße an. Ein offenbar verrückter Mann hat sich trotz der warmen Nacht, in der nur ein laues Lüftchen weht, in eine Decke gewickelt. Zuerst wende ich den Blick ab, aber noch rechtzeitig fällt mir ein, daß ich ja nach einem offensichtlich Verrückten Ausschau halte. Ich schaue zurück, aber es ist nicht Winn.

Ich kurve um den Block, an einer mit Wandgraffiti bemalten Elektrogroßhandlung vorbei, und entdecke schließlich eine schäbige Bar mit einem altmodischen Fenster aus dicken Glasbausteinen, das in eine schmuddelige Backsteinfassade eingelassen ist. Über der schwarzgestrichenen Tür leuchtet in rosa Neonbuchstaben KEETON'S. Artie liegt davor, zusammengesunken unter einer Straßenlaterne, die schummriges Licht verbreitet. Winn sitzt, an den Laternenmast gelehnt, am Boden. Mit dem struppigen Bart und in seinem Regenmantel ähnelt er auf seltsame Weise einem degenerierten Teddybären. Ich fahre an den Straßenrand und steige aus dem Kombi.

Winn lächelt bei meinem Anblick, als sei er geistig weggetreten.

»Harvard ist es übel, Miß Rossi.«

Ich knie nieder und beuge mich über Artie. Auf seinem sonst hübschen Gesicht sprießen Bartstoppeln, und seine Kleider befinden sich in desolatem Zustand. Aber das ist bei ihm eigentlich eher die Regel als die Ausnahme. »Artie? Sind Sie okay?«

Artie öffnet ein Auge, bedeckt aber sofort sein bestürztes

Gesicht mit den Händen. »Es lebt! Vertreib es, Grace. Es ist scheußlich!«

Winn lächelt. »Harvard hat zuviel getrunken.«

»Das ist mir klar.«

»Mir war klar, daß es Ihnen klar ist.« Winn klatscht in die Hände. »Mir war klar, daß Ihnen klar ist, daß mir klar ist, daß es Ihnen klar ist.«

»Er ist komplett irre, Grace«, sagt Artie, ohne die Augen zu öffnen. »Sarah hatte recht.«

»Bye-bye Sarah«, kichert Winn.

Artie sieht mich an, sein Mund verzieht sich in übertriebener Wehleidigkeit nach unten. »Sarah hat mich sitzenlassen, Grace.«

»Das tut mir leid, Artie.«

»Sie war in Armen verliebt, sie hat es zugegeben.« Die Trunkenheit treibt ihm Tränen in die Augen. »Sie hat mich nie geliebt.«

Armer Junge. »Es tut mir so leid.«

»Ich wußte es die ganze Zeit. Sie hält mich für blöd, aber ich bin nicht blöd.« Er fährt sich mit der Zunge über die trockenen Lippen. »Ich habe es daran gemerkt, wie sie ihn angesehen hat.«

Ich packe Artie an den Falten seiner Jeansjacke; mir schießt der Gedanke durch den Kopf; daß ich nicht zum erstenmal einem Betrunkenen auf die Beine helfe. Aber dieser Betrunkene hier rührt sich höchstens einen Zentimeter.

»Armen war mein Freund, Grace. Er war mein Freund.«

»Ich weiß, Artie.«

»Ich hatte recht! Ich bin ein Genie! Ich habe Jura studiert!« schimpft er in die Nacht, aber nach diesem Ausbruch fällt sein Kopf schlaff zur Seite. Ein Stück Wachspapier flattert über ihn hinweg wie vom Wind verwehtes Unkraut der Stadt.

Ich gebe mir große Mühe, Artie von der Stelle zu bewegen, aber es gelingt mir nicht. »Wie wär's, wenn Sie mir helfen, Shake and Bake?«

»Nein.« Winn wiegt in vorgespielter autistischer Manier den Kopf vor und zurück. »Ich bin beschäftigt.«

»Sehr lustig, Shakie.« Mein Kreuz beginnt zu schmerzen; ich bin zu alt für so was und außerdem nicht in Stimmung. Ich richte mich auf und funkle Winn wütend an. »Jetzt erheb dich und hilf Mommy.«

Arties Augen öffnen sich ruckartig, als würde ein Leichnam wiederbelebt. »Guck mal, Grace! Guck, was ich da habe!« Er macht Anstalten, seinen Hosenschlitz aufzumachen.

O lieber Gott. »Ich weiß, was du da hast, Artie. Laß es in deiner Hose.«

»Nein, nein, Gracie! Etwas total Wahnsinniges! Sieh mal!«

Ich senke den Blick. Artie hat sein Arbeitshemd bis zum Hals hochgezogen. Genau in Richtung Norden über seinem Bauch prangt zwischen zwei ziemlich steifen Brustwarzen ein Basketball üblicher Größe. Die Oberfläche des Balles ist braun und wulstig, und mittendrin steht im bekannten Schriftzug *Wilson.* »Was ist das denn?« frage ich entgeistert.

»Ich hab mich tätowieren lassen! Ist das nicht *wahnsinnig?*«

»Eine Tätowierung?«

»Artie hat ein Tat-toooo«, singsangt Winn.

»Ohne Fleiß kein Preis«, brummelt Artie. »Jetzt bin ich ein Mann.«

»Ich hab auch eine«, verkündet Winn und steht auf. Er wischt über seine schmutzigen Hosen, was sie aber auch nicht besser macht. »Zwei Tätowierungen. Eine für Harvard, eine für mich.«

»Phantastisch.«

»Barukh attah Adonai«, sagt Artie. *»Eloheinu meleckh haolam.* Laßt uns die Kerzen anzünden.« Er fuchtelt mit der Hand in der Luft herum und läßt sie wieder auf den geborstenen Teer des Gehwegs fallen.

»Wollen Sie mein Tattoo sehen?« fragt Winn. Er ist mir etwas zu nah auf die Pelle gerückt, als daß seine Gegenwart tröstlich wirken könnte. Er stinkt nach billigem Bier und Schweiß.

»Behalten Sie Ihr Hemd an, Shakie«, bestimme ich.

»Grace ist gemein zu mir, Artie«, schmollt Winn.

»Seien Sie nicht gemein zu ihm«, brummt Artie vom Pflaster her, ohne die Augen zu öffnen.

Ich sehe Winn an, nicht unbedingt amüsiert.

»Zwei Punkte«, sagt Winn. »Für mich.«

Artie jault unter der Dusche, während Winn, der auf der ramponierten Couch in Arties Apartment sitzt, sich vorbeugt und mich ins Verhör nimmt. Er will genau wissen, was Maddie und mir zugestoßen ist. Als ich ende, verzieht er unbehaglich das Gesicht. Er nimmt seine Regenhaube ab und fährt sich mit den Händen durch die fettigen Haare. »Das ist zu gefährlich für Sie, für Ihre Tochter. Ich hätte Sie da nie mit reinziehen dürfen.«

»Warum haben Sie es dann getan?« Ich lehne mich auf dem Klappstuhl zurück, der vor einem Secondhand-Couchtisch steht.

»Ich hatte keine andere Wahl. Ich kam mit meinen Ermittlungen nicht weiter, aber ich weiß, es gibt da etwas.«

»Was geht Ihrer Meinung nach vor? Sie sagten, Galanter sei nicht der einzige Richter, der in die Sache verwickelt ist.« Ich trinke ein Schlückchen Cola, um meine Angst zu verbergen.

»Everybody dance now!« grölt Artie unter der Dusche zu C + C Music Factory.

Winn wirft einen flüchtigen Blick auf die Badezimmertür, beugt sich noch näher zu mir und bringt mich damit in den Genuß einer weiteren Kostprobe seiner umwerfenden Duftwolke. »Angeblich verwickelt. Ich bin mir noch nicht sicher, aber ich glaube, Galanter ist dabei. Und Townsend vielleicht.«

Ich bin wie betäubt. Und Armen nicht. »Eine Verschwörung?«

»Das ist an diesem Gericht schon mal vorgekommen, in den vierziger Jahren. Die Richter Buffington und Davis manipulierten gemeinsam für Geld etliche Fälle. Einer von den beiden hat auch mit einem Richter vom Second Circuit zusammengearbeitet, der eine halbe Million einsteckte. Damals konnte man sich mit soviel Geld jede Menge Gerechtigkeit kaufen.«

Ich denke an die 650000 Dollar. »Das war damals.«

»Letztes Jahr gab Richter Aguilar in Kalifornien einem Lastwagenfahrer, der Gewerkschaftsgelder unterschlagen hatte, den Tip, daß wir seine Leitung angezapft hatten. Und Richter Collins, mein persönlicher Favorit, sorgte für gut Hunderttausend dafür, daß ein Drogendealer ein milderes Urteil bekam. Beides Bundesrichter. Collins kassierte während der sechs Jahre, die er im Gefängnis saß, sogar noch sein Gehalt.«

»Ist das ein Hobby von Ihnen, richterliche Vergehen meine ich?«

»Das ist meine Arbeit. Ich mache nichts anderes, genauer gesagt.«

»So eine Art Spezialität also?«

Er nickt. »Es macht Spaß, es ist Kopfarbeit, und es ist fast immer unblutig.«

»Der Quäker in Ihnen.«

»In gewisser Weise. Ich nehme diese Typen gerne hoch. Sie sind im Besitz sämtlicher Vorteile und sämtlicher Privilegien, und trotzdem geraten sie auf die schiefe Bahn. Es sind Heuchler. Für sie gibt es keine Entschuldigung. Sie treibt die reine Gier.«

Das klingt nicht nach Armen.

»Jetzt ist Galanter an der Reihe. Es ist ein Skandal, Grace. Das wirbelt viel Staub auf am Gericht.«

Mir sinkt das Herz. Um des Gerichts und um Armens willen, wenn sie hinter das Bankkonto kommen.

»Sind Sie immer noch durcheinander wegen heute? Sie sehen nicht besonders wohl aus.«

Ich beschäftige mich mit der Cola. »Bin genau das richtige Mädchen für verdeckte Ermittlungen.«

»Sie arbeiten nicht mehr als verdeckte Ermittlerin. Sie sind draußen. Klar.«

»Warum?«

»Das fragen Sie noch? Nach allem, was heute passiert ist?«

»Sie unterstellen einfach, daß ich aussteigen will. Sagen Sie mir lieber, was Ihrer Meinung nach vorgeht.«

»Erinnern Sie sich an den Fall, über den am Montag verhandelt wurde? Den Fall, den ich platzen ließ? Canavan?«

»Das organisierte Verbrechen und die Blumenhändler.«

»Ja. Die Mafia steckte *tatsächlich* dahinter. Der Anwalt kam bloß nicht drauf, wie es ablief.«

Ich würge die Worte heraus. »Die Mafia?«

»Ich glaube, die Gangster haben einen der Richter geschmiert, damit die Sache nach ihren Vorstellungen abläuft, entweder Galanter oder Townsend, vielleicht auch beide. Von Artie wußte ich, daß die Richter gleich im Anschluß an die Verhandlung abstimmen würden, und ich brauchte mehr Zeit, um an Beweise zu kommen. Ich mußte folglich auf Nummer Sicher gehen und dafür sorgen, daß die Verhandlung nicht abgeschlossen wird. *Ticktickticktick.*«

Ich stelle meine Cola hin und sehe ihn groß an. »Die Verhandlung wurde vertagt.«

»Natürlich, und somit bleibt mir mehr Zeit, um festzustellen, ob sich auch alle an die Spielregeln halten. Ich sagte Ihnen ja bereits, ich bin klüger als ich aussehe.«

Mein Puls beschleunigt sich. Wenn Winn recht hat, sind die 650000 Dollar kein Bestechungsgeld für den Fall Canavan gewesen. Armen hätte für eine Aufhebung des Urteils gestimmt und damit die Angeklagten ins Gefängnis geschickt: Eindeutig nicht das gewünschte Resultat aus Sicht der Mafia. »Etwas verstehe ich nicht. Hat das irgendwas mit Armens Tod zu tun?«

»Ich glaube schon. Vielleicht wurde er umgebracht, damit er im Fall Canavan nicht urteilen kann.«

»Mein Gott. Wer hat ihn umgebracht?«

»Jemand, der dafür bezahlt wurde. Irgend so ein Wichser.«

»Oder Galanter.«

»Was?« Er weicht etwas zurück. »Diese Fälle laufen nicht so ab.«

»Dieser vielleicht schon. Niemand ist gewaltsam eingedrungen, und Bernice hätte nicht jeden hereingelassen.« Ich erzähle ihm, wie Bernice auf Galanter losgegangen ist. Während ich rede, wächst meine Erregung stetig; die Zusammenhänge stärken meinen Entschluß, für Galanter zu arbeiten.

»Wie weit ist der Fall Canavan jetzt?« Artie dreht das Wasser in der Dusche ab; Winn wirft einen besorgten Blick auf die Badezimmertür. »Ist der nächste Verhandlungstermin bereits anberaumt?«

»Ich weiß es nicht, es war Sarahs Fall. Vermutlich wird in einem Monat bei der nächsten Sitzung weiterverhandelt. Was soll ich für Sie tun, wenn ich für Galanter arbeite?«

»Haben Sie den Job bereits?«

»Nein, aber ich werde ihn kriegen.«

»Nein. Ich sagte Ihnen schon, Sie sind raus.«

»Ich mache weiter. Sie können mir also ebensogut verraten, wonach ich suchen soll. Ich will wissen, ob Galanter Armen umgebracht hat.«

Er reibt seine schorfige Stirn. »Ich hätte wissen müssen, daß das passiert. Ich muß verrückt gewesen sein ...«

»Alles, was Sie für mich tun müssen, ist, dafür zu sorgen, daß Maddie in der Schule sicher ist. Das Wochenende über werde ich mit ihr zusammensein. Außerdem habe ich die Polizei vom Revier.«

»Was haben Sie?«

»Ich möchte, daß Sie einen Wagen direkt gegenüber vom Schulgelände parken. Hier ist ein Bild von ihr.« Ich angle eines aus meiner Brieftasche und reiche es ihm. »Es ist kein neues, in Wirklichkeit ist sie niedlicher.«

»Sommersprossen. Ich mag Sommersprossen.« Lächelnd blickt er auf das Foto, bevor er es in die Tasche steckt. »Ich lasse sie überwachen. Trotzdem will ich, daß Sie aussteigen. Hören Sie auf, Grace, ich kümmere mich um Galanter. Sie sind zu exponiert. Mir gefällt das nicht, Grace.«

»Sagen Sie mir, wonach ich suchen soll. Wo fange ich an, mit dem Canavan-Protokoll?«

Er sieht mir direkt in die Augen. »Wollen Sie wirklich?«

Ich denke an Armen. Er liebte mich; er wurde ermordet. Und er hat kein verdammtes Bestechungsgeld angenommen. »Aber sicher.«

»Du lieber Himmel.« Er reibt seinen Bart. »Na gut. Wenn Sie darauf bestehen. Sie brauchen nichts weiter zu tun, als Augen und Ohren aufzusperren und alles zu registrieren, was sich in und um sein Büro abspielt. Versuchen Sie, die Telefongespräche anzunehmen. Das ist alles.«

»Was? Sonst nichts? Hinter was bin ich her?«

Im Badezimmer läuft die Wasserspülung der Toilette, und Winn schnappt sich das Kreuzworträtsel der *Times* aus dem Chaos auf dem Couchtisch und kritzelt etwas in die leeren Felder. »Geben Sie mir Bescheid, wenn Galanter Anrufe von einem dieser Typen bekommt. Oder wenn er mit ihnen Essen geht, sich mit ihnen trifft. Das ist alles, was ich von Ihnen will, ist das klar? Das genügt mir.« Er reißt das Rätsel heraus und reicht mir das Blatt. »Ich habe auch die Nummer des Münztelefons im Asyl aufgeschrieben. Dort bin ich jetzt die meiste Zeit. Wenn Sie anrufen, sagen Sie, Sie seien meine Cousine. Fragen Sie nach Rain Man.«

Ich starre auf das Kreuzworträtsel. Unter einer Telefonnummer steht senkrecht THESAURUS und waagrecht SPULE. Darunter sind Namen aufgeführt, alle italienisch wie meiner. Scham überfällt mich, aber die Angst ist stärker. Die Mafia, und mein Kind in ihrer Reichweite?

Die Badezimmertür öffnet sich, und heraus tritt Artie mit einem roten Budweiser-Badetuch um die Hüften. *»Everybody dance now!«* singt er und läßt gekonnt die Hüften kreisen.

»Artie!« schreit Winn mit einem dämlichen Gesichtsausdruck. Augenblicklich fällt er wieder in seine Rolle zurück. »Dir geht es wieder besser!«

»Und *ob* es mir besser geht!« Artie wirft sich in Bodybuilderpose. Auf seinem feuchten Bizeps glitzern Wassertropfen, und mitten auf seiner Brust prangt ein eins a Basketball.

»Gut siehst du aus!« ruft Winn und applaudiert. Voller Freude springt er auf die Füße und hoppelt wie ein Häschen zu Artie hinüber. *»Everybody, everybody everybody dance!«* Sie stellen sich hintereinander auf und tanzen um das Sofa herum.

Lachend lehne ich mich zurück und kann nur staunen, wie sehr Äußerlichkeiten täuschen können. Der Mann, der den Idioten spielt, ist in Wirklichkeit ein pfiffiger Bundesagent; der Absolvent der Eliteuniversität ist dämlich genug, um sich einen Basketball auf die Brust gravieren zu lassen. Und was ist mit mir? Ich befinde mich irgendwo in der Mitte, bin aber eindeutig in diese Sache verwickelt. Es überrascht mich, als mir der Grund dafür klar wird. Ich will Gerechtigkeit.

Everybody dance now

20

Gobelinstickerei ist normalerweise eine todsichere Therapie. Ich entspanne mich damit in besonders stressigen Zeiten und habe eine Scheidung und sogar Maddies Bruchoperation überstanden, indem ich einige sehr hübsche Kissenbezüge anfertigte. Ich hoffe, die Gobelinstickerei hilft mir auch, Schwerverbrechen und Amtsmißbrauch zu überstehen, aber vielleicht ist das ein bißchen zuviel verlangt von einem Hobby.

Mit einer echten Silbernadel steche ich in ein winziges weißes Quadrat. Mühelos gleitet das Garn hindurch und hinterläßt einen unendlich winzigen smaragdgrünen Farbtupfer in einer hügeligen englischen Landschaft. Ich nehme am liebsten die kleineren Formate; sie erfordern mehr Konzentration. Ich steche in ein weiteres klitzekleines Quadrat und werfe einen Blick über die Schulter auf den Streifenwagen der Polizei, der auf der anderen Straßenseite parkt. Auf dem Vordersitz, völlig von seiner Zeitung in Anspruch genommen, sitzt der magere Bulle mit der Zahnspange; er sieht noch jünger aus als gestern abend, falls das überhaupt möglich ist.

Mein nächster prüfender Blick trifft Maddie. Sie schaukelt auf einer Schaukel und schwingt die Beine eifrig vor und zurück. Als die Schaukel höher hinauffliegt, sehe ich, wie ihr Lächeln vor Stolz breiter wird. Sie lernt immer noch die richtige Koordination der Beinbewegungen; es ist nicht so leicht, wie es aussieht. Ich winke zu ihr hinüber, aber sie sieht es nicht.

Nachdem ich den Spielplatz einer gründlichen Betrachtung unterzogen habe, kehre ich zu der englischen Landschaft zurück. Keine Bösewichter weit und breit, nur ein paar Kinder, die im Sandkasten spielen, und ein paar Mütter. Heute ist nicht viel los; es ist Samstag, und Gott und die Welt macht Besorgungen, und genau das würde ich auch tun, befände ich mich nicht irgendwo mitten in Northamptonshire.

Wieder schaue ich zu Maddie hinüber, die wie früher bei den Kleinkindern im eingezäunten Bereich des Spielplatzes schaukelt. Sie war verrückt vor Freude, als sie sechs wurde und endlich in den Spielbereich der großen Kinder durfte, aber ich bin davon nicht sonderlich begeistert. Die Schaukeln dort sind für mein Empfinden viel zu hoch, und meine Parkbank ist zu weit davon entfernt. Falls Sie jetzt der Meinung sind, ich sei schon früher eine überbehütende Mutter gewesen, dann sollten Sie mich heute erst sehen.

»Du bist tot!« kreischt ein kleiner Junge. Entsetzt fahre ich hoch. Das an mir vorbeirennende Kind verfolgt einen anderen Jungen mit einer Spielzeug-Uzi. »Du mußt dich hinlegen, ich hab dich erschossen!«

Darum bin ich froh, daß ich keine Jungs habe.

England muß warten, bis sich mein Blutdruck wieder normalisiert. Ich beobachte die Jungen, die einander im Wechselspiel von Licht und Schatten um ein weißes, auf einer Stahlspirale befestigtes Schaukelpferd jagen, kehrtmachen und um den Sandkasten herum weiter zu den Schaukeln rennen. Natürlich laufen sie so nah an den Schaukeln vorbei, daß sie getroffen und verletzt werden könnten. Haben diese Ungeheuer keine Mütter? Sie überleben den Angriff der Schaukeln und laufen hinter einer Bank hinaus zu den Tennisplätzen. Auf der Bank sitzt ein Mann in einem schwarzen Pullover; er dreht kaum den Kopf, als die Jungs an ihm vorbeiflitzen.

Seltsam.

Als wir gekommen sind, ist er mir nicht aufgefallen. Auf seinem Schoß liegt eine Zeitung, aber er liest nicht darin. Ich mache noch einen Stich und ziehe rasch das Garn durch. Erneut wandert mein Blick zu dem Mann auf der Bank hinüber.

Er sitzt immer noch da, ist aber zu weit entfernt, um seine Gesichtszüge erkennen zu können. Er hat dunkle Haare, und der massige Pullover mit dem V-Ausschnitt scheint breite

Schultern zu verhüllen. Er kommt mir irgendwie bekannt vor. Plötzlich fällt es mir ein. Er sieht dem Mann sehr ähnlich, den ich vor dem Polizeirevier und vor der Trauerfeier gesehen habe, aber völlig sicher bin ich mir nicht.

Dennoch.

Ich drehe mich zu dem Streifenwagen um. Der Wagen steht noch da, aber er ist leer. Kein pubertärer Bulle, keine Zeitung. Ich schlucke schwer. Vor einer Minute war der Bulle noch da. Ich blicke die Straße hinunter. Da steht er, vor der Bezirksbibliothek, und spricht mit einer alten Frau, die einen Stapel Bücher trägt. Er ist zu weit entfernt, um mich sehen oder hören zu können.

Lieber Gott. Bleib ruhig.

Wieder starre ich zu dem Mann auf der Bank hinüber und beobachte ihn, wie er, scheinbar harmlos, den Spielplatz beobachtet. Sein Pullover ist viel zu schwer für einen so milden Tag und so voluminös, daß er leicht eine Waffe in einem Schulterhalfter darunter verbergen kann. Er könnte zur Mafia gehören; jedenfalls sieht er so aus. Ist es der Mann, der vor dem Polizeirevier war?

Jener Mann fuhr einen schwarzen Wagen mit einem Kennzeichen aus Virginia.

Rasch mache ich noch einen Stich und betrachte wie beiläufig die entlang der Straße parkenden Wagen. Da stehen mein Kombi, noch ein Kombi und ein kleiner Lieferwagen. Sein Wagen ist nicht dabei; so weit, so gut. Ich überprüfe noch den neben dem Spielplatz liegenden Parkplatz der Bibliothek. Der verchromte Kühlergrill eines dunklen Wagens funkelt mich grüßend an. Ich beiße mir auf die Unterlippe. Es könnte der schwarze Wagen sein, aber Millionen anderer amerikanischer Wagen sehen genauso aus. Er steht mit dem Kühler zu mir, und vorne ist kein Kennzeichen. Vielleicht kommt er aus Virginia, vielleicht auch nicht.

Das halte ich nicht aus. Meine Nervosität steigt von Minute zu Minute.

Schnell noch ein Stich und ein Blick zu dem Bullen. Mit einem höflichen Nicken nimmt er der alten Frau ihren Stapel in Plastik eingebundener Bücher ab. Phantastisch. Mein Garn hakelt; ein Stück Irischgrün explodiert mitten in einem gelben strohgedeckten Dach. Ich hasse Gobelinstickerei.

Wie gebannt starre ich zu dem Mann auf der Bank hinüber. Er sitzt immer noch da, aber jetzt betrachtet er aufmerksam die Schaukeln. Maddie ist nicht das einzige Kind, das schaukelt, aber ausgerechnet sie scheint er im Visier zu haben. Mein Blick wandert zwischen ihr und ihm hin und her. Sie befindet sich zwischen uns, aber er sitzt näher bei ihr als ich.

Entspann dich, sage ich zu mir. Du bist mit der Rückkehr in den Beruf fertig geworden, du wirst auch damit fertig. Ich verwebe die Nadel im Rand des Stoffes, damit sie sicher aufbewahrt ist.

Maddie fliegt vor und zurück. Ihr Baumwollrock bläht sich jedesmal, wenn sie nach vorn schaukelt. Der Mann im Pullover beobachtet sie. Er lächelt nicht.

Was, zum Teufel, soll das? Ist es der Mann vom Schulhof? Ist es der Mann, der vor dem Polizeirevier war? Warum beobachtet er meine Tochter?

Plötzlich nimmt der Mann die Zeitung vom Schoß und erhebt sich.

Ich lege meine Stickerei beiseite und erhebe mich gleichfalls.

Er schaut zu den Schaukeln hinüber, ich auch. Erschrocken sehe ich, daß Maddies Schaukel nicht mehr annähernd so hoch fliegt wie eben noch; sie verlangsamt das Tempo. Langsam schwingt die Schaukel in einem niedrigen Bogen aus, Maddie bremst mit einem nicht zugebundenen Schuh und wirbelt lockere, trockene Erde vom Boden auf. Sie ist bereit zum Absprung.

Mein Herz beginnt zu hämmern.

Der Mann macht einen Schritt auf die Schaukeln zu.

Der Bulle sortiert die Bücher auf seinem Arm neu. Die alte Frau hängt sich bei ihm ein.

Mir stockt der Atem. Ich öffne den Mund, um zu schreien, aber kein Laut kommt über meine Lippen.

Der Mann geht direkt auf Maddie zu. Unverkennbar.

Der Schrei bricht aus mir heraus. »Maddie! Maddie!« brülle

ich. Nach einem Blitzstart renne ich in Richtung Schaukeln. »Hilfe, Polizei!«

Maddie guckt erst verwirrt, gleich darauf furchtbar erschrocken.

Der Mann wirft einen Blick über die Schulter, sieht mich und sprintet in die entgegengesetzte Richtung.

Meine Schritte beschleunigen sich, ich renne, so schnell ich kann. »Hilfe! Polizei!« schreie ich aus voller Kehle.

Meine Panik steckt die anderen Mütter an. Eine sammelt in rasender Hast ihre Kinder ein und drückt sie gegen ihre Beine. Eine junge Mutter saust wie der Blitz hinter dem über den Rasen fliehenden Fremden her. Die kurzhaarige Frau in Radlerhosen hat mich in kürzester Zeit eingeholt. »Ich kriege den Bastard«, keucht sie, als sie mit wehenden Ponyhaaren an mir vorbeizieht.

Ich laufe weiter zu Maddie, die vor Angst wie erstarrt an der Schaukel steht, hebe sie hoch und drücke sie fest an mich. Über ihre Schulter sehe ich die junge Mutter, die dem Mann schon dicht auf den Fersen ist. Als sie ihn am Pullover packt und die beiden schwer zu Boden fallen, bete ich zu Gott, daß er keine Waffe hat.

Vom Eingang des Spielplatzes läuft der Bulle herbei, aber die junge Frau benötigt seine Hilfe nicht. Sie klettert auf den Rücken des Mannes und dreht ihm die Arme nach hinten. Ein paar Teenager, die auf der anderen Seite des Spielplatzes Basketball spielen, unterbrechen ihr Spiel und kommen angerannt. Als der Bulle und die Teenager endlich die Mitte des großen Platzes erreichen, ist bereits alles vorbei. In dem Moment kommt mir der Gedanke, die junge Frau müsse eine von Winn geschickte Undercover-Agentin sein.

»Was ist denn los, Mommy?« fragt Maddie mit kleinlauter Stimme. »Was tun die da?« Sie schlingt ihre Arme noch fester um meinen Hals.

»Der Mann, der gerade davongelaufen ist, war das der, mit dem du in der Pause auf dem Schulhof gesprochen hast?«

»Ja.«

Ich beobachte die Basketballer, die sich um den flach mit

dem Gesicht nach unten am Boden liegenden Mann drängen. »Jetzt ist alles gut, Kleines. Alles ist vorbei.«

»Was tun sie denn mit ihm?«

»Sie stecken ihn ins Gefängnis.«

»Warum?«

Weil er ein Mörder ist, denke ich bei mir, und drücke sie noch fester. Mit Maddie auf dem Arm gehe ich zu den Zuschauern hinüber, die den Mann umringen. Der Bulle hat dem Kerl Handschellen angelegt und ihn auf den Rücken gedreht. Die junge Frau stellt ihm ihren Laufschuh auf den Adamsapfel. Sie winkt mir kurz zu, als ich den Schauplatz des Dramas erreiche.

»Wir haben ihn«, verkündet der Bulle.

Ich muß doch bitten. »Sie hatten eine Assistentin, meiner Ansicht nach, vom FBI.«

Über den bewußtlosen Mann hinweg wechseln der Bulle und die Frau Blicke. »Sind Sie von der Regierung?« fragt der Bulle.

»Ich? Nehmen Sie mich auf den Arm?« Die junge Frau lacht. »Ich bin Bibliothekarin.«

»Was?« Ich bin perplex. »Aber so, wie Sie den Mann überwältigt haben ...«

»Ooohh«, stöhnt der Mann, der langsam wieder zu Bewußtsein kommt. Aus der Nähe sieht er älter aus, trotzdem ist und bleibt er ein Wichser, mit Winns Worten.

»Er kommt zu sich«, bemerkt einer der Basketballspieler.

Die Bibliothekarin drückt die gerippte Sohle ihrer Schuhspitze in die Kehle des Mannes. »Bleib, wo du bist, du Arschloch.«

»Grace?« sagt der Mann und schaut desorientiert vom Gras auf.

»Woher kennen Sie meinen Namen?«

»Weil ich ihn dir gegeben habe, Herrgott noch mal.«

»Was?«

Er spuckt Gras. »Ich bin dein Vater, verdammt.«

Wütend funkelt Bernice durch das Tor ihres Fisher-Price-Gefängnisses und mustert den Fremden, der mein Vater ist, mit hundetypischem Mißtrauen.

»Da hab ich Glück gehabt, daß der Hund heute nicht dabei war«, sagt er. Unter seinem Pullover trägt er eine dicke Goldkette; kein Schulterhalfter, soweit ich sehen kann. »Das ist ein mächtiger Gluckenhund.«

»Paß auf, was du sagst.«

»Entschuldige.«

»Willst du Kaffee oder nicht?«

»Gern.« Er streckt mir seine Tasse hin.

»Wie trinkst du ihn?« Ich halte die Kaffeekanne hoch über ihn. Vielleicht braucht er eine heiße Dusche.

»Schwarz ist prima.« Aus blauen Augen sieht er zu mir auf. Die unheimliche Ähnlichkeit mit meinen trifft mich wie ein Schlag. Ich sehe ihm die Jahre an; tiefe Krähenfüße in den Augenwinkeln und erschlaffende Wangen. Er muß über sechzig sein, trotzdem wirkt er auf den ersten Blick eher wie fünfzig. Seine Haare sind tiefschwarz; ich frage mich, ob er sie färbt. Ich gieße erst ihm Kaffee ein, dann mir, und weiche seinem Blick beständig aus.

»Du bist sauer, stimmt's?« stellt er fest.

»Du kennst mich wirklich gut, Dad.«

Er trinkt einen Schluck Kaffee und zuckt unwillkürlich zusammen. »Herr im Himmel, ist der heiß!«

Ich kann mir gerade noch verkneifen zu sagen, wie schön, hast du dich verbrüht? »Also, was machst du hier? Hier in der Gegend. Wolltest du mal kurz vorbeischauen?«

Bei meinen sarkastischen Worten verfinstert sich sein Gesicht, aber offensichtlich beschließt er, mich trotz meiner Unartigkeit nicht auf mein Zimmer zu schicken. »Na ja, verstehst du, ich wollte meine Enkelin sehen.«

»Warum?«

»Ich wollte sie einfach sehen, okay?«

»Warum ausgerechnet jetzt? Es gibt sie schon seit sechs Jahren. Sie ist nicht ständig ausgebucht.«

»Ich bin gerade in Rente gegangen.« Er räuspert sich, aber

seine Stimme klingt immer noch rauh. »Ich bin wieder nach Philadelphia gezogen.«

»Dann *warst* du also hier in der Gegend.«

»Ich dachte, es ist Zeit, Ordnung zu schaffen, verstehst du?«

»Nein, verstehe ich nicht.«

»Wenn du in mein Alter kommst, wirst du es verstehen.« Er schlürft seinen Kaffee und zuckt wieder zusammen.

»Wir haben ein Telefon. Du hättest anrufen können.«

»Ich weiß, ich habe dich im Telefonbuch nachgeschlagen. Daher weiß ich ja, in welche Schule sie geht.« Er wirft einen raschen Blick ins Wohnzimmer, wo Maddie versucht, mit einem rosa Band, das er ihr mitgebracht hat, hinter das Geheimnis eines Fadenspiels zu kommen. »Sie ist eine kleine Lady. Genau wie du«, sagt er wehmütig, aber mir fehlt die Geduld, mich auf seine sentimentalen Anwandlungen einzulassen.

»Du hast ihr Angst eingejagt, das weißt du. Und mir auch.«

»Das tut mir leid.«

Ich nehme auf einem Stuhl an der Längsseite des Tisches Platz, zwei Stühle von seinem entfernt. Selbst auf die Entfernung rieche ich sein After-shave, irgend etwas Künstliches wie Aqua Velva. Eine Weile starrt er schweigend in seine Tasse. Ich werde den Teufel tun und das Schweigen brechen. Ich trinke meinen Kaffee.

»Okay, es war nicht ideal, die Sache so anzugehen«, gibt er schließlich zu.

»Im Gegenteil. Es war das Schlechteste überhaupt.«

»Jetzt bricht die Irin in dir durch.« Er lacht leise, aber ich lache nicht mit.

»Möchtest du einen Drink? Irgendwas, was den Kaffee versüßt?«

Tief getroffen sieht er mich an. »Ich habe schon ewig lange nichts mehr getrunken.«

»Ach, richtig.«

»Das ist die Wahrheit.«

»Gratuliere. Wo wohnst du?«

»Jetzt in Philadelphia. In Süd-Philly.«

Im italienischen Viertel. »Was machst du?«

»Ich habe unterrichtet.«

»Du warst *Lehrer?*« Meine Überraschung läßt sich nicht verhehlen. Ich hätte ihn für einen Barkeeper gehalten, vielleicht auch für einen Lastwagenfahrer. Aber für einen Lehrer? »Was hast du unterrichtet?«

»Englisch.«

»*Was?*« Er kann kaum Englisch sprechen. Fast hätte ich den Kaffee ausgespuckt.

»Dein alter Herr überrascht dich, eh?«

»Bitte. Lenk nicht ab mit dem ›alten Herrn‹-Quatsch. Wo hast du unterrichtet?«

»An der High-School. In Virginia.«

Es war sein Wagen, der schwarze. Er parkt vor meinem Haus wie ein offizieller Mafia-Streifenwagen. »Hast du mich verfolgt?«

Schwerfällig rutscht er auf seinem Stuhl herum. »Nicht direkt. Nur beobachtet, ein bißchen.«

»Warum?«

»Hab versucht, zu einer Entscheidung zu kommen, verstehst du. Wann ich den entscheidenden Zug machen soll. Anfangs wollte ich nur wissen, wie du aussiehst.« Er taxiert mich kurz. »Du bist hübsch geworden, wirklich hübsch. Sehr hübsch sogar.«

Wechseln wir das Thema. »Dann lassen sie also Italiener nach Virginia rein. Hat es dir dort gefallen?«

»Nein. Nein, keine *calamar'*, gar nichts. Mich hielt dort nichts, deshalb bin ich zurückgekommen. Das ist die ganze Geschichte meines Lebens.«

»Nie wieder geheiratet?«

»Nein.«

»Keine anderen Kinder?«

»Keine, von denen ich weiß.« Er lacht, bis er meinen zornigen Blick bemerkt. »Nein.«

Ich schüttele den Kopf, und ein weiteres Mal senkt sich Schweigen über uns. Wir haben einander nichts zu sagen; wir haben einander unendlich viel zu sagen.

»Du bist Anwältin?« fragt er.

»Ja.«

»Da kenn ich 'nen guten. Du bist mit Adolf Hitler, Dschingis Khan, einem Anwalt und einem mit zwei Kugeln geladenen Revolver in einem Zimmer. Was tust du?«

»Wovon sprichst du?«

Er macht eine Handbewegung. »Das ist ein Witz.«

»Okay, was tue ich?«

»Du erschießt den Anwalt zweimal.« Er lacht, aber ich kann keineswegs mitlachen. »Okay, dieses war der erste Streich. Doch der zweite folgt sogleich. Was ist schwarz und braun und sieht auf einem Anwalt besonders gut aus?«

»Hör mal ...«

»Ein Dobermann.« Erneut lacht er, seine Augenwinkel kräuseln sich dabei in kleinen Falten. Ein attraktiver Mann für sein Alter, mit einem freundlichen Gesicht. Abgesehen davon, daß er Frauen schlägt. Habe ich schon mal erwähnt, daß der äußere Schein trügt?

»Du hast meine Mutter geschlagen, ja?«

»Hat sie dir das gesagt?«

»In etwa.«

Er atmet schwer aus. *»Madonn'.«*

»Nun?«

»Ich habe nie Hand an deine Mutter gelegt. Nie.« Er richtet seinen dicken Zeigefinger auf mich.

»Scheiße. Ich kann mich daran erinnern.«

»Dann erinnerst du dich falsch, Anwältin.«

»Zum Teufel, nein. Untersteh dich bloß nicht, hierherzukommen und mir zu sagen, woran ich mich erinnere.« Ich hebe die Stimme. »Ich weiß, woran ich mich erinnere.«

»Mom?« ruft Maddie verunsichert aus dem Wohnzimmer. Das Kind ist geschockt genug; jetzt steht seine Mutter auch noch kurz vor einem Wutanfall.

»Willst du nicht draußen spielen, Schätzchen?«

»Nein.«

»Willst du ein Video gucken?«

»Obwohl ich heute morgen schon Zeichentrickfilme geguckt habe?«

»Ja.«

»Au ja!« Sie hopst von der Couch.

»Weißt du, wie man die Kassette einlegt?«

»Das mache ich doch dauernd, Mom. Herrje.« Sie stöbert unter dem Fernseher in ihren Kassetten.

Mein Vater sieht zu, wie Maddie eine Kassette in den Videorecorder schiebt. »Kluges kleines Mädchen.«

Ich spüre einen Knoten in der Brust. »Das ist sie. Ich war es auch.«

Er schiebt seine Tasse weg und faltet die Hände. »Du willst wissen, warum ich fortging?«

»Das wäre ein Anfang.«

Er blickt auf seine runzligen Hände hinab, die sein wahres Alter verraten. »Ich lernte deine Mutter im Nixon, Ecke Fifty-Second und Market kennen.«

»Wir fangen ganz am Anfang an, ich verstehe.«

Er wirft mir einen bösen Blick zu. »Wie ich eben sagen wollte, bevor man mich derart ungehobelt unterbrach, war das Nixon einer der größten Tanzpaläste der Gegend. Der Eintritt kostete ein paar Dollar. Die hatten dort eine glitzernde Spiegelkugel, Scheinwerfer und eine Zehn-Mann-Kapelle. Alles da, von A bis Z. Man mußte Schlips und Sakko tragen.«

»Absolut erstklassig.«

Er nickte, ihm entging die Ironie. »*Absolut* erstklassig. Warum deine Mutter an jenem Abend dort war, habe ich nie erfahren. Sie kam von Saint Tommy More. Sie war eine großartige Tänzerin, die beste.«

»Meine Mutter und tanzen?« platze ich heraus. Es ist unvorstellbar, sie lächelt kaum.

»Gott, ja.« Er nickt. »Ich war mit den Kumpels dort, den Jungs von der Ecke. Louie, Popeye, Cooch. Sie war mit den irischen Mädchen gekommen. Sie standen alle in einer Ecke und unterhielten sich. Die Italiener forderten die Irinnen nie zum Tanzen auf, die Iren nie die Italienerinnen. Sie waren nicht aus unserer, sondern aus der Lady-of-Angels-Gemeinde.« Er lächelt, für einen Augenblick in Erinnerungen versunken. »Ich erinnere mich genau an ihre Augen, sie hatte wundervolle Augen. Richtige Schlafzimmeraugen.«

»Und?«

»Und deshalb forderte ich sie zum Tanzen auf, aber sie wollte nicht. Ich behielt sie im Auge für den langsamen Teil. Schließlich willigte sie ein. Ich weiß noch, daß der Boden schlüpfrig vom Puder war.«

»Vom Puder?«

»Ja. Talkumpuder, auf dem Boden. Machte ihn noch rutschiger, damit man beim Tanzen besser gleiten konnte. Slowfox, weißt du. Big Band. Ah, deine Mutter war gut. Ich übrigens auch. Da mußte man gut sein; sonst wärst du auf deinem verdammten Arsch gelandet.« Er lacht breit. »Sie veranstalteten einen Wettbewerb für den besten Jitterbug. Wir haben ein bißchen Geld gewonnen, ein paar Dollar, ich habe vergessen wieviel.«

Aus dem Wohnzimmer ertönen die ersten Passagen von *Cinderella,* und Maddie läßt sich wieder auf die Couch fallen, völlig gefangen von Disneys bunter Phantasiewelt. Eines Tages wird mein Prinz kommen. Ich sollte diese Bänder verbrennen.

»Irgendwann gingen wir raus auf einen Drink. Man konnte in diesen Lokalen nichts trinken, aber wir hatten etwas zum Trinken organisiert. Wir haben immer etwas zum Trinken organisieren können. Schließlich haben wir geheiratet, und du bist gekommen.« Sein Lächeln erlischt. »Damals beschloß ich aufzuhören und ging zu den Anonymen Alkoholikern, die ganze Chose. Aber sie nicht.«

Ich begreife nicht. »Willst du damit sagen, *Mom* trank?«

»Ich versuchte, sie davon abzubringen, aber sie konnte es nicht lassen.« Schwer lehnt er sich in seinem Stuhl zurück.

»Aber Mom trinkt nicht. Nicht einmal Bier.«

»Vielleicht jetzt nicht mehr, damals schon. Ich habe alles versucht. Versteckte die Flaschen, warf sie weg, schüttete den Mist in die Toilette. Ich kippte ihren Whiskey aus, und sie fiel über mich her ...«

»Sie über dich?«

Er errötet leicht. »Da hat's mir gereicht. Ich konnte es nicht mehr ertragen. Ich wußte, wenn ich bleibe, gehe ich mit ihr zugrunde. Deshalb ging ich fort. Sprang ab. Das einzige, was ich falsch gemacht habe, das einzige, was ich bereue, ist, daß ich dich zurückgelassen habe.«

Es schnürt mir die Brust zusammen. Ich bringe kein Wort heraus.

»Ich kann dir nicht mal erzählen, ich hätte versucht, das Sorgerecht zu bekommen, denn ich hab mich nicht darum bemüht. Ich hätte es ohnehin nicht bekommen, nicht damals, aber das ist keine Entschuldigung. Irgendwann hörte ich, sie hätte aufgehört zu trinken, nachdem ich fort war, aber ich ging trotzdem nicht zurück. Wir waren nicht gut füreinander, wir wären gemeinsam abgerutscht. Und du mit.«

Ich schlucke schwer, ich finde mich nicht mehr zurecht. Das ist nicht meine Familiengeschichte. Meine Geschichte ist eine völlig andere: ein Vater, der trank, ein Taugenichts, und eine Mutter, die litt. Ein Opfer, eine Heilige. Ich weiß nicht, ob ich ihm glauben soll. Ich kann ihn nicht ansehen. »Du solltest jetzt gehen«, stoße ich hervor.

»Ich bin nicht so dumm, ich habe wirklich nicht erwartet, daß zwischen uns gleich bestes Einvernehmen herrscht. Ich bin gekommen, weil ich etwas wiedergutmachen will. Ich habe ein bißchen Geld. Vielleicht kann ich dich unterstützen.«

»Kannst du nicht. Du solltest gehen.«

»Vielleicht mußt du erst eine Weile darüber nachdenken. Ich weiß, ich komme sehr plötzlich damit an. Du kannst mich jederzeit anrufen.« Er legt eine Karte auf den Tisch. EMEDIO »MIMMY« ROSSI, GEPRÜFTER LEHRER FÜR ENGLISCH ALS FREMDSPRACHE. »Ich fange ein kleines Geschäft an. Gebe Englischunterricht. Für Koreaner, Vietnamesen und so weiter.«

»Wird erwartet, daß ich Beifall klatsche?«

»Du bist hart, weißt du das?« Er steht auf, um zu gehen, aber ich kann ihn immer noch nicht ansehen. Ich habe tausend Fragen an ihn, aber nur eine brennt mir unter den Nägeln.

»Hast du mich geschlagen?« frage ich, als er an mir vorbeigegangen ist.

»Was meinst du mit ›dich geschlagen‹?«

»Wenn du getrunken hast, hast du mich dann geschlagen?«

»Nein. Nie.« Seine Stimme klingt lauter; er muß sich umgedreht haben, um mich anzusehen. »Warum?«

»Ich kann mich daran erinnern.«

Er schweigt einen Moment. »Was das angeht, mußt du deine Mutter fragen«, sagt er. Ich höre, wie er Maddie einen Abschiedsgruß zuruft und durch die Fliegengittertür hinausgeht. Sie fällt mit einem lauten Knall ins Schloß.

»*Wruff!*« beschwert sich Bernice.

21

Gedankenversunken bleibe ich noch lange am Eßtisch sitzen. Ich fühle mich entsetzlich. Maddie hockt wie verzaubert vor ihrem Video. Was sagte er? Daß auch meine Mutter trank? Daß *sie* mich geschlagen hat?

Auf diese Idee wäre ich nie gekommen.

Ich weiß nicht, was ich tun soll; ich kann das alles nicht so schnell verarbeiten. Ich kann nicht einmal damit umgehen, plötzlich einen Vater zu haben. Was fängt eine erwachsene Frau mit einem Vater an? Und bleibt noch Platz für eine Mutter, insbesondere für eine Mutter, die ihr Kind geprügelt hat? Bei dieser Vorstellung schießt mir eine noch vordringlichere Sorge durch den Kopf.

Maddie. Hat meine Mutter sie je geschlagen? Mein Gott. Ich schließe die Augen. Von Zeit zu Zeit hat Maddie blaue Flecken, aber sie behauptete immer, sie sei gestürzt. Und sie hat Schwierigkeiten in der ersten Klasse; ihr erstes Jahr in der Obhut meiner Mutter. Es paßt alles zusammen, und das macht mich krank. Könnte meine Mutter Maddie wirklich schlagen? Es übersteigt jegliche Vorstellungskraft, mal abgesehen davon, daß sie offensichtlich mich geschlagen hat.

Als ich in Maddies Alter war.

Was geht in meinem eigenen Haus vor? Maddie weiß es,

aber ich muß den richtigen Zeitpunkt abwarten, um sie zu fragen. Es beschäftigt mich unablässig, beim Kochen und beim Auftragen des Abendessens. Als ich nach dem Essen die Teller in die Spülmaschine räume, lasse ich Bernice in stummer Vergeltung jeden Teller ablecken.

Später, zur Badezeit, liegt Maddie in einer vollen Mr.-Bubble-Wanne. Sie läßt einen blauen Gummihai inmitten von unter Schaumbergen verborgenen Plastikgoldfischen schwimmen. Ich sitze auf dem Deckel der Toilette und sehe ihr zu. Das könnte der richtige Zeitpunkt sein.

»Wie ist das Wasser, Knirps?« frage ich.

»Willst du einen Tornado sehen?«

»Einen Tornado? Klar.«

Sie hält sich die Nase zu und dreht sich einmal in der Wanne um die eigene Achse. Das Wasser wirbelt. Grinsend kommt sie wieder zum Vorschein, die nassen Haare kleben ihr in Strähnen auf Wangen und Kinn. »Hast du das gesehen?«

»Lustig.«

Sie wirft mir einen mißtrauischen Blick zu. »Du hast nicht hingeguckt.«

»Ich *habe* hingeguckt, es war toll. Wie ein Whirlpool!«

Sie versinkt bis zum Kinn im Schaum.

»Also, Mads«, fange ich so beiläufig wie möglich an, »was macht ihr denn, du und Grandma, immer so an den Nachmittagen?« Der Hai taucht in eine Schaumkrone, und Maddie antwortet nicht. Vielleicht will sie sich vor einer Antwort drücken; vielleicht ist es nur die typische Unaufmerksamkeit eines Kindes gegenüber Erwachsenen. Oder ihre spezielle mir gegenüber. »Mads?«

»Was?«

»Hast du Spaß mit Grandma, während ich im Büro bin?« Blöd. Eine Suggestivfrage.

Sie nickt, und der Hai springt über ihren Bauch.

»Was macht ihr zwei denn?«

»Fernsehen.«

Zum erstenmal in meinem Leben freue ich mich über diese Antwort. »Zeichentrickfilme?«

Sie nickt dem Hai zu, der zurücknickt.

»Videos auch?«

»Mhm. *Ja.*«

»Spielt ihr auch mal?«

Sie nickt wieder. Der Hai ebenfalls.

»Was spielt ihr denn?«

»Darf Madeline in die Wanne?«

»Natürlich nicht, dann wird sie doch naß«, sage ich automatisch, aber dann kommt mir ein Gedanke. Vielleicht kann Maddie mir etwas durch Madeline mitteilen, was sie mir nicht direkt sagen kann. »Gut, dies eine Mal, aber nicht ins Wasser, okay?«

»Ja!« Der Hai tanzt vor Freude, als ich die Puppe aus Maddies Zimmer hole und ins Badezimmer bringe. Mit gekreuzten Beinen hocke ich mich auf den Flickenteppich vor der Badewanne.

»He, Maddie«, lasse ich die Puppe sagen.

»He, Madeline«, jauchzt Maddie vergnügt. Der Gummihai hat ausgedient.

»Was spielst du denn mit deiner Grandma?« fragt die Puppe. »Spuck's aus.«

Maddie kichert. »Was heißt ›ausspucken‹?«

»Klatschen. Reden. Die ganze Wahrheit sagen. Ich will alles wissen.« Der gelbe Filzhut der Puppe wippt auf und nieder.

Maddie setzt sich in der Wanne auf und sieht die Puppe so aufmerksam an, als wäre sie lebendig. »Wir spielen Deckel«, antwortet sie.

»Was ist das?«

»So ein Spiel mit einem Ball und einem Deckel.«

»Hört sich langweilig an.«

Zwei glatte Knie schießen aus dem Schaum, und sie umfaßt sie mit den Armen. »Sie jagt mich herum, wenn sie verliert.«

»So was macht meine Grandma auch. Sie ist eine Spielverderberin. Sie nervt mich.«

»Zwickt sie dich? Meine Grandma zwickt mich.«

Mein Herz setzt einen Schlag lang aus. »Sie zwickt dich?«

Sie nickt. »Sie jagt mich herum und zwickt mir in den Po.«

»Fest?«

Sie schüttelt den Kopf. »Nur so zum Spaß. Wenn sie verliert. Aber sie kriegt mich sowieso nie, weil ich zu schnell bin. Ich bin schneller als die Jungs. Kannst du Jungs leiden?«

»Nein, sie nerven noch mehr als Grandmas. Wird deine Grandma ab und zu böse auf dich und schreit dich an?«

Sie guckt verständnislos.

»Sag es mir!« kreischt die Puppe. »Sag es mir, du kleiner Wildfang! Sag mir alles!«

Kichernd zupft sie sich eine feuchte Haarsträhne von der Wange. »Wir haben ein Geheimnis«, flüstert sie ernst werdend.

»Ein Geheimnis?«

»Ein *richtiges* Geheimnis. Etwas, was Mommy nicht wissen darf.« Ihre blauen Augen funkeln.

»Ein Geheimnis vor Mommy?«

»Grandma sagt, sie käme nie dahinter.«

Mir wird fast übel. »Ich weiß. Mommy ist ja so dumm. Aber mir kannst du es doch sagen.«

»Kann ich nicht. Grandma sagte, Mommy würde böse werden, wenn sie dahinterkommt, und mit mir schimpfen.«

»Ich wette, das würde sie nicht.« Die Puppe zappelt enttäuscht auf und ab und läßt ihre unförmigen Stoffarme schlenkern.

»Oh-ho«, sagt sie nachdrücklich. »Meine Mom brüllt oft. Sie sagt, sie muß das, weil sie immer alles allein machen muß, weil ich nicht helfe.«

Eine wahre Flutwelle von Schuldgefühlen überschwemmt mich. »Meine Mom meckert auch andauernd. Sie ist doof. Groß, fett, dumm und doof.«

Lachend schlägt Maddie die Hände vors Gesicht. »Meine Mom meckert *andauernd.* Sie schreit rum, wenn ich meine Kleider nicht in den Wäschekorb tue und sie sie aufheben muß. Sie bückt sich jeden Tag zwanzigmal. Wenn sie für jedesmal bücken ein Fünfcentstück kriegen würde, wäre sie reich.«

»Hört sich an, als wäre sie auch groß, fett und doof.«

»Aber weißt du, was ich mache?«

»Was denn?«

»Ich gehe in die Kammer und ziehe meine Kleider dort aus.«

»Was? Warum machst du das?«

»Weil dort der Wäschekorb steht. Ich stelle mich in den Korb, dann fallen meine Kleider gleich rein.« Sie lächelt, und ich auch; ich stelle mir vor, wie sie im Weidenkorb in der Kammer steht.

»Du bist ganz schön schlau, weißt du das?«

»Ja. Echt.« Sie reibt sich mit der Handfläche über die Nase.

»Liebst du mich?« fragt die Puppe.

Maddie greift über den Wannenrand und ordnet eine Strähne des grellroten Garnhaars der Puppe. »Ja.«

»Dann sag mir dein Geheimnis!« platzt die Puppe heraus und hüpft wie eine Verrückte herum. »JETZT GLEICH!«

»Schon gut, schon gut! Beruhige dich!« antwortet Maddie in einer unsicheren Mischung aus Lachen und ernsthafter Besorgnis. »Das Geheimnis ist, daß Grandma raucht.«

»Was?«

»Auf der Veranda. Während *Tom und Jerry*. Meine Mutter glaubt, sie raucht nicht, wenn sie auf mich aufpaßt, aber in Wirklichkeit raucht sie.«

»Das ist das Geheimnis?« Ich bemühe mich, nicht allzu enttäuscht zu klingen, obwohl ich keine Ahnung hatte, daß meine Mutter gegen unsere Abmachung verstößt. Ohne dabei das Gesicht zu verziehen, hatte sie mir versichert, sie könne es gut drei Stunden ohne aushalten. Eine gute Lügnerin nach all den Jahren der Übung.

»Ist das nicht ein tolles Geheimnis?«

»Ja. Hast du noch ein paar Geheimnisse für mich auf Lager?«

Nachdenklich verdreht Maddie die Augen. »Nein.«

»Dann sag ich dir eins.«

»Okay.« Sie streckt die Beine aus, und die Knie verschwinden in der Wanne.

»Meine Mom wird manchmal so wütend, daß sie mich haut. So.«

Ich quetsche die Puppe in der Mitte zusammen und hämmere ihren Kopf auf den Wannenrand. »So und so. Auuuaaa!«

»Ehrlich?« Maddies Augen weiten sich, fragend sieht sie die Puppe an. Ich lasse die Puppe nicken.

»Ehrlich. Es tut weh.«

»Das ist gemein.«

»Ich weiß. Sie macht es, wenn sie wütend ist oder wenn sie trinkt.«

»Trinkt?«

»So Sachen wie Bier. Wie Wein oder Whiskey. Macht deine Mommy das auch?«

»Nein.« Maddie schüttelt verwirrt den Kopf.

»Und deine Grandma?«

»Nein.«

»Nie?«

»Nein.«

»Hast du sie schon mal was trinken sehen?«

»Ja, sicher. Wasser.«

»Keinen Whiskey? Er ist gelb.«

»Nein. Sie raucht nur. Der Rauch kommt aus ihrer Nase wie bei einem Drachen.«

»Igitt.«

Sie nickt feierlich. »Igitt.«

Mein Puls normalisiert sich. Das Unvorstellbare ist also nicht eingetreten, meine Tochter ist sicher in der Obhut ihrer Großmutter. Ich muß nur die Vergangenheit bewältigen. Meine Vergangenheit.

Damit werde ich mich befassen, sobald ich die Gegenwart bewältigt habe.

22

Am Sonntag sitzen Bernice, Ricki und ich ganz vorne auf den harten Sitzen der nicht überdachten Tribüne und bewundern Rickis Lieblingssohn Jared beim Fußballspielen. Während ich ihr erzähle, wie aus Shake and Bake Winn wurde und daß mein Vater unvermutet aufgetaucht ist, haften Rickis Augen unverwandt auf Jared. Lediglich als ich schildere, wie ich vor dem Gerichtsgebäude niedergeschlagen wurde, sieht sie mich kurz an, aber ich glaube, nur aus Stolz über Jared, der in dem Moment im gegnerischen Strafraum für Aufregung sorgt.

»Bravo, Jared!« schreit sie und legt die Hände wie einen Trichter an den Mund. »Hast du das gesehen? Fast hat er ein Tor geschossen!«

»Er ist der Messias. Davon bin ich überzeugt.«

»He, sieh doch.«

Fast automatisch wandert mein Blick über das saftiggrüne Vorstadtspielfeld; meine Paranoia hat sich nicht gelegt, auch wenn sich der italienische Spanner als Großvater meiner Tochter entpuppt hat. Hier ist allerdings offensichtlich weit und breit nichts, wovor man sich fürchten müßte, denn Ricki wohnt in Bryn Mawr, einer der wohlhabendsten Gemeinden. Hier laufen keine Mörder herum, nur farblich harmonisch aufeinander abgestimmte Eltern, die ihren Kindern dabei zusehen, wie sie einander beim Kicken fertigmachen. Solange ich mich vom Spielfeld fernhalte, befinde ich mich in Sicherheit.

»Wirst du deinen Vater wiedersehen?« fragt Ricki.

»Nicht, wenn ich es verhindern kann.«

»Aber du solltest ihn wiedersehen, weißt du. Meiner Meinung nach wäre das sehr gesund.«

»Also wirklich, Rick. Er ist eine Ein-Mann-Horrorshow«

Der Wind bläst eine Haarsträhne in ihr Gesicht. Sie haftet auf ihrem Lippenstift, und Rick zupft sie weg. »Ich finde es prima, daß er dich ausfindig gemacht und sich gemeldet hat. Er setzt sich mit dem Problem auseinander, zumindest versucht er es. Ehre, wem Ehre gebührt.«

»Bitte. Der Typ sieht aus wie Elvis. Auf der Briefmarke, die abgelehnt wurde.«

»Rede mit deiner Mutter über das, was passiert ist, als du klein warst.«

»Das ist auch so ein Schlager. Sich als Rose Kennedy auszugeben. Der reinste Witz.«

Sie läßt Jared nicht aus den Augen, der eben den Ball einem Mannschaftskameraden zuspielt. »Schöner Paß, Liebling!« Gleich darauf schlägt sie die Hand vor den Mund. »Verdammt. Er hat mir verboten, das zu sagen. Trotzdem, sprich mit ihr.«

»Ich habe größere Probleme.« Ich denke an Armen. Sein Mörder läuft noch immer frei herum, und heute ist mein einziger Sonntag ohne Maddie, die bei Sam ist.

»Du meinst den Richter?«

»Ich sagte dir, es war kein Selbstmord, Rick. Sogar das FBI ist davon überzeugt.«

»Laß das bitte. Du bist unerträglich.«

»Du meinst, weil ich recht hatte und du nicht?«

»Ja, schon.«

»Höre ich was von *klein beigeben?*«

Sie klatscht laut. »Bravo, Jared! Bravo!«

»Manchmal ist ein Zug wirklich ein Zug, Ricki. Züge und Bagels, Bagels und Züge.«

»Los, Jared, du kannst es!« Sie klatscht. »Das einzige, worauf es ankommt, ist, daß du aus dem Schlamassel rauskommst. Du hattest recht, das dem FBI zu überlassen, das ist schließlich ihr Job. Du hättest erst gar nicht in diese Sache reingezogen werden dürfen.«

So habe ich also gelogen. Ein harmloses Mißverständnis, eine kleine harmlose Lüge. Warum sollte ich sie beunruhigen?

»Ich weiß nicht, wie du überhaupt darauf gekommen bist, dir einzubilden, du könntest einen Mord im Alleingang aufklären. Und jetzt ist noch die Mafia darin verwickelt.«

Ich dummes Ding. »Klein beigeben«, sage ich.

»Vielleicht dringe ich wirklich einmal zu dir durch. Vielleicht zahlen sich die vielen kostenlosen Therapiestunden ja mal aus.« Sie lächelt mich an, aber das Geschehen auf dem Fußballfeld lenkt sie sofort wieder ab. »He, Schiedsrichter, was soll das? Wach auf, du Blödmann!« Die Frau neben ihr bedenkt sie mit einem raschen Seitenblick. »Im Radio kam was über diesen Todesstrafenfall.«

»Ja, er ist noch am Obersten Bundesgericht. Bis jetzt ist noch nicht entschieden worden.«

»Los, Jared, mach ihn fertig!«

Ich denke an Hightower, der allein in seiner Zelle sitzt. Ich las, sie hätten ihn aus der Reihe der Todeszellen in eine spezielle Zelle in der Nähe des Hinrichtungsraumes verlegt. Die Frist läuft morgen vormittag um 9 Uhr 03 ab. Ich frage mich, was Mrs. Stevens heute macht. Wie viele Mütter kennen die exakte Todeszeit und den Sterbeort ihres Kindes? Außer den Gilpins?

»Im Radio brachten sie, im Gefängnis würde heute nacht eingeschlossen«, sagt Ricki. »Was bedeutet das?«

»Das bedeutet, alle Gefangenen müssen in ihren Zellen bleiben.«

»Ist das in Gefängnissen nicht immer so?«

»Das wird vor Hinrichtungen gemacht, damit es nicht zu einer Meuterei kommt.«

Ricki springt auf. »Er hat ein Tor geschossen! Bravo, Schätzchen! Bravo!« Sie applaudiert wie wahnsinnig und blickt beleidigt auf mich herab. »Klatsch endlich! Er hat ein Tor geschossen!«

Folgsam klatsche ich für Jared, der wirklich ein netter junger Mann ist mit seinen wundervoll drahtigen Beinen in den beuteligen Fußballhosen. Er wirft die Arme in die Luft und strahlt zu seiner Mutter und mir herüber, der Mund ein einziges Drahtkunstwerk teuerster Kieferorthopädie. Aber als ich sein von Adrenalin und glänzenden Zukunftsaussichten gerötetes Gesicht vor mir sehe, denke ich aus irgendeinem Grund an Hightower, der kein Fußballfeld in der Vorstadt hatte, kein schickes Trikot und keine Hundert-Dollar-Stollenschuhe. Der eine wird nach Harvard gehen; der andere wird hingerichtet.

Keine Gerechtigkeit, kein Frieden.

Leere Phrasen. Bis ich an Armen und seinen Mörder denke.

In dieser Nacht begebe ich mich auf den Kriegspfad und rattere bei Dunkelheit nach West-Philadelphia. Ich bin auf dem Weg zu Armens geheimer Wohnung. Jemand hat ihn umgebracht; vielleicht finde ich dort die Antwort. Und da ich die einzige bin, die von dieser Wohnung weiß, ist das Unternehmen relativ sicher. Maddie ist heute bei Sam, und das ist der Hauptgrund für meinen Entschluß zu diesem Besuch. Die Zeit, in der ich einen Babysitter habe, versuche ich immer besonders gut auszunutzen; wenn Sie Kinder haben, verstehen Sie das. Ich kannte Ehepaare, die sind noch mal um den Block gefahren, nur um die letzten fünfzehn kinderfreien Minuten bis zur Neige auszukosten.

Nur für den Fall, daß mich jemand beobachtet, habe ich mich als die teure Anwältin kostümiert, die ich einmal war: Aktentasche mit Monogramm, zu teurer Regenmantel und prätentiöser Filzhut. Auf dem Weg nach West-Philadelphia sehe ich immer wieder prüfend in den Rückspiegel, entdecke aber nichts Verdächtiges.

Ich öffne das Wagenfenster und lasse die kühle Nachtluft herein. An der Ecke Vierzigste und Spruce riecht es wie vor zwanzig Jahren nach frischen Brötchen. Ich kurble den Wagen in eine Lücke, steige aus und trete mitten in einen Rinnstein voller Abfall. Manche Dinge ändern sich tatsächlich nie.

Nachdem ich den Wagen abgeschlossen habe, gehe ich die Pine Street hinunter, die von viktorianischen Häusern mit teuren Wohnungen mit Hartholzfußböden und hohen Decken gesäumt wird. Als ich studierte, wohnten hier die reicheren Studenten; sieht so aus, als hätte sich auch daran nichts geändert, jedenfalls nach den Wagen zu schließen, die Stoßstange an importierter Stoßstange entlang der Straße parken.

Bei der im Scheckbuch angegebenen Adresse handelt es sich um ein Haus aus rötlichbraunem Sandstein. Ich bleibe im Dunkeln vor dem zweistöckigen viktorianischen Haus mit den hohen Bogenfenstern und dem Mansardendach stehen. Im Erdgeschoß brennt Licht, und durch die geschlossenen Jalousien läßt sich so etwas wie ein Wohnzimmer erahnen. Ich rücke meinen Hut zurecht, steige die Stufen zum überdachten Eingang hinauf und läute an der Klingel neben der Vordertür.

Das Eingangslicht geht an. Eine ältere Frau taucht am Fenster auf und schaut hinter Gittern heraus. Ihre grauen Haare sind zu einem langen Zopf geflochten, und sie trägt eine dicke Brille. »Was gibt's?« ruft sie mir durch das Gitter zu.

»Ich bin Anwältin«, sage ich und schwinge erklärend meine Aktentasche.

Sie wendet sich ab. Das Licht geht aus.

Tolle Eröffnung. Ich nehme einen neuen Anlauf. »Bitte, ich bin eine Freundin von Greg Armen.«

Das Licht geht wieder an, und sie erscheint erneut in ihrem farbenprächtigen Indiohemd, etwas freundlicher diesmal. »Was wünschen Sie?«

»Ich würde gerne hereinkommen. Ich bin hier mit ihm verabredet. Mein Name ist Grace Rossi.«

Sie blinzelt, und ich lächele leicht zähnefletschend. Sie schließt die verschiedenen, an der Tür angebrachten Schlösser auf und öffnet. Ein widerlicher Geruch nach indischem Curry begrüßt mich. »Riecht gut«, sage ich anerkennend.

»Arbeiten Sie mit Greg zusammen?«

»Ja. Ich sollte ihn hier treffen, aber anscheinend kommt er zu spät. Wissen Sie, wie ich in die Wohnung komme? Dann könnte ich dort auf ihn warten.«

Aus ihrer Wohnung dringt das Miauen einer Katze. »Heute ist er gar nicht gekommen. Sonst kommt er immer sonntags.«

»Ich weiß, er wurde aufgehalten. Er bat mich, heute abend kurz vorbeizukommen. Wir kennen uns noch nicht sehr lange.«

»Wollen Sie ihn überraschen?«

»Genau.«

»Wie interessant. Halten Sie durch.« Sie zwinkert mir bühnenreif zu. »Er hat einen Schlüssel bei mir hinterlegt für den Fall, daß er seinen einmal vergißt.« In Birkenstock-Schuhen schlurft sie in ihre Wohnung und kommt mit einem Schlüsselring, an dem ein Schlüssel baumelt, zurück. »Er vergißt ihn manchmal. Er ist ein bißchen wunderlich, ständig trägt er diese Mütze und die Sonnenbrille. Sie mag ich übrigens auch.«

»Sie?«

»Ach herrje! Von mir haben Sie das nicht! Sonst macht er mir die Hölle heiß!« Sie knallt mir den Schlüssel in die ausgestreckte Hand, macht auf dem Absatz kehrt und schlurft in ihre Wohnung. Als sie die Tür schließt, höre ich wieder das Miauen der Katze.

Mit einem unguten Gefühl stapfe ich die Treppe hinauf. *Sie mag ich übrigens auch.* Wer ist diese Sie? Die mit einem schäbigen Teppich ausgelegte Treppe macht eine Biegung nach links, und zwei Türen kommen in Sicht, 2 A und 2 B. Im Scheckbuch steht 2 B, also stecke ich den Schlüssel in das Schloß dieser Tür. Sie öffnet sich so problemlos, daß es den Anschein hat, als warte sie begierig darauf, das hinter ihr verborgene Geheimnis zu enthüllen, auch wenn ich im Grunde gar nicht so begierig auf diese Enthüllung bin.

Der Raum ist dunkel. Nur die Straßenbeleuchtung, die durch die Erkerfenster am anderen Ende des Zimmers hereinfällt, spendet schwaches Licht. Das Einzelbett an der Wand läßt darauf schließen, daß es sich um ein Einzimmerapartment handelt. Von einer Deckenlampe hängt eine Kette herab, und ich ziehe daran. Was sich mir im hellen Lampenschein offenbart, versetzt mir einen Schock.

Überall in der Wohnung, wohin ich auch schaue, nichts als Spielzeug. Die weißen IKEA-Wandregale sind vollgepackt mit Stofftieren. Ein Plüschtiger. Pinocchio. Ein Steiff-Löwe. Mickymaus. Alle in wildem Durcheinander in die Regale gestopft, Pappfüße und weiß behandschuhte Hände ragen hervor. In den unteren Regalfächern türmen sich Stapel von Spielen. Candyland. Don't Break the Ice. Clue. Monopoly.

Wie betäubt schließe ich die Tür hinter mir.

Ein Kinderzimmer. Hat Armen ein Kind? Die Frau unten sagte, er käme immer sonntags. Wie viele geschiedene Väter. Wie Sam. Ist Armen geschieden? War er schon einmal verheiratet?

Was hat das alles zu bedeuten?

Steifbeinig gehe ich mitten in das Zimmer und nehme ein Stoffhündchen, einen Dalmatiner, von der Couch. Es starrt mich mit runden, leeren Augen an.

Was ist das für ein Kind? Wer ist diese Frau?

Ich stöbere zuerst zwischen den Stofftieren auf den Regalen

herum, anschließend zwischen den Spielen. Spielzeugkatzen und Teddybären fliegen bei meiner Kramerei von den Brettern. Wut steigt in mir auf. Ich bin kurz davor, die Beherrschung zu verlieren. Wer ist diese Frau? Was ist das für ein Kind?

Ich reiße den Plastikdeckel von einer weißen Spielzeugschachtel voller Bauklötze und wühle mich bis zum Grund durch. Nichts, abgesehen von ein paar Plastikperlen und einer Degenscheide von einem Piratenkostüm.

Zornig wende ich mich dem weißen Bücherregal neben der weißen Spielzeugschachtel zu. Jede Menge Kinderbücher, mehr, als die meisten Bibliotheken besitzen, darunter viele gebundene Exemplare. Wutentbrannt reiße ich die Bücher herunter, eines nach dem anderen. Warum hat er mir nichts gesagt, damals, in der Nacht auf der Couch? Ich höre mich keuchen und beobachte befriedigt, wie *Goodnight Moon* und *Where the Wild Things Are* mitten in das inzwischen auf dem weichen Teppich herrschende Chaos fallen.

Ich nehme das nächste Buch aus dem Regal. *Eloise*. Der Titel versetzt mir einen Stich; dieses Buch kenne ich, obwohl ich es Maddie noch nicht gekauft habe.

Woher kenne ich *Eloise?*

Ich schlage das Buch auf, blättere eine überdimensionale Seite nach der anderen um und versuche, mich zu erinnern. Schließlich gelange ich zu einer Seite, die auf den ersten Blick aufgeschlitzt aussieht, aber es ist eine Ausklappseite. In vager Erinnerung folge ich Eloises Spuren und fahre mit dem Fingernagel die gepunktete rote Linie nach, die den Auf- und Abwärtsweg des Fahrstuhls markiert. Dabei sehe ich plötzlich einen kräftigen Fingernagel vor mir, der einmal den gleichen Weg nachzeichnete. *Siehst du, da geht sie*. Der Finger ist auf der Seite gelb verfärbt vom Nikotin, und meine eigene Hand liegt auf einer warmen Hand und folgt dem Weg. Auf der Hand meines Vaters. *Siehst du, Prinzessin.*

Und dann ging er fort.

Ich liebe dich.

Lügner. Lügner allesamt. Ich werfe das Buch auf den Boden.

Plötzlich höre ich ein Geräusch an den Fenstern hinter mir. Ich drehe mich um. Nichts zu sehen. Wieder ertönt das Geräusch, eine Art Rascheln. Es kommt von draußen. Ich greife nach der von der Decke herabhängenden Kette und lösche das Licht. Im gleichen Moment, als das Zimmer dunkel wird, sehe ich draußen vor den Erkerfenstern eine Gestalt auf das Vordach klettern.

Ich weiche zurück an die Wand.

Die Gestalt schleicht gebückt zum Fenster. Im Licht der Straßenlaternen ist sie nur als Silhouette wahrnehmbar. Meine Nackenhaare sträuben sich. Jemand bricht ein. Wer weiß noch von dieser Wohnung? Armens Mörder?

Die Gestalt entfernt das abnehmbare Fliegengitter vor dem Fenster und legt es lautlos auf das Dach. Ein Profi. Das Straßenlicht fällt auf eine schwarze Lederjacke, die sich knapp über einen kräftigen Rücken spannt, und läßt das Leder aufblitzen. Mein Mund wird trocken. Er rüttelt am mittleren Fenster, und unter seinen geschickten Händen geht es auf.

Ich taste in der Tasche meines Regenmantels nach dem Wohnungsschlüssel, damit ich ihn dem Kerl im entscheidenden Moment in die Augen stoßen kann. Ein Schrei steigt mir in die Kehle, aber ich unterdrücke ihn.

Die Gestalt öffnet halb das Fenster und klettert herein. Lautlos landet sie nach dem Sprung am Fußende des Bettes.

Jeden Nerv bis zum äußersten angespannt, taste ich mich im Dunkeln in Richtung Eingangstür. Ich habe keine Ahnung, wer da eingedrungen ist, und bin auch nicht scharf darauf, seine Bekanntschaft zu machen. Ich muß den Verstand verloren haben, als ich hierherkam. Voller Angst weiche ich noch einen Schritt zurück, rutsche auf einem Buch aus und stoße unwillkürlich einen Schrei aus.

Den Bruchteil einer Sekunde später stürzt sich die Gestalt auf mich. Mit der Wucht eines Güterzugs kracht sie mir in die Brust und raubt mir den Atem. Ich schreie vor Schmerz und falle rückwärts auf den Fußboden. Mein Kopf kracht genau auf die Stelle mit der Beule.

Ich will schreien, aber eine Hand preßt sich so fest auf meinen Mund, daß mir Tränen in die Augen treten. Die Hand drückt meinen Kopf nach hinten auf den Fußboden. Ein Körper klettert auf mich und nagelt mich auf dem Boden fest. In höchster Verzweiflung versuche ich, ihn mit den Knien zu treffen, aber er ist zu kräftig. Eine Taschenlampe leuchtet mir in die Augen und blendet mich.

»Grace!« sagt eine Stimme hinter dem Licht. »Was, zum Teufel, soll das?« Er nimmt die Hand von meinem Mund.

»Wer sind Sie?«

»Ich bin's. Winn.« Er hält den Strahl der Taschenlampe auf sein bärtiges Gesicht. »Was machen Sie denn hier?«

Mein Kopf beginnt zu schmerzen. »Warum sind Sie über mich hergefallen?« frage ich und zucke vor Schmerz zusammen. »Sie haben mich am Kopf verletzt.«

»Warum sind Sie eingebrochen?« Er steigt von mir herunter.

»Warum sind *Sie* eingebrochen?« Ich ziehe meinen Tweedrock hinunter und versuche, meine Würde wiederherzustellen. »Großer Gott im Himmel, in meinem ganzen Leben hat mich niemand so vermöbelt. Dazu mußte ich erst Sie kennenlernen.«

Er steht auf und hilft mir auf die Beine. »Warum haben Sie nicht gesagt, wer Sie sind?«

»Ich wußte doch nicht, daß Sie es sind. Warum haben Sie nicht gesagt, wer *Sie* sind?«

»Ich wußte doch nicht, daß *Sie* es sind.«

»Wo ist Ihr Regenmantel?«

Er blickt an seiner Lederjacke hinab. »Darunter.« Er zieht einen Mantelzipfel heraus, aber in der Dunkelheit ist fast nichts zu erkennen. »Die fand ich in einer Mülltonne eine Straße weiter, können Sie sich das vorstellen? Die muß ein paar hundert Dollar gekostet haben.«

»Sie sind schon zu lange Undercover-Agent. Wo ist Ihre Regenhaube?«

»Bei Einbrüchen trage ich sie nicht. Setzen Sie sich lieber hin. Kommen Sie, ich helfe Ihnen.« Vorsichtig führt er mich zur Couch und bettet meinen Kopf auf ein zerknittertes, großes buntes Taschentuch, das er aus seiner Tasche gezogen hat. »Ruhen Sie sich eine Minute aus. Ich sehe nach, ob Eis da ist.«

Ich packe ihn am Revers, bevor er sich aufrichten kann. »Nein. Kein Eis. Ich hasse Eis.«

»Sie brauchen Eis.«

»Nein. Ich brauche nichts weiter, als Sie anzuschreien und zu verklagen. Und dann das ganze Programm noch mal, Sie noch mal anzuschreien und noch mal zu verklagen.«

Er lacht und läßt sich schwerfällig neben mich auf die Couch sinken. Im Licht der Straßenlampe sehe ich den Schmutzfilm auf seiner Nase; ich könnte nie Undercover-Agentin werden, das würden meine Poren nicht aushalten. »Tut mir leid, daß ich auf Sie losgegangen bin«, entschuldigt er sich, »aber mit Ihnen hatte ich nicht gerechnet.«

»Nicht mit mir gerechnet? Ich war rechtmäßig in dieser Wohnung.«

»Woher sollte ich das wissen? Seit über einem Monat beobachte ich dieses Haus. Nie brannte in der Nacht Licht in dieser Wohnung. Ich dachte, ich greife einen Mörder.«

»Sahen Sie mich denn nicht zur Tür hineingehen?«

»Ich habe Sie nicht erkannt. Sie tragen sonst nie Hüte, und ich sah Sie auch noch nie mit einer Aktentasche. Ich dachte, irgendeine Person würde die alte Dame im Erdgeschoß besuchen. Sie befinden sich außerhalb der Reservation, Grace. Sehr weit davon entfernt. Wer ist bei Ihrer Tochter?«

»Sie ist bei ihrem Vater. Sonntag ist anscheinend allgemein Vatertag.«

Er greift um meinen Nacken. »Heben Sie den Kopf. Ich möchte dieses Ding zurechtlegen.« Ich gehorche, und er faltet das Riesentaschentuch in der Mitte zusammen.

»Ich hasse Männer.«

»Ich weiß, wir sind Saukerle. Sehen Sie mich an.«

»Genau.«

Er lacht. »Was ist Ihnen mehr verhaßt, Männer oder Eis?«

Ich merke, daß ich lächle. Der Adrenalinspiegel sinkt. »Männer. Armen besonders. Er war also Vater? Wer ist die Mutter?«

»Wissen Sie das nicht?«

»Natürlich nicht.«

»Woher wissen Sie dann von dieser Wohnung? Ich dachte, er hätte es Ihnen erzählt.«

Ich bin verletzt und gedemütigt und habe keine Lust, meine Kombinationsgabe unter Beweis zu stellen. »Also, wessen Kind ist es? Sagen Sie es mir.«

Er zögert. »Waren Sie in ihn verliebt?«

Ich bin froh, daß er mein Gesicht nicht deutlich sehen kann. »Nein. Ich war scharf auf ihn. Wie sich nun herausstellt, kannte ich ihn gar nicht. Sollte meine Tochter je tun, was ich getan habe, bringe ich sie um.«

»Sie waren einsam.«

»Woher wissen Sie das?«

»Artie hat es mir gesagt.«

Ich zucke zusammen. »Phantastisch. Und jetzt zu interessanteren Themen. Ist es sein Kind?«

»Ja.«

»Und die Mutter?«

»Wollen Sie es wirklich wissen? Frei heraus, einfach so?« Ich spüre seinen Blick auf mich gerichtet.

»Ich kann es verkraften, Doc.«

»Eletha.«

Ich keuche, mir ist, als würde man mir noch einmal die Kehle zudrücken. Eine Weile bringe ich kein Wort heraus.

»Grace?« Er berührt meinen Arm, aber ich entziehe mich ihm.

»*Eletha* ist die Mutter? Das Kind ...«

»Ist Malcolm.«

O Gott. »Woher wissen Sie das?«

»Sie hat ihn hier abgeliefert.«

Mein Verstand rotiert. Ich sehe Malcolms Foto auf Elethas Schreibtisch vor mir. Seine helle Haut. Warum bin ich nie auch nur auf die Idee gekommen? Armen bezahlte ja sogar ihre Fortbildung. »Waren sie verheiratet?«

»Nein. Das habe ich überprüft. Nie verheiratet.«

Malcolm, ein uneheliches Kind? »Weiß es Susan?«

»Keine Ahnung, hier habe ich sie jedenfalls nie gesehen. Armen traf Malcolm jeden Sonntag.«

»Seit wann?«

»Das weiß ich auch nicht. Sie spielten im Haus, manchmal ging er auch mit ihm in den Clark Park. An Orte, wo man ihn nicht erkennen würde. Er war ein guter Vater.«

Mir dreht sich fast der Magen um. »Er war ein Lügner!«

»Das ist unfair.«

»Wie kommen Sie darauf? Was war er für ein Mensch? Clarence Thomas? Gott, war ich blind.«

»Verurteilen Sie ihn nicht, bevor Sie nicht alle Fakten kennen. Ich kannte Armen auch. Er war ein guter Mensch. Er hat sich für mich eingesetzt. Auf seine Intervention hin durfte ich im Club Basketball spielen, er hat mir sogar einen Spind besorgt. Es hat ihn nicht gestört, daß ich obdachlos bin.«

»Sind Sie ja auch nicht. Und er war ein Stück Dreck.«

»Das ist nicht Ihre ehrliche Meinung, sonst hätten Sie ihn nicht geschützt.«

»Ich und ihn geschützt? Inwiefern?«

»Sie haben mir nichts von dem Geld erzählt. Von den 650000 Dollar. Daher wissen Sie von dieser Wohnung, oder etwa nicht?«

Ich lasse mich auf die Couch zurückfallen. Mein Kopf schmerzt noch schlimmer als vorher. »Woher wissen *Sie* von dem Geld.«

»Das Finanzamt kam hinter das Konto. Letztes Jahr bei seiner Steuererklärung war es noch ein Bruchteil. Muß in den letzten zwölf Monaten gewaltig angewachsen sein.«

»Das kann kein Bestechungsgeld für Canavan gewesen sein. Armen wollte dem Fall eine andere Wendung geben.«

»Ich weiß das, und Sie wissen das, aber das Geld hat meine Vorgesetzten davon überzeugt, daß sich Armen bestechen ließ. Sie kamen zu dem Schluß, daß er sich deshalb umgebracht hat; er konnte nicht damit leben. Er brachte sich im April um – Zeit für die Steuer, schlossen sie messerscharf. Jeden Tag können sie diesen Fall endgültig ad acta legen. Für sie ist der böse Bube tot.«

»Aber Sie haben Armen bei der Verhandlung erlebt. Er hätte gegen Galanter gestimmt.«

»Meine Vorgesetzten halten das für reine Show. Er hatte sein Urteil noch nicht abgegeben, er starb, bevor es soweit war. Wenn ich nicht sehr bald Resultate erziele, ist es aus mit der Ermittlung. Dann zieht jede Zeitung im Land Armen durch den Dreck.«

»Und sein Mörder wird nie gefaßt.«

»Ich weiß, und alle wären überzeugt, Armen habe Dreck am Stecken. Auch sein Sohn.«

Ich bin geschafft. Es war wirklich schon schlimm genug, aber jetzt ist es noch schlimmer geworden. Jetzt stehen Armen und Eletha im Mittelpunkt, mein Geliebter und meine Freundin. Trafen sie einander noch, schliefen sie noch miteinander? Was bedeutete sie ihm? Was bedeutete *ich* ihm? »Ich weiß nicht, ob ich weiter mitmache.«

»Ich will, daß Sie aufhören, das sagte ich Ihnen bereits. Sie befinden sich in Gefahr.«

»Das ist nicht der Grund.« Ich erzähle ihm von Maddie und sogar von meinem Vater. Er ist ein guter Zuhörer, und nachdem ich geendet habe, hüllt er sich eine Weile in nachdenkliches Schweigen; der letzte Mann, der mir so aufmerksam zugehört hat, war Armen.

»Sie sind also verletzt«, sagt er schließlich.

Stimmt. »Ich dachte immer, er sei ehrlich, rechtschaffen. Und dann das hier, diese Wohnung. Ein Kind, Malcolm.«

»Früher oder später hätte er es Ihnen gesagt.«

»Ich weiß nicht.«

»Überlassen Sie die Sache von jetzt an mir, Sie stecken zu tief drin. Ich wollte lediglich, daß Sie Galanters Anrufe entgegennehmen. Und jetzt brechen Sie in Wohnungen ein.«

»Ich bin nicht eingebrochen, ich habe mich hineingeredet.«

Er lächelt. »Sie haben sich den Zugang erschwindelt. Das ist nicht illegal, nur unmoralisch.«

Seine Worte erinnern mich an Armen und an unser Gespräch in jener Nacht über Hightower. Recht und Moral. *Sie können das nicht trennen. Sie sollten das gar nicht wollen.* Dann sehe ich seinen breiten Rücken vor mir, sehe, wie er nach vorn gesunken auf seinem Schreibtisch liegt. Armen wurde ermordet, und Mord ist Unrecht. Illegal und unmoralisch. Nichts, was ich heute abend erfahren habe, ändert daran etwas. Und nach wie vor bin ich die einzige, die eine Chance hat, an Galanter ranzukommen. Ein wenig unsicher stehe ich auf. »Vielleicht bin ich doch noch dabei, Rain Man.«

Winn nimmt meinen Ellenbogen. »Ach, lassen Sie das, Grace. Ich mache mir Sorgen um Sie.«

»Schön. Irgend jemand sollte sich Sorgen um mich machen.«

»Es ist mein Ernst.«

Die plötzliche Sanftheit in seiner Stimme überhöre ich besser, zumindest zur Zeit. »Wollen Sie mich rausbringen, oder spielen Sie noch einmal Batman?«

Er gibt mir keine Antwort. Nicht, daß ich eine erwartet hätte. Letztendlich verlassen wir das Haus auf konventionelle Art und Weise. Er wartet auf dem Bürgersteig auf mich, während ich im Erdgeschoß den Schlüssel abgebe. Die alte Frau öffnet die Tür und hält die Katze im Arm, eine rundliche rötlich-orangefarbene Tigerkatze. »Ich habe gehört, daß Sie Möbel gerückt haben!« sagt sie listig.

»Möbel gerückt?«

Sie nimmt mir den Schlüssel aus der Hand. »Sie sind eine Frau der neunziger Jahre, das muß ich wirklich sagen!« Die Frau schließt die Tür, und die Katze miaut in verspäteter Zustimmung.

23

Am Montag morgen stoße ich energisch die Türen der Eingangshalle des Gerichtsgebäudes auf. Barmherzigerweise halten sich in der Halle weder Reporter noch Menschenmassen auf, dafür hat es den Anschein, als sei das Kriegsrecht verhängt worden. Doppelt so viele Marshals wie sonst haben Dienst, und sogar die Anwälte und die Angestellten des Gerichts müssen durch die Detektoren gehen. Ich reihe mich in eine der Schlangen ein, natürlich, wie vorherzusehen, in der, in der es am langsamsten vorwärtsgeht.

»Was ist los?« frage ich den mageren Marshal, als die Schlange endlich ein Stück vorgerückt ist. Der Gute steht neben ihm.

»Neue Vorschriften, wegen dem Zirkus letzte Woche.«

»Ein bißchen spät, oder nicht?«

»Sagen Sie das dem zuständigen Officer.«

Eine schlanke, große ältere Frau mit der perfekten Haltung einer Ballettänzerin steht vor mir in der Schlange. Die grauen Haare sind zu einem eleganten Knoten geschlungen, und die Luft um sie herum duftet nach Fliederbüschen im Juni.

»Aufschließen!« brüllt McLean, der ganz vorne an der Schlange steht. Beim Klang seiner donnernden Stimme beginnt die Frau vor mir zu zittern. »Sämtliche Taschen auf das Förderband. Sämtliche Taschen auf das Band! Sir, *Sir!*« schreit er einen stämmigen Mann mit einer roten Windjacke der Phillies an.

»Scheiße«, sagt der Mann und legt eine zerknitterte Papiertüte auf das Förderband des Röntgengeräts.

»Haben Sie was gesagt, Sir?«

Hinter dem Gerät erscheint Rays Kopf. »Nimm die Phillies-Fans nicht so hart ran, McLean. Nach der letzten Saison können wir auf keinen einzigen verzichten.«

Die anderen Marshals lachen, der Fan ebenfalls. Aber nicht McLean. »Ich nehme niemand hart ran. Ich tue nur meine Pflicht.« Der Fan schleppt sich mit schweren Schritten durch den Metalldetektor, und McLean wendet sich erregt an die Dame vor mir. »Man weiß nie, wer was bei sich hat«, dröhnt er los. »Man kann's nicht sagen, nur so vom Angucken.«

Die ältere Dame zittert so heftig wie Katherine Hepburn.

»Sie haben den Kerl immer noch nicht geschnappt, der die Schießerei veranstaltet hat«, fährt McLean fort und sieht zu, wie die Frau eine Armbanduhr mit einem schwarzen Cordband in den Behälter wirft. »Man kann überall eine Waffe verstecken, sogar im Stiefel.« Über ihren Kopf hinweg schreit er zu dem Marshal am Monitor hinüber. »Billy, erinnerst du dich noch an den Witzbold, den mit dem Stiefel?«

Billy guckt über den Monitor. »Ach, der Cowboy.«

»Ja. Irgendein Cowboy«, sagt McLean. »Legen Sie Ihre Tasche auf das Band, Ma'am.«

Besorgt beobachtet die Frau, wie ihre Handtasche im Rachen des Gerätes verschwindet. Als die Lampe grün aufleuchtet, scheucht McLean die Frau durch den Metalldetektor und sieht mich an.

»Wie geht's Ihrem Kopf, Ms. Rossi?«

»Danke, gut«, antworte ich wachsam.

»Legen Sie Ihre Tasche auf das Band. Gehen Sie weiter, sobald die Lampe grün wird.«

»Sei bloß nett zu ihr, McLean«, meint Ray. »Das ist mein Mädchen. Grace, Sie kümmern sich um die Sache, über die wir gesprochen haben?«

Verdammt. Ich habe vergessen, mit Eletha über ihn zu sprechen. Wie soll ich das Thema jetzt noch anschneiden, wenn ich ihr kaum noch in die Augen schauen kann? »Ich befasse mich damit, Ray.« Ich gehe durch den Metalldetektor, und das Ding bricht in schrilles Alarmgeläut aus.

»Kommen Sie noch mal zurück«, befiehlt McLean. Ich gehe durch den Metalldetektor zurück, und der Höllenlärm verebbt.

»Was ist Sache?«

»Ich habe die Empfindlichkeitsstufe verstärkt. Schließlich müssen wir unsere Arbeit doch gründlich machen.« Er blinzelt, aber nicht unbedingt freundlich. »Legen Sie Ihre Uhr ab, und versuchen Sie es noch mal.«

Ich nehme meine Seiko ab und lasse sie klappernd in den auf dem Tresen stehenden Behälter fallen. Wieder begebe ich mich auf den Weg durch den Metalldetektor, aber kaum betrete ich den schwarzen Gummiteppich, bricht erneut ohrenbetäubender Alarm aus. Die Leute in der Schlange treten aus Reih und Glied, um zu sehen, was da vorne vor sich geht.

»Sie ist bestimmt okay«, insistiert Ray, »*obwohl* sie Anwältin ist.« Die anderen Marshals lachen.

»Nein, ich darf keine Ausnahme zulassen. Ms. Rossi ist eine sehr vielbeschäftigte Dame, sie überprüft alles und kümmert sich sehr darum, daß wir unsere Arbeit ordentlich machen.«

Ich schiele zu Ray hinüber, er scheint ebenso überrascht wie ich. »Ich habe lediglich die Sicherheitsvorkehrungen überprüft.«

»Ich weiß, was Sie gemacht haben. Sie wollten wissen, wer in der Nacht, als es Richter Gregorian erwischt hat, Dienst hatte. Nun, Sie stehen vor ihm, und ich habe nichts Ungewöhnliches bemerkt. Ohrringe in den Kasten.«

Ich lasse meine runden Ohrringe in den Behälter fallen. »Haben Sie die Flure kontrolliert?«

»Sicher, ich mache meine Runde.«

»Haben Sie unseren Flur überprüft, im siebzehnten Stock?«

»Aber sicher. Da war nichts.«

»Wann?«

»Ungefähr um dreiundzwanzig Uhr, dann wieder so gegen vier.«

Mein Mund wird trocken. Gegen vier Uhr lagen Armen und ich auf der Couch. »Sind Sie beide Male auch in die Amtsräume gegangen?«

Ein Lächeln spielt um seine Lippen. »Ich erinnere mich nicht.«

»Sie erinnern sich nicht?«

»Seit wann gibt es hier ein Echo?«

Ich beiße die Zähne zusammen. Ich habe schon schlimmere Bastarde vernommen. »Gehen Sie normalerweise in die Amtsräume?«

»Ich überprüfe die Türen. Sind die Türen nicht verschlossen, gehe ich hinein. Ich habe vergessen, ob diese bestimmte Tür an jenem Abend abgeschlossen war. Jetzt gehen Sie am besten noch mal durch den Detektor. Hat sich ’ne ordentliche Schlange angesammelt.«

Ich gehe durch den Detektor und versuche mich zu erinnern, ob die Tür in jener Nacht abgeschlossen war. Ich habe keine Ahnung. Der Alarm schlägt wieder an.

»Kommen Sie zurück, Ms. Rossi.«

Ich gehe wieder zurück, und der Lärm hört auf. Meine Handtasche fährt an mir vorbei in die entgegengesetzte Richtung. McLean blickt über die Schulter zu seinem Kumpel, dem Guten. McLeans Gesicht kann ich nicht sehen, aber das seines Kollegen. Er lächelt.

»Jetzt Ihren Gürtel bitte, Ms. Rossi.«

»Brems dich mal, Mann«, mischt sich Ray wieder ein.

»Du bist nicht mein Boß, und ich bin nicht dein Mann«, bellt McLean, bevor er sich erneut mir zuwendet. »Bleibt nur noch eines. Stellen Sie sich aufrecht hin und strecken Sie die Arme seitlich aus.«

»Alles, was recht ist. Sie wissen, daß ich kein Sicherheitsrisiko bin.«

»Wollen Sie heute an Ihren Arbeitsplatz?« fragt er streng. Hinter dem Tresen fördert er einen Metalldetektor zutage, der von Hand bedient wird und eine gewisse Ähnlichkeit mit einer Riesenlupe hat. Dieses Ding hält er mir vor die Brust.

Biiinng! Kreischend erwacht die Riesenlupe zum Leben. Sie jault noch lauter als der Metalldetektor, durch den man durchgehen muß. Aller Augen sind auf mich gerichtet, vielmehr auf meine Brüste. Mir bleibt die Luft weg vor Scham und Wut.

Biiinnng! Biiinnng!

McLean hält die Karikatur eines Vergrößerungsglases vor meine linke Brust und bewegt sie langsam zu meiner rechten. Ich kann ihm noch nicht mal eine runterhauen.

Biiinnng! Biiinnng!

»Dacht ich mir's doch«, grölt er und stellt den lärmenden Alarm ab. »BH mit Drahtbügeln.« Einer der Marshals lacht jäh auf, hört aber ebenso abrupt wieder auf.

Ich sehe McLean in die Augen. »Falls das eine Art Spiel sein soll, Kumpel, gewinnst du es nicht.«

»Keine Ahnung, wovon Sie reden«, sagt er ungerührt.

Ich schnappe meine Ohrringe und meine Tasche und marschiere zum Aufzug. Die ältere Dame hält mir die Tür auf. »Bitte, meine Liebe«, sagt sie in tröstlichem Ton.

Ich schlüpfe hinein und drücke den Knopf für den siebzehnten Stock. »Vielen Dank.«

»Was für ein bedauernswerter Mensch«, sagt sie und sieht zu den beleuchteten Ziffern hinauf. Die Aufzugstüren öffnen sich im ersten Stock, und sie streckt mir ihre knochige Hand hin. »Hat mich sehr gefreut, Sie kennenzulernen. Übrigens, ich bin Miß Pershing. Amanda Pershing.«

»Grace Rossi.«

Ihre Augen leuchten auf. »Sind Sie Italienerin?«

Ich denke an meinen Vater. »Nein.«

Sie scheint enttäuscht. Die Aufzugstüren schließen sich hinter ihr, doch der Duft ihres Parfüms schwebt noch in der Luft, und so reise ich himmelwärts in einem Aufzug voller Flieder und Wut. Hat McLean Armen und mich zusammen gesehen? Wo war er, als ich den Schlag auf den Kopf bekam?

Ich gehe in Richtung auf unsere Amtsräume. Aus Galanters Räumen weiter unten im Flur dringt Lärm; klingt ganz nach einer Party.

Ich gehe am Richterfahrstuhl vorbei und bleibe kurz stehen. Der Lärm kommt aus dem Büro von Galanters Referendaren. Vielleicht feiern sie Galanters Beförderung; vielleicht kann ich etwas über den Fall Canavan in Erfahrung bringen. Entschlossen gehe ich den Flur hinunter und bleibe in der offenen Tür stehen.

Es sind keine Richter anwesend. Im Büro wimmelt es von Fünfundzwanzigjährigen, die sich lachend und schwatzend zwischen Gerichtsschreibern drängen. Einer von Galanters Referendaren hat zwei Partyhüte über Kreuz aufgesetzt, so daß die Kreation aussieht wie eine geschmacklose Karikatur weiblicher Brüste.

»Es ist Zeit!« ruft jemand. Daraufhin blasen alle wie am Silvesterabend in Tröten und andere Lärminstrumente.

»Fertig zum Countdown?« ruft eine hübsche Blondine in einem dunklen Hosenanzug. Sie blickt auf ihre Uhr, etliche andere ebenfalls.

»Zehn! Neun! Acht! Sieben!«

Die jungen Leute schreien alle mit, die Stimmung steigt von Sekunde zu Sekunde. Ich habe keinen blassen Schimmer, was da vor sich geht.

»Kommen Sie rein, das Wasser ist herrlich!« sagt einer der Partygäste. Er ist älter als die anderen. Er ergreift meine Hand und zieht mich in das Zimmer. »Zählen Sie mit!«

»Wofür?« brülle ich über den Lärm hinweg.

»Sechs! Fünf!« schreit die Menge einstimmig »Vier! Drei! Zwei!«

»Was feiern wir denn?«

»Gerechtigkeit!« Er hebt einen Plastikbecher. »Das Oberste Bundesgericht hat den Vollstreckungsaufschub im Fall Hightower abgelehnt. Ein großer Tag! 9 Uhr 03!«

»Eins! *Zero!*«

»Tschüs, Tommy!« ruft die Blondine, neben der ich plötzlich einen mir bekannten Kopf mit Drahthaarfrisur entdecke.

Ben. Er sieht mich in der Tür stehen und erstarrt für einen Augenblick. Rasch wendet er mir den Rücken zu.

24

»Da war ein Anruf für dich, Grace«, ruft Eletha aus Armens Büro, als ich die Amtsräume betrete. »Von diesem Reporter.«

»Von welchem Reporter?« Ich verharre kurz in der Tür zu Armens Büro. Der Anblick bestürzt mich. Alles ist verpackt. Keine Spur mehr von Armen; nicht eines der Bücher, die er liebte, nicht einer der Gegenstände, die er sammelte. Sogar der Knüppel, den er an der Wand hängen hatte, ist verschwunden. Es versetzt mir einen Stich.

»Dieser freie Journalist, der Susan nach der Trauerfeier genervt hat.« Sie schiebt eine widerspenstige Haarsträhne aus den Augen und sieht einfach wundervoll aus, ohne sich dafür auch nur ein bißchen anstrengen zu müssen. Kein Wunder, daß Armen sie liebte. »Dieser Lockenkopf, der dringend eine Rasur vertragen hätte. Faber.«

Wollen Sie, daß ein Mörder ungeschoren davonkommt? »Ich weiß, wen du meinst. Hat er seine Nummer hinterlassen?«

»Du rufst ihn doch nicht etwa zurück, oder?«

»Warum nicht?«

»Er ist ein Esel. Er rief dauernd hier an, nervte Ben, sogar Sarah. Artie hat einfach aufgelegt.« Sie zieht ein breites Packband von einer Rolle und klebt damit einen Karton zu. »Mich kann man nicht mehr ärgern. Ich hab's mit einem anderen Arschloch zu tun. Hast du gesehen?« Sie tritt beiseite und präsentiert den hinter ihr stehenden Sessel so elegant wie in einem Werbespot. Über den Sessel drapiert hängt ein langer indianischer Kopfschmuck. Die leuchtend scharlachroten Federn werden zur Mitte hin orangefarben, und jede einzelne Feder läuft in einer scharfen schwarzen Spitze aus. Der Kopfschmuck ist leicht an die zweieinhalb Meter lang und kringelt sich wie eine grellbunte Raupe auf dem Teppich.

»Was macht das Ding hier?«

»Es gehört Galanter, er ist jetzt der Häuptling, verstanden? Glaubst du, er setzt das Ding auf, wenn er hinter seinem verdammten Schreibtisch hockt?« Sie schüttelt den Kopf. »Mittlerweile kannst du mal nachsehen, was weiter unten im Flur vor sich geht. Das wirst du auch nicht glauben.«

»Ich habe es mitgekriegt.«

»Sie sollten sich schämen. Ich habe oben im Personalbüro angerufen. Sie wollen dafür sorgen, daß das aufhört.«

»War Galanter da?«

»Er ist den ganzen Morgen außer Haus.«

»Wo ist er denn?«

»Frag mich was Leichteres. Er hat mir ein paar Schreibarbeiten dagelassen, als wäre ich seine verdammte Sekretärin.«

Ich wende mich zum Gehen. »Ich muß mal nach der Post sehen.«

»Wie war's am Wochenende?« ruft sie mir nach.

Ich denke an meinen neugefundenen Vater und an die geheime Wohnung voller Spielzeug. »Wie immer, wie immer.«

»Du bist sehr gesprächig heute morgen.« Meine kühle Zurückhaltung verwirrt sie, und ich beschließe, offen mit ihr zu reden, auch wenn sie nicht offen zu mir war. Oder vielleicht, weil ich einen Streit vom Zaun brechen will.

»Ehrlich gesagt, habe ich ein interessantes Wochenende hinter mir, El. Ich war in West-Philadelphia.«

»Du? In meiner Gegend? Was gibt's denn dort Interessantes?«

»Armens Wohnung.«

Ihr Mund öffnet sich zu einem glänzend kastanienbraunen *O*. »Was hast du gesagt?«

Ich mache die Tür hinter mir zu. »Ich dachte, ich würde dich kennen, El, aber wie sich herausgestellt hat, ist dem nicht so.«

Vorsichtig läßt sie sich auf einen der Kartons nieder. »Sag so was nicht.«

»Was soll ich denn sonst sagen?«

»Woher weißt du von der Wohnung?«

Auf diese Frage habe ich mir keine passende Antwort zurechtgelegt. »Aus Unterlagen, auf die ich neulich abend hier gestoßen bin. Dem Mietvertrag.«

»Ich dachte, das ganze Zeug hätte ich weggepackt.«

»Du hast mir das von Malcolm nicht erzählt.«

»Hast du das von mir erwartet?«

»Natürlich, wir sind Freundinnen. Ich dachte, er wäre der Sohn von deinem Exmann.«

Sie deutet mit einem imposanten Nägel auf mich. »Das habe ich nie behauptet. Das hast du vermutet.«

»Du *hast* es mich vermuten lassen.«

»Du hättest es mir übelgenommen.«

»Dir? Ihm nehme ich es übel.«

Sie runzelt die Stirn. »Armen? Warum?«

»Sämtliche Frauen vernaschen, die für ihn arbeiten.«

»Armen war nicht so einer.«

Ich wende den Blick ab und betrachte die leeren, hohlen Bücherregale. »Komm schon, El. Ich bin nicht von gestern und du auch nicht. Es ist doch immer die gleiche alte Scheiße, nur zur Abwechslung mal in einer schwarzen Robe.«

»So war es nicht.«

»War nicht oder ist nicht?«

»War nicht«, antwortet sie mit fester Stimme. »Es ist eine uralte Geschichte.«

»Gut. Dann hat er also nicht mich betrogen, sondern nur seine Frau.«

»Wir hatten bereits Schluß gemacht, bevor er Susan kennenlernte, Grace.«

Langsam macht mich das alles beträchtlich nervös. »Und warum hat er dann nicht dich geheiratet?«

»Weil ich nein gesagt habe.«

»Was?« Das ist eine Überraschung.

»Es war folgendermaßen ...« – sie zögert, dann lacht sie – »wir verliebten uns, ich wurde schwanger. Er wollte die Verbindung legalisieren, aber mir schien es unvorstellbar, ihn zu heiraten. Diese Ehe hätte ihn von allen Menschen, die er liebte, getrennt. Von seiner Mutter. Seinen Leuten.«

»Was für Leuten?«

»Den Armeniern. Die Mittagessen, die Kirche, diese ganzen Sachen. Es war der Mittelpunkt seines Lebens.« Sie senkt den Blick. »Glaubst du, seiner Mutter hat es gefallen, als sie mich mit einem Bauch so dick wie eine Wassermelone kennenlernte? Zu einem Gutteil bin ich der Grund für ihren Selbstmord.«

»Ehrlich?«

»Ich weiß es nicht. Armen gab immer sich die Schuld. Als er mich also fragte, sagte ich nein.« Sie seufzt. »Glaub bloß nicht, ich hätte es nie bereut, ich habe es oft genug bereut. Ich war sogar ein bißchen eifersüchtig auf dich.«

»Auf mich?«

Sie winkt ab. »Es ist viel Wasser den Bach runtergeflossen. Es war richtig so. Ich hätte nicht in sein Leben gepaßt.«

»Susan etwa?«

Sie kräuselt ihre kurze Nase. »Nicht unbedingt, aber er in ihres. Aber mit *dir* war es was anderes, du wärst die Richtige gewesen. Du hast zu ihm gepaßt und er zu dir.«

In meiner Kehle bildet sich ein Kloß. Ich weiß, es stimmt, tief im Innern weiß ich es.

»Er und ich, wir saßen praktisch zwischen allen Stühlen. Alle beide übrigens. Meine Familie war auch nicht gerade erfreut über die Situation. Es wäre nie gutgegangen.«

»Also hast du dich entschieden, Malcolm allein großzuziehen?«

»Nicht allein. Armen war an jeder Entscheidung beteiligt, wir sprachen ständig über Mal. Er war ein großartiger Vater, Grace. Der beste.«

»Wie bist du finanziell klargekommen?«

»Armen bestritt die Ausgaben für Malcolm. Jetzt weiß ich auch nicht, wie es weitergehen soll.« Sie schnippt ein imaginäres Schmutzkörnchen unter ihrem Nägel hervor. »Zum Teil überlege ich mir deshalb, mit der Fortbildung aufzuhören. Dann könnte ich abends noch einen anderen Job annehmen.«

Ich denke an das Konto. »Hat Armen ein Testament oder so was hinterlassen?«

Sie lacht. »Wofür? Er hatte kein Geld übrig, alles ging an uns. Du hast doch die Wohnung gesehen, er hat dem Jungen alles gekauft. Ich sagte dir ja, daß er gespart hat. Für Malcolm hat er gespart, damit er aufs College kann.«

»Wieviel hat er denn gespart?«

»Ungefähr fünfzig-, sechzigtausend, wie schon gesagt. Nicht schlecht, ha?« Sie lächelt stolz. Die Ironie trifft mich bis ins Mark. Ich habe das Bild der auf die hohe Kante gelegten 650000 Dollar vor Augen. Hat Armen ihr und Malcolm etwas vorenthalten?

»Nehmen wir mal an, er hätte Geld gehabt, Eletha. Glaubst du, in diesem Fall hätte er ein Testament gemacht? Hat Susan irgendwas gesagt?«

»Nicht, daß ich wüßte.«

»Weiß sie von dir und ihm?«

Elethas Augen weiten sich theatralisch. »Bist du wahnsinnig, Mädchen?«

Ich lächle, meine Feindseligkeit schwindet. An ihrer Stelle hätte ich vielleicht auch den Mund gehalten und mich nicht eingeweiht. »Warum nicht?«

»Ah-ah.« Sie schüttelt den Kopf. »Ich wollte nicht, daß sie es erfährt, und er hat mir versprochen, ihr nichts zu sagen. Sie hat keine Ahnung.«

»Aber wie hat er es denn geschafft, jeden Sonntag wegzukommen?«

»Wie schaffen das die meisten Männer? Die Arbeit. Clubs. Irgendwann war es einfach sein freier Sonntag. Während der Kampagne waren wir sehr vorsichtig, da lief alles auf Sparflamme, und sie hatte genügend, womit sie sich beschäftigen konnte, das kannst du mir glauben. Anfangs stand sie total auf ihn, aber als sie vom Potomac-Fieber gepackt wurde, ließ sie ihn hängen.«

»Hat er sie damals um die Scheidung gebeten?«

Sie sieht mich wieder an, als hätte ich den Verstand verloren. »Armen? Niemals. Er liebte sie total. Sie war es, die die Trennung wollte.«

Ich begreife nicht. »*Susan* wollte die Ehe beenden, nicht Armen? Aber zu mir sagte er, sie hätte ihn gebeten, bei ihr zu bleiben.«

»Während der Kampagne, weil sie einen Macker brauchte, der neben ihr nett in die Kamera lächelt. Ansonsten brauchte ihn diese Frau überhaupt nicht.«

Ich setze mich auf einen Stuhl am Besprechungstisch. »Ich weiß nicht mehr, was ich denken soll, El. Ich verstehe Armen nicht. Ich verstehe gar nichts mehr.«

»Du nimmst das alles viel zu schwer, Mädchen«, antwortet Eletha. »Was verstehst du denn nicht, Kleines? Mommy wird es dir erklären.«

»Ich weiß nicht, ob Armen ein guter oder ein schlechter Kerl war.«

»Ein guter. Nächste Frage.«

»Ich weiß nicht, wer ihn umgebracht hat.«

»Er brachte sich selbst um. Weiter.«

Bestürzt sehe ich sie an. »Wie kannst du das sagen? Ihr habt einen gemeinsamen Sohn.«

»Das stimmt.«

»Du sagtest, er war ein guter Vater.«

»War er. Der beste.«

»Wie ist das möglich? Was ist das für ein Vater, der sein eigenes Kind im Stich läßt?« Ich denke an meinen Vater, mit dem ich mich bisher noch nicht näher auseinandergesetzt habe. Plötzlich brauche ich unbedingt die Antwort auf diese Frage, die wie kochendheißes Blei in meinem Herzen brennt. »Sag es mir, Eletha. Wie kann ein Vater seinem eigenen Fleisch und Blut den Rücken kehren?«

»Weil er keine andere Wahl hat. Vielleicht kann er nicht bleiben, weil die Qual zu groß ist.« Sie schüttelt den Kopf. »Du hast deinen Mann verlassen, nicht wahr? Warum?«

»Er hat mich betrogen.« Staubtrocken kommen die Worte aus meinem Mund. »Das ist nicht dasselbe.«

»Doch, ist es. Du hast ihn geliebt, nicht wahr? Aber du hast ihn verlassen.«

»Ich mußte.«

»Richtig. Du hattest keine andere Wahl. Aber nur, weil du ihn verlassen hast, heißt das nicht, daß du ihn nicht geliebt hast.«

Meine Kehle ist wie zugeschnürt. Ich bringe kein Wort heraus. Ich denke an Sam, Armen, an meinen Vater. Ich brauche Ricki schnell.

Eletha verschränkt die Arme. »Und ich dachte immer, du wärst so klug. Tolle akademische Grade und all das.«

»Da hast du falsch vermutet«, sage ich, und sie lacht.

Der miefige Sportraum der Marshals ist leer; es ist mitten am Nachmittag. Vor der Wand stehen ein großer Spiegel und Gestelle, auf denen chromfreie Gewichte lagern. Hinter ein paar Laufbändern befindet sich eine Art Tretmühle. An der gegenüberliegenden Wand hängt ein Poster von Christie Brinkley und daneben eines mit dem elektrischen Stuhl. Auf diesem Poster steht als Bildunterschrift GERECHTIGKEIT – GEBRATEN ODER EXTRA KNUSPRIG? Ich nehme Sie nicht auf den Arm.

»Dürfen die das da denn haben?« frage ich Artie, der flach auf dem Rücken liegt und eine Hantel über seiner Brust auf- und abwuchtet.

»Was haben?«

»Das Poster da.« Ich deute hinüber, und sein Blick folgt meinem Finger.

»Christie? Eine tolle Puppe. Ein altes Mädchen wie Sie.«

»Das andere Poster, Oberschlauer.«

Er stemmt die Hantel auf und nieder und schnauft wie ein Wal durchs Nasenloch. »Ist mir nie aufgefallen. Ich darf hier trainieren, Grace, die Kunst an der Wand ist mir scheißegal. Wieviel hab ich?«

»Keine Ahnung.«

»Sie sind eine lausige Beobachterin.« Wieder stemmt er die Hantel in die Luft.

Ich kann meine Augen nicht von dem Poster wenden. In den Zeitungen stand, Hightowers Henkersmahlzeit habe aus einem Steak und einem Eisbecher mit Früchten bestanden. Er aß zuerst das Dessert. Nach dem Essen spielte er Schiffe versenken mit seinem Wärter, und der Wärter gewann. »Artie, wenn Sie mit einem zum Tode Verurteilten Schiffe versenken spielen würden, würden Sie ihn dann gewinnen lassen?«

»Was?« Die Hantel hebt und senkt sich.

»Würden Sie ihn gewinnen lassen? Ich meine, der Mann wird bald sterben.«

»Ich weiß nicht, Sie?« Er grunzt vor Anstrengung, seine Stirnhaare sind schweißnaß.

»Natürlich. Ich lasse Maddie andauernd gewinnen. Was macht es für einen Unterschied? Es ist ein Spiel.«

»Spiele zählen, Grace.«

»Entschuldigung, ich vergaß, mit wem ich spreche.« Mein Blick kehrt zu dem Poster zurück. Die Zeugen bei Hightowers Hinrichtung sagten, er hätte den Kopf vor- und zurückgeworfen, als die tödlichen Chemikalien in seine Adern gespritzt wurden. Seine Füße zitterten, und seine Finger zuckten ungefähr drei Minuten lang, dann war es vorbei. Endgültig. Jenseits menschlicher Erkenntnis und jenseits dieser Welt. »Artie, was halten Sie von der Todesstrafe?«

»Was ist, sind das die Wechseljahre? Hitzewallungen und Fragen?«

»Kommen Sie schon. Sagen Sie mir, was Sie davon halten.«

»Ich mache mir keine Gedanken über die Todesstrafe.«

»Aber wenn Sie ein Urteil fällen müßten, wie würden Sie entscheiden?«

Er drückt die Hantel zu einem Haken an einem Gestell hinauf, das sich hinter ihm befindet, und läßt sie mit einem widerhallenden *Pleng* darauf niederfallen. »Das ist kein Problem.« Seine Arme baumeln nun zu beiden Seiten der Bank.

»Ich dachte, Sie wären dagegen.«

»Das war ich, solange ich Sarah fickte. Jetzt, wo sie mich gefickt hat, geht das in Ordnung.«

»Das ist nicht Ihr Ernst.«

Er streicht sich das feuchte Haar aus der Stirn. »Doch, sicher.«

»Aber denken Sie doch mal an die Vollstreckung. Daran, jemanden wirklich zu töten.«

»Ich könnte es, wenn er es verdient hat.«

»O je, wir sind in Macho-Stimmung.«

»Sie haben damit angefangen. Darum habe ich Sie nicht in mein Zweigbüro gebeten.«

Ich lache. Er verbrachte in den letzten Tagen reichlich Zeit hier. Meiner Meinung nach, weil er keine Arbeit hat und Sarah aus dem Weg gehen will. »Schon gut. Worüber wollten Sie reden?«

»Ich wollte Ihnen sagen, daß es mir leid tut wegen neulich abend. Ich hatte zuviel getrunken. War nicht unbedingt vernünftig.«

»Schon gut. Ich verstehe, warum es passiert ist.« Deinen Kummer hast du ertränkt. Exakt einmal habe ich das auch getan.

»Danke, Mom.« Er reibt sich die Brust, und Schweiß tränkt sein dünnes T-Shirt. Mir fällt der Basketball wieder ein.

»Haben Sie diese Tätowierung immer noch?«

»Solange, bis ich eine Lötlampe auftreibe.« Mit einem tiefen Seufzer setzt er sich rittlings auf die Bank. »Gewichtheben macht einen fertig. Ich vermisse Ringe.«

»Spielen Sie nicht mehr Basketball?«

»Nein. Das Team hat sich aufgelöst.« Mit dem Saum seines T-Shirts wischt er sich die Stirn. »Bevor Sarah mich sitzenließ, erzählte sie mir was. Sie sagte, Sie seien überzeugt, Armen sei ermordet worden.«

»Stimmt.«

»Ehrlich?«

»Ehrlich. Warum, was glauben Sie? Lachen Sie mich aus?«

»Nein. Ganz kurz habe ich es selbst sogar geglaubt. So, wie sich Galanter verhalten hat.«

Das überrascht mich. »Sie verdächtigen Galanter?«

»Ich habe ihn nicht bewußt verdächtigt, aber wenn es jemand war, dann er.«

»Warum?«

»Abgesehen von der Tatsache, daß er ein Blödmann ist?«

»Ja.«

»Weil er unbedingt Gerichtsvorsitzender werden wollte. Er hätte nie eine Chance gehabt, wäre Armen nicht gestorben.« Artie strafft sich. Langsam kehren seine Kräfte zurück. »Und wissen Sie noch, wie Bernice hinter ihm her war?«

»Halten Sie das Bestreben, Vorsitzender des Gerichts werden zu wollen, für ein ausreichendes Motiv?«

Er schnaubt verächtlich. »Soll das ein Witz sein? Das ist das gleiche wie beim Schiffe versenken. *Gewinnen* lautet die Parole.«

»Menschen töten nicht, um zu gewinnen.«

»Aber ganz bestimmt. Viele Menschen – meist Männer, ich gebe es zu – würden töten, um zu gewinnen. Das ist Ehrgeiz. Primitiv nackt, blind, kalt. Ehrgeiz.«

Mir erscheint eher einleuchtend, daß Galanter, der Bestechungsgeld für den Fall Canavan angenommen hat, Armen ermordet hat, damit er das von ihm garantierte Urteil liefern kann. Auf perverse Weise ergibt das sogar einen Sinn für mich. »Ich bin anderer Meinung. Ich glaube, Menschen töten aus Geldgier – oder aus Liebe.«

»Aus Liebe? Nicht Galanter, was weiß der schon von Liebe? Er ist nicht einmal verheiratet, er lebt nur für diesen verwichsten Job. Er hat einen indianischen Kopfschmuck, Grace. Der Mann ist überhaupt nicht komisch.«

»Wie wahr.«

»Als Vorsitzender des Gerichts hat er Zugang zu allen Rechtsausschüssen. Geht in Washington ein und aus, verkehrt freundschaftlich mit dem Obersten Bundesgericht. Dieser Job verschafft ihm sogar eine ausgezeichnete Ausgangsposition für eine Berufung an das Bundesgericht. Sehen Sie Breyer an, der war auch Gerichtsvorsitzender.«

Das Oberste Bundesgericht. Daran hatte ich gar nicht gedacht. Zusammen mit dem Canavan-Fall ergibt das ein verdammt gutes Motiv.

»Das bedeutet einen Platz in der Geschichte, Grace.«

Mir fällt ein, daß Galanter eine Sammlung von Erstausgaben in seinem Büro hat. »Das würde ihm gefallen.«

»Bestimmt. Das ist der Gipfel in seinem Beruf. Die Richter dort sind nicht die letzte Instanz, weil sie recht haben, sie haben recht, weil sie die letzte Instanz sind.«

»Aber Galanter wurde von den Republikanern ernannt.«

»Die Demokraten sitzen nicht auf ewig am Drücker, Mädchen.« Kopfschüttelnd blickt er zu Boden. »Richter Galanter. Das ist wirklich edel. Ist das nicht zum Kotzen?«

Ich ziehe es in Betracht, und er hat recht. Ich könnte kotzen.

25

Ich lasse meinen Hauptschlüssel in das Schloß gleiten. Der Türknauf dreht sich mit einem befriedigenden *Klick* und öffnet mir die Tür in die dunklen Amtsräume. Wie erwartet ist niemand da; es ist zu spät, sogar für karrieregeile Fieslinge. Meiner Mutter erzählte ich irgendwas von noch spät arbeiten müssen, und damit schlug ich zwei Fliegen mit einer Klappe: ich gehe ihr aus dem Weg, und ich kann spionieren. Ich betrete das Vorzimmer und schließe leise die Tür hinter mir.

Die Computermonitore sind eingeschaltet und glühen in der Dunkelheit wie lebendige, in leuchtenden Farben schillernde Vierecke, eine Verschwendung, aber in meinem Fall hilfreich. ORDNUNG IM GERICHT! WILLKOMMEN IM TEXTVER-

ARBEITUNGSSYSTEM DES THIRD CIRCUIT! leitet mich sicher durch das dunkle Vorzimmer, in dem die Jalousien herabgelassen sind.

Die Amtsräume haben den gleichen Grundriß wie unsere, das heißt, das Büro des Richters befindet sich auf der linken Seite. Ich gehe in Galanters Büro; schon auf der Schwelle stinkt es nach Zigarrenrauch. Die gegenüberliegende Glasfront geht wie in Armens Büro auf den Delaware hinaus. Die Lichter von Camden am anderen Ufer malen zuckende Linien auf das dunkle Wasser.

Im Licht, das durch die Glaswand hereinfällt, erkenne ich Galanters glitzernden, gläsernen Schreibtisch. Nervöser, als ich mir eingestehen möchte, zücke ich die Taschenlampe, die ich normalerweise im Auto habe; WALT DISNEY WORLD steht darauf. Offizielles Einbruchswerkzeug, zum Patent angemeldet.

Beim Anknipsen der Taschenlampe empfinde ich den Nervenkitzel, der wahrscheinlich für einen Amateur in einer solchen Lage typisch ist. Aufgeregt lasse ich den Lichtstrahl durch das Zimmer gleiten. Neben Galanters Schreibtisch stehen die gleichen Regale wie bei uns. Armen verwahrte darin die Akten der laufenden Fälle. Galanter hält es genauso. Mein Blick wandert über die Regale. Der Lichtkegel fällt auf Stapel roter, blauer und grauer Prozeßakten. Die Farben sind gemäß den Vorschriften des Third Circuit festgelegt, und die dazugehörigen Anhänge und Protokolle sind mit einem Gummiband an den Akten befestigt. Nach solchen Unterlagen suche ich.

Ich gehe die Akten durch, ein Haufen Strafsachen, alles Berufungsfälle, und ein Wirtschaftsfall; das Handelsrecht interessiert mich momentan weniger als sonst. Ganz unten im Stapel liegt die Akte Canavan mit dem dazugehörigen Protokoll. Ich ziehe die Unterlagen aus dem Regal und mache es mir auf dem Fußboden gemütlich.

Es dauert etwas, bis ich das Protokoll entdecke, denn ich suche nach den sonst üblichen gebündelten Schriftsätzen mit blauen Aktenrücken, aber die Unterlagen stecken in einem gelben Umschlag. VERSIEGELTE GERICHTSDOKUMENTE, verkündet ein abschreckend roter Stempel auf dem Umschlag. Darunter klebt eine gerichtliche Verfügung.

Warum versiegelt ein Bezirksgericht ein Protokoll? Wie auch immer, diese Anweisung gilt nicht für mich, zumindest nicht heute abend.

Ich schiebe die Hand in den Umschlag und ziehe den ersten Teil der Unterlagen heraus. Es ist die Klageschrift, in der behauptet wird, eine Gruppe ortsansässiger Blumeneinzelhändler habe Canavan Flowers vorsätzlich aus dem Geschäft gedrängt. Die Beklagten hatten Bob Canavan zwar in ihr Lieferantenverzeichnis aufgenommen, erteilten ihm aber nie einen Auftrag. In der Klage, einer miserabel abgefaßten Litanei über die Art und Weise, mit der Canavan in die Pleite getrieben wurde, wird aber nirgendwo der Grund für diese Machenschaften erwähnt. Der junge Rechtsanwalt konnte die Verbindung zur Mafia nicht glaubhaft darlegen. Ich kann es auch nicht.

Ein Ring von Blumenhändlern? Galanter lachte.

Ich blättere die Klageschrift durch und überfliege den Anhang, bis ich auf die Namen der Großhändler stoße. Ich stecke die Taschenlampe unter die Achsel, ziehe das zerknitterte Kreuzworträtsel, das Winn mir gegeben hat, aus der Tasche und vergleiche die Namen mit denen in der Klage. Keiner ist identisch. Die Liste der Großhändler liest sich wie ein angelsächsisches Telefonbuch, meine Namensliste der Gangster wie ein italienisches. Ich lege die Klageschrift beiseite und sehe mir die Zeugenaussagen an. Falls irgendwo eine Goldader versteckt ist, dann hier. Etwas, das nicht ist, was es auf den ersten Blick zu sein scheint.

Ich lese die erste Zeugenaussage, die zweite und die dritte und kämpfe verbissen gegen die wachsende Mutlosigkeit an. Nicht einer der erwähnten Namen steht im Kreuzworträtsel; keine der Aussagen weist auf einen anderen Tatbestand als gewöhnlichen Betrug seitens reichlich hartgesottener Blumenhändler hin. War das nicht Townsends Frage gewesen? *Worin unterscheidet sich dieser Fall von einem x-beliebigen Betrugs-*

fall? Bezog sich seine Frage auf Bücher mit juristischen Kommentaren oder auf Scheckbücher?

Ich nehme mir die nächste Zeugenaussage vor. Sie stammt von einem der Verkäufer. Darin erwähnt er beiläufig einen Ausfahrer, dessen Name mir bekannt vorkommt. Jim Cavallaro. Ich sehe mir die kurze Liste im Kreuzworträtsel an:

James Cavallaro.

Das muß derselbe Mann sein. Ich überlege einen Moment.

Natürlich.

Der Mafia sind die Nelken egal; es geht um die Auslieferung. Um Lastwagen und Lastwagenfahrer. In einer Handelsorganisation, die ihre Geschäfte per Telefon abwickelt, bringt die Lieferung das große Geld. Was ausgeliefert wird, spielt weiter keine Rolle, und sollte es nach Rosen duften.

Ich blättere zu den anderen Zeugenaussagen zurück und suche nach Hinweisen auf Lastwagenfahrer. Die betreffenden Namen notiere ich, aber viele finde ich nicht. Anschließend nehme ich mir Galanters Telefonaufzeichnungen vor, um nachzuprüfen, ob einer dieser Männer im Gericht angerufen hat oder ob sich eine andere Verbindung zu Galanter nachweisen läßt.

Plötzlich rüttelt jemand an der Tür zum Vorzimmer von Galanters Büro. Ich erstarre und lausche, was jetzt kommt. Dann ist es fast zu spät.

Die Tür öffnet sich und durch einen Spalt dringt Licht in das Vorzimmer. Erschrocken knipse ich die Taschenlampe aus und schiebe die Akte ins Regal zurück. Sollte das wieder Winn sein, schlage ich ihn mit meiner Pluto-Taschenlampe k.o.

Wo kann ich mich verstecken? Hektisch schaue ich mich um.

Galanters privater Waschraum. Auf der rechten Seite, wie der von Armen. Die Tür geht von einem vom Büro ausgehenden winzigen Flur ab. Ich flitze in den Waschraum, schlüpfe hinter die Tür und verhalte mich absolut still.

Wer immer es ist, er hat eine eigene Taschenlampe dabei.

Als habe er es sehr eilig, hastet er mit langen Schritten in Galanters Büro. Der Strahl der Taschenlampe wandert hierhin und dorthin, wirft einen zittrigen Lichtkegel auf die Bücherregale, auf die Couch und wieder auf die Regale. Im Schein der Lampe sehe ich nur eine bedrohliche, breitschultrige Silhouette. Winn kann es nicht sein, so kräftig ist er nicht. Ich ziehe mich völlig hinter die Badezimmertür zurück und warte ängstlich ab.

Rasch geht die Gestalt zu Galanters Schreibtisch. Als der Lichtschein auf die pedantisch sortierten Unterlagen auf der Glasplatte des Schreibtischs fällt, dreht mir der Mann den Rücken zu. Er berührt jeden Stapel; im Licht der Taschenlampe wirkt seine Hand überdimensional. Er scheint etwas zu suchen. Seine Bewegungen sind schnell, aber sehr sicher. Anscheinend kennt er sich in diesem Büro aus. Außerdem muß er einen Schlüssel haben, sonst hätte er das Schloß aufgebrochen.

Seine Hand tastet so flink über den Schreibtisch wie die eines Blinden über einen Text mit Brailleschrift. Und er wird fündig, denn er nimmt etwas in die Hand. Blinzelnd starre ich in die Dunkelheit. Er hält ein zerknittertes gelbes Papier in den Lichtschein der Lampe. Es muß eine Telefonnotiz sein; wir benutzen die gleichen Vorlagen. Sie sind aus dünnem Papier, damit das Kohlepapier durchschreibt, und zerreißen andauernd.

»Verdammtes Arschloch«, sagt der Mann mit einer Stimme, die mir bekannt vorkommt. Er schiebt den Zettel in die Tasche.

Wer ist dieser Mann?

Er dreht sich um und geht im Hinausgehen einen entsetzlichen Augenblick lang dicht am Waschraum vorbei. Sein Gesicht kann ich nicht deutlich erkennen, aber der Schnurrbart und der aufblitzende Marshalstern verraten ihn.

Al McLean

Mein Mund wird trocken. Ich halte den Atem an, bis sich die Tür zum äußeren Flur öffnet und wieder hinter ihm schließt. Er rüttelt prüfend am Türknauf, um sich zu vergewissern, daß die Tür verschlossen ist.

McLean. Großer Gott. Er hatte Dienst in der Nacht, in der Armen ermordet wurde. Sicherheitshalber warte ich noch eine Minute im Waschraum. Es wundert mich nicht, daß ich schweißgebadet bin. Aufseufzend wische ich mir über die

Stirn und wage mich schließlich auf Zehenspitzen in das Büro hinaus. Ich will wissen, wonach McLean gesucht und was er an sich genommen hat.

Im Büro stelle ich mich genauso vor den funkelnden Schreibtisch wie zuvor er und knipse die Taschenlampe an. Hübsch der Größe nach aufgestapelt liegen da die Unterlagen und die Korrespondenz, die einen Richter mit der Außenwelt verbinden. Im mittleren Haufen befindet sich ein Stoß gelber Nachrichtenzettel, auf denen ich die gestochene Schrift von Galanters Sekretärin, Miß Waxman, erkenne. Die ersten beiden Anrufe stammen von Richter Foudy und Richter Townsend. BITTE ZURÜCKRUFEN, hat die Sekretärin notiert. Die drei nächsten Anrufe sind von Sandy Faber.

Der Reporter. Der, der auch mich und alle anderen im Amt angerufen hat. Auf dem letzten Zettel, notiert um 4 Uhr 58, steht WICHTIG! Die Buchstaben sehen aus wie gedruckt.

Was fand Faber heraus? Und wessen Nachricht hat McLean an sich genommen?

Es könnte sich um eine von Faber handeln, die drei vorhergehenden waren schließlich auch von ihm. Aber das kann natürlich ein Trugschluß sein; die Chancen dafür stehen schlechter als beim Münzenwerfen. Ich beschließe, morgen die eingegangenen Telefongespräche zu überprüfen; von jeder Notiz über einen Anruf müssen Kopien existieren. Noch länger hierzubleiben, wäre zu riskant.

Ich lege die Zettel wieder so hin, wie ich sie vorgefunden habe.

Dabei fällt mir ein kleiner quadratischer Umschlag ins Auge, auf dem die Adresse in der winzigen Gothic-Schrift getippt ist, die für eine ganz bestimmte Institution typisch ist: das Oberste Bundesgericht der Vereinigten Staaten. *Verkehrt freundschaftlich mit dem Obersten Bundesgericht,* sagte Artie. *Verschafft ihm eine ausgezeichnete Ausgangsposition für eine Berufung dorthin.* Ich öffne den steifen Umschlag.

Der Inhalt ist eine Überraschung.

Der Brief kommt von Antonin Scalia, Richter am Obersten Bundesgericht, und er bedankt sich darin bei Galanter für sein

Empfehlungsschreiben bezüglich Ben Safer. Unglaublich. Ben arbeitet nicht einmal als Referendar für Galanter. Kopfschüttelnd lese ich den Brief noch einmal und schiebe ihn anschließend in den Umschlag zurück. Penibel lege ich die Unterlagen wieder genauso übereinander, wie ich sie vorgefunden habe, kleine Notizzettel oben, darunter kleine Karten, als nächstes Briefe, dann Schriftsätze. Alles genau der Größe nach geordnet, alles streng nach Norm. Dieses System vermeldet nur eines: KONTROLLE.

Junge, Junge, wie mir der bloße Gedanke verhaßt ist, für den Oberhäuptling Galanter zu arbeiten.

26

Galanters Büro funkelt im Morgenlicht. Sämtliche Oberflächen, einschließlich ihrer scharfen Kanten, glitzern und strahlen. Glas blitzt vor den vielen Fotos, die ihn mit anderen Richtern zeigen; die Sammlung wertvoller Bücher vermodert hinter verschlossenen Glastüren. Selbst die mit einem glänzenden marinegestreiften Baumwollstoff bezogenen Möbel leuchten. Dieses Domizil erinnert eher an das Büro eines Vorstandsvorsitzenden und weniger an den Amtsraum eines Richters mit einem öffentlich bekannten Gehalt von 130000 Dollar. Ich war stets der Meinung, Galanters Familie habe Geld; ich hatte keine Ahnung, daß es sich um Geld der Mafia-Familie handelt.

Ich stehe vor dem Problem, daß er niemanden einstellen will.

»Ich habe meine eigenen Mitarbeiter«, verkündet er und taxiert mich von seinem Platz hinter dem Schreibtisch aus. Seine Zigarre liegt in einem Waterford-Aschenbecher auf der Schreibtischplatte. »Alles Vollzeitkräfte.«

»Aber als Vorsitzender des Gerichts steht Ihnen eine Teilzeitassistentin zu. Das ist im Budget bereits enthalten. Für die Verwaltungsarbeit.«

»Die erledigen meine Leute so lange nebenbei, bis ich jemanden einstelle. Wenn ich mich recht erinnere, hat Richter Gregorian auch einige Monate gewartet, bis er Sie eingestellt hat.«

»Der Rechtsausschuß tritt bald zusammen. Sie brauchen vorher noch etliche Informationen.«

»Ich bin des Lesens kundig.« Mit einer heftigen Geste schiebt er mir meine Aktennotiz zu, eine unübersehbare Aufforderung, endlich abzuhauen. Gehorsam erhebe ich mich von dem steiflehnigen Stuhl. »Ich empfahl damals, zuerst die Beschwerden bezüglich Amtspflichtverletzung zu erledigen. Acht sind untermauert, und Washington möchte, daß wir ihnen Priorität einräumen.«

»Washington?«

»Man hat dort ein Auge auf diese Beschwerden, alle Gerichtsvorsitzenden müssen sogar auf Anweisung hin einen Bericht darüber führen. Sie werden sich mit dieser Aufstellung nicht näher befassen wollen, es ist nicht gerade ein Pluspunkt. In Washington.« In der Hoffnung, er werde mich zurückrufen, wende ich mich zum Gehen. Ich komme immerhin bis zur Tür, drei Meter weiter als erwartet.

»Es handelt sich um acht, sagten Sie?«

»Das letzte Mal, als ich mich damit befaßt habe. Wegen des Hightower-Falles legten wir sie erst mal auf Eis, und da liegen sie immer noch.«

»Wieviel Zeit nehmen sie in Anspruch?«

»Die Untersuchung dauert eine Weile. Irgendwann bekommen wir den Bericht und überprüfen ihn. Das dauert noch mal seine Zeit. Mindestens eine Woche pro Beschwerde.«

Er steckt die Hände in die Taschen und wippt leicht auf den Absätzen. »Ich habe hier keinen Platz für Sie. Und Ihr Büro lasse ich bei meinem Umzug räumen. Es muß renoviert werden.«

Der Teufel soll dich holen. »Ich könnte im Büro Ihrer Referendare arbeiten.«

»Nein.«

Welch Segen, daß ich ein stark ausgeprägtes Selbstwertgefühl besitze. »Ich kann auch in der Bibliothek im Erdgeschoß arbeiten.«

Prüfend betrachtet er seine Nägel. »Natürlich werde ich zu gegebener Zeit eine eigene Assistentin einstellen.«

»Ich möchte ohnehin wieder als Anwältin arbeiten.«

»Ich habe keine Zeit, um Sie zu beaufsichtigen.«

»Ich brauche keine Beaufsichtigung, lediglich einen Gehaltsscheck.« Ein bißchen kleinmachen, damit er sich vorkommt wie der absolute Herrscher, für den er sich hält, kann nicht schaden.

»Miß Waxman?« ruft er zur Tür hinaus. Seine geknechtete Sekretärin taucht an der anderen Tür zu seinem Büro auf; vermutlich lauert sie schon länger dort und wartet nur darauf, daß er bellt. Einzig die Pension einer Angestellten im öffentlichen Dienst kann der Grund sein, warum eine solche Seele von Mensch mit einem so lieben Gesicht wie sie einen Tyrannen wie ihn erträgt. »Sie beide kennen sich bereits, ja?« fragt Galanter.

»Sicher. Hallo, Miß Waxman.«

Ihre Figur erinnert an die spiralförmige Mitte einer Portion Softeis. Sie nickt mir wortlos zu.

»Geben Sie ihr die Entwürfe, sobald Sie sie fertig haben. Ich sehe sie mir dann an. Falls ich Sie brauche, rufe ich Sie an.«

»Schön.« Ich wende mich zum Gehen, halte es dann aber mit Peter Falk als Columbo und drehe mich noch einmal um. »Wo soll ich die Entwürfe hinlegen, damit ich Sie nicht stören muß? Bei uns habe ich sie in einen Korb auf dem Schreibtisch der Sekretärin gelegt.«

Er sieht Miß Waxman an. »Miß Waxman, schaffen Sie auf Ihrem Schreibtisch Platz für einen Ablagekorb.«

Sie nickt.

»Ich zeige Ihnen, was ich meine, Miß Waxman«, sage ich eifrig.

Abwartend sieht sie Galanter an. Sie geht erst, als er uns mit einem Wink entläßt, der besagt: Frauen, andauernd so ein Theater wegen unwichtiger Kleinigkeiten! Er nimmt den Telefonhörer ab. »Schließen Sie die Tür«, befiehlt er.

Gehorsam schließe ich die schwere Tür und folge Miß Waxman. Ihr Schreibtisch steht vor der Tür zum Büro der Referendare. Neben der Tastatur ihres Computers liegt das Anrufverzeichnis mit den üblichen vier Zetteln pro Seite, das ich mir ansehen muß. Galanter hat heute morgen bestimmt noch nicht viele Anrufe bekommen, der Durchschlag des Zettels, den McLean an sich genommen hat, müßte noch auf der obersten Seite sein.

»Ich dachte, wenn ich weiß, wo ich die Unterlagen hinlegen soll, wäre das von Vorteil«, behaupte ich, während ich mich an das Eintragungsbuch heranpirsche. »Ich weiß ja nicht, wie Sie die Dinge hier handhaben.«

Sie nickt leicht. Winzige Schmachtlocken umrahmen ihr Gesicht; ein alterndes Püppchen, bis hin zu den spinnenbeinartigen Wimpern. »Wir machen alles so, wie es der Richter will«, erwidert sie mit sanfter Stimme.

Ich werfe einen Blick auf die Eintragungen. Sämtliche vier Zettel auf der aufgeschlagenen Seite sind ausgefüllt: Richter Smith 9 Uhr, Richter Townsend 9 Uhr 15, Gerichtsvorsitzender Wasserman vom Second Circuit 9 Uhr 16 und um 9 Uhr 20 Carter von der Union League. Verdammt; an diesem Vormittag war einiges los. Die von mir gesuchte Notiz ist nicht auf dieser Seite; sie muß auf der darunter stehen. Ich lege meine Hand direkt neben das Verzeichnis. »Glauben Sie, hier wäre ein guter Platz? Das ginge doch.«

»Wie Sie meinen, Miß Rossi.«

»Bitte sagen Sie Grace zu mir.«

»Oh, das steht mir nicht zu.«

»Bitte. Wir arbeiten jetzt zusammen.«

Sie nickt respektvoll; die Rolle der Sklavin beherrscht sie in Vollendung. Das halte ich nicht aus. »Wo würden *Sie* den Korb denn hinstellen, Miß Waxman? Es ist Ihr Schreibtisch.«

»Ich weiß nicht.« Ängstlich runzelt sie die Stirn, und ihr festes Puder-Make-up zerspringt in tektonische Formationen. Ab und zu mal eine freie Entscheidung macht noch nicht frei. »Ich weiß es wirklich nicht. Wo immer Sie denken, Miß Rossi. Grace.«

Ich klopfe noch einmal aufmunternd direkt neben dem Verzeichnis auf die Schreibtischplatte, und da entdecke ich ein Foto von einem Weidenkorb mit silbernen Zwergpudelchen mit krausen Haarkrönchen. »Hier vielleicht?«

»Nein!« platzt sie heraus. »Aber natürlich, ich meine, wenn Sie möchten.«

»Nein, schon gut. Wo immer Sie möchten.«

Sie legt die Hand an die Wange. »Es ist nur, daß ... meine Hündchen stehen da. Ihr Foto. Ich freue mich, wenn ich sie beim Arbeiten sehen kann.«

»Tut mir leid. Ich wollte das Foto nicht zustellen.«

»Aber natürlich, wenn Sie ...«

»Nein, nein, ich verstehe Sie. Ich habe auch einen Hund.« Und da kommt mir eine Idee. Eine wundervolle, widerliche, gemeine Idee. Ich komme mir vor wie ein richtiger Fiesling. »Ich habe allerdings einen großen Hund.«

»Ich mag auch große Hunde«, erwidert sie. In ihren blaßgrauen Augen flackert Interesse auf.

»Genauer gesagt, habe ich Richter Gregorians Hund, Bernice, adoptiert.«

»Wirklich? Ich hörte, man hätte sie den Pfadfinderinnen gegeben.«

»Nein. Sie war im Morris-Tierheim.«

Ein entsetztes Keuchen kommt über ihre Lippen. »Aber das ist doch ein *Tierasyl.*«

»Ich weiß.«

Sie sieht mich mit einer Ehrfurcht an, auf die Madame Curie größeren Anspruch besessen hätte. »O, sind Sie nett!«

Schuldbewußt wende ich den Blick ab und nehme das Hundefoto in die Hand. Es steckt in einem billigen Rahmen, wie man ihn in Schreibwarenläden bekommt. Die Hündchen sehen mich mit dem gleichen hoffnungslosen Vertrauen an wie ihr Frauchen. »Sie sind wirklich sehr niedlich, Miß Waxman.«

Sie strahlt vor mütterlichem Stolz. »Sie machen alle möglichen Kunststückchen, die ich ihnen beigebracht habe. Sie sind so klug wie Jagdhunde.«

»So sehen sie auch aus.« Kohlschwarze Augen, kleine Knopfnasen.

»Der da ist ein Champion geworden.« Sie deutet auf den in der Mitte, aber wie sie die Hündchen auseinanderhalten kann, werde ich nie begreifen; ein Wauwau sieht aus wie der andere. »Das ist Rosie, mein Baby. Mein Champion.«

»Ein Champion? Wirklich?« Unmerklich hole ich tief Luft und lasse das Foto fallen. Es schlägt auf dem Teppich auf, und der Rahmen bricht bei dem Aufprall auseinander. Ich fühle mich wie Mist auf Toast, aber ich hatte keine andere Wahl.

»Oh! Oh!« ruft Miß Waxman, und ihre Hände flattern an ihre rougegeröteten Wangen. Unverzüglich bückt sie sich, um wenigstens das Foto zu retten, und ich blättere eine Seite der Telefonnotizen um.

»Tut mir so leid«, sage ich, während ich die vier Vermerke auf der Durchschlagkopie ansehe. Alle vier Anrufe auf dieser Seite stammen von Sandy Faber. Ich fand nur drei Zettel über Anrufe von Faber auf Galanters Schreibtisch, das bedeutet, der, den McLean an sich genommen hat, war ebenfalls von Faber. »Ich hoffe, der Rahmen ist nicht kaputt.«

»Er ist auseinander«, jammert sie.

»Es tut mir furchtbar leid.« Ich blättere noch eine Seite zurück und noch eine. Ein Haufen Richter. Cavallaro und die anderen Mafia-Namen stehen sicher weiter hinten, zeitlich wahrscheinlich vor der Canavan-Verhandlung, aber um so weit zurückzugehen, fehlt mir jetzt die Zeit. Ich schlage wieder die oberste Seite auf. »Bitte. Ich möchten Ihnen helfen.«

»Schon gut, ich habe alles.« Waxman hat sämtliche Rahmenteile eingesammelt. Als sie sich aufrichtet, sehe ich Tränen in ihren Augen schimmern.

Ich fühle mich mies. »Ich versuche, ihn wieder zusammenzusetzen. Sollte mir das nicht gelingen, ersetze ich Ihnen den Rahmen. Ich kaufe Ihnen fünfzig Stück, ich schwör's.«

Mit etwas Nachdruck meinerseits gelingt es mir, ihr die Einzelteile abzunehmen.

»Es macht nichts. Ich kann einen anderen kaufen«, sagt sie beschämt über ihre Reaktion.

»Lassen Sie es mich einfach mal versuchen.« Ich passe das Kunststoffteil so ein, daß sich das Viereck des Rahmens wieder ergibt, lege das Foto darauf und schließe die Rückseite. Eine der Messingklammern ist verbogen, ich muß sie mit dem Daumennagel zurechtbiegen. Anschließend stoße ich einen Seufzer der Erleichterung für meine unsterbliche Seele aus. »Na also. Tut mir wirklich sehr leid.«

Sie dreht den Rahmen in den Händen. »Er ist so gut wie neu!«

»Es war nicht schwer.«

»Ich hätte das nie so hingekriegt.«

»Aber ganz bestimmt, Miß Waxman.« Ich berühre ihre nachgiebige Schulter in dem genoppten Chenillepullover. »Vielleicht können wir mal zusammen zu Mittag essen.«

Ein Ausdruck des Entsetzens huscht über ihr Gesicht. »O nein, ich esse an meinem Schreibtisch.«

»Jeden Tag?«

»Ja.«

»Warum das denn?«

»Wegen der Anrufe. Ich muß die Anrufe entgegennehmen.« Sie nickt bekräftigend.

»Können die Referendare nicht mal das Telefon abnehmen? In unserem Büro wechseln wir uns ab, damit jeder zum Mittagessen gehen kann.«

»Richter Galanter möchte nicht, daß die Referendare ans Telefon gehen.«

»Warum nicht?«

Verständnislos sieht sie mich an. Uns steht eine solche Frage nicht zu.

Ich wette, er will, daß seine Anrufe vertraulich bleiben. »Vermutlich hat er seine Gründe.«

Sie schürzt die ungeschickt mit rotem Konturenstift umrandeten Lippen. »Er sagt, man braucht kein Jurastudium, um einen Anruf entgegenzunehmen.«

Angesichts der Beleidigung, die das für sie bedeuten muß, zucke ich innerlich zusammen, aber ihre Miene bleibt gleichmütig.

»Das werden wir noch sehen, Miß Waxman.«
Sie lächelt gezwungen.

Auf dem Weg zu unseren Amtsräumen entdecke ich Artie am Kopierer. »Genau der Typ, nach dem ich mich sehnte.«

»Artman. Macht Kopien. Copy-rama«, antwortet er im Tonfall eines alten Sketches aus *Saturday Night Live.* »Am Kopiergerät.«

»Wie geht's, Süßer?«

»Gracie Rossi. Alleinerziehende Mutter. Ehemalige Anwältin. Total geil.« Grinsend kopiert er weiter.

»Alles klar. Jetzt lassen Sie das sein.«

»Sie haben keinen Funken Humor«, sagt er mit seiner eigenen Stimme. Er dreht eine überlange Seite um und drückt auf den Knopf. »Was machen Sie im feindlichen Lager?« Vertraulich beugt er sich näher zu mir. »Irgendeinen Beweis entdeckt?«

»Bis jetzt nicht. Sagen Sie, haben Sie heute abend etwas vor?«

»Ich? Er ist verkümmert, Babe. Er ist mir abgefallen. Er liegt auf dem Parkplatz auf der anderen Straßenseite. Kennen Sie die Stolperschwelle? Darum.« Er lacht.

»Artie, Sie werden bald darüber hinwegkommen. Sie werden sich wieder verlieben.«

»Ich spreche nicht von Liebe, Grace. Mit der Liebe bin ich fertig. Ich spreche vom Herumvögeln.«

Ich tue so, als sei ich nicht schockiert. Schockiertsein macht alt. Außerdem will ich etwas von ihm. Ich muß mit Winn reden, von Angesicht zu schmutzigem Angesicht. »Wenn Sie nichts anderes vorhaben, könnten Sie doch heute abend zu mir zum Essen kommen, wie wär's? Sie dürfen sogar Ihr Herzblatt mitbringen.«

»Sie hat mit mir Schluß gemacht. Sie hat für meinen Freund geschwärmt, was sagt man dazu? Ich besaß nur ihren Körper, nicht ihr Herz.« Er schüttelt den Kopf. »Können Sie sich das vorstellen, daß ich sie wegen ihres *Wesens* geliebt habe? *Ich?* Es ist irre.«

»Sie werden erwachsen. Außerdem meinte ich sowieso Shake and Bake.«

»Den Shakester. Den Shakemeister. Shake-o-rama.« Er verfällt wieder in den Singsang. »Echt übelriechend. Schizophren.«

»Waschen Sie ihn vorher ab, okay? Damit er Maddie nicht erschreckt. Oder Bernice.«

»Der Irre. Die süße Kleine. Aus der ersten Klasse.«

»Artie, das reicht.«

Er kehrt in die Realität zurück und drückt auf den Knopf. »Soll ich echt Shake and Bake mitbringen?«

»Wäre doch ganz nett. Ein gutes Werk tun, so was in der Art.« Notlüge Nummer 7364.

»Ist Ihr Kind auf ein Zusammentreffen mit dem Schwarzen Mann vorbereitet?«

»Ich war mit dem Schwarzen Mann verheiratet. Kumpel.«

Er lächelt. »Was gibt's zum Abendessen?«

»Was mögen Sie? Ich könnte Frosted Flakes machen.«

»He, gestern abend hatte ich Cocoa Krispies aus dem Sechserpack. Kennen Sie diese verschiedenen kleinen Schachteln in einer Packung?«

»Maddie mag die auch. Also kommen Sie zum Essen.«

»Wollen Sie ein Abschiedsessen für mich geben?«

»Abschied? Das habe ich nicht gesagt.« Es versetzt mir einen Stich: zu viele Lebewohls in letzter Zeit.

»Ja, Ma'am. Ich bin fertig hier. Befinde mich auf dem Weg zu den abgefuckten Blondinen in New York City. Am Wochenende habe ich mir eine Bude gemietet.« Er scheint nicht gerade sehr glücklich. »Das ist der Mietvertrag.«

»Wann ziehen Sie um?«

»Nächste Woche. Cravath übernimmt mich gleich.«

»Dann gehören Sie jetzt also zur Truppe.«

»Was Sie nicht sagen.« Voller Verachtung betrachtet er seinen Mietvertrag. »Man muß Anwalt sein, um das ganze verwichste Zeug zu kapieren.«

»Sie *sind* Anwalt, Artie. Ab Anfang nächster Woche zahlen die Leute hundertundfünfzig Dollar für eine Stunde Ihrer kostbaren Zeit.« Ich denke an den Basketball auf seiner Brust.

»Dummköpfe.« Er lacht. »Würden Sie das mal für mich durchgehen?« Er hält den Mietvertrag hoch, ein Standardformular.

»Der Vermieter gewinnt immer. Weiter brauchen Sie nichts zu wissen.«

»Dasselbe hat Safer auch gesagt.« Er schüttelt den Kopf. »So ein Arsch. Hockt da drin vor dem Telefon.«

»Warum?«

»Er wartet auf den Anruf von Scalia.«

»Die rufen an?«

»Abgesehen von Rehnquist. Man hat ihn einmal abblitzen lassen, seitdem läßt er seine Sekretärin anrufen.«

Sofort denke ich an den Brief auf Galanters Schreibtisch. »Glauben Sie, er bekommt den Job?«

»Der magische Ball sagt ja. Das ist doch übel, oder?«

»Es handelt sich um ein Spielzeug, Artie. Schon vergessen?«

Er sieht mich an. Schlagartig ist er todernst. »Er behält immer recht, Grace.«

Fast lache ich laut heraus: 150 Dollar die Stunde. Sagen Sie nicht, ich hätte Sie nicht gewarnt.

Nach Feierabend fahren wir gemeinsam zu mir. Artie sitzt auf dem Beifahrersitz, Winn hockt eingeschnappt auf dem Rücksitz. Er spielt den beleidigten Psychotiker, weil Artie von ihm verlangt hat, daß er seine Regenhaube abnimmt. Als wir auf die Schnellstraße einbiegen, macht Artie das Radio an, weil er die Nachrichten mit den Basketballergebnissen hören möchte, aber Winn will unbedingt den Greaseman, einen weiteren Frauenfeind hinter einem Mikrophon. Sein Arm fährt zwischen den Vordersitzen durch, und er drückt auf den schwarzen Knopf, um den Greaseman-Sender einzustellen.

»An!« kommentiert er. »Wir wollen Greaseman.«

Artie drückt den KYW-Knopf. »Kein Greaseman. Greaseman nervt.«

»Greaseman. Greaseman!«

»Sei friedlich, Shakie«, befiehlt Artie.

Die Nachrichten kommen, als wir an der Engstelle Richtung Westen festsitzen. Am Kunstmuseum verengt sich die Schnellstraße auf nur eine Fahrspur, obwohl es zweifellos Philadelphias am stärksten befahrene Ausfallstraße nach Westen ist. Rote Rücklichter reihen sich vor mir bis nach Harrisburg. »Warum bauen die so eine Straße? Das ergibt doch keinen Sinn.«

Artie sieht hinaus über den Schuylkill, den breiten Fluß neben der Schnellstraße. Am Ostufer steht ein frisch gestrichenes Bootshaus neben dem anderen; die weißen Lichter, mit denen sie besetzt sind, leuchten schwach. Ruderer im Einer skullen den Fluß hinunter und verschwinden in der zu einem dumpfen Bronzeton verblaßten Sonne. Hier und da fährt ein Achter neben einem Einer her, in dem ein Trainer sitzt, der in ein altmodisches Blechmegaphon brüllt. »Ich werde dieses Scheißkaff vermissen«, sinniert Artie melancholisch.

»Es ist kein Scheißkaff«

»Woher wollen Sie das wissen? Sie haben nie woanders gelebt.«

»Warum sollte ich?«

»KYW ... Nachrichten ... zehn sechzig«, singt Winn den Radiojingle mit. »Aktuellste Nachrichten rund um die Uhr. Aktuellste Nachrichten rund um die Uhr.«

Artie stellt den Ton lauter. »Los, Knicks.«

»Los, Sixers«, widerspreche ich, um meinem Team die Treue zu halten, und erwische Winn dabei, wie er mir im Rückspiegel die Zunge herausstreckt. Seine Miene verändert sich jäh mit der ersten Meldung.

»In den frühen Morgenstunden wurde ein Weißer ermordet aufgefunden«, verkündet der Nachrichtensprecher. »Man hat ihn als Sandy Faber identifiziert, einen Reporter, der für mehrere Zeitungen im Delaware Valley gearbeitet hat. Der aus Mount Laurel, New Jersey, stammende Mann wurde erschlagen, nachdem er einen Geldautomaten in Society Hill benutzt hatte. Die Polizei hat noch keinen Verdacht, hält aber Raub für das Motiv.«

Mein Gott. Ich merke, wie sich meine Hände um das Lenkrad klammern. Bloß nicht die Nerven verlieren. Faber ermordet. Und gestern abend stahl McLean aus Galanters Büro eine telefonische Nachricht von ihm. Im Rückspiegel suche ich Winns Gesicht, aber er spielt nach wie vor seine Rolle.

»Bye-bye Greaseman«, sagt er traurig. »Alles vorbei.«

27

Ich berichte Winn die ganze Geschichte, während ich das Rosmarinhühnchen in den Backofen schiebe und gleichzeitig einen prüfenden Blick auf Maddie werfe, die hinten im Garten mit Artie den Ball in den Korbring wirft. Schon wieder reißt Artie rücksichtslos den Ball an sich, und ich klopfe ans Fenster. Widerstrebend rückt er den Ball heraus, und ich kümmere mich um die neuen Kartoffeln. Bis sie geschrubbt sind und im heißen Wasser liegen, bin ich mit meiner Erzählung am Ende.

»Einen Augenblick mal, Grace. Was hatten Sie eigentlich in Galanters Büro zu suchen?« fragt Winn und marschiert vor dem Küchentresen auf und ab. Seine schäbigen Klamotten sind sauber. So sieht er lediglich ärmlich aus, eher wie ein Student. »Es hätten Sie sein können, die gestern abend umgebracht wurde, statt Faber.«

»Er war eindeutig hinter Faber her, nicht hinter mir. Er wußte, wonach er suchte. Ich wette, Faber hat etwas Belastendes über Armens Mörder herausgefunden. Ich frage mich, ob McLean irgendwie mit Galanter unter einer Decke steckt.«

»Sie hätten auf keinen Fall in dieses Büro gehen dürfen.«

»Glauben Sie, er macht mit Galanter gemeinsame Sache, oder nicht?«

»Sie sind kein Profi. Sie sind dafür nicht ausgebildet.« Unentwegt wandert er in der engen Küche auf und ab. Bernice beobachtet ihn, und ihr massiger Kopf bewegt sich im Rhythmus seiner Schritte nach links, nach rechts.

»Aber wenn McLean mit Galanter unter einer Decke steckt, warum sollte er dann die Telefonnotiz stehlen? In diesem Fall hätte Galanter sie ihm doch gegeben, nicht wahr? Es sei denn, sie dachten erst später wieder daran. Stunden später.«

»Grace ...«

»Aber Galanter hätte Faber doch in der Redaktion anrufen können, über die Telefonzentrale der Zeitung.« Nachdenklich schaue ich aus dem Fenster. Maddie wirft Freiwürfe, aber nicht einer reicht auch nur halbwegs bis zum Korb hinauf; Artie, der ihr die Bälle zurückwirft, lernt, sich im Ballbesitz abzuwechseln. »Nein. Faber war kein festes Redaktionsmitglied. Er war freier Journalist, er arbeitete selbständig. Er war also nicht über die Zeitung erreichbar. Aber warum haben ihn die beiden nicht zu Hause angerufen? Sie hätten seine Nummer im Telefonbuch heraussuchen können.«

»Grace, Sie hören nicht zu.« Winn beendet sein Hin- und Hergerenne und verschränkt die Arme. Bernice legt den Kopf auf die Vorderpfoten.

»Sie auch nicht.«

»Doch, ich schon. Faber stand nicht im Telefonbuch von Philadelphia, er wohnte in Jersey. Das sagten sie im Radio.«

»Da haben wir's! Vielleicht hat Galanter doch etwas mit Armens Tod zu tun. Er wollte unbedingt Gerichtsvorsitzender werden. Vielleicht arbeitete McLean aber auch allein.«

»Grace, machen Sie mal halblang.« Er fährt sich mit der Hand durch die Haare; sie sind frisch gewaschen, und das Braun sieht heller aus als sonst. »Ich habe Ihnen gesagt, Sie sollen nachts nicht herumschleichen. Zuerst in Armens Wohnung und jetzt in Galanters Büro.«

»Ich arbeite inzwischen dort. Es ist auch mein Büro.«

»Nein, ist es nicht.«

Ich öffne die Backofentür und prüfe das Hühnchen. Bernice schnuppert interessiert in die Luft. »Ich dachte, ich hätte meine Sache recht gut gemacht. Ich bin sogar hinter die Verbindung zur Mafia gekommen.«

»Das war mein Teil der Arbeit, nicht Ihrer. Sie hätten mich anrufen müssen. Ich hätte es Ihnen klargemacht.«

»Tagsüber hätte ich die Canavan-Akten keinesfalls einsehen können. Was hätte ich denn Ihrer Meinung nach tun sollen?«

»Ich sagte, Sie sollen bei der Arbeit Augen und Ohren aufsperren. Das war alles, mehr wollte ich nicht. Ich hätte nie gedacht, daß Sie sich in Wyatt Earp verwandeln.«

»In Nancy Drew. Mein Rollenvorbild, nicht Ihres.«

Sein Gesicht verfinstert sich. »Hören Sie, das mit dem Anrufverzeichnis war okay, der Einbruch und das Eindringen nicht. Kapiert?«

»Worüber streiten wir uns eigentlich? Wir haben doch den Bösewicht entlarvt. Rufen wir die Polizei an.«

Er wirft die Arme in die Höhe. »Grace, ich will nicht, daß Sie da noch tiefer reingeraten. Wie gedenken Sie denn zu erklären, was Sie in Galanters Büro getrieben haben? Ich will nicht, daß Sie in Erscheinung treten.«

»Na gut, einverstanden, dann machen Sie die Meldung. Rufen Sie Ihren Boß an.«

»Meinen Boß, warum? Unserer Überzeugung nach hat McLean einen Reporter an einem Geldautomaten umgebracht. Da besteht nicht der geringste Zusammenhang mit der Ermittlung des Justizministeriums. Mord fällt noch nicht einmal in die Zuständigkeit der Bundespolizei.«

Ich setze mich auf den Hocker neben Bernice, die sich in ihrem neuen Sechzig-Dollar-Hundebett zusammengerollt hat. Der aromatische Duft nach Rosmarinhühnchen erfüllt die Küche, aber er durchflutet mich nicht mit dem gleichen Wohlgefühl wie sonst. »Mir kommt da eine Idee. Wie wäre es, wenn Sie es der Polizei von Philadelphia melden und mich als vertrauliche Informantin angeben? Ich sage Ihnen, was ich weiß, und Sie erwirken einen Haftbefehl für McLean. Sie müssen mir nur den Status einer vertraulichen Informantin geben.«

»Sie, eine Informantin?«

»Warum nicht?«

»Polizeispitzel sind Abschaum.«

»Sie wissen gar nicht, zu was ich alles fähig bin. Ich habe heute ein Foto von Pudeln vom Tisch geworfen – absichtlich.«

Er lächelt. »Ein Leben am Abgrund.«

»Für einen hinreichenden Tatverdacht für den Mord an Faber würde es reichen. Das ist wenigstens ein Anfang.«

Nachdenklich streicht er über seinen Bart. »Wir können nur einen Schritt nach dem anderen machen. *Ich* kann nur einen Schritt nach dem anderen machen.«

»Haben wir genug für eine Abhörerlaubnis? Dafür gelten doch die gleichen Voraussetzungen, oder nicht?«

»Immer mit der Ruhe, Mädchen. Wessen Leitung könnten wir anzapfen? Die von McLean vielleicht, aber bestimmt nicht die von Galanter. Gegen ihn haben wir nichts weiter in der Hand als einen Marshal, der in sein Büro gegangen ist, und das ist genau das, was man von ihm in Ausübung seines Berufs erwartet.«

»Aber er hat unrechtmäßig eine Nachricht an sich genommen.«

»Das beweist gar nichts gegen Galanter, selbst wenn McLean deshalb Ärger bekäme. Fallen stellen und zuschnappen lassen, das ist so eine Sache. Die Vorschriften sind streng, Grace, das wissen Sie. Es ist nicht wie im Fernsehen, wo Abhöreinrichtungen installiert werden, sobald jemand in Verdacht gerät. Erinnern Sie sich an den vierten Zusatzartikel der Verfassung?«

Ich ziehe einen Block aus der Kramschublade. Oben drüber steht DENNIS KULL – IHR IMMOBILIENMAKLER IN MONTGOMERY COUNTY. »Fangen wir gleich an. Schreiten wir zum Diktat, Maria.«

»Was?«

»Nehmen Sie meine Aussage auf, okay? Erledigen wir die Arbeit, bevor die Kinder reinkommen.«

Widerwillig nimmt er den Block und beginnt zu schreiben.

»Warten Sie. Ich habe noch gar nichts diktiert.«

»Oh, noch nicht, ha? Also ich diktiere, nicht Sie. Unterschreiben Sie das.« Er reißt ein Blatt Papier ab und schiebt es mir über den Tresen zu. Oben steht VERTRAG. Darunter ICH VERSPRECHE, MICH AUF KEINE WEITEREN GEHEIMEN MISSIONEN EINZULASSEN, ODER WINN KANN MICH WEGEN VORSTEHENDEM BELANGEN.

Ich lächle.

»Unterschreiben Sie.« Er reicht mir den Kugelschreiber. »Ich habe kein Interesse daran, meine allervertraulichste Informantin zu verlieren.«

»Das ist kein rechtsgültiger Vertrag. Da steht nichts von einer Gegenleistung.«

»Ha! Nehmen Sie einem Obdachlosen Geld ab?«

»Es muß kein Geld sein, irgendwas anderes von Wert geht auch. Nicht, daß Sie irgendwas von Wert besäßen.«

Er faßt in die Tasche und bietet mir das ramponierte Foto von Tom Cruise an. »Mein wertvollster Besitz. Und jetzt unterschreiben Sie.«

»Sie nehmen mich auf den Arm.«

»Nein.«

»Wenn ich Ihre Erklärung unterschreibe, unterschreiben Sie dann auch meine Aussage?«

»Ja.«

Also unterschreibe ich. Der Vertrag ist ohnehin nicht rechtsgültig.

Der behagliche Duft nach frischgebackenem Rosmarinhühnchen erfüllt die Küche.

Winns Anruf erwischt mich im unpassendsten Moment. Ich jage gerade wie eine Verrückte herum, um Maddie endlich auf den Weg zur Schule zu bringen. Ich lasse sie mit ihrer Catwoman-Pausendose an der Vordertür stehen, renne in die Küche zurück und kämpfe mit dem Törchen von Bernices Pferch.

»McLean wurde heute morgen verhaftet«, verkündet er.

Prickelnde Erregung befällt mich. »Sie haben den Bösewicht geschnappt! Prima!« Sogar Bernice wedelt zustimmend mit dem Schwanz.

»Ihre Identität wird nicht aufgedeckt. Auch nicht gegenüber meinem Boß, dem Präsidenten.«

Ich gerate in solche Hochstimmung, als hätte ich eben einen Schwurgerichtsprozeß gewonnen. »Sagen Sie mir endlich, was passiert ist.«

»Mom, wir müssen gehen«, ruft Maddie von der Tür her. Ich drängle den ganzen Morgen, jetzt drängelt sie.

»Sagen Sie es mir ganz schnell«, drängle ich Winn.

»Sie haben ihn zu Hause festgenommen, ohne Wirbel, ohne Theater. Er bestreitet, die Notiz über den Anruf an sich genommen zu haben. Er ist fuchsteufelswild.«

»Haben Sie ihn gesehen?«

»Durch den doppelseitigen Spiegel. Dieser Mann ist jähzornig und hat schon ein paar ganz nette, harte Schlägereien hinter sich.«

»Das überrascht mich nicht. Er streitet aber nicht ab, im Büro gewesen zu sein, oder?«

»Mom«, quengelt Maddie und kommt ins Eßzimmer, bleibt aber auf sicherer Distanz zu Bernice. »Wir müssen gehen.«

Ich hebe meinen Zeigefinger, das vereinbarte Zeichen für Bitte-laß-Mommy-ungestört-telefonieren. Bernice schiebt ihren Kopf über das Törchen und bettelt um Maddies Aufmerksamkeit.

»Er gibt zu, in Galanters Büro gewesen zu sein«, fährt Winn fort, »aber er behauptet, nur um nachzusehen. Er hatte Dienst an jenem Abend. Sagte, er hätte ein Geräusch gehört.«

»Das ist eine Beleidigung. Ich habe nicht das kleinste Geräusch gemacht.«

»Ich weiß, Meistereinbrecherin. Er hat kein gutes Alibi für die Mordzeit. Behauptet, er sei allein unterwegs gewesen. Beim Angeln.«

»In Philadelphia?«

»Auf dem Schuylkill.«

Ich lache. »Wirklich sehr glaubwürdig.«

»Kann man wohl sagen. Diese verdammten Rückstände von den Booten, die Fische haben keine Chance.«

Maddie wird ungeduldig. »Mom, ich komme zu spät. Und ich habe keine Entschuldigung.«

Ich blicke auf die Uhr. Sie hat recht. »Moment mal, Winn. Wann, sagte er, war er fischen?«

»Bei Tagesanbruch, um die Zeit, als Faber umgebracht wurde.«

»Also zur gleichen Tageszeit, zu der auch Armen umgebracht wurde.«

»Das hat nichts zu bedeuten.«

»Wie steht's mit einer Verbindung zu Armen? Wurde diesbezüglich etwas festgestellt?«

»Nein.«

Mir sinkt das Herz. »Aber welchen Grund hätte McLean sonst, Faber zu ermorden? Ich dachte, weil der hinter Armens Tod herschnüffelte. Und etwas Belastendes entdeckt hat.«

»Falsches Motiv. Außerdem bin ich mir nicht sicher, ob Galanter tatsächlich darin verwickelt ist. Kann sein, wir sind wieder auf Feld eins zurück.«

»Was?« Ich stöhne fast.

»McLean hatte Faber auf dem Kieker. Letzte Woche hatten die beiden ein paar Zusammenstöße, während des Pressetheaters im Zusammenhang mit Hightower. Faber ging wohl zu weit, um an eine Story ranzukommen, und McLean reagierte stocksauer. Er ist ehemaliger Bulle, wissen Sie. Wie die anderen alle auch.«

Mir fällt ein, wie McLean nach der Trauerfeier hinter Faber her war.

»Letzten Monat erwischte McLean Faber außerdem dabei, wie er den Generalstaatsanwalt belästigte, und richtete ihn übel zu. Daraufhin zeigte ihn Faber an, und man erwog eine Disziplinarstrafe. McLean lief Gefahr, seinen Job zu verlieren.«

»Großer Gott.« Ich denke an den Reporter, der erschlagen wurde. Die rauhe Wirklichkeit holt mich wieder ein. Die Verhaftung McLeans macht Faber nicht wieder lebendig und ändert nichts an seinem gewaltsamen Tod. Und hinter dem Mord an Armen steht nach wie vor ein Fragezeichen.

»Mom, sie guckt wieder so komisch«, vermeldet Maddie und behält Bernice ängstlich im Auge. »Will sie mich beißen?«

Ich kraule Bernices Kopf. »Nein, Schätzchen, sie liebt dich.«

»Du liebst mich?« jubelt Winn. »Ich wußte es. Sag mir, was dich zu diesem Sinneswandel bewogen hat. Mein Körpergeruch? Mein Zahnstein? Meine Tätowierung?«

Ich lache. »Basketballtattoos reichen für mich nicht, Kumpel.«

»Es ist kein Basketball. Du weißt nicht, was es ist.«

Maddies Augen werden schmal. »Ist das dein Freund, Mom?«

Mit einem strengen Blick bringe ich sie zum Schweigen. »Ich muß weg, Winn. Ich muß Maddie zur Schule bringen.«

»Aber wir beide lieben uns!«

Maddie tanzt singend herum. »Mommy hat einen Freund, Mommy hat einen Freund!« Bernice läßt sie nicht aus den Augen und wedelt heftig mit dem Schwanz.

»Ist das Maddie?« fragt Winn. »Was singt sie denn da?«

»Nichts.«

»Sie mag mich, weißt du. Sie hat es mir nach dem Essen gesagt.«

Ich klemme den Hörer unter das Kinn und fuchtle zu Maddie hinüber, damit sie endlich aufhört, aber sie gehorcht nicht. Wer hat dieses Kind bloß erzogen? »Ich muß weg, Winn. Wir sind spät dran.«

»Gut, aber halte dich von allem Ärger fern. Ruf an, wenn es nicht anders geht, Cousinchen.«

»Gut.«

»Und keine komischen Sachen machen, denk an unseren Vertrag. Die Dinge spitzen sich zu. Es ist alles drin. Wenn McLean Armen nicht umgebracht hat, läuft der Mörder noch frei herum.«

Maddie hüpft um den Eßzimmertisch. »Mommy hat einen Freund, Mommy hat einen Freund.« Kaum habe ich aufgelegt, da spricht dieses Kind kichernd: »Das erzähle ich Daddy.«

»Den Teufel wirst du tun«, sage ich und jage sie um den Tisch.

28

Normalerweise ist Mittwoch mein sogenannter freier Tag, aber ich beschließe, trotzdem ins Büro zu gehen, bis Maddie aus der Schule kommt. Ich liefere sie ab und stelle fest, daß ich nach wie vor die einzige Mutter bin, die ihr Kind bis ins Gebäude begleitet. Gleich anschließend fahre ich weiter in die Stadt.

Während der ganzen Fahrt zerbreche ich mir den Kopf über McLean und Armen; es muß eine Verbindung geben zwischen den beiden. Al McLean war Bulle, sagte Winn. Wo gibt es Berührungspunkte zwischen einem Bullen und einem Richter?

Im Gericht.

Ständig halten sich Polizisten als Zeugen im Gericht auf. Vielleicht ließ Armen in der Berufungsverhandlung einen Angeklagten laufen, gegen den McLean im Prozeß ausgesagt hatte. Es ist nur eine Vermutung, aber keine schlechte. Als ich das Gerichtsgebäude betrete, schwirrt mir der Kopf.

Die Marshals hinter dem Überwachungspult und am Röntgenapparat machen finstere Gesichter. Sicher haben sie von McLeans Verhaftung erfahren. Ray ist nirgendwo in Sicht, nur McLeans Kumpel, der Gute. Er kann sich kaum zu einem Nicken aufraffen, als ich durch den Detektor gehe. Allein fahre ich im Aufzug hinauf und gehe zuerst zu meinem Büro. Ich möchte ein paar Recherchen über Lexis machen, bevor ich die Amtsräume aufsuche.

Diesmal geht der Scherz auf meine Kosten.

Ich öffne die Tür zu meinem Büro, und es ist nicht mehr da.

Die Bücherregale, vorher überhäuft mit Protokollabschriften und den grünen Büchern in dem rauhen Einband mit den Gesetzessammlungen von Pennsylvania, sind gähnend leer. Über Nacht ausgeräumt. Der Teppich wurde herausgerissen, ein mit gelblichen Haftleimstreifen überzogener Zementfußboden begrüßt mich. Die Möbel sind verschwunden; die Aussicht nicht mitgerechnet, sind nur noch mein Schreibtisch und mein Computer vorhanden.

Ich lasse Ihr Büro räumen, sagte Galanter. Er bezahlte dafür sogar Überstunden. Er muß mich wirklich von Herzen mögen. Vorsichtig betrete ich meine heruntergekommene Behausung. Als ich endlich an meinem Schreibtisch anlange, sind die Sohlen meiner Pumps mit Leim verklebt. Ich setze mich und strecke steif die Beine aus, bis ich einen Schreibblock finde, auf den ich die Füße stellen kann. Wenigstens sind meine Papiere und mein Computer noch da. Ich rufe Lexis auf, und das Modem beginnt zu summen. Das Logo der Gesellschaft für Rechtsrecherchen erscheint, eine funkelnde Doppelhelix. Fragen Sie mich nicht warum.

WILLKOMMEN BEI LEXIS! verkündet der Bildschirm. In einem modernen Büro begrüßen einen ständig irgendwelche Apparate; die Menschen sucht man vergeblich. BITTE GEBEN SIE IHRE AUS SIEBEN ZAHLEN BESTEHENDE KENNUMMER EIN.

Ich warte, bis der höfliche Satz verschwindet. Ben, unser Computerexperte, hat das Programm so manipuliert, daß wir nicht jedes Mal einloggen müssen. Kehrseite der Medaille ist, daß man die Suchanfragen des letzten Benutzers löschen muß.

IHRE LETZTE ANFRAGE BETRAF REDEFREIHEIT UND ARTNETT. MÖCHTEN SIE DARAN WEITERARBEITEN? J ODER N?

Das war vermutlich Sarah. Ich drücke N, tippe anschließend GENFED und 3CIR, damit nur Fälle des Third Circuit berücksichtigt werden.

Der Bildschirm signalisiert mir, BEREIT FÜR IHRE SUCHANFRAGE.

»Laß mir eine Minute Zeit, Superhirn«, blaffe ich ihn an. Ich kann mit diesem Programm nicht so schnell arbeiten, wie ich eigentlich sollte; Lexis entstand ungefähr zur Zeit von Maddies Geburt, und meine Fortbildung hielt mit einem 486er nicht Schritt. Ich schließe ganz fest die Augen und überlege. Angenommen, Armen urteilte in einem Fall, als McLean noch Polizist und in dieser Eigenschaft Zeuge für irgendwas war. Das bedeutet, ich brauche Fälle, in denen beide Namen auftauchen. Ich öffne die Augen und schreibe AL MCLEAN UND VORLADENDER RICHTER (GREGORIAN).

In einer Nanosekunde meldet der Bildschirm, AUF IHRE ANFRAGE KEINE FÄLLE GEFUNDEN.

Scheiße. Es gibt zwei mögliche Erklärungen: Entweder ist die Quelle trocken, oder die Bohrung ist mies. Raten Sie mal, welche Wahrscheinlichkeit größer ist. Ich sehe mir die Suchanfrage genauer an. Schlecht. Möglicherweise lautet Als vollständiger Name Albert oder Alan. Falls er als Zeuge vor Gericht ausgesagt hat, dann sicher unter seinem vollständigen Namen. Ich tippe AL. MCLEAN UND VORLADENDER RICHTER (GREGORIAN). Damit müßten sämtliche Namen, die mit Al beginnen, erfaßt werden. Ich lehne mich zurück und bin richtig stolz auf mich.

Nicht lange. AUF IHRE ANFRAGE KEINE FÄLLE GEFUNDEN.

Verdammt. Seufzend starre ich den Computer an. Irgendwo da drin ist es, das spüre ich. Jeder Richter hat Feinde; bei jedem Prozeß macht er sich mindestens einen. In wachsender Verzweiflung tippe ich MCLEAN UND VORLADENDER RICHTER (GREGORIAN).

Der Computer verkündet, AUF IHRE ANFRAGE EINEN FALL GEFUNDEN.

»Ja!« Ein Fall, mehr brauche ich nicht. Aufgeregt schiele ich auf die Buchstaben auf den Tasten und hämmere .FD, was für den Computer soviel heißt wie spuck's aus, spuck's aus, spuck's aus. CLERMONT GEGEN BREWSTER erscheint. Ein alter Fall, 1983. Armen war einer der Richter und schrieb das Gutachten. Aber es handelt sich nicht um eine Strafsache. Das begreife ich nicht.

Ich tippe .FU, was soviel bedeutet wie ganzer Fall und nichts mit dem berühmten Wort mit den vier Buchstaben zu tun hat.

Der Fall erscheint in voller Länge. Ich tippe .NP, um die nächste Seite aufzuschlagen, und dann weiter so, Seite für Seite. Jede auf dem Monitor erscheinende neue Seite mit weißem Text auf blauem Grund bringt ein wenig mehr Ernüchterung. Kein Polizist tritt als Zeuge auf; es handelt sich um einen Fall falscher ärztlicher Behandlung. Eine Elaine Brewster verklagte einen Arzt, weil er Hautkrebs bei ihr nicht in einem so frühen Stadium diagnostiziert hatte, daß er noch heilbar war. Die Geschworenen sprachen ihr 15 Millionen Dollar Entschädigung zu. In der Berufung hob das Third Circuit das Urteil auf. Armen, der die richterliche Stellungnahme verfaßte, hielt den Beweis für die Fahrlässigkeit des Arztes für nicht ausreichend für eine Geschworenenverhandlung, das Urteil spreche für Mitgefühl, sei aber rechtlich unhaltbar.

Ich hämmere .NP, und die nächste Seite springt auf den Monitor.

Und da sehe ich es. Vom Computer in leuchtendem Gelb hervorgehoben.

Mr. McLean.

Der Mann sagte in der Verhandlung als Zeuge aus, aber nicht in seiner Eigenschaft als Polizist. Er schilderte Schmerz und Leid der Klägerin. Nach seiner Aussage war die Klägerin einmal eine schöne Frau gewesen und dazu so selbstbewußt, nach der Eheschließung ihren eigenen Namen zu behalten. Elaine Clermont. Aber die Krankheit machte sie zur Invalidin, ihre Haut schwärzte sich und wurde weggefressen.

Die Frau war seine Ehefrau.

McLean verlor seine Frau durch Krebs, und er verlor 15 Millionen Dollar durch Armen. So ist das.

Ich lehne mich auf dem Stuhl zurück und starre auf den Bildschirm. Eigentlich müßte ich mich freuen, aber ich kann es nicht. Zuviel Leid, zu viele Tote. Ich versuche, mir vorzustellen, wie McLean zu Armen ging, um ihn umzubringen. Bernice kannte McLean vom Gericht. Armen ebenso; er hätte ihn fraglos eingelassen. Armen hätte sich niemals im Zusammenhang mit einem zehn Jahre zurückliegenden Prozeß an McLean erinnert. Er sah McLean nie als Zeugen vor Gericht; das Berufungsgericht urteilt anhand der Gerichtsakten. Armen wäre in jener Nacht irrtümlich davon ausgegangen, McLean käme zu seinem Schutz.

Aber warum sollte McLean zehn Jahre warten, wenn er sich an Armen rächen wollte? Ich weiß es nicht, aber ich werde es herausfinden.

Meine Hand zittert, als ich den Telefonhörer abnehme, um Winn anzurufen. So deprimiert, wie meine Stimme klingt, fällt es mir nicht schwer, das junge Mädchen am anderen Ende der Leitung davon zu überzeugen, ich sei Winns Cousine. Ich informiere Winn über die Neuigkeiten. Kaum hat sich seine anfängliche Überraschung gelegt, wird sein Tonfall recht verhalten. »Woher wissen wir, daß es sich um denselben McLean handelt?« fragt er.

»Was meinen Sie damit?«

»Wir duzen uns, schon vergessen? Du sagtest, der Computer sucht nach dem exakten Namen, richtig?«

»Richtig.«

»Trotzdem, woher sollen wir mit absoluter Sicherheit wissen, daß es derselbe Mann ist?«

»Wie viele McLeans gibt es wohl, die in einen von Armens Prozessen verwickelt waren?«

»Vielleicht nur einen, aber das ist nicht der springende Punkt. Die Frage lautet, können wir unseren McLean beschuldigen, nur weil ein Kerl mit dem gleichen Namen ein Motiv für den Mord an Armen hat?«

»Aber er *ist* es.«

»McLeans gibt's viele.«

»Nicht unbedingt.« Klingt schwach, selbst für mich. Ich war mit einem auf der High-School.

»Steht da wenigstens, daß er Polizist war?«

Ich lasse den Fall noch mal abrollen. »Nein. Da steht lediglich, daß er der Ehemann der Klägerin ist. Er wird nur in einem Absatz erwähnt.«

»Steht da sein Alter?«

»Nein. Aber seine Frau war damals dreißig. Das könnte hinkommen.«

»Nur wenn man davon ausgeht, daß sie einen Mann ungefähr gleichen Alters geheiratet hat, aber eine Vermutung reicht nicht für eine Mordanklage. Das alles kann Zufall sein. Und warum sollte McLean Armen erst zehn Jahre später umbringen? Können wir die Fakten nicht genauer nachprüfen, zum Beispiel anhand des Prozeßprotokolls anstatt lediglich nur mit diesem Gutachten?«

Natürlich. Daran hätte ich denken müssen. »In den Prozeßakten müßte alles enthalten sein, seine gesamte Zeugenaussage. Adresse, Arbeitgeber, alles.«

»Wo befinden sich diese Unterlagen jetzt?«

»Der Fall kam vom Bezirksgericht Ost von Pennsylvania, die Unterlagen müßten folglich unten im Aktenraum des Bezirksgerichts sein. Sie müßten hier im Haus sein oder im Archiv«

»Kommst du da ran? Ich meine, ohne die bei dir übliche Einbrecherei.«

Ich lächle. »Wir fordern ständig Akten an. Wir rufen an, und sie schicken sie uns hoch in die Amtsräume.«

»Wann hast du sie?«

»In vier Stunden.«

»Vier *Stunden?* Sagtest du nicht, sie befänden sich im Haus?«

»Das hier ist die Bundesregierung. Da müssen Formulare ausgefüllt und Empfangsbestätigungen aufgesetzt werden. Wenn ich runtergehen und das Ding selbst holen würde, wüßte ich in fünfzehn Minuten Bescheid.«

»Mach es auf dem üblichen Weg. Ich will, daß alles seinen korrekten Gang geht.«

»Es geht nicht um eine Belehrung über die Rechte bei einer Verhaftung, Winn.«

»McLean sitzt bereits, was spielen ein paar Stunden schon für eine Rolle? Wichtiger ist, daß alles ganz korrekt abläuft.«

»Ich mache es schon richtig. Es geht absolut in Ordnung. Ich hole die Akte.«

»Grace«, sagt er streng, »ich will nicht einmal den kleinsten Verdacht aufkommen lassen, daß du an den Akten herummanipulierst. Ich will eine saubere Beweiskette. Fordere die Akte an, bitte. Behalte den Grund für dich. Und renn nicht überall herum und erzähle Gott und der Welt, du hättest Armens Mörder überführt.«

»Also komm.«

»Komm selber. Fordere die Akte an, und ruf mich an, sobald du sie hast.«

»Mächtig energisch für einen Quäker.«

»Du liebst mich trotzdem.«

»Einen Scheißdreck tu ich.«

»Und noch was. Etwas ist noch offen.«

»Was denn?«

»Armens Bankkonto ist damit nicht erklärt. Und die Sache Canavan ebenfalls nicht.«

»Muß ich deine ganze Arbeit erledigen?« fahre ich ihn an, bevor ich auflege.

Ich starre nachdenklich auf das Telefon. Er hat recht. Es ist keine Erklärung für das Geld, aber die Bestechung ist *seine* Ermittlung. Meine Ermittlung ist so gut wie abgeschlossen.

In der Mittagspause feiern wir Bens große Neuigkeit mit einem Picknick auf der Rasenpromenade zwischen Freiheitsglocke und Independence Hall schräg gegenüber vom Gericht. Ben bekam heute vormittag den ersehnten Anruf von Richter Scalia und freute sich so wahnsinnig über den positiven Bescheid, daß er richtig sympathisch wurde und sogar half, die letzten Akten in Kartons zu verpacken. Eine Weile war es, als würde Armen noch leben. Ungeachtet der Sticheleien der Referendare arbeiteten wir alle friedlich zusammen. Ich hatte gute Laune, denn ich war mir sicher, die Akten würden meinen Verdacht bezüglich McLean bestätigen, und das hob meine Stimmung. Ich war so gut drauf, daß ich überall herumrannte, um diese riesenlangen Hoagie-Sandwiches zu ergattern.

»In New York sagt man Sub dazu«, bemerkt Artie und betrachtet stirnrunzelnd sein Sandwich.

»Was wissen die schon? Wir in Philadelphia haben die Hoagies erfunden«, erwidere ich und wackle mit den Zehen im Gras. Hinter meinen Zehen ragt die Independence Hall auf, auf ihre ureigenste Art und Weise das schönste Gebäude der Welt. Die gedämpft roten Ziegel besitzen eine Patina, die nur zweihundert Jahre zustande bringen, und die Glasscheiben der Sprossenfenster sind nicht ebenmäßig; vollkommene Unvollkommenheit, sogar von hier aus. In einer langen Zweierreihe schieben sich Schulkinder aus dem rechten Gebäudeflügel, der Congress Hall, in der einst der Kongreß tagte.

»Sehen Sie sich um, Artie. Das ist eine richtige Stadt, eine Stadt, in der Menschen leben können. Sie ist schön, und man trifft auf Schritt und Tritt auf Geschichte.«

»Abgesehen davon«, meint Sarah, deren langer Omarock sich weit über das Gras ausbreitet, mit ausdrucksloser Stimme. Sie deutet über Bens Schulter auf die neue Heimat der Freiheitsglocke, eine Betonkonstruktion mit in den wolkenlosen Himmel hinaufschießenden Kanten. »Ich hasse dieses Gebäude. Sie bezeichnen es als Pavillon, dabei sieht es aus wie ein Stealth-Bomber.«

»Irgendwas nicht in Ordnung mit Stealth-Bombern?« fragt Ben lächelnd.

Mit Fingernägeln, die sie wie Pinzetten benutzt, pickt Eletha eine papierdünne Zwiebel von ihrem Sandwich. »So schlecht ist es nicht, Sarah. Es ist nur neu.« Sie läßt die Zwiebel auf das Häufchen von Artgenossen fallen, das sich bereits angesammelt hat.

»Das ist ja das Problem.« Sarah hebt die Stimme, um die Touristenbusse zu übertönen, die ihre Motoren neben dem Pavillon auf Touren bringen. »Es sollte mit der Architektur der Umgebung harmonieren, und das ist nicht der Fall.«

»Das finde ich auch. Man hätte die Glocke lassen sollen, wo sie war. Sie gehört in die Independence Hall.« Ich weiß noch, wie wütend ich war, als man die Freiheitsglocke aus der Independence Hall holte. Jetzt muß die Independence Hall der neuen Behausung ihrer Glocke sozusagen ständig ins Auge blicken; das ist so, als säße man der neuen Vorzeigefrau des Exehemannes an einem Tisch gegenüber. Bis in alle Ewigkeit.

»Soll das heißen, man hat Sie in dieser Sache nicht gefragt?« Artie schüttelt den Kopf. »Sie, die Miß Philadelphia persönlich?«

»Ist das nicht furchtbar? Ich weiß auch nicht, wie die darauf kommen, sie könnten diese Stadt alleine regieren.« Ich beiße in mein Käsesandwich.

»Also, Ben.« Eletha wechselt das Thema. »Das neue Referendariat beginnt im September?«

Er nickt und trinkt einen Schluck Kaffee.

»Was machen Sie bis dahin?«

»Ich arbeite an einem Artikel.«

»Worüber?« Sie fischt eine weitere Zwiebel von ihrem Sandwich.

»Über die europäische Menschenrechtskommission.«

»Menschenrechte? Du?« Sarah bricht in taktloses Gelächter aus.

Ben lächelt leicht; heute kann ihn nicht einmal Sarah ärgern. »Ich habe mich ziemlich mit dem Thema beschäftigt.«

»Du?« Sie lacht immer noch.

»Wirklich nett, Sar«, tadle ich. »Was haben *Sie* für Pläne? Und ich warne Sie, sagen Sie bloß nicht, daß Sie sich dem Friedenskorps anschließen.«

»Wie wär's mit einem Beitritt in Susans Stab? Reicht das auch?«

»Nicht, seit sie nicht wußte, wie ich heiße«, wirft Ben trocken ein, und Eletha lacht.

»Ist sie immer noch mit dieser Untersuchungskommission in Bosnien?« frage ich.

Sarah nickt, und ich hoffe, sie hat vergessen, daß ich die Frau des Mordes beschuldigt habe. Nancy Drew, du meine Güte. Sie fuhr einen offenen Sportwagen, keinen Kombi.

»Und Sie, Artie«, erkundigt sich Eletha, »schon fit für die Wall Street? Alle Spielsachen zusammengepackt?«

Artie starrt auf sein Sandwich. Er scheint heute nicht auf der Höhe zu sein, denn er ist auffallend still. »Denke schon. Bin soweit, meine Seele zu verhökern.«

»Für wieviel?« insistiert Eletha.

»Das möchten Sie bestimmt nicht wissen, Mädchen.«

»Doch. Versetzen Sie mir einen Tiefschlag.«

»An die schlappe hundert Riesen.«

Eletha bleibt fast die Luft weg. »Sie nehmen mich auf den Arm!«

»Nicht gerechnet die Zuschläge. Gerechtigkeit. Soviel wie gerechte Bezahlung.«

»Gerechtigkeit?« gebe ich zu bedenken. »An der Wall Street?«

»Isjdjr! Keidnbu!« schreit ein junger Mann mit flatternden blonden Haaren, der gerade mit einem Ranger des National

Park Service hinter Ben über den Rasen marschiert. Sofort schart sich eine Touristengruppe um den Mann und den Ranger, man sieht nur noch eine wogende Menge blonder Köpfe. *»Keird ishdsn!«*

»Was ist das, zum Teufel?« staunt Artie. »Unsere Nachbarn aus dem Norden?«

»Ich möchte einen Toast ausbringen«, verkünde ich, die Störung ignorierend, und hebe meine Diät-Cola. »Auf uns alle, sogar auf Ben. Und auf die Gerechtigkeit.« Ich denke an McLean, der hinter Gittern sitzt.

»Prima!« sagt Sarah. »Auf uns alle, sogar auf Ben. Und auf die Gerechtigkeit!« Sie prostet mit ihrer Evian-Flasche Elethas Pappbecher zu.

»Auf uns alle, sogar auf Ben«, wiederholt Eletha. »Und auf die Gerechtigkeit. Und auf das Glück.«

Artie hält seine Flasche Yoo-Hoo hoch. »Gerechtigkeit und Glück gibt es nicht. Auf uns alle, sogar auf Ben, und auf Patrick Ewing.«

»Kirs eushjk!« meldet sich der junge Mann hinter Ben wieder zu Wort. Er deutet auf die Freiheitsglocke, die durch die Glaswand des Pavillons zu sehen ist. Grobe, erhabene Buchstaben umrunden den oberen Rand der Glocke. Man sieht einen Teil der Inschrift, IM GANZEN LAND ALLEN, der Rest des Satzes verschwindet hinter der gußeisernen Rundung. Touristen umkreisen die Glocke, aber ein Ranger hindert sie daran, die roh behauenen Buchstaben anzufassen. Mir ist das einmal gelungen, als der Ranger nicht hinsah; sie fühlten sich kühl und rauh an.

»Vielen Dank, euch allen.« Ben ist richtig gerührt. »Das ist sehr nett. Ihr seid alle sehr ... sehr freundlich.«

Artie bricht in Gelächter aus. »Erstick nicht dran, Mann. Wir haben es sowieso nicht ernst gemeint.«

»Artie, seien Sie friedlich«, bitte ich ihn. »Heute ist zur Abwechslung mal was Gutes passiert.« Ich denke an meine erfolgreiche Lexis-Recherche. Ich warte darauf, bis offiziell ist, daß Armen ermordet wurde. Wird es das schlimmer oder besser machen? Wie werde ich mich danach fühlen?

»Gott weiß, das hatten wir nötig«, seufzt Eletha und fischt eine kleine Raupe aus ihrem Eistee.

»Willkommen in Philadelphia, meine Damen und Herren«, legt der Park-Ranger unvermittelt los und rasselt mit formellem Enthusiasmus seine Sprüche herunter. Die Touristen starren ihn verkniffen an. Entweder liegt es an der Sonne, oder sie verstehen kein Englisch mit Philadelphia-Akzent. Ich vermute, die Sonne sehen sie nicht zum erstenmal.

»Bei mir gibt's auch ein paar gute Neuigkeiten«, fährt Eletha fast schreiend fort, damit man sie noch verstehen kann. Sie stellt ihren Becher ins Gras und holt tief Luft. »Seit heute bin ich eine freie Frau. Ich habe mit Leon Schluß gemacht.«

»Ehrlich?« Ich hatte mir bereits Gedanken darüber gemacht, was sie mit ihrem Toast auf das Glück wohl gemeint haben könnte.

»Heute früh habe ich zu ihm gesagt, Schluß mit dem Scheiß. Das Leben ist zu kurz, um es sich von irgendeinem Mann versauen zu lassen.«

»Gratuliere!« ruft Sarah und fängt sich einen bösen Blick von Artie ein. Verlegenes Schweigen breitet sich aus. In diesem Moment fällt mir wieder das Versprechen ein, das ich Ray gegeben habe.

»Wirf die Flinte nicht zu schnell ins Korn, Eletha«, entgegne ich. »Ich habe einen Mann für dich.«

»Ich auch«, behauptet Ben und beugt sich vor. »Galanter ist solo.«

Eletha lacht. »Auf den Tag freu ich mich! Erschieß mich, bevor ich soweit runterkomme. Erschieß mich, Kind!«

Unweigerlich denke ich bei diesen Worten an Armen, und mir vergeht das Lachen. Den anderen scheint es nicht aufzufallen.

Sarah stößt hervor: »Nein, Eletha, andersrum. Erschießen Sie *ihn.*«

Alle brüllen vor Lachen, sogar Ben. Ich zwinge mich zu einem Lächeln. Was mag es für ein Gefühl sein, erschossen zu werden? Was empfand Armen zuletzt? Hielt McLean Armen die Waffe an die Schläfe? Hielt er ihn mit Gewalt im Sessel fest? Ich schaue zu dem Ranger hinüber, der weiter seinen Vortrag vor den Touristen hält, und überlasse mich seinem Redeschwall.

»Zur damaligen Zeit gab es keine Glockengießereien in den Kolonien«, erzählt der Ranger eben, »aber anstatt die Glocke zurückzuschicken, machten sich die einfallsreichen Siedler, die zuvor nur Töpfe, Pfannen und Kerzenleuchter hergestellt hatten ...«

»Grace?« Arties Stimme reißt mich aus meinen trüben Gedanken. »Wo sind Sie?«

Wir haben den Täter. Der Gerechtigkeit wurde Genüge getan, auch wenn Armen dadurch nicht wieder lebendig wird. »Ganz da.«

»Wer ist denn der begehrte Junggeselle?« fragt mich Eletha.

»Was?«

»Mit wem willst du mich verkuppeln?«

»Oh. Mit einem der Marshals.«

Eletha schaudert. »Mit einem Marshal? Vergiß es!«

»Rauf aufs Pferd und in den Sattel, Miß«, trompetet Artie. »Ich liebe Männer in Uniform.«

»Was hat's mit dem Marshal auf sich?« will Sarah wissen.

Eletha beugt sich vor. »Wißt ihr, was mir zu Ohren kam? Heute morgen wurde ein Marshal verhaftet. Wegen Mordes an diesem Reporter.«

Sarah wird blaß. »Sie meinen den freien Journalisten? Den, der uns angerufen hat?«

»Was?« Ben legt sein Sandwich auf die Verpackung aus Wachspapier. Konzentriert starre ich auf die Fettflecken, die das Papier von innen durchtränken, und gebe mir Mühe, einen ebenso schockierten Eindruck zu machen wie die anderen.

»Das ist doch unglaublich«, spricht Artie mit einem vollen Mund Corned beef. »Welchen Marshal?«

»Al McLean, den Großen.«

»Woher weißt du das?« frage ich sie.

»Von Millie, oben aus dem Personalbüro. Deshalb kein Marshal, Schätzchen. Nicht für mich. Kommt überhaupt nicht in Frage.«

»Aber es handelt sich um Ray Arrington. Er ist ein richtiger Teddybär.«

»Ray? Ein *was?*« Artie verschluckt sich fast beim Kauen. »Das ist doch nicht Ihr Ernst! Haben Sie ihn mal Basketball spielen sehen? Der Mann hat sie nicht alle. Er hat Shake and Bake fast k.o. geschlagen.«

»Ray?«

»Der gute Shake war von oben bis unten grün und blau.«

»Der arme Schizophrene«, kommentiert Ben gelassen. Er legt seinen leeren Kaffeebecher auf das Sandwichpapier und rollt den Abfall zusammen. »Wir sollten ins Büro zurück. Eine Stunde ist um.«

Eletha und Sarah sehen einander an und lachen. »Und was werden sie tun? Uns rausschmeißen?« fragt Eletha sarkastisch.

»Ich will an meinem Artikel weiterarbeiten.«

Sarah achtet nicht auf ihn. »Wir sind frei. Wir haben keine Arbeit, keine Stellung, kein Büro.« Plötzlich verändert sich ihr Gesichtsausdruck. Und keinen Chef. Das denken wir alle, aber keiner spricht es aus. Schweigend packt Artie die Überreste seines Mittagessens zusammen. Eletha sieht ihm zu, aber ihr Blick ist leer. Ich habe einen Kloß im Hals und erhebe meine Dose mit einem stummen Toast.

»Okay«, sagt Sarah leise und prostet mir zu. Auch Eletha hebt ihren Becher. Artie reagiert nicht. Er hat den Blick abgewandt.

Ben räuspert sich. »Wir gehen besser zurück. Grace hat noch einen Job, wie ihr wißt.«

»Erinnert mich bloß nicht daran.« Ich habe mich für nichts und wieder nichts an Galanter gebunden, es sei denn, ich unterstütze Winn bei seiner Ermittlung in der Bestechungssache. »Was soll's, heute bin ich sowieso außer Dienst.«

»Warum sind Sie dann ins Büro gekommen?« wundert sich Sarah. Sie steht auf und zieht anschließend mich auf die Beine.

»Ich weiß auch nicht. Unsere gemeinsame Zeit läuft ab. Ich dachte, ich verabschiede mich.« Die Worte kommen wie von selbst über meine Lippen, und obwohl ich nicht aus diesem

Grund ins Büro gegangen bin, wird mir bewußt, daß es die Wahrheit ist. Gleich ist der Kloß wieder da.

»Aaach«, macht Sarah, und zu meiner Überraschung umarmt sie mich liebevoll. Eletha schließt sich uns an.

»Gruppenumarmung!« kräht Artie, der sich wieder etwas gefaßt hat. Er schlingt seine langen Arme um Eletha und quetscht uns alle zusammen. Ich stecke irgendwo mittendrin und versuche, den verdammten Kloß runterzuschlucken.

»Schließ dich an, Mr. Menschenrechte«, ruft Sarah.

»Ich verzichte«, antwortet Ben, aber ich höre das Lächeln in seiner Stimme.

»Isjdhyk mejsgr!« schreit der junge Mann. *»Kkkrk!«*

29

Ich sitze an meinem Schreibtisch, den Formbrief in der Hand, und lese ihn Winn vor:

> Leider befand sich die betreffende Akte weder in unserer Registratur noch in unserem Archiv. Das ist bei älteren Akten nicht ungewöhnlich. Wir bedauern, falls Sie dadurch Ungelegenheiten haben sollten. Wir bemühen uns weiter um die Beschaffung.

»Dir ist klar, daß McLean sie gestohlen hat, nicht wahr?« sage ich.

»Möglich.«

»Möglich?«

»Verschlampt die Regierung nie etwas?«

»Eine Gerichtsakte? Nicht oft.«

»Nie?«

»Nicht oft.«

Winn schweigt.

»Laß trotzdem Mordanklage gegen ihn erheben, Winn. Der Prozeß hat schließlich stattgefunden. Seine Frau hat existiert.

Er kann die Tatsachen nicht einfach vom Tisch wischen, auch nicht, indem er die Akte stiehlt.«

»Mist. Das verzögert alles.«

»Warum? Frag ihn doch einfach. Frag ihn: Starb Ihre Frau an Hautkrebs? Hat sie den Arzt verklagt? Wurde das Urteil, das ihr eine Entschädigung von fünfzehn Millionen Dollar zusprach, von Richter Gregorian aufgehoben?«

»Er beantwortet keine Fragen, Grace. Er hat bereits einen Anwalt.«

Scheiße. Natürlich. Erschieß den Anwalt zweimal. Das bringt mich für eine Minute zum Schweigen.

»Nach deinen Worten brauchen wir die Akte gar nicht. Aber wenn es darauf nicht entscheidend ankommt, warum sollte McLean sie dann stehlen?«

»Weil er dumm ist. Weil er nicht damit gerechnet hat, daß jemand per Computer Nachforschungen über ihn anstellt.«

»Wie könnte er an sie rankommen? Könnte er sie überhaupt an sich nehmen?«

»Sicher. Die Marshals sind im Besitz eines Generalschlüssels. So ist er auch in Galanters Büro gekommen. Die Akten werden jährlich in der Reihenfolge nach Nummern abgelegt. Jeder Idiot kann eine Akte finden.«

»Verdammt!«

»Ich stelle mich noch einmal als vertrauliche Informantin zur Verfügung und mache eine weitere Aussage, in der ich auf sämtliche Details eingehe. Was in Armens Büro vorgefallen ist, wie McLean mich am Metalldetektor behandelt hat, sogar meine eigenen Recherchen und den Brief, der sich auf den Referendar bezog. Das reicht für eine Anklage gegen McLean, nicht wahr?«

»Das wird eng.«

»Winn, er hat Armen wegen der Aufhebung des Urteils umgebracht. Faber hat er umgebracht, weil dieser kurz davor war, ihn zu überführen. Ein Urteil in dieser Größenordnung in einem Schadenersatzfall kommt in die Zeitungen. Faber hat bestimmt seine Hausaufgaben gemacht und den Prozeß von McLeans Frau ausgegraben. Himmel noch mal, über Lexis kommt er da leicht ran. Könnte ich auch, jetzt gleich. Faber hat den ganzen Tag bei uns im Gericht angerufen.«

»Immer mit der Ruhe, Grace.«

»Laß Anklage gegen ihn erheben. Es reicht, ich weiß es. Willst du nicht, daß er für den Mord belangt wird?«

»Es ist dünn. Ich will nicht, daß es in die Hosen geht.«

Männergeschwätz. »Hast du einen besseren Vorschlag?«

»Ja. Könnten noch irgendwo anders Prozeßunterlagen sein?«

Der Gedanke haut mich um. »Im Anhang! Der Anhang, ein Duplikat des Protokolls. Bei einem Prozeß, bei dem es um soviel Geld geht, könnte ich wetten, daß die Unterlagen im Anhang vollständig sind.«

»Wo könnte sich dieser Anhang befinden?«

»Jeder beteiligte Richter müßte einen bekommen haben, also auch Armen. Der Fall liegt lange zurück, aber Eletha müßte wissen, ob wir die Unterlagen haben.« Meine Gedanken überschlagen sich. In den Kartons, die wir heute vormittag gepackt haben, habe ich keine so alten Akten gesehen. Wahrscheinlich hat Eletha sie bereits in den letzten Tagen verpackt. »Sie sagte, Armen hob alles auf. Wir sind gerade heute morgen mit Packen fertig geworden.«

»Dann hol sie, Tiger.«

»Es sind Millionen von Kartons.«

»Dann müssen wir ordentlich ranklotzen.«

Er hat leicht reden. Er muß sich nicht mit Eletha auseinandersetzen, wenn sie von meinem Vorhaben erfährt.

»Was willst du?« kreischt Eletha und baut sich schützend vor den Kartons auf, die sich fast bis an die Decke von Armens Büro stapeln.

»Sch!« Obwohl die Tür geschlossen ist, werfe ich einen vielsagenden Blick auf das Büro der Referendare. »Du kannst nach Hause gehen. Ich mache es allein. Ich habe bereits meine Mutter angerufen, damit sie Maddie von der Schule abholt.«

»Hast du völlig den Verstand verloren?« Sie preßt ihre langen Finger auf ihre Brust und atmet tief ein und aus.

»Eletha, mach nicht diese Lamaze-Geschichte, nicht meinetwegen. Du kannst nach Hause gehen.«

»Du willst meine sämtlichen Kartons aufreißen? Jetzt, wo wir endlich fertig geworden sind!«

»Ich packe alles wieder zusammen.«

Sie schüttelt den Kopf. »Nein. Das erlaube ich nicht. Auf gar keinen Fall. So wichtig kann keine Akte sein, daß diese Heidenarbeit umsonst gewesen sein soll.«

Ich würde ihr gerne sagen, warum es so wichtig ist, aber Winn hat mich zum Schweigen verdonnert. »Ich bringe alles wieder in Ordnung.«

»Galanter will das ganze Zeug hier raus haben! Ich sagte ihm, daß wir morgen fertig sind, das weißt du. Darum habe ich mir den ganzen Vormittag den Arsch aufgerissen! Die ganze *Woche!*«

»Ich weiß, aber ich brauche sie.«

»Wofür?«

»Es geht um Amtspflichtverletzung.«

»Welcher Fall von Amtspflichtverletzung liegt zehn Jahre zurück? Verscheißere mich nicht, Grace. Wir sind Freundinnen.«

Ich fasse sie an den Schultern. »Hör zu, vertrau mir. Mehr kann ich dir nicht sagen.«

»Warum nicht?«

»Eletha, es ist die wichtigste Akte der Welt.«

»Keine Akte …«

»Diese schon.«

»Bist du total verrückt?« Ihre dunklen Augen mustern mich hoffnungsvoll.

»Nein.«

»Aber ich habe heute abend Unterricht, und Leon spielt bestimmt nicht mehr den Babysitter.«

»Es ist schon gut. Ich mache es allein.«

»Galanter will hier rein – morgen. Du wirst die ganze *Nacht* dafür brauchen.«

Ich denke an das letzte Mal, als ich bis zum Morgengrauen hier in diesem Büro gewesen bin. »Schon okay.«

Mein Blick wandert über die Kartons, und auch Eletha betrachtet sie skeptisch. Der Anblick ist wirklich entmutigend. Als wolle man in einer Nacht den Umzug eines kompletten Hauses schaffen. Und das gleich zweimal. Ich frage mich, ob es überhaupt rechtzeitig zu schaffen ist. Falls nicht, bekomme ich es mit Galanter zu tun. Er ist vielleicht kein Mörder, aber er ist und bleibt ein Wichser.

»Ich weiß, was du denkst.« Eletha droht mir mit dem Finger. »Es muß bis morgen früh fertig sein. Die Leute vom Hausdienst kommen morgen und reißen den Teppich raus.«

»Schon gut, schon gut.«

»Soll ich nach dem Unterricht noch mal herkommen? Ich habe gegen zehn Schluß.«

»Nein. Geh heim zu Malcolm.«

»Ich bringe ihn mit. Er kann auf der Couch schlafen.«

»Nein, danke.«

»Mach, was du willst.« Verstört schüttelt sie den Kopf. »Fang mit den Kartons da drüben an der Wand an.« Sie zeigt auf ungefähr fünfundvierzig wie Kinderbauklötze übereinandergestapelte, zugeklebte Kartons. »Das sind alles Prozeßakten. Das da drüben« – sie deutet auf die Wand hinter Armens Schreibtisch – »ist altes Zeug, Papiere und etliche ältere Akten. Da können also auch noch ein paar entsprechend ältere Fälle dabei sein.«

»Okay.« Ich betrachte die Kartons hinten an der Wand. Dreißig, mindestens. Großer Gott. Ich weiß noch, wie es war, als ich Sam verlassen habe: mein und Maddies Zeug in einem riesigen Container, aber so hoch stapelten sich die Sachen nicht. »Kein Problem.«

Sie deutet auf den Besprechungstisch und den Sessel vor dem Fenster, beide mit Paketen in braunem Packpapier übersät. »Das ist der armenische Kram. Ich habe Wellpappe unter das braune Packpapier gewickelt, weißt du. Von den Sachen brauchst du nichts, also laß die Finger davon.«

»Ja.« Jedes Paket ist mit schwarzem Markierstift beschriftet. Einige Aufschriften kommen mir reichlich mysteriös vor. STATUE. NOCH EINE STATUE. GEBETSTEPPICH. DING MIT RAHMEN.

RIESENDING. Über das quer über dem Sessel dicht am Fenster liegende RIESEN-DING muß ich lachen. »Was ist das denn?«

Sie rümpft die Nase. »Weißt du nicht mehr, das Riesendings?«

»Nein, El. Keine Ahnung.«

»Klar kennst du es. Das Holzding, das er aufgehängt hat, das so ähnlich aussieht wie ein Baseballschläger.«

Jetzt fällt es mir ein. Der Knüppel. »O ja. *Dieses* Riesending.«

»Genau. Es wiegt eine Tonne. Laß den Kram in Ruhe, das ganze Zeug.«

»Jawohl. Versprochen. He, wo ist der Indianerkopfschmuck hingeraten?«

»Oh, der?« Sie grinst. »Er kam mir abhanden.«

»Was?«

»Ich kann mich nicht erinnern, wo ich ihn hingetan habe, nicht um alles in der Welt. Vermutlich ging er in dem Durcheinander verloren.« Sie kratzt sich am Kopf und bricht in Gelächter aus.

»Eletha, was hast du getan?«

»Geschieht dem Arsch ganz recht, oder nicht?«

Da muß ich ihr allerdings beipflichten.

»Okay. Ich habe zu tun, aber etwas mach ich noch für dich. Ich koche dir eine Kanne Kaffee.«

»Einverstanden«, erkläre ich und begebe mich an die Arbeit.

Mit einer billigen, regierungseigenen Schere öffne ich Karton um Karton. Ich gehe die Akten durch, jeweils eine Mappe aus festem braunem Papier, in der Armens Anmerkungen, etliche Prozeßunterlagen und der Anhang abgeheftet sind. Leider sind sie nicht chronologisch geordnet, das heißt, es ist überhaupt kein System erkennbar; ich halte mich nicht mit Armens Anmerkungen auf, lese auch nicht die nicht auf armenisch verfaßten. Dafür ist keine Zeit; ich bin dabei, seinen Mörder zu überführen.

Aus dem Nachmittag wird Abend. Ich trinke eine Tasse Kaffee nach der anderen und arbeite mich von Karton zu Karton durch. Irgendwann steckt Eletha den Kopf durch die Tür und verabschiedet sich, bevor sie geht; anschließend schauen Artie, Sarah und Ben, der immer noch eine Aktentasche mit sich herumschleppt, herein. Bei meiner Erklärung, ich hätte wichtige Unterlagen verlegt, bieten mir alle ihre Hilfe an, sogar Ben.

Ein Blick auf die Uhr verrät mir, daß es für Maddie Zeit ist, ins Bett zu gehen. Ich beschließe, erst zu Hause anzurufen und anschließend Winn.

Maddie geht ans Telefon und fängt gleich an zu quengeln. »Aber *warum* mußt du im Büro bleiben, Mom?« Anklagend hebt sie ihre dünne Stimme.

»Ich habe es dir gesagt, Schätzchen. Es geht um einen wichtigen Fall. Ich muß daran arbeiten.«

»Warum kann nicht jemand anders daran arbeiten? Warum mußt *du* das machen?«

»Weil ich die einzige bin, die das kann.«

»Bist du mit deinem Freund zusammen?«

Ich lache. »Natürlich nicht. Ich habe keinen Freund, ich arbeite. Und jetzt sag mir, was du mit Grandma liest, bevor du ins Bett gehst.«

»Ich bin so krank, ich kann morgen nicht in die Schule gehen, Mom. Madeline geht es auch schlecht, ihre Stirn ist furchtbar heiß. Sie *glüht.*«

Geduldig setze ich mich in den Sessel neben dem Besprechungstisch. »Morgen geht's dir bestimmt wieder besser. Du brauchst einfach Schlaf.«

»Aber mein Kopf tut weh. Mein Hals ist geschwollen.«

»Schätzchen, hör mal. Morgen früh sehen wir weiter, okay?« Ich ziehe einen Karton an den Sessel heran und lege die Füße darauf. »Ich prüfe, ob du Fieber hast.«

»Du mußt aber dieses Ding benutzen. Dieses Glasdings. Grandma sagt, mit der Hand allein könntest du es nicht feststellen, nicht richtig jedenfalls.«

Danke, Mom. »Maddie, ich habe bei dir noch nie ein Thermometer benutzt, und ich habe mich noch nie geirrt. Ich fühle Fieber mit der Hand.«

»Nein, das kannst du nicht. Das ist nicht wissenschaftlich.«

Ich schaue aus dem Fenster in die Nacht hinaus. Wie in jener Nacht glitzern draußen wieder die orangefarbenen Lichter und verlaufen in schmalen Streifen zum Fluß hin. Ich saß genau hier, aber heute ist alles anders als damals. Es regnet stark, ein heftiger Frühlingssturm tobt, und Armen ist tot. Die Straßen unten glänzen düster.

»Mom?«

»Ich sag dir was. Weißt du noch, wie du letzte Woche dein Partykleid in die Schule anziehen wolltest, und ich habe es nicht erlaubt?«

»Das purpurrote?«

»Ja. Du darfst es morgen anziehen, nur dieses eine Mal. Weil es eine besondere Gelegenheit ist.«

»Was für eine besondere Gelegenheit?«

Ich denke an die Akte; sie muß hier irgendwo sein. »Wir erfinden eine. Herzliche Glückwünsche zum Dienstag.«

»Du bist albern.«

»Stimmt. Du hast mich angesteckt.«

Sie kichert. »Mom, ich muß jetzt aufhören. Die Werbung ist vorbei.«

»Was, du guckst fern? Es ist nach neun!«

»Es kommt Disney.«

»Disney ist auch Fernsehen. Was ist mit lesen?«

»Nur noch Donald Duck, dann machen wir aus.«

»Okay, aber danach ist wirklich Schluß. Sieh zu, daß du nicht zu spät ins Bett kommst.«

»Ja, wird gemacht«, verspricht sie und legt auf.

Ich drücke die Gabel herunter und will gerade Winn anrufen, da sehe ich in der Spiegelung des Fensters einen dunklen Schatten.

Jemand muß hinter mir in der Tür stehen. Ich lege den Hörer auf und drehe mich im Sessel um.

Das erste, was ich sehe, ist die Waffe.

Meine Hand greift zum Telefon.

30

»Legen Sie auf, Grace«, befiehlt Ben. Er macht die Tür hinter sich zu und schließt von innen ab. »Legen Sie *auf.*«

Der nutzlos gewordene Hörer fällt klappernd auf die Gabel.

»Ben?«

»Überraschung! Haben Sie die Akte schon gefunden?«

»Was? Wieso ...«

»Lexis. Der Computer speichert die letzte Anfrage, schon vergessen? Nach dem Mittagessen loggte ich mich ein, und da sah ich es. Keine schlechte Suchanfrage übrigens. Sie steigern sich.« Er geht zum Ende des Besprechungstisches und richtet die Waffe auf mich. Ich habe entsetzliche Angst. Mein Mund wird strohtrocken. Kein Mensch weit und breit. Eletha ist beim Unterricht. Und Gott weiß, wo Winn steckt oder der Sicherheitsdienst. »Wie haben Sie diese Waffe durch den Metalldetektor geschleust?«

»Ich bin mit dem Richteraufzug raufgefahren.« Lächelnd sieht er auf die Waffe hinunter und wiegt befriedigt ihr Gewicht in der Hand. Er sieht aus wie ein Fremder, als sei er nicht mehr er selbst. »Ich habe sie gestern gekauft. Ist sie nicht entzückend?«

»Was haben Sie vor, Ben?«

»Es geht nicht darum, was *ich* vorhabe. Es geht darum, was *Sie* vorhaben.« Er schiebt eine Hand in sein Sakko, zieht ein kleines Blatt weißes Papier hervor und hält es hoch. »Ihr Abschiedsbrief. Sie brauchen bloß noch zu unterschreiben.« Er legt das Blatt vor ein braunes Päckchen, auf dem FOTO VON EINEM GEBIRGE steht. »Ha, fast hätte ich es vergessen.« Er legt einen Kugelschreiber auf das Blatt.

Ich fasse weder den Zettel noch den Stift an. Ich kann nicht glauben, daß das wirklich passiert.

»Bitte unterschreiben Sie, Grace. Machen Sie es sich nicht unnötig schwer.«

Mein Abschiedsbrief. Ein vorgetäuschter Selbstmord. O nein. »Haben Sie Armen umgebracht, Ben?«

»Ja.«

Ich wage kaum zu atmen. Ich lag völlig falsch.

»Ich hatte es nicht geplant, falls das irgendein Trost ist.«

»Aber warum?« Die Worte kommen nur flüsternd heraus.

»Warum ich ihn umgebracht habe? Was ändert das?«

»Ich will es wissen, es verstehen.«

»Ich wollte den Job.«

Wie blind starre ich auf das Blatt Papier. Es scheint unbegreiflich. »Sie wollten diese Referendarstelle um jeden Preis? Einen *Job?*«

»Es geht immerhin um das Oberste Bundesgericht der Vereinigten Staaten, Grace. Seit ich erwachsen bin, bereite ich mich darauf vor. Ich werde lehren, dann geht es weiter ans Berufungsgericht. Ich habe die Absicht, meine Karriere am Obersten Bundesgericht zu beenden. Ich konnte nicht zulassen, daß mir der Fall Hightower dabei im Weg steht und einen Strich durch die Rechnung macht.«

»Armen stand Ihnen im Wege.«

Er zuckt ein wenig zusammen. »Opfer müssen gebracht werden.«

Armen: Opfer des Ehrgeizes eines jungen Mannes. »Aber Sie hatten die Stelle doch so gut wie sicher.«

»Warum ein Risiko eingehen?«

Ich begreife es nicht. Mir ist übel vor Angst und Grauen. »Jetzt haben Sie den Job, warum das noch? Warum ich?«

»Sie sind selbst schuld. Überall haben Sie herumgeschnüffelt. Sie haben McLean hochgehen lassen, das ist ein Schönheitsfehler. Es ist nur eine Frage der Zeit, bis er mit dem Finger auf mich zeigt.«

»Hat McLean Faber umgebracht?«

»Den Reporter? Ja, auf meine Anregung hin. Faber kam der Lösung zu nahe.«

Zwei Männer tot. Ich bin wie gelähmt. »Hat McLean mich niedergeschlagen?«

»Nein, das war ich. Jetzt falten Sie den Brief auseinander und unterschreiben Sie ihn. Ich will keinesfalls, daß später Zweifel daran auftauchen, daß Sie ihn geschrieben haben.«

Mir bricht der Schweiß aus. Das todbringende schwarze Auge der Waffe befindet sich fast an meinem Kopf; ich denke an den Pulverstern, den der Detective bei Armen vorgefunden hat. »Was steht in dem Brief?«

»Daß Sie McLean für den Mord an dem Reporter angeheuert haben. Weil Faber dahintergekommen ist, daß Sie den Gerichtsvorsitzenden ermordet haben, verstehen Sie.«

Ich schaue zu ihm auf, in sein Gesicht hinter dem langen Lauf der Waffe. »Warum hätte *ich* Armen umbringen sollen?«

»Sexuelle Belästigung ist eine üble Sache. Er hat Sie in jener Nacht in seinem Büro vergewaltigt.«

»Das stimmt nicht!«

Ein blasiertes Lächeln umspielt seine Lippen. »Das habe ich gehört. Sie waren sehr willig, sagte McLean.«

»Sie ...«

»McLean war natürlich nur allzu froh, Ihnen bei der Vertuschung des Mordes helfen zu können. Ein Jahrzehnt lang hat er seinen Haß genährt. Seiner Überzeugung nach hat der Gerichtsvorsitzende sein Leben ruiniert. Es bedurfte keiner großen Überzeugungskraft, ihn zum Mitmachen zu bewegen. Ich spendierte ihm ein paar Drinks und dirigierte ihn in die Richtung, in der ich ihn haben wollte.« Er senkt die Waffe ein wenig. »Unterschreiben Sie bitte.«

Ich nehme das Blatt in die Hand und falte es auseinander. Es ist sauber getippt. Die letzte Zeile macht mich völlig fertig:

Ich habe meine Tochter sehr lieb.

Fassungslos starre ich auf das Blatt. *Ich habe meine Tochter sehr lieb.* Maddie. Sie wird denken, ich hätte sie im Stich gelassen. Ich kenne dieses Gefühl. Verzweifelt kämpfe ich gegen die Tränen; ich würde mich vor ihm auf die Knie werfen, wenn es irgend etwas nützen würde. »Sie braucht mich, Ben«, bringe ich heiser heraus.

»Sie waren es, die die Sache nicht auf sich beruhen ließ.«

Wieder starre ich auf den Brief. Vor dem Hintergrund der vielen braunen Pakete verschwimmen mir die getippten Buchstaben vor den Augen. GEBETSTEPPICH. STATUE. NOCH EINE STATUE. Schlagartig fällt mir die Aufschrift auf einem der anderen Pakete ein. RIESENDING.

Der Knüppel. Er liegt auf dem Sessel am Fenster. Eletha bezeichnete ihn als eine Art Baseballschläger. Wie komme ich an ihn ran? Ich brauche Zeit zum Nachdenken. Hinhalten lautet die Parole.

»Sie haben ein Problem, Ben. Im Unterschied zu Armen besitze ich keine Waffe.«

Er lacht kurz auf. »Er ging nicht gerade sehr souverän damit um, Grace. Ich hatte nur den Brieföffner, aber er brachte es nicht über sich, auf mich zu schießen. Ich packte seine Hand und richtete die Waffe auf seinen Kopf. In einer Minute war alles vorbei.«

Bedauernswerter Armen. Voller Entsetzen sehe ich die Szene vor mir. Ich bringe kein Wort heraus.

»Denken Sie nicht allzu schlecht von mir. Ich gab ihm noch eine letzte Chance, das richtige Urteil im Fall Hightower zu sprechen. Ich brachte ihm sogar einen Entwurf für eine entsprechende Begründung. Wir diskutierten einige Zeit über Fallrecht, über Präzedenzfalle, sogar über die damit verbundenen politischen Fragen. Es war so etwas wie eine letzte Instanz. Für ihn und für mich.«

Er macht mich krank. Er regt mich auf. »Wie wollen Sie das deichseln, Ben? Wollen Sie, daß es so aussieht, als hätte ich mich ebenfalls selbst erschossen? Die Waffe ist mit Ihren Fingerabdrücken übersät.«

»Oh, mein neues Spielzeug ist nicht für Sie gedacht, Grace. Sie springen.«

Ich öffne den Mund. Mein Verstand rotiert. »Von wo?«

»Da. Aus dem Fenster.« Mit dem Lauf der Waffe deutet er auf die Glasfront.

Ich wende mich um. Und versteinere förmlich bei dieser Vorstellung. Mein Blick fällt auf den Knüppel im Sessel direkt neben dem Fenster. Armen sagte, damit habe man Menschen erschlagen. Bin ich imstande zu töten? »Ben, das ist nicht Ihr Ernst.«

»Aber ja doch.«

Mir erstarrt das Blut in den Adern. »Aber die Scheiben.«

»Ich zerschlage sie. Es handelt sich nur um eine einzige Glasscheibe, noch nicht einmal Thermopane. Das Gebäude wurde in den sechziger Jahren gebaut.«

»Aber die Marshals hören es.«

»Nicht im Haus. Wir befinden uns im siebzehnten Stock. Und wenn es jemand sieht, glaubt er bei diesem Unwetter, es sei der Sturm, und wird die Hausverwaltung anrufen. Wahrscheinlich sind die Leute morgen früh da.« Er entsichert die Waffe. Sie funktioniert reibungslos und ist nun schußbereit. »Unterschreiben Sie den Brief. Sofort.«

Er hat an alles gedacht. Eiskalte Angst bringt mich fast um den Verstand, doch ich zwinge mich, ruhig zu bleiben. Denk an Maddie. Nimm den Knüppel. Er hat Familien vernichtet, jetzt wird er eine beschützen. »Ich unterschreibe«, sage ich, »aber sichern Sie die Waffe. Oder wollen Sie, daß man mich erschossen auffindet?«

»Sie denken mit.« Er sichert die Waffe, und ich nehme den Kugelschreiber in die Hand. Meine Hand zittert, als ich den Brief zum letzten Mal lese. Und wenn ich nicht an den Knüppel komme? Wenn ich die Chance vergebe? »Beeilung, Grace.«

Hastig kritzle ich meinen Namen. Nach kurzem Zögern schreibe ich, nur für alle Fälle, darunter, *Ich liebe dich, Mads. Du bist die Allerbeste.* Blinzelnd kämpfe ich gegen die aufsteigenden Tränen.

»Aufstehen«, befiehlt Ben. »Stellen Sie sich nah an das Fenster.«

Schön, du Bastard. Genau da will ich hin. Ich zittere am ganzen Leib. Reiß dich zusammen. Der Knüppel ist weiter als Armeslänge von mir entfernt. Ich komme nicht ran, noch nicht. Er liegt zu nah am Fenster.

Unverwandt die Waffe auf mich gerichtet, geht Ben durch das Zimmer. Er nimmt einen Stuhl und schwingt ihn gegen die Fensterwand. Die riesige Scheibe zerspringt sofort in zackigen Mustern; zuckende Risse breiten sich aus, als würden Nervenenden unter Strom gesetzt. Schwer atmend wie ein Wahnsinniger, schleudert Ben den Stuhl mit aller Kraft noch einmal in das von Sprüngen durchzogene Fenster. Mit einem lauten Krachen prallt der Stuhl ab. Das Glas explodiert zu tausend Scherben. Splitter fliegen in alle Richtungen. Klirrend stürzt die Scheibe in sich zusammen und saust prasselnd an der Fassade des Gerichtsgebäudes hinab. Übrig bleibt ein gezacktes Loch, wie der Eingang in eine dunkle Höhle.

Heftige Böen vom Delaware treiben den eiskalten Regen in das Büro. In wildem Durcheinander wirbeln Glasteilchen und Papier durch den Raum. Die Haare peitschen um meinen Kopf. Der Regen schlägt mir ins Gesicht. Glas schneidet in meine Wangen, in meine Stirn. Der böige Wind pfeift mir um die Ohren, als schwebe der Raum inmitten des Unwetters.

»Gehen Sie zum Fenster!« brüllt Ben gegen den Wind an.

Mit aller Kraft reiße ich mich zusammen. Ich bin nicht mehr weit vom Knüppel entfernt. Der Wind heult immer lauter. Der peitschende Regen durchnäßt mich bis auf die Haut.

»Jetzt, Grace! Springen Sie, oder ich werfe Sie hinaus! Es liegt an Ihnen!«

Mit dem Mut der Verzweiflung taumle ich noch einen Schritt auf das Fenster zu. Zu meinen Füßen glitzert die Stadt. Rechts von mir befindet sich der Knüppel vor dem Hintergrund der in der Nacht angestrahlten Independence Hall. Ich stemme mich gegen den Wind, hole einmal tief Luft und noch einmal. Eins, zwei ... drei!

Schnell packe ich den eingewickelten Knüppel am unteren Ende und schlage ihn Ben mit voller Wucht ins Gesicht. Ich spüre, wie er mit einem häßlich dumpfen Schlag auftrifft. Entsetzt lasse ich den Knüppel fallen.

Ben taumelt im Schock rückwärts. Er schreit vor Schmerz, Blut strömt über seine Zähne und aus seinem Mund. Seine Hand zuckt hinauf zu seinem in einem grotesken Winkel herabhängenden Unterkiefer und tastet ihn ab. Dabei entfällt die Waffe seinen Händen und gleitet in einen Glasscherbenhaufen. Hastig bücke ich mich danach und komme Ben eine Sekunde zuvor. Als ich mich wieder aufrichte, ist meine Hand zerschnitten und glitschig von Blut.

Entschlossen richte ich die Waffe auf ihn. Er liegt mitten in dem wirbelnden Chaos aus Glassplittern und Papier am Boden. »Unten bleiben!«

Er gehorcht nicht. Torkelnd und stöhnend vor unerträglichem Schmerz kommt er auf die Beine. Sein Stöhnen klingt wie der Urlaut eines wilden Tieres und übertönt sogar das Heulen des Windes. Blut läuft ihm in Strömen zwischen den Fingern hindurch.

»Zurück! Stehenbleiben!« Ich kann kaum klar sehen, doch ich erkenne, daß er weiter auf mich zukommt und mich zwingt, gegen den Besprechungstisch zurückzuweichen. Ich hebe die Waffe. Ich will ihn nicht erschießen müssen, bitte, zwing mich nicht dazu. »Ben, halt!«

Unvermittelt bleibt er stehen und schüttelt, immer noch sein Kinn haltend, den Kopf. Sein Anzug ist von Regen und Blut getränkt. Seine dunklen Augen schwimmen in Tränen, und als er mich anblickt, erinnert er mich einen Augenblick lang an den Ben Safer, den ich kannte.

»Ben, es tut mir so leid.« Ich beginne zu schluchzen. »Sie müssen in ein Krankenhaus, dort wird man Ihnen helfen.«

Wieder schüttelt er den Kopf. Er wendet sich dem Fenster zu. Als ich begreife, was er vorhat, überläuft es mich eiskalt.

»Ben! Nein! Nicht!« schreie ich in den Regen, aber er hört mich nicht.

Mit dem Kopf voran rennt er auf die Dunkelheit zu und springt, als er die Kante des Teppichs erreicht, mit einem gewaltigen Satz hinaus ins Leere, hinein in das Gewitter.

Das nächste, was ich höre, ist ein grauenhafter Donnerschlag, gefolgt von Bens schrillem Schrei.

Und meinem eigenen.

31

Als ich zu mir komme, herrscht Stille und Halbdunkel. Neben meinem Bett steht ein Nachttisch, in einer Ecke scheint ein eckiger Fernsehkasten zu schweben. Mondlicht strömt durch Wirkvorhänge und wirft ein Maschenmuster auf das schmale Bett. Ein Krankenhauszimmer. Eine Weile bleibe ich einfach so liegen, flach auf dem Rücken, und ziehe Bilanz.

Ich lebe. Ich befinde mich in Sicherheit. Prüfend bewege ich jedes Glied. Alles funktioniert.

Im diffusen Mondlicht hebe ich die Hände. Einige Finger sind verbunden. Mein Gesicht schmerzt; die Haut spannt, als würde sie nicht richtig passen. Ich kann mir lebhaft vorstellen, wie ich aussehe. Instinktiv greifen meine Hände an meine Wangen. Sie ertasten etwas Rauhes, Baumwollartiges. Noch mehr Verbände.

Ich höre mich stöhnen. Langsam kehrt die Erinnerung zurück.

In meinem Kopf beginnt eine Diavorführung des Grauens. Zwischen jedem Bildwechsel zuckt grelles weißes Licht auf und blendet mich. Ben, wie er mit der Waffe hereinkommt. *Klick.* Der Abschiedsbrief. *Klick.* Der Knüppel neben dem Fenster. *Klick.* Die Independence Hall weit unter mir.

O Gott.

Bemitleidenswerter Ben. Ich habe ihn schwer verletzt, und er starb einen entsetzlichen, schmerzhaften Tod. Und Armen, auch er tot. Ebenso Faber, erschlagen. Bei diesen Bildern zu verweilen, ist zu schrecklich. Ich fühle mich miserabel und elend, entsetzlich allein. Bis ich den Kopf drehe. In der dunklen Ecke neben der Tür, den silberhaarigen Kopf im Schlaf auf die schwere Brust gesenkt, sitzt meine Mutter.

Wer sonst. Sie muß schon eine Ewigkeit da sitzen. Bestimmt hat sie dafür gesorgt, daß Maddie zu Sam geht.

Ich bleibe still liegen und schaue ihr zu, wie sie auf dem harten Plastikstuhl schläft. Selbst im düsteren Licht kann ich erkennen, daß sie vollständig angekleidet ist. Pullover und

Freizeithosen, passend aufeinander abgestimmt, billige Lederslipper und Kniestrümpfe, die sie in Geschenkpackungen kauft. Ihre Brust hebt und senkt sich; ihre Schultern heben und senken sich. Obwohl sie tief schläft, hält sie einen aufrecht auf ihrem Knie stehenden Wasserbecher in der Hand. Mit ein bißchen Anstrengung kann ich auf dem Becher einen großen blauen Kreis erkennen.

Diesen Kreis kenne ich. Pennsylvania Hospital, Ecke Eighth und Spruce Street.

In diesem Krankenhaus wurde meine Mutter 1925 geboren, hier gebar sie mich, und hier brachte ich Maddie zur Welt. Eine nach der anderen nahm jede den Faden der vorangehenden auf und führte ihn ohne Unterbrechung fort wie eine Naht in einem Stoffsaum. Drei Generationen, deren jede ihren eigenen Weg ging. Jede zog ihre Tochter auf ihre eigene Weise groß, ohne Mann. Ein Stamm von drei Frauen, jede allein.

Eigenartig.

Unser Blut, unsere Zellen müssen sich grundlegend von denen anderer Familien unterscheiden. Von einer Familie zu viert zum Beispiel. Oder von Familien, die in Wohnmobilen Campingurlaub machen und ihren Kindern beim Basketballspielen zusehen. Familien, die die Stadt, in der sie geboren wurden, verlassen, die sich trennen und in alle Winde zerstreuen.

Normale amerikanische Familien.

Wir sind nicht wie sie, nicht wie die Familie im Fernsehen, mit einer Mutter und einem Vater. Wir sind auch keine Amerikaner, die einer ethnischen Gruppe angehören: unbekümmerte Italiener oder echte Iren, heiser am St.-Patricks-Tag. Diesen Stämmen, diesen Rassen gehören wir nicht an. Wir unterscheiden uns von ihnen. Wir sind eine eigene Spezies. Wir sind, was wir tun.

Und was wir tun, was insbesondere eine von uns gerade tut, ist schlafen. Auf einem wenig gastfreundlichen Stuhl, einen vollen Wasserbecher fest mit der Hand umklammernd. Der volle Becher spricht für sich selbst. Mein Herz sagt mir, für wen das Wasser bestimmt ist.

Für mich, sobald ich aufwache.

Es wird das erste sein, was sie mir anbietet, weil es ihr schwerer fällt, *ich liebe dich* zu sagen, als mir etwas zu trinken zu reichen. Weil sie nicht zugeben kann, *ich mache mir Sorgen*. Sie erteilt nur Befehle und Kommandos. Und als sie damals mit Schmerz und Verlust fertig werden mußte, da konnte sie ebenfalls nicht darüber sprechen. Statt dessen trank sie Whiskey. Und schlug voller Wut um sich.

Ich beginne, sie zu verstehen, während ich sie schlafend auf dem Stuhl beobachte. Ich begreife, daß ich mich glücklich schätzen kann, daß sie da ist und mit einem Becher Wasser auf dem Knie wartet, bis ich ausgeschlafen habe. Ich habe nicht mehr das Bedürfnis, mich mit ihr auseinanderzusetzen. Es besteht kein Grund, ihr mit der Faust ins Gesicht zu schlagen und sie zur Rechenschaft zu ziehen. Das alles ist Vergangenheit, nicht Gegenwart.

Das ist vorbei.

Laß es dabei bewenden.

Die Tür geht auf, und eine Schwester kommt herein. In der weißen Tracht, die das Mondlicht einfängt und aufnimmt, scheint sie aus sich heraus zu leuchten. Sie kommt direkt an mein Bett und sieht mich teilnahmsvoll an. Dann beugt sie sich über mich und flüstert: »Haben Sie Schmerzen?«

Ich habe keine Schmerzen. Ich hatte Schmerzen, als mein Gesicht noch keine Blessuren zeigte. Ich schüttele den Kopf.

»Haben Sie Hunger?« An jedem Ohrläppchen funkelt eine in der Dunkelheit aufblitzende einzelne Perle. Sie duftet nach Dove-Seife und White Linen.

Ich schüttle den Kopf.

»Brauchen Sie etwas?« Ihre Zähne sind weiß und ebenmäßig, ihr frischer Atem riecht nach Pfefferminz.

»Nein. Danke.«

Beruhigend tätschelt sie meine Schulter und geht hinaus.

Lächelnd sehe ich ihrer entschwindenden Silhouette nach. Sie macht ihre Arbeit, und sie macht sie gut, aber ihre Schicht ist bald vorbei. Meine wirkliche Krankenschwester, die, die gerade ein Nickerchen neben dem Lichtschalter macht, stinkt nach Zigaretten, aber jede Wette, daß sie schon lange, sehr lange dort ausharrt. Ihre Schicht endet nie, wie auch die meine.

Ich sollte sie schlafen lassen, aber ich schulde ihr eine ziemlich große Entschuldigung.

»Ma«, sage ich, und sie bewegt sich.

»Schatz?« fragt sie heiser.

Sie hat noch nicht einmal die Augen geöffnet, da bietet sie mir bereits den Becher mit Wasser an.

32

»Seht euch das an!« sagt Artie verblüfft am Küchenfenster. Wir alle drängen uns um ihn und schauen in meinen Garten hinaus. Ich bin so glücklich, daß mein Gesicht schmerzt.

»Das glaub ich nicht«, staunt Sarah. »Das hat sie noch nie gemacht, nicht einmal bei Armen.«

»Sie macht es noch mal«, bemerkt Eletha.

Wir alle sehen zu, wie sich Bernice championmäßig herumwälzt und freudig hechelnd wieder hochkommt. Miß Waxman steht wie ein Feldwebel über ihr und schiebt ihr mit professioneller Routine eine Extrabelohnung ins Maul. Bernice verdrückt das Häppchen und schnüffelt im Gras nach Resten.

Ich öffne das Fenster und schreie durch das Fliegengitter: »Bravo, Miß Waxman!« Das laute Rufen strafft die Haut, und es sticht in meinen Wangen, aber die Frau vollbringt wahre Wunder da draußen. »Ist das nicht toll, Maddie?«

Maddie verdreht die Augen. »*Klaro,* Mom.«

»Ich wünschte, ich hätte so einen Hund!« seufzt Eletha. »Mensch, hast du ein Glück, Maddie!«

»*Wruff!*« Bernice setzt sich und bellt Miß Waxman an, die angesichts dieser Unbotmäßigkeit die Stirn runzelt.

»Aus!« befiehlt Miß Waxman mit autoritärer Stimme. Die Veränderung, die mit ihr vorgegangen ist, ist nicht weniger radikal als bei Bernice und wahrscheinlich von ebenso kurzer Dauer. »Keine Widerrede!«

Artie schüttelt den Kopf. »Höre ich recht?«

Ich versetze ihm einen Stoß mit dem Ellenbogen auf den Basketball. »Lassen Sie sie, es funktioniert. Und überhaupt, was haben Sie in letzter Zeit für mich getan?«

»Ich habe Ihnen ein Geschenk zur Genesung mitgebracht.«

»Ehrlich? Wo ist es?«

»Im Wohnzimmer. Einen Augenblick.« Er hastet mit schweren Schritten aus der Küche.

Sarah lacht. »Warten Sie, bis Sie es gesehen haben.«

»Was ist es denn?«

»Sie werden ja sehen.« Sie lächelt, als sie sieht, wie sich Artie unter der Last eines in Küchenfolie eingewickelten Päckchens hereinschleppt.

»Hübsches Papier, Weiss«, bemerkt Eletha.

Artie überreicht mir das Geschenk. »Entweder das oder das Hanukkah-Papier, was anderes war nicht da.«

»Danke, Artie«, sage ich und ziehe die Folie ab wie von einem Mikrowellengericht. Ein schimmernder schwarzer Plastikgegenstand kommt zum Vorschein, den ich schon mal irgendwo gesehen habe. »Ein magischer Ball, für mich ganz allein!« Ich bin ehrlich gerührt, ein Zeichen dafür, wie sentimental ich mit zunehmendem Alter bereits geworden bin. Ich umarme Artie.

»Es ist meiner«, erläutert er mit einem Lächeln.

»Wirklich? Ihrer?«

»Verbannst du jetzt das kindische Zeug aus deinem Leben, Artie?« fragt Sarah.

»Du solltest mich besser kennen, Sar. Ich habe jetzt ein Etch-a-Sketch, so was wie ein Kaleidoskop.«

Sarah lacht, und ich stimme mit ein.

»Was ist? Es macht mehr Spaß als Lego und tut nicht weh, wenn man darauf tritt.«

Sarah und ich wechseln Blicke. Ihr Blick ist wie üblich ausdruckslos, aber meiner ist tief und bedeutungsvoll. Meine Augen telegrafieren: Du mußt verrückt sein, wenn du diesen wundervollen Mann aus deinem Leben verschwinden läßt, denn so viele wundervolle Männer gibt es nicht. Ich werde es ihr später in Worten kundtun, falls sie nicht in Augen lesen kann.

»Klar, ein Etch-a-Sketch ist was Tolles«, fährt Artie fort, »aber trotzdem, mein Lieblingsspielzeug ist es nicht.« Er grinst Eletha an. »Ich sage nur, Doktor, Anwalt, Indianerhäuptling.«

»Verpetz mich nicht.« Sie lacht boshaft.

Sarah blickt vom einen zum anderen. »Wovon redet ihr beide?«

Ich brauche eine geschlagene Minute, bis ich begreife. Ich bin wirklich eine lausige Detektivin.

»Sehen Sie mal, Grace!« ruft Miß Waxman aus dem Garten.

Wieder schauen wir alle aus dem Fenster. Miß Waxman geht auf und ab, und Bernice geht neben ihr perfekt bei Fuß. Ganz so sieht es nicht aus, wenn Bernice mich hinter sich her schleppt.

Ich winke Miß Waxman zu. »Unglaublich. Dieser Hund ist ja so gut wie Rin Tin Tin.«

»Wer ist das?« erkundigt sich Sarah.

»Vergiß es.«

»Erzähl ihr von Edsel, dem Auto, Grace«, stichelt Eletha.

»Noch so eine schlaue Bemerkung, und der Hund gehört dir, El. Und ich weiß jetzt, was du getan hast.« Ich deute mit meinem wie ein Edelstein funkelnden Fingernagel auf sie. Eletha hat mir die Nägel lackiert, während ich im Krankenhaus war, und jeder einzelne Nagel ist ein Meisterstück aus türkisem Lack mit Saphirblau in der Mitte.

»He, Mädchen, du bist mir was schuldig wegen dieser Sache, die du mit Ray ausgekocht hast.«

»Bist du mit ihm ausgegangen?«

»Einmal zum Mittagessen. Dann legte er los.« Sie schaudert.

»O nein.«

»Wie gesagt«, tönt Artie. »Der Mann ist ein Tier.«

»Tut mir leid, El. Ich dachte, er wäre nett.«

»Er sabbert schlimmer als Bernice.« Sie schnippt mit den Fingern. »Warte mal. Da kommt mir eine Idee.«

»Was?«

»Maddie kann Bernice nicht leiden?«

»Stimmt.«

»Frag doch Miß Waxman, ob sie sie nimmt.«

Verblüfft sehe ich Eletha an.

Die perfekte Lösung.

Tränen strömen ihr aus den Augen. Ihr Gesicht ist hochrot. Sie hat einen unkontrollierbaren Schluckauf. Ich fürchte, sie verpaßt, am Eßtisch sitzend, noch den Nachtisch.

»Mads, ich verstehe das nicht. Du haßt Bernice.«

»Ich hasse Bernice nicht!«

Der Hund schaut so unglücklich über den Plastikzaun wie ein Kind, das Zeuge eines Sorgerechtsstreits wird.

Erschüttert stellt Miß Waxman ihre Teetasse auf den Tisch. »Bei mir hat sie ein gutes Zuhause, Liebes. Sie kann mit meinen Pudeln spielen.«

»Sie wird dort glücklicher sein, Mads«, ergänze ich. »Sie wäre nicht den ganzen Tag so allein.« Und ich müßte nicht jedesmal über einen Zaun springen, wenn das Telefon klingelt, und mein Bett nicht mit den Alpen teilen.

»Dort hätte sie Freunde, Maddie«, wirbt Artie um Verständnis.

»Sie braucht keine Freunde!« schreit Maddie.

»Alle brauchen Freunde«, widerspricht Sarah.

Darauf weint Maddie nur noch heftiger. Die anderen können es nicht wissen, aber inzwischen sprechen wir nicht mehr über den Hund. Ich drücke Maddie fest an mich.

»Vielleicht sollten wir Bernice doch behalten«, seufze ich.

Miß Waxman nickt. »Natürlich, wie Sie wollen. Sie ist ein so liebes Tier.«

»Wirklich, ein *liebes* Tier«, betont Eletha. »Würde Bernice mir gehören, ich würde sie nie hergeben.«

Maddies Schluchzen verebbt, und sie vergräbt ihr tränennasses Gesicht an meinem Hals. »Ich kann doch ihre Freundin sein«, stößt sie hervor.

»Also das ist eine gute Idee. Bestimmt kannst du das.«

»Kann ich jetzt raufgehen?« flüstert sie.

»Natürlich.« Ich tätschele ihren Popo, und sie läuft aus dem

Zimmer. Ich sinke auf meinen Stuhl und trinke einen Schluck kalten Kaffee.

Artie schnaubt verächtlich. »Bravo, Mädels. Das habt ihr wirklich prima hingekriegt.«

»Tut mir leid, Grace«, meint Eletha ein wenig einfältig.

»Es ist nicht deine Schuld«, beruhige ich sie. »Ich hätte es wissen müssen.«

»Ich muß mich entschuldigen«, sagt Miß Waxman. »Es war meine Schuld. Weil ich keine Erfahrung mit Kindern habe.«

»Nein, es ist meine Schuld.« Ich berühre leicht ihre Hand. »Mein Kind, meine Schuld.«

»Solche Unterhaltungen können auch nur Frauen führen«, bemerkt Artie weise. Er sticht in den Apfelkuchen, den Eletha mitgebracht hat.

»Jetzt ist ja alles in Ordnung.« Ich streiche mir die Haare aus dem Gesicht und trinke den eiskalten Kaffee. »Jetzt haben wir den Hund. Eines Tages wird er schon aus der Küche herauskommen.« Ich schaue zu Bernice hinüber, die ihre Zunge heraushängen läßt. »Vielleicht.«

Miß Waxman betrachtet Bernice mit einem nachsichtigen Blick. »Vielleicht, wenn Sie schrittchenweise vorgehen.«

»Wie denn?«

»Das Tier ins Eßzimmer bringen, das Kind in seiner Nähe spielen lassen, damit sich die beiden aneinander gewöhnen.«

Ich denke an Maddies Worte. *Ich kann doch ihre Freundin sein.* »Und wie weiter?«

»Sie könnten ihr ein paar Spielsachen kaufen.«

»Sie hat jede Menge Spielzeug.«

»Ich glaube, sie meint den Hund«, wirft Sarah mit einem leichten Lächeln ein. »Nicht wahr, Miß Waxman?«

Miß Waxman nickt und trinkt ihren Tee mit Eleganz.

Oh. Ich wußte es. Kommt mit auf die Rechnung.

»Natürlich«, fährt Miß Waxman fort, »hat nicht jeder einen Draht zu Tieren, aber es hat den Anschein, als wolle Maddie es gerne.«

»Da bin ich mir sicher«, pflichte ich ihr bei. Nur, daß ich das nicht mehr erleben werde.

»Richter Galanter zum Beispiel«, sagt Artie versonnen. »Bernice hat ihn fast gefressen. Wußten Sie das, Miß Waxman?«

Miß Waxman schaudert. »Richter Galanter war darüber *recht* betroffen.«

»Da könnte ich wetten. Es hat ihn fast seine Eier gekostet.«

Miß Waxman räuspert sich, und über Sarahs Gesicht huscht ein düsterer Schatten. »Ich wüßte schon gern, warum sie hinter ihm her war. Erinnern Sie sich noch, Grace?«

»Ja. Eigenartig.«

»Hunde mögen Richter Galanter nicht«, belehrt uns Miß Waxman.

»Menschen auch nicht«, spottet Artie. »Hat er überhaupt Freunde, Miß Waxman?«

»Artie«, mahnt Sarah, »bring Miß Waxman nicht in Verlegenheit.«

»Sie kann ja sagen, ich soll 'ne Flatter machen.« Er wendet sich an Miß Waxman. »Sie können mir sagen, ich soll 'ne Flatter machen, wenn Sie wollen.«

»Sagen Sie ihm, er soll 'ne Flatter machen«, drängt Eletha.

Miß Waxmans getuschte Wimpern flattern hektisch. Zehn zu eins, daß sie das noch nie gehört hat.

»Hat er auch nur einen einzigen Freund auf der Welt?« bohrt Artie weiter.

»Nun, also, er hat ... nicht viele Freunde.«

»Ich habe gehört, er ißt immer allein. Er trifft sich nicht mal mit jemandem zum Mittagessen.«

»Wie Ben«, sagt Sarah, und Eletha zuckt zusammen. Mir ergeht es nicht anders, die Erinnerung an diese furchtbare Nacht ist noch zu frisch. Artie, ganz Retrieverwelpe, der er ist, tapst fröhlich weiter.

»Nennen Sie mir einen, Miß Waxman. Einen einzigen Freund.«

Sie überlegt eine Weile. »Er hat einen älteren Bruder, einen Bankier.«

»Tuttut!« Artie imitiert den Summer aus *Jeopardy*. »Der zählt nicht, das ist Familie. Sonst einen?«

Sie zögert. »Da gibt es einen Mr. Cavallaro. Er traf sich ein- oder zweimal mit ihm zum Mittagessen.«

Ich schaue auf. Es klingelt mir in den Ohren. »Was sagten Sie eben, Miß Waxman?«

»Ein Mr. Cavallaro? Mr. James Cavallaro?«

Aber ich laufe bereits zur Küchenschublade, in der das Kreuzworträtsel liegt.

Ich habe das Gefühl, seine Lösung steht kurz bevor.

33

Ich sitze in der dunklen hinteren Reihe des Gerichtssaals, in der Winn an jenem ersten Tag saß. In Kürze wird Susan hier sprechen, wieder einmal eine sogenannte Pressekonferenz. Diesmal geht es um den Bestechungsskandal. Gegen Galanter wurde Anklage erhoben. Sollte er nicht zurücktreten, wird er unter Amtsanklage gestellt. Der ganze Third Circuit leidet unter der brennenden Schande. Selbst der Gerichtsdiener macht einen trübsinnigen Eindruck. Tatenlos steht er herum und sieht den Technikern vom Fernsehen zu, wie sie Scheinwerfer zur Beleuchtung des Podiums anbringen; Eindringlinge, die unsere Schmach ins grelle Scheinwerferlicht rücken.

Senator Susan Waterman sitzt an die Rückenlehne gelehnt in der Reihe vor mir. In ihrem karierten Chanelkostüm und mit den zu einem klassischen französischen Knoten zurückgekämmten Haaren sieht sie apart und distinguiert aus. »Woher wissen Sie von der Existenz des Geldes?« fragt sie mich.

»Ich fand das Scheckbuch. Woher wissen *Sie* von dem Geld?«

»Sie fragen sich, woher er es hat.« Sie gibt mir keine Antwort auf meine Frage, aber nicht ich habe die Kontrolle über dieses Gespräch, obwohl ich darum gebeten habe.

»Ja, das frage ich mich allerdings.«

»Von mir.«

»Warum?«

»Für das Kind.« Sie wirft einen Blick auf ihren Berater, den wortkargen Michael Robb aus Bath, Maine, der diskret die Tür zum Gerichtssaal überwacht. »Sein Kind mit Eletha. Wußten Sie, daß er Vater eines Kindes war?«

»Sie wissen über Malcolm Bescheid?«

»Selbstverständlich.«

»Eletha glaubt, Sie wüßten es nicht.«

»Das ist mir bekannt. Armen hat versprochen, mir nichts zu sagen, und er hielt Wort. Der Manager meiner Kampagne kam während meiner Sicherheitsüberprüfung dahinter, bevor ich mich offiziell um das Amt bewarb. Er hat es mir mitgeteilt. Ich erwähnte gegenüber Eletha nichts davon – nicht einmal gegenüber Sarah.«

»Aber Armen verschwiegen Sie nicht, daß Sie Bescheid wußten.«

»Natürlich nicht.«

»Hat es Sie verletzt?« Sie wirkt völlig kühl und unbeteiligt. Ich kann nicht anders, ich muß ihr diese Frage stellen.

»Nein. Damals kannten wir uns noch gar nicht, warum sollte es mich verletzen? Er wollte immer Kinder und ich nicht. Ich gönnte es ihm.«

Außerordentlich vernünftig. »Warum gaben Sie ihm das Geld?«

»Für die Ausbildung des Kindes.«

»Wie hoch war die Summe?«

Sie blickt auf ihre neue Rolex. »Sechshunderttausend. Den Rest hat er gespart.«

»Sechshunderttausend Dollar? So viel?«

»Er brauchte das Geld für das Kind. Ich sorge dafür, daß Malcolm es bekommt, sobald die Erbschaft geregelt ist.« Mit einem Händeklatschen beendet sie die Unterredung; mir fällt auf, daß sie ihre klimpernden Silberarmreifen gegen ein imposantes Goldarmband ausgetauscht hat. Der Schmuck einer mächtigen Frau.

»Sie gaben ihm sechshunderttausend Dollar für die Ausbildung eines Kindes, das er mit einer anderen Frau hat?«

»Ja.«

»Es fällt mir schwer, das zu glauben.«

»Das ist Ihr Problem.«

»Kommen Sie, Susan, lassen Sie uns offen reden. Unter uns Frauen. Was hatte Armen, was Sie haben wollten und wofür Sie ihn bezahlten?«

Wieder wirft sie einen Blick auf die Uhr. »Ich habe keine Zeit mehr.«

Da endlich geht mir ein Licht auf. Erinnern Sie mich daran, meinen Job bloß nicht zu kündigen. »Das ist es, nicht wahr? Zeit.«

»Bitte?«

»Armen gab Ihnen ein Jahr. Sie wollten, daß er für die Dauer der Kampagne bei Ihnen bleibt, und Sie wußten, er braucht Geld für Malcolm. Darum haben Sie ihn bezahlt. Sie haben ihn für ein Jahr gekauft.«

»Ich brauchte ihn«, bestätigt sie lakonisch, und einen Augenblick lang erhasche ich ein Aufblitzen jenes tödlichen Ehrgeizes, von dem auch Ben getrieben wurde.

Es macht mir angst. Ohne zu überlegen, spreche ich aus, was mir gerade in den Sinn kommt. »Was sah Armen in Ihnen?«

»Ich bin Idealistin, und er war Idealist.«

»Idealistin? Was sind Ihre Ideale?«

»Offen gestanden, ich bin eine Liberale. Ich setze mich für das Wohl der Kinder ein ...«

Sie will keine Kinder.

»Für die Armen ...«

Ihre Jacke kostet das Doppelte meiner Miete.

»Ich setze mich für die amerikanische Familie ein.«

»Sie können eine Familie nicht *kaufen.*«

Die Tür zum Gerichtssaal öffnet sich, und Susans jugendlicher Berater läßt Sarah hereinschlüpfen. Susan scheint sie nicht zu bemerken. »Sie lehnen mich ab«, wirft mir Susan an den Kopf.

Ich stehe auf, um zu gehen. »Nein. Ich verstehe Sie nur größtenteils nicht.«

»Wissen Sie, wie wichtig es für uns Frauen ist, in der Regierung vertreten zu sein? Ist Ihnen klar, welche Wirkung wir erzielen mit den Rollenmodellen, die wir vorleben?«

»Ich denke schon.«

Sarah tritt zu uns; sie sieht selbst bereits etwas nach Senatorin aus. »Grace, wie geht es Ihnen?«

Ich umarme sie liebevoll. »Steigen Sie aus, solange Sie noch können, Sar.«

Sie schaut mich verdutzt an, und ich drehe mich um und gehe zu den Schwingtüren.

»Auf Wiedersehen, Michael«, sage ich strahlend im Hinausgehen.

»Auf Wiedersehen, Grace«, sagt er. »Und noch einen schönen Tag.«

Ich kann es zuerst gar nicht glauben.

Die klaren, intelligenten Augen mit den leichten Krähenfüßen in den Augenwinkeln blicken offen. Sein Mund wirkt ohne das Bartgestrüpp voll, sogar sympathisch. Die braunen Haare sind geschnitten, aber er ließ ziemlich lange Koteletten stehen. Ein angenehmer Anblick, wie er da am Konferenztisch sitzt neben dem Leiter der FBI-Dienststelle, dem Staatsanwalt, Senator Susan Waterman, meinem Lieblingsbürgermeister und dem amtierenden Gerichtsvorsitzenden des Third Circuit, Richter Morris Townsend, der bei diesem Anlaß zur Abwechslung wach ist.

»*Das* ist Shake and Bake?« Sarah schlägt die Beine übereinander.

»Ist er nicht ehrfurchtgebietend?« Artie grinst bewundernd. »Ihr solltet ihn mal spielen sehen. So gut wie Earl the Pearl.«

»Er sieht ... verändert aus«, meint Miß Waxman.

Eletha muß noch eins draufgeben. »Total verändert.«

Susan erhebt sich und hält eine Rede, bla, bla, bla; der Staatsanwalt und alle anderen halten Reden, bla, bla, bla. Weiß der Himmel, was sie reden und wen ihr Gerede kümmert. Alle sagen sie das gleiche. Jeder rechnet sich den erfolgreichen Abschluß der Ermittlung als sein persönliches Verdienst an. Eine Ermittlung, die Winn, der sich natürlich als ein anderer ausgab, mit einem am Körper befestigten Mikrophon zu einem glücklichen Ende brachte. Auf den Tip einer Sekretärin hin, die Zwergpudel dressiert.

Also bitte.

Der Leiter des FBI-Büros klettert noch einmal auf das Podium, und tausend Blitzlichter flammen auf. Ihre Motoren surren wie ein Heuschreckenschwarm. Er trinkt einen Schluck Wasser und fängt an zu sprechen: »Ich möchte Ihnen Special Agent Thaddeus Colwin vorstellen, der in dieser Sache als verdeckter Ermittler tätig war. Sie werden verstehen, daß wir Ihnen keine Einzelheiten offenlegen können. Jeder Verzicht auf die notwendige Geheimhaltung bedeutet eine Waffe weniger in unserem Arsenal gegen das Verbrechen. Es muß genügen, wenn ich unser aller großen Freude über den erfolgreichen Abschluß dieser Ermittlung Ausdruck verleihe. Special Agent Colwin?«

Winn steht auf und streicht unbehaglich seine Wollhose glatt. Im Gerichtssaal bricht Applaus aus. Als Winn am Podium anlangt, errötet er. »Ich habe Ihnen noch eine Mitteilung zu machen, bevor Sie mit Ihrem Bombardement beginnen.«

Die Menge lacht.

Sarah schlägt ihre Beine andersherum übereinander.

»Auch ich freue mich über den erfolgreichen Abschluß dieser Ermittlung, aber das Verdienst daran gebührt nicht mir, sondern zwei anderen Menschen.«

Ich werde nervös; man hat mir versprochen, mich herauszuhalten. Auch das Gesicht des FBI-Chefs drückt Besorgnis aus; von Winn wird erwartet, daß er das Verdienst des FBI ins beste Licht rückt, und nicht, daß er es abwertet.

»Eine der betreffenden Personen zieht es vor, anonym zu bleiben, und ich halte die Versprechen, die ich meinen Informanten gebe. Mit der anderen Person habe ich jedoch keine derartige Vereinbarung getroffen. Es handelt sich um eine der nettesten und mutigsten Damen, die ich je kennengelernt habe. Sie sagte gestern bei der von der Regierung anberaumten Vorverhandlung aus, so daß ich ihre Identität offenlegen kann. Ihr Name, liebe Freunde, lautet Miß Gilda Waxman.«

Ich schaue Miß Waxman an. Ruckartig fliegen ihre Hände zu den Wangen hinauf; Tränen der Überraschung steigen ihr in die Augen.

»Stehen Sie bitte auf, Miß Waxman«, fährt Winn fort. Er applaudiert ihr, und alle anderen folgen seinem Beispiel.

»O je. Oh, oh«, sagt sie und bleibt wie angewurzelt auf ihrem Platz sitzen. In ihrem ganzen Leben stand diese Frau nie auch nur eine Sekunde lang im Rampenlicht. Sie sieht aus, als bekäme sie gleich einen Herzanfall.

»Aufstehen, Miß Waxman!« ermuntere ich sie, erhebe mich halb, ergreife ihren schlaffen Arm und versuche, sie auf die Beine zu ziehen.

»Nein, ich kann nicht. Wirklich nicht.« Sie sträubt sich und will sich wieder hinsetzen, aber Artie legt seine große Hand mit der Handfläche nach oben auf das Sitzkissen.

»Komm schon, Hübsche, setz dich.« Einladend wackelt er mit den Fingern. »Du traust dich ja doch nicht.«

Sie schluckt schwer, doch dann schaut sie in den Gerichtssaal und tritt ihren Fans mutig entgegen. Nach einem Moment der Unsicherheit erhellt ein schüchternes Lächeln ihr Gesicht.

34

Unschlüssig drehe ich den magischen Ball in den Händen und lese, was er mir rät.

Ja, klar, sagt er. Unheimlich heben sich die weißen Buchstaben von der schwarzen Fläche ab. Ich probiere es noch einmal. Zwanzig Antworten sind möglich; es dürfte eigentlich nicht so lange dauern, bis ich die von mir gewünschte Antwort bekomme, und wenn es sein muß bin ich eine geduldige Frau. Ich schüttle den Ball und sehe hinein.

Ganz sicher.

Wo sind bloß die negativen Antworten? Das Ding muß kaputt sein. Ich lausche auf die Totenstille, die aus Maddies Zimmer dringt. Sie boykottiert mich, weil ich nicht erlaube, daß sie ihren Großvater zum Klassenfest einlädt. Soll ich ihn einladen? Ich schüttle den Ball und drehe ihn um.

Höchstwahrscheinlich.

Hm. Ich werde die Frage neu formulieren; ich habe nicht umsonst Jura studiert. Sollen wir Maddies Großvater nie wiedersehen? Ich schüttle den Ball heftiger und lasse ihn anschließend rotieren.

Meine Antwort lautet nein.

»Verdammt!« sage ich laut, und Bernice hebt den Kopf. »Warum sollen wir ihn eigentlich nicht einladen, Bernice? Er und Grandma können ihr Duell in der Aula ausfechten. Du bringst den Camcorder mit. Das Video schicken wir ans Fernsehen, an diese Sendungen mit den lustigen Videofilmen.«

Ich lege den magischen Ball neben die Karte, die mein Vater Maddie heute geschickt hat, und die das ganze Theater in Gang setzte. Eine kurze Begrüßung, gleich anschließend eine Liste italienischer Wörter mit ihrer Übersetzung. Mädchen: *ragazza.* Hund: *cane.* Katze: *gatto.* Es scheint, Emedio »Mimmy« Rossi und seine Enkelin haben sich an jenem Tag in der Pause über Sprachen unterhalten. Jedenfalls ist Maddie absolut davon überzeugt, daß sie Italienisch lernen möchte.

Liebe: *amore.* Ich muß zugeben, es ist eine hübsche Sprache.

»Mom?« ruft Maddie von oben. Beim Klang ihrer Stimme guckt Bernice zur Treppe.

»Was ist?«

»Kannst du mal raufkommen?«

»Sicher.« Ich lege die Karte hin, und da Bernice noch immer *cane non grata* außerhalb der Küche ist, klettere ich über das Törchen. Es zwickt ziemlich im Schritt. Entweder wird Bernice bald befreit, oder ich muß wachsen.

Ich gehe die Treppe hinauf zu Maddies Tür, die mit Stickern von Schmetterlingen, Fröschen, Stachelschweinen und Prachtspinnen vollgepflastert ist. Ab und zu klebt ein heißgeliebtes »oily« dazwischen, diese albernen Sticker, die zur Zeit der letzte Schrei bei der jüngeren Generation sind. Was mich angeht, ich besaß Buntstifte, acht insgesamt. »Wolltest du was von mir, Mads?«

»Du kannst reinkommen«, sagt sie hoheitsvoll.
»Gut.« Ich drehe den Türknopf, aber die Tür rührt sich kaum.
»Maddie, versperrt da irgendwas die Tür?«
»Warte eine Sekunde.« Ich höre sie drinnen mit Gegenständen rumoren. Anscheinend hat sie die Tür wieder mit den Little-Tikes-Stühlen verbarrikadiert; im Katalog weisen sie nie auf diesen sehr speziellen Einsatzzweck hin. »Okay«, ertönt ihre Stimme. »Jetzt kannst du rein.«
Ich öffne die Tür und schiebe dabei das ganze Durcheinander mit zurück, das sich dahinter angesammelt hat, darunter einen Stuhl, einen weißen Stoffgorilla und ungefähr dreihundert bunte Holzklötze. »Und was treiben wir hier oben?«
Sie hält mir ihre offene Hand hin. »Sieh mal.«
In der Mitte ihrer Handfläche liegt eine elfenbeinfarbene Kostbarkeit. Ich nehme sie voller Staunen entgegen. Die Oberkante hat die mir vertraute Kegelform, das andere Ende besteht aus einem zarten, blutbesudelten Kreis. »Wow! Dein erster Zahn, Maddie.«
»Es hat nicht mal weh getan.«
»Wie ist er rausgekommen?«
»Ich habe ihn rausgezogen.«
Ich weiche zurück. »Wirklich?«
Sie nickt.
»Laß mich in deinen Mund gucken. Lächle mal.«
Bereitwillig fletscht sie die Zähne, und tatsächlich, da, wo sich einmal ihr Vorderzahn befunden hat, klafft eine bogenförmige Öffnung. Ruckartig läßt sie den Mund zuschnappen wie ein junges Krokodil. »Ich bin immer noch sauer, daß du's weißt. Das ist keine Versöhnung.«
»Ich verstehe. Bereiten wir den Zahn für die Zahnfee vor.«
»Ich passe auf ihn auf. Es ist meiner. Gib ihn her.« Sie streckt die Hand aus.
»Sei nicht frech.« Ich lege ihr den Zahn in die offene Hand.
»Danke«, sagt sie höflich und geht hinüber zu ihrem Spieltisch, der unter Lippenstiftpröbchen, Plastikschmuck, Nippsachen und alten Schals, die ich ihr zum Verkleiden gegeben

habe, begraben ist. Sie zerrt einen blauen Paisley-Schal aus dem Haufen und wickelt den Zahn darin ein. Anschließend schreibt sie mit Buntstift auf einen Fetzen liniertes rosa Papier.

»Was machst du, Schatz?«

»Ich muß einen Brief schreiben.«

»Nein, mußt du nicht. Du legst den Zahn unter dein Kopfkissen, und die Zahnfee legt dir dafür etwas Geld hin.«

»Ich habe nicht mit dir gesprochen.«

Reizend. Der erste Zahn meiner Tochter, und wir sprechen nicht miteinander. »Jetzt reicht es, Fräulein. Wie wär's mit einer Auszeit?«

»Ich habe nicht mit dir gesprochen. Ich habe mit mir selbst gesprochen.«

»Schön, aber du brauchst nicht gleich grob zu werden.«

Barfuß dreht sie sich zu mir um und wirft mir den Zettel hin. In wackligen roten Buchstaben steht da: ICH WIL KEIN $. WIL OP. DANK. »Ich kann nicht in Kleinbuchstaben schreiben.«

»Das ist sehr gut. Was heißt denn das da?«

»Das heißt: Ich will kein Geld.« Sie deutet auf das letzte Wort. »Danke.«

»Warum willst du kein Geld?«

»Weil ich will, daß die Fee meinen Großvater zu der Aufführung mitbringt.«

Ich seufze auf die märtyrerhafte Art, die ich von meiner Mutter habe. »Warum, Maddie? Warum bedeutet dir das soviel?«

»Weil von allen der Daddy da ist, nur von mir nicht. Weil von allen anderen der Opa da ist, nur von mir nicht. Alle anderen haben Schwestern und Brüder, nur ich nicht.« Ihre Unterlippe zittert. »Ich habe nichts als blöde, altmodische rote Haare und Sommersprossen, über die sich alle lustig machen.«

Ich schaue in die blauen Augen, die kurz vor dem Überfließen sind. Darüber steht nichts im schlauen Buch.

Plötzlich ertönt Lärm aus der Küche, es folgt das *Klick-klack* von Krallen auf der Treppe. Ich drehe mich genau in dem Moment um, in dem ich Bernice noch erwische, bevor sie sich auf den Weg zu Maddie macht. Sie muß über das Tor gesprungen sein.

»Sie ist raus!« schreit Maddie und weicht gegen ihren Spieltisch zurück.

»Ich habe sie. Bist du also ausgerissen, was, Bernice?«

»Bring sie in die Küche zurück!«

Ich halte Bernice an ihrem neuen Zehn-Dollar-Halsband mit dem goldenen Herzen; G. ROSSI steht darauf. Der Hund zappelt vor Freude über seine Befreiung aus der Küche hin und her und wedelt so heftig mit dem Schwanz, daß das ganze Hinterteil in Bewegung gerät. Ein leibhaftiges Beispiel für den Schwanz, der mit dem Hund wedelt.

»Ach, Maddie, laß sie doch ein bißchen draußen. Sie hat genug von der Küche. Sie möchte bei uns sein.«

Der Hund dreht den Kopf zwischen mir und Maddie hin und her. Mag sein, ich bilde es mir ein, aber Bernices Gesichtsausdruck ist so hoffnungsvoll, wie es einem Zugpferd nur möglich ist.

»Sie guckt mich wieder so an«, klagt Maddie. »Warum muß sie mich andauernd anstarren?«

»Sie möchte deine Freundin sein.«

»Ich kann ihre Zähne sehen.«

»Sie hat Zähne, Maddie. Du hast Zähne, sie hat Zähne. Auch Hunde verlieren ihre Milchzähne. Wußtest du das? Genau wie du.«

»Na und?«

Eine harte Nuß. »Warum sagst du nicht zu ihr, sie soll sich setzen, wie es ihr Miß Waxman beigebracht hat?«

»Das macht sie nicht, wenn ich es sage.«

»Woher willst du das wissen? Du hast es doch noch nie versucht. Gib ihr eine Chance.«

Maddie sieht erst mich an, dann Bernice. »Und *sitz!*« ruft sie.

Wie durch ein Wunder setzt sich Bernice. Auf der Stelle. Ihr Schwanz klopft *damp damp damp* auf den Holzboden.

»Sie hat es gemacht!« staunt Maddie.

»Sie ist ein braves Mädchen. Gib ihr einen anderen Befehl. Was hat ihr Miß Waxman alles beigebracht, weißt du es noch?«

Maddies Blick bohrt sich in die Augen der aufgeregten Bernice. »Platz!«

Bernice läßt sich schwer zu Boden fallen und rollt über einen Haufen Holzklötze; endlich liegt sie flach auf dem Bauch und bettelt um mehr.

»Sieh dir das an!« sage ich. »Und jetzt sag ihr, wie brav sie ist.«

»Braver Hund!« lobt Maddie streng.

»Probier mal, ob sie dir die Pfote gibt.«

»Was muß ich da sagen?«

»Sag: ›Gib mir deine Pfote, Bernice.‹«

»So ein blöder Name«, mokiert sie sich, aber nicht einmal ihre aufgesetzte Coolness kann ihre Aufregung angesichts von Bernices Verhalten verbergen. *»Bernice, gib mir deine Pfote.«*

Bernice starrt sie verständnislos an, rappelt sich aber immerhin hoch und setzt sich hechelnd hin. Ihre Augen sind unverwandt auf Maddie gerichtet. Sie scheint völlig hingerissen.

Ich zerbreche mir den Kopf. Was hat Miß Waxman bloß gesagt? »Versuch's mal mit ›Gib Pfötchen‹.«

Maddie strafft sich wie ein Spielzeugsoldat. *»Pfötchen! Aber sofort!«*

Langsam beginne ich mich über die dunkle Seite meines kleinen Engels zu wundern, aber Bernice scheint das nicht zu kümmern. Aufs Stichwort hebt der Hund ein pelziges Vorderbein und fuchtelt mit der Pfote vor Maddie in der Luft herum.

Maddies Augen weiten sich vor Angst. »Was macht sie denn da?«

»Sie will, daß du ihre Pfote nimmst.«

Bernice stellt die Pfote auf den Boden, hebt sie aber gleich wieder.

Maddie schielt zu mir herüber, dann sieht sie wieder Bernice an. »Ob sie mich beißt?«

»Natürlich nicht. Komm schon, Maddie, faß sie an. Sie beißt dich nicht. Ich verspreche es dir.«

Wieder senkt Bernice die Pfote, hebt sie aber gleich wieder in die Luft.

Zaghaft streckt Maddie ihre Hand aus. Sie ist nur noch Zentimeter von Bernices weicher weißer Fellpfote entfernt. Blitzartig sehe ich Michelangelos Kunstwerk, wie Gott Adam erschuf, vor mir, aber das war für die westliche Zivilisation nicht von halb so großer Bedeutung.

»Und jetzt faß sie an, Maddie. Sie will deine Freundin sein.«

Maddie beißt sich auf die Unterlippe und nähert sich vorsichtig Bernices Pfote.

Fiepsend haut Bernice mit der Pfote in die Luft.

»Mach schon. *Faß* sie *an*, Maddie.«

»Soll ich?« fragt sie ängstlich.

»Ja, mach schon.«

Und endlich tut sie es.

35

Unbequem sitzen wir im Dunkeln auf den mit Teppichen ausgelegten Stufen, die in der Aula der Grundschule als Sitze dienen. Links von mir sitzt meine Mutter mit einem Gesicht, das wie die der toten Präsidenten am Mount Rushmore aus einem massiven Granitblock gemeißelt scheint. Ihre Haare sehen aus wie steinerne Locken. Sie sind so starr wie ihr Blick, den sie keine Sekunde von der Bühne abwendet, schon gar nicht, um mich anzusehen. Ich begreife, daß wir erst wieder im Jahr 3000 miteinander reden oder wenn sie das Rauchen aufgibt, je nachdem, was zuerst kommt.

Ein bekanntes Gesicht, aber nur als kleine Nebenrolle besetzt, sehe ich zu ihrer Linken, nämlich Tyrannosaurus Ex, Sam, in einem Burberry-Anzug und mit steifem weißen Kragen. Ich drohte ihm, ich würde mich als Streikposten vor seiner Anwaltskanzlei aufbauen und den Eingang blockieren, wenn er heute nicht käme. Er schenkt mir ein kostenpflichtiges Lächeln, als ich zu ihm hinübersehe.

Neben ihm sitzt Ricki, die sich anscheinend blendend amüsiert, und das nicht nur wegen der Aufführung. Sie hat ihre drei Söhne mitgebracht, die von Maddie gewünschten Brüder sind also auch vorhanden. Freundlicherweise hat sie mir die Therapie, die ich brauchen werde, um mich vom heutigen Tag zu erholen, zum halben Preis angeboten. Wozu sind Freunde da, meinte sie lächelnd. Und sie hat mir verziehen, daß ich sie angelogen habe, und sogar, daß ich das blaue Laura-Ashley-Kleid zurückgegeben habe.

Zu meiner Rechten sitzt ein Mann, der aussieht wie ein Mafioso und duftet wie ein ganzer Parfumladen: mein Vater. Er ist der einzige, dem das alles uneingeschränkt einen Riesenspaß bereitet. Er lacht schallend bei jeder Pointe und klatscht heftig nach jedem Lied. Jedesmal, wenn Maddie in ihrem Kostüm auftritt, boxt er mich in die Rippen und stößt dabei dem vor mir sitzenden Mann den Camcorder in den Rücken. Als ich ihm nach dem vierten Mal endlich zuflüsterte, er solle das lassen, fragte er laut: »Was haste gesagt, Püppchen?«

Also halte ich den Mund. Ich lege das Gummirechteck des Camcorders an mein Auge und beobachte meine im Mittelpunkt der Bühne stehende Tochter durch die Linse. Natürlich stellt sie eine Karotte dar. Sie steht da oben Hand in Hand mit ihrer neuen Freundin, Gretchen, der Tomate. Beide fassen ein Grüppchen Brokkoli und ein paar Tulpen an den Händen und singen gemeinsam von den Dingen, die im Frühling aus dem Boden sprießen und in der warmen Sonne hoch und prächtig heranwachsen.

Wie Kinder.

Sofort schwimme ich in Tränen. Ich starre durch das Gummiauge des Camcorders und bin wütend, weil er mein Geschnüffel mit japanischer Präzisionsarbeit aufzeichnet. Als Hintergrundmusik wird man Erstkläßler undeutlich etwas vom Frühling trällern hören.

Ich ertappe mich bei dem Gedanken an Armen, an Sam und meinen Vater. Und daß manchmal alles anders kommt, als man denkt.

Liebe stirbt, Menschen sterben. Mütter und Väter trennen

sich; die Bande, die sie verbinden, werden so rasch abgewickelt wie Garn von einem Knäuel. Doch ein Band bleibt: der mikroskopische Strang der DNS, die in nie vorhergesehenen Abwandlungen in unseren Kindern weiterlebt. Maddie bildet das einzige Band zwischen Sam und mir; ich bin das einzige Band zwischen meinen Eltern. Wir alle sind mit unseren Kindern verbunden, aber nicht miteinander.

Meine Tränen benetzen das Okular des teuren Camcorders. Ich muß ihn in den Schoß legen. Mein Vater legt mir seinen duftenden Arm um die Schultern und meine Mutter von der anderen Seite den ihren, und das bringt mich nur noch mehr zum Weinen.

Um alles, was wir verloren haben.

Um alles, was wir nie gehabt haben.

Sam reicht mir ein Taschentuch mit Monogramm. Ich versuche, mich zusammenzunehmen, und bin dankbar für die Dunkelheit. Ricki sieht mich an, als würde sie mich am liebsten gleich auf Prozac setzen, und die Karotte umarmt die Tomate. Die Lichter gehen an, meine Hysterie droht öffentlich zu werden. Doch im hellen Licht sehe ich, daß alle anderen ebenfalls weinen. Ich bin nur eine von vielen hysterischen Müttern im Publikum, die ihrem jungen Gemüse applaudieren.

Maddie entdeckt mich in der Menge und grinst zahnlückig zu mir herunter.

Ich heb die Hände über den Kopf und klatsche laut. Mit einem Seitenblick stelle ich fest, daß mein Vater auf die gleiche Weise klatscht. Eigenartig.

Meine Mutter legt einen Brief in meinen Schoß. Vorne drauf steht GRACE ROSSI. »Was ist das?« frage ich sie.

»Sam hat ihn für dich rübergereicht.«

»Sam?« Ich blicke zu Sam hinüber, aber er spielt gerade einen richtigen Vater und pfeift für Maddie. Ich nehme den Brief in die Hand, und etwas fällt in meinen Schoß.

Ein neues Foto von Tom Cruise. Im Brief steht:

Rot sind die Rosen,
die Veilchen sind blau,

Maddie ist wundervoll,
und ich hab ein Tattoo, komm und schau.

Über Sam und über die Eltern, Lehrer und Kinder hinweg wandert mein Blick zur Tür. Unter dem AUSGANG-Schild in der hintersten Reihe der Aula steht ein gutaussehender Mann in einem schwarzen Regenmantel.

Und er trägt keine Regenhaube.

Dank

Kay Thompsons wundervolle Figur, Eloise, erfindet gerne Geschichten. Und das kann ich auch von mir behaupten. Sich dessen stets gewärtig zu sein, ist wichtig beim Lesen dieses Buches. Ich habe zwar für das Berufungsgericht des Third Circuit gearbeitet, genauer gesagt, den gleichen Job ausgeübt wie meine Romanfigur Grace Rossi – sogar im gleichen Gerichtsgebäude –, trotzdem ist *Rosen sind rot* reine Fiktion. Keine der Personen, obwohl realistisch dargestellt, existiert in Wirklichkeit, und die Handlung, obwohl plausibel, ist völlig frei erfunden.

Zuerst möchte ich wie immer meiner Agentin, Linda Hayes, und meiner hervorragenden Herausgeberin bei HarperPaperbacks, Carolyn Marino, danken. Ich kann mich glücklich schätzen, diese beiden großartigen Frauen zu kennen und mit ihnen befreundet zu sein und zu bleiben, auch wenn ich nie wieder ein weiteres Buch schreiben sollte. Da ich aber die Absicht hege, weitere Bücher zu schreiben, werde ich weiterhin dankbar ihr Urteil annehmen, von ihrem Wissen über das Gelingen eines Buches profitieren, von ihrer Erfahrung bei der Verbesserung eines Manuskripts und von ihrem Engagement für mich und meine Schriftstellerei. Ganz zu schweigen von ihrer Sensibilität hinsichtlich meines Wohlergehens und ihrer diesbezüglichen Fürsorglichkeit. Im Alten Testament würde man auf sie das Wort Barmherzigkeit anwenden, ein Beweis dafür, daß es noch Werke gibt, die unübertrefflich sind.

Mein innigster Dank gilt auch meiner Chefin, der Gerichtsvorsitzenden Dolores K. Sloviter. Sie ist das absolut Beste, was die Bundesrichterschaft zu bieten hat. Ihre Hingabe an das öffentliche Wohl dient mir jeden Tag als Beispiel. Wir alle können froh sein, sie zu haben. Ich erwähne sie besonders, weil sie mir mehr Unterstützung für meine Halbtagsarbeit als Schriftstellerin und meine Ganztagsarbeit als Mutter geboten hat, als ich je zu hoffen gewagt hätte.

Dank für ihre Unterstützung geht ferner an Martha Verna, Anne Szymkowski, Mary Lou Kanz und an die Referendare Seth, Theresa und den bemerkenswert gutaussehenden Jim (und an ihre Vorgänger Alison, Larry und Jessica). Auch den anderen Mitarbeitern des Third Circuit danke ich – Bill Bradley, dem Rädelsführer eines Komplotts, dem auch Marisa Walsh und die Anwälte angehörten; Toby Slawsky, Lynne Kosobucki, Pat Moore und dem Verwaltungsbüro des Third Circuit; Doug Sisk, Brad Baldus und dem Personalbüro; und den Bibliothekaren, die mich so sehr unterstützten.

Herzlichen Dank an Alison Brown von HarperPaperbacks, einer tollen Lektoratsassistentin, die in einem frühen Stadium einige wertvolle Vorschläge gemacht hat und auch auf andere Weise sehr behilflich war. Vielen Dank an Laura Baker von HarperPaperbacks und meiner Bezirksagentin Laura Henrich, beide wundervolle Frauen. Alle Hochachtung für Janet Baker, bei beiden Büchern meine Lektorin; auch in weiter Ferne vergißt sie Philadelphia nie. Ein kleines Beispiel: In *Die Katze war noch da* korrigierte sie mich und stellte richtig, ab wann man auf der Route 1 den Duft von Kuhmist riecht. Von einer solchen Lektorin kann man nur träumen, und sie ist meine Lektorin.

Als Grace Rossi den Rahmen meiner Erfahrung zu sprengen begann, suchte ich Rat bei den Staatsanwältinnen Joan Markman und Amy Kurland (die so freundlich war, mir auf der Fifth Street Rede und Antwort zu stehen), der FBI-Agentin Linda Vizi, Detective McGlinchey und seinen Kollegen von der Polizei in Philadelphia, den Bundesmarshals und Sicherheitsleuten am Gericht (den Herren King und Devlin ebenso wie Tony »As« Fortunato und seinen Leuten) und dem Personal im Büro des Gerichtsmediziners von Philadelphia. Ganz zu schweigen von Brian J. Buckelew einem Mann mit vielen Talenten, und meinem Freund David Grunfeld. Sämtliche Irrtümer und Unterlassungen gehen selbstverständlich zu meinen Lasten. Nebenbei bemerkt, Gobelinstickerei hilft tatsächlich gegen Streß, und auf diese Weise erhalten Sie in jeder Lebenskrise garantiert einen Kissenbezug. Fragen Sie Barbara Russell von Barbara Russell Designs in Chestnut Hill.

Mein besonderer Dank gilt ferner Reverend Paree Metjian und seiner Familie, die mich über armenischen Stolz und armenische Kultur aufklärten. Ich fühle mich geehrt, immerhin fiktiv Angehörige ihrer Gemeinde gewesen zu sein.

Und schließlich bin ich meinen Freunden zu Dank verpflichtet, besonders Rachel Kull und Franca Palumbo, die sich die Zeit genommen haben, einen frühen Entwurf dieses Buches zu lesen, die Vorschläge machten und mich ermutigten. Ich schulde allen beiden einen Tankwagen voll Milch und vieles andere mehr.

Was meine Familie anbetrifft, so waren und sind sie alle stets für mich da.

Lisa Scottoline
Rudern ist kein Alibi

Roman 1998. Aus dem Amerikanischen von Dagmar Roth
320 Seiten, gebunden

Selbstbewußt und erfolgreich, scheint die Staranwältin Bennie Rosato ihr Leben im Griff zu haben. Doch plötzlich eröffnet ihr der Exgeliebte und Geschäftspartner Mark Biscardi, daß er die gemeinsame Kanzlei aufgeben will. Ein heftiger Streit entbrennt. Als Mark kurze Zeit später ermordet aufgefunden wird, wird es für Bennie ernst. Sie ist dringend tatverdächtig, schließlich hatte sie mehr als ein Motiv, Mark umzubringen. Bennie, die sonst die Polizei auf Amtsvergehen verklagt, wird selbst zur Gejagten und muß erkennen, daß sie ihre Freunde und Kollegen weit weniger kennt, als sie gedacht hat.
Lisa Scottoline zeigt meisterlich, daß sie ihre genaue Kenntnis des amerikanischen Justizsystems, Spannung und Witz und überraschende Drehs zu höchstem Lesevergnügen zu verschmelzen weiß.